Chère lectrice,

« A cœur vaillant, rien d'impossible », affirmait Jacques Cœur. Une devise optimiste que vos cinq héros de ce mois ont faite leur… Martin Chancellor, d'abord, *Le flibustier de la Couronne*, doit relever un double défi : se faire aimer de sa jeune épouse qu'il connaît à peine, et protéger sa souveraine menacée d'assassinat. Deux missions délicates dont il s'acquittera avec panache… Découvrez vite cette quatrième et dernière partie de la saga Au nom de la reine, située en 1600. Un siècle plus tard, en 1775, lord Ewan, *L'amant des Highlands*, revient en Angleterre pour se venger de lady Tessa qui l'a éconduit quelques années plus tôt, le jugeant alors trop pauvre pour prétendre à sa main. Il parviendra à ses fins… quoique d'une façon tout à fait inattendue ! Un peu plus tard, en 1808, lord Selborne, le héros des *Mariés du destin*, se retrouve lui aussi au pied du mur. Pour toucher son héritage, il do[illegible]lier aux caprices testamentaires contradicto[illegible] de sa grand-mère. Alors qu[illegible] dans les meilleurs délais, l[illegible] union avant plusieurs moi[illegible] rare qui s'accommodera c[illegible] mais lord Selborne ne se d[illegible]omte Duquesne, le héros d'[illegible]. Après avoir, pour lui offrir la protection [illegible] nom, conclu un mariage blanc avec une jeune lady en difficulté, le vicomte se découvre prêt à soulever des montagnes pour que cette union d'intérêt se mue en mariage d'amour. A la même époque, mais en Amérique, Calhoun, un planteur insulaire, devra également déployer des trésors de patience pour gagner enfin la confiance de Dulcie, la mystérieuse naufragée de *La baie des passions*…

Enfin, le 1er janvier, ne manquez pas le nouveau titre de la collection Grands Romans Historiques, *La princesse celte*, d'Helen Kirkman.

Bonne lecture, très heureuses fêtes de fin d'année, et rendez-vous en 2007,

La Responsable de collection

Les mariés du destin

NICOLA CORNICK

Les mariés du destin

LES HISTORIQUES

éditions Harlequin

Cet ouvrage a été publié en langue anglaise
sous le titre :
THE PENNILESS BRIDE

Traduction française de
ENID BURNS

HARLEQUIN®

est une marque déposée du Groupe Harlequin
et Les Historiques® est une marque déposée d'Harlequin S.A.

83-85, boulevard Vincent-Auriol, 75013 PARIS — Tél. : 01 42 16 63 63
Service Lectrices — Tél. : 01 45 82 47 47
ISBN 2-280-17600-9 — ISSN 1159-5981

À cette époque…

Sitôt marié, le héros de ce roman Régence, un riche aristocrate, emmène sa jeune épouse dans sa propriété de famille…
Au XIXème siècle, en effet, la suprématie territoriale de l'aristocratie britannique était confortée par la possession d'une ou plusieurs demeures familiales entretenues et transformées avec le soin dû à un patrimoine vénéré. Certains nobles dépensaient des fortunes dans des constructions nouvelles parfois peu adaptées à leurs besoins réels et à leurs ressources. Ainsi, Eaton House, dans le Cheshire, édifié par un célèbre architecte pour le duc de Westminster, comptait environ six cents pièces ! L'aménagement de parcs paysagers – une autre passion aristocratique – entraînait d'énormes travaux de terrassement pour creuser des lacs, élever des reliefs artificiels, et parfois déplacer des villages entiers. Même à la campagne, le protocole mondain avait ses exigences auxquelles il convenait de satisfaire sans regarder à la dépense. Mais s'il était de bon ton de séjourner régulièrement dans ces country houses, il ne faut pas oublier toutefois que, durant une bonne partie de l'année, la vie des aristocrates se déroulait à Londres où les lords étaient appelés à siéger et où leur famille profitait de la saison mondaine (The Season) au printemps et au début de l'été.

1.

Si d'innombrables secrets avaient été chuchotés dans les bureaux de MM. Churchward & Churchward, aucun n'en était jamais sorti. Les murs capitonnés de l'étude avaient été conçus pour garantir et surtout symboliser cette discrétion de bon aloi que prisait tant la noble clientèle de messieurs les avocats.

En ce jour d'août 1808, M. Churchward fils traitait une affaire d'héritage toute simple en apparence, mais que la guerre et aussi, il faut bien le dire, l'excentricité de ses clients, compliquait singulièrement.

Le nouveau comte de Selborne était arrivé une vingtaine de minutes plus tôt. Après l'échange des salutations puis la formulation des condoléances, M. Churchward fils avait sorti de son coffre le testament du père récemment décédé, ainsi que celui de la grand-mère douairière, afin d'en donner une lecture *in extenso.*

Alors qu'il en terminait avec les dispositions prises par le précédent comte de Selborne, M. Churchward fils savait que le plus difficile était à venir, puisqu'il lui restait à ouvrir le testament de la douairière. Il en connaissait déjà les termes, puisqu'il l'avait rédigé lui-même. Il avait l'impression désagréable d'être attaché dans une voiture sans freins, tirée par deux chevaux fous, au milieu d'une forte pente. Le pire était encore à venir.

Avec une lenteur calculée, il remonta ses bésicles sur son nez, petite manœuvre qui lui permit d'étudier avec discrétion le jeune gentilhomme confortablement installé en face de lui, dans un grand fauteuil de cuir, devant le bureau.

Robert, comte de Selborne, semblait morose. Il avait un visage en lame de couteau et des traits fortement accusés, si caractéristiques de tous les Selborne, ainsi que les yeux sombres et les cheveux noirs qui attestaient de sa lointaine ascendance cornique. Bien qu'il eût passé plusieurs années en campagne dans l'état-major du général John Moore, il avait conservé le teint pâle d'un jeune monsieur de la ville.

Robert, comte de Selborne, pinçait les lèvres et on pouvait comprendre pourquoi. Confronté à un dilemme que personne n'eût ambitionné de prendre à sa place, il ne connaissait pas encore les termes du second testament, qui aggravaient encore sa situation.

M. Churchward fils savait.

Le jeune homme leva soudain les yeux pour demander :

— Je vous serais reconnaissant de bien vouloir me répéter les dispositions prises par mon père, afin que je puisse m'assurer que j'ai tout compris.

Il parlait d'une voix mécanique, métallique.

— Certainement, milord, murmura M. Churchward.

Il avait l'intuition que son client avait parfaitement tout compris à la première audition. D'ailleurs, celui-ci ne passait pas pour un sot.

Agé de vingt-six ans, Robert Selborne avait combattu à l'étranger depuis qu'il avait atteint l'âge de sa majorité, d'abord en Inde puis en Espagne. Par deux fois, son nom avait été cité dans la presse, la première fois pour avoir montré un courage incroyable sous le feu ennemi, la seconde parce qu'il avait sauvé un officier dans des circonstances extrêmement périlleuses.

Le malheur voulait que son amour des aventures armées

l'eût mis dans la situation où il se trouvait maintenant et dont il n'avait pas encore découvert tous les aspects.

M. Churchward parcourut une fois de plus le testament dont il connaissait déjà la teneur. En un certain sens, ce document n'avait rien que de très ordinaire. En un autre…

M. Churchward toussota.

— Vous héritez du comté de Selborne et de toutes les propriétés qui y sont attachées, puisque vous êtes le seul fils de votre prédécesseur, le quatorzième comte de Selborne de Delaval.

M. Churchward leva les yeux pour préciser, d'un ton solennel :

— Vous disposerez donc des propriétés et de la fortune que suppose votre titre, mais seulement si…

— Une condition ? fit le jeune Robert Selborne dont le regard exprimait à la fois résignation et exaspération.

M. Churchward se permit de lui adresser un petit sourire plein de sympathie. Certes, il avait déjà vu beaucoup de jeunes messieurs se tortiller dans le fauteuil devant son bureau, mais à aucun il n'avait jamais eu à énoncer d'aussi extravagantes dispositions.

— … A condition que vous contractiez mariage, dit M. Churchward. C'est ce que dit ce document. Il y a aussi l'autre exigence…

Il ajusta ses bésicles et redonna une lecture des clauses en question.

— « Mon fils devra choisir une fiancée parmi les jeunes demoiselles présentes au mariage de sa cousine, Anne Selborne, et l'épouser dans les quatre semaines suivant ce mariage. Il devra ensuite fixer sa résidence à Delaval pour les six mois suivants, faute de quoi, la fortune attachée au titre comtal écherra à mon neveu Ferdinand Selborne… »

— Merci, Churchward, dit Robert Selborne. Hélas, j'avais donc bien compris.

— Certainement, milord.

Le jeune homme se leva et marcha jusqu'à la fenêtre. Et là, les mains dans le dos, il dit :

— Ainsi, mon père a décidé de me couper les ailes.

Il parlait d'une voix basse et tranquille, pour lui-même plus que pour l'avocat qui l'observait depuis le bureau. Il ajouta :

— Il avait juré qu'il trouverait un moyen. Il semble qu'il ait réussi.

M. Churchward toussota encore une fois.

— Il semble, en effet, milord.

— Son obsession a toujours été que je m'établisse et que j'aie un héritier.

— C'est très compréhensible, milord, puisque vous êtes le seul fils de votre père.

Rob Selborne se retourna.

— Certainement. N'imaginez pas que je méprise les sentiments de mon père à mon endroit, Churchward. Dans sa situation, je pense que je me serais comporté exactement de la même manière.

— Certainement, milord.

— Qui sait ? J'aurais peut-être même imaginé des conditions aussi draconiennes.

— C'est très possible, milord.

— Il n'empêche que je serais très tenté de dire à mon père d'aller se faire pendre, s'il n'était pas déjà mort. Je sais que ma réaction peut paraître choquante, mais tel est mon sentiment en ce moment.

— Très compréhensible, milord, murmura M. Churchward. Aucun gentleman n'aime se sentir pieds et poings liés, pour ainsi dire.

Rob Selborne revint vers le bureau. Il serrait les poings.

— Ferdie peut hériter, déclara-t-il. Il n'est pas question que je me marie simplement pour récupérer une fortune.

Le silence se fit. Puis l'avocat reprit, d'une voix posée :

— Vous n'êtes pas sans savoir, milord, que la fortune en question peut être évaluée, *grosso modo*, à trente mille livres. Cette somme n'est certes pas extraordinairement élevée, mais faut-il la mépriser pour autant ?

— Je sais, dit Rob Selborne, avec un mince sourire.

— J'ajoute que le domaine de Delaval, qui procure un revenu raisonnable en temps normal, n'est malheureusement plus ce qu'il était depuis l'épidémie qui a emporté vos parents.

— Je n'ai pas encore revu Delaval, soupira le jeune homme. Est-il en si mauvais état que vous le laissez entendre ?

— Oui, milord ; en très mauvais état.

Rob retourna à grands pas vers la fenêtre. De nouveau sans regarder l'avocat, il déclara avec force :

— Si je suis parti, ce n'est pas parce que je me désintéressais de mes parents ou de Delaval, Churchward. Je tiens à ce que vous le sachiez.

M. Churchward garda le silence. Il savait tout cela très bien. Dès sa prime jeunesse, Robert Selborne avait montré un grand attachement pour le domaine ancestral, et s'il avait couru le monde depuis cinq ans, c'était pour accomplir son devoir de soldat, pas pour fuir sa famille.

— J'espère que je ne me suis pas absenté trop longtemps, reprit-il d'une voix sourde.

— Votre père, répondit M. Churchward, s'est lui aussi absenté pendant trois ans, dans sa jeunesse.

— Merci de me le rappeler, dit Rob Selborne en se retournant. Je suppose que nous devons tous prouver notre aptitude à l'indépendance, avant de nous établir.

— Je le pense, milord, je le pense.

Puis le silence régna de nouveau. Robert Selborne plongea

les mains dans les poches de son magnifique costume, sans craindre d'en briser les lignes élégantes. Il réfléchissait.

— Quand le mariage de ma cousine Anne doit-il avoir lieu ? demanda-t-il après un long moment.

— Demain matin, milord.

M. Churchward soupira. Le temps, en cette affaire, était compté. Il avait été convoqué à Delaval, au début de l'année, par le comte qui se sentait mourir et voulait lui confier la nouvelle version de son testament, celle qui comportait l'excentrique codicille. En vain, l'avocat lui avait représenté que de telles dispositions ne s'imposaient pas. Le moribond n'avait rien voulu entendre, et malgré la fièvre qui le dévorait, il avait eu assez de force pour jeter qu'il ne léguerait pas son titre et sa fortune à un aventurier.

De retour à Londres, M. Churchward avait écrit à Robert Selborne, qui servait alors en Espagne, pour lui apprendre qu'une épidémie de scarlatine ravageait Delaval. Sa première missive n'avait pas atteint son destinataire. Il en avait donc envoyé une nouvelle, un mois plus tard, alors que le comte, sa femme et sa mère venaient d'être portés en terre ; avec plus de succès cette fois. Le jeune héritier, qui se trouvait à Corunna, avait plié armes et bagages pour s'en revenir en Angleterre aussi vite que possible, c'est-à-dire qu'il y était arrivé sept semaines plus tard. Ayant satisfait aux obligations de son deuil, il n'avait plus qu'à connaître, chez Churchward & Churchward, les conditions dans lesquelles il pourrait entrer en possession de son héritage.

— Pour résumer, reprit-il avec un sourire forcé, il faut que je me trouve une fiancée demain. Je ferais bien, pour commencer, de trouver ce que je vais mettre pour assister au mariage de ma cousine, et surtout de réviser mes bonnes manières. Hélas, je viens de passer cinq ans en campagne et je suis plus soudard qu'homme du monde. Enfin ! je m'appliquerai. Les bonnes manières ne s'oublient pas, n'est-ce pas ?

Il partit d'un rire nerveux et poursuivit :

— Il faudra donc que je jette mon dévolu sur une jeune fille prête à se laisser épouser dans un délai d'un mois ! Fichtre ! Il faut plus de temps que cela à une demoiselle pour se préparer à ses noces. Autant dire que l'entreprise ne s'engage pas sous les meilleurs auspices.

— Si je comprends bien, fit M. Churchward, d'un ton prudent, vous avez décidé de respecter les volontés de monsieur votre père ?

— Il me semble que je n'ai pas le choix, lui répondit Rob Selborne avec un sourire moqueur. Comment pourrais-je restaurer Delaval, autrement ? Cela dit, j'aurais aimé que mon père fût moins exigeant. Savez-vous pourquoi il m'impose de trouver une épouse lors du mariage de ma cousine ?

M. Churchward chercha la réponse dans les papiers étalés sur son bureau. Il avait posé cette même question au comte mourant en lui suggérant de se montrer moins directif, moins restrictif. Celui-ci avait rétorqué qu'il n'avait pas d'exigences impossibles à réaliser, parce que son fils connaissait déjà la plupart des jeunes filles qui assisteraient au mariage, toutes étant d'excellente extraction, ce qui allait sans dire.

— Je pense, dit l'avocat, que votre père souhaitait pour vous un mariage dans votre parentèle, à tout le moins avec une demoiselle de votre connaissance.

Rob Selborne éclata de rire.

— Dans ce cas, pourquoi n'a-t-il pas désigné ma future épouse ? Ainsi l'entreprise aurait-elle été plus simple et plus facile pour moi !

Il se rassit devant le bureau, avant d'ajouter :

— Souhaitez-moi bonne chance, Churchward. Je crois que je vais en avoir besoin.

— Je suis certain que mes vœux seraient inutiles, répondit l'avocat. Vous êtes, milord, un parti très recherché.

— Cessez donc de me flatter. Mon champ de manœuvre est étroit. J'espère au moins que la liste des invités sera longue, surtout la liste des *invitées*, des *jeunes* invitées.

— Je pense que ce sera le cas, dit M. Churchward, qui examinait sa plume avec la plus extrême attention.

Le moment était venu pour lui de révéler le contenu du second testament, celui de la grand-mère douairière, et il se sentait plus mal à l'aise que jamais. La vieille dame était-elle saine d'esprit ? M. Churchward s'était posé la question. Excentrique, certainement, surtout depuis la mort de son mari — accident de chasse — survenue dix ans plus tôt ; mais folle, non, honnêtement, on ne pouvait le prétendre.

— Milord, dit l'avocat après avoir beaucoup toussoté, il faut que je vous donne encore lecture du testament de votre grand-mère. Je crains… que ses dernières volontés ne vous paraissent — comment dire ? — assez peu conventionnelles.

Rob Selborne eut un petit sursaut.

— Ma grand-mère n'était pas ordinaire. Mais qu'essayez-vous de me dire, Churchward ? Vous semblez inquiet. Je n'ose pas imaginer que le testament de ma grand-mère ne soit pas d'une extrême simplicité.

L'avocat ouvrit devant lui le second document, plus court que le précédent. Il demanda :

— Vous savez sans doute, milord, que la comtesse douairière avait l'intention de vous léguer sa fortune ?

— Ma grand-mère m'avait, en effet, touché un mot à ce sujet, lors de notre dernière entrevue. Elle ne possédait pas grand-chose, et je suppose que cet héritage n'a d'autre valeur que sentimentale.

M. Churchward eut un sourire crispé. La vieille lady

aimait les plaisanteries. Jouer à la pauvresse avait été un de ses grands plaisirs.

— Madame la comtesse se trouve à la tête d'une fortune qui se monte à quarante mille livres, milord.

Robert Selborne vacilla sur son fauteuil. Il se pencha vers le bureau et murmura d'une voix sourde :

— Quarante mille livres ? Fichtre ! Comment est-ce possible, Churchward ?

— Placements dans les mines, répondit laconiquement l'avocat ; mines de fer, les plus lucratives, comme vous le savez.

— Je vois. Personne n'en savait rien ?

— Personne, milord. A mon avis, la comtesse douairière devait penser que ses intérêts financiers dans les mines ne constituaient pas un sujet de conversation convenable.

— Elle avait de ces idées… En tout cas, je me moque que cet argent provienne des mines de fer ou d'ailleurs. L'important est qu'il me permette de restaurer Delaval.

— Certainement, milord. Mais il convient que je vous dise…

M. Churchward s'éclaircit la gorge et s'épongea discrètement le front. Il prit une profonde inspiration en se disant qu'il devait maintenant se lancer.

— La comtesse douairière soumet la possession de cet héritage à certaines conditions, milord.

Rob Selborne s'adossa et croisa les jambes.

— Mais bien sûr ! Pourquoi avais-je imaginé le contraire ? Je suis d'une naïveté, parfois…

M. Churchward retira ses bésicles et les nettoya longuement avec son mouchoir. Il les remit sur son nez. Il les ôta de nouveau pour les frotter encore.

— Que se passe-t-il, Churchward ? demanda le jeune homme. Vous vous sentez mal ? Voulez-vous que je lise moi-même le testament de ma grand-mère ?

L'avocat soupira et tendit le document en disant :

— Merci, milord. Je pense que c'est préférable, en effet.

Rob Selborne commença par une lecture rapide, sous le regard inquiet de M. Churchward qui brisa plume, tant il était nerveux. Puis il reprit le texte au début et ses sourcils se froncèrent. M. Churchward s'était arrêté de respirer. Il s'attendait à une explosion… qui ne vint pas. Rob Selborne éclata de rire.

— Seigneur Dieu ! s'exclama-t-il. C'est pitié que mon père et ma digne grand-mère n'aient pas songé à comparer leurs exigences.

— Certainement, milord, dit M. Churchward, d'un air pénétré.

Rob relut le testament pour la troisième fois. Il marmonna :

— Dites-moi si je me trompe, mais… j'hérite de trente mille livres de mon père si j'épouse selon ses conditions…

— C'est tout à fait cela, milord.

— Et j'hérite de quarante mille livres de ma grand-mère si je reste chaste dans les cent jours qui suivront la lecture de son testament.

— C'est exact, milord, dit M. Churchward en rougissant.

— Ce qui fait que je dois me marier avant un mois, mais rester chaste pendant trois.

Reportant son regard sur le document qu'il tenait dans ses mains, Rob déclama :

— « Afin de prouver qu'il est digne de recueillir cet héritage, mon petit-fils, Robert Selborne, montrera dans sa vie privée la même tempérance que celle que j'attends de lui dans la gestion de sa fortune. Je crois devoir ajouter que cette condition ne me paraît pas trop difficile pour lui, car il a toujours fait preuve de la plus grande réserve en toutes occasions. »

Il leva les yeux au plafond et jeta :

— Merci, mère-grand.

Puis il reprit sa lecture :

— « La jeunesse d'aujourd'hui se montre trop libre dans ses mœurs. C'est pourquoi j'impose à mon petit-fils, Robert Selborne, une chasteté obligatoire à compter du jour où il prendra connaissance de mon testament, afin de… »

Il posa le testament sur le bureau. Puis, son regard se plantant dans celui de l'avocat, il demanda :

— Je n'arrive pas à en croire mes yeux. Est-ce légal, Churchward ?

— Tout à fait légal, j'en ai peur, milord. La comtesse douairière était saine d'esprit quand elle a fait procéder à la rédaction de son testament, devant témoins qui ont contresigné selon les formes. Il va sans dire que vous pouvez l'attaquer, mais je ne vous le conseillerais pas. Il faudrait, en effet, porter l'affaire devant différents tribunaux, avec tous les inconvénients que cela suppose.

— Vous voulez dire que je serais la risée de tout Londres…

Le regard sur le testament, Rob ajouta :

— Je vois que mon cousin Ferdie héritera, là encore, si je ne satisfais pas aux conditions imposées par ma grand-mère. Voilà qui me semble injuste. Ferdie ne serait pas capable de rester chaste pendant dix jours, alors, vous pensez, cent… Mais dites-moi, comment ferai-je la preuve de ma chasteté ? Suis-je censé venir vous faire un rapport chaque matin ?

L'avocat s'empourpra.

— Je vous en prie, milord, ne plaisantez pas avec ce sujet ! Je suis certain que lady Selborne n'a jamais imaginé une telle indiscrétion. Non, non… Je pense que tout cela est laissé à l'appréciation de votre conscience.

— Excusez-moi de vous avoir offensé, Churchward, dit Rob en se levant. Bon ! Je pense que tout a été dit, n'est-ce pas ? Récapitulons… Si je veux hériter de Delaval et de la fortune qui me sera nécessaire pour restaurer le château, il me faut satisfaire aux conditions édictées par les deux testaments, c'est-à-dire me marier rapidement puis rester chaste pendant cent jours…

Il prit sa canne et son chapeau, tendit la main.

— Je vous remercie, Churchward. Vous avez été très compétent, comme toujours d'ailleurs. Excusez-moi encore si je n'ai pas toujours parlé des miens avec la retenue à laquelle vous vous seriez attendu. C'est que la surprise, voyez-vous…

M. Churchward secoua vigoureusement la main tendue et répondit :

— Je comprends vos sentiments, milord. Je vous assure que j'ai tenté de convaincre mes clients de renoncer à leurs exigences, mais ils se sont montrés inflexibles.

— Je vous remercie encore, Churchward, mais il n'était pas nécessaire de m'apporter ces précisions. Je sais quelles difficultés sont les vôtres en cette affaire et j'apprécie votre soutien.

Rob Selborne agita la main en guise d'adieu.

— Je reprendrai contact pour vous dire si j'ai rempli les conditions… ou si je ne les ai pas remplies.

Il sortit du cabinet.

L'avocat l'entendit qui, dans l'antichambre, souhaitait une bonne journée à ses clercs. Lourdement, il se laissa tomber dans son fauteuil et sa main tremblante ouvrit le tiroir du bas, celui qui contenait une petite réserve d'alcools, destinée aux urgences. Sûrement, son entrevue avec Robert Selborne entrait dans le cadre de cette prescription. Il se versa donc un verre de sherry, qu'il dégusta à petites gorgées, en se demandant ce qu'il allait advenir de son client.

Il aimait bien Robert Selborne et souhaitait donc qu'il réussît, tout en sachant que l'entreprise ne serait pas facile. Pensif, il hocha longuement la tête. Quelle femme, en effet, accepterait d'épouser dans de si étranges conditions ?

M. Churchward rangea les papiers Selborne et se servit, exceptionnellement, un second verre de sherry. Il lui semblait qu'il l'avait mérité.

Jemima Jewell tira au milieu de la chambre le coffre placé dans un coin. Quand elle souleva le couvercle, une faible odeur de lavande lui picota les narines. Au fond du coffre, sous les piles de draps, de taies d'oreillers et de toutes les autres pièces qui constituaient son trousseau, se trouvait ce qu'elle appelait *son déguisement de mariage*. Elle le mit dans la lumière de la lampe et le considéra d'un œil critique.

— Voilà donc... Il a besoin d'être repassé, mais dans l'ensemble, il n'est pas trop mal.

Son frère Jack, qui se prélassait au pied du lit, pencha la tête pour regarder. Il demanda :

— Dis-moi, Jem, tu n'aurais pas encore grandi depuis la dernière fois ?

— Mais non ! Qu'est-ce que tu vas imaginer ? J'ai vingt et un ans. Je ne suis plus une écolière, voyons !

Son frère ricana.

— Tu peux raconter ce que tu veux, mais j'ai l'impression que cette robe te sera un peu courte. Tu vas montrer tes guibolles, Jem.

Jemima soupira. Elle détestait son *déguisement de mariage*, cette jupe de batiste noire légèrement évasée, ce chemisier blanc, cette jaquette noire comportant des boutons noirs, gros comme des morceaux de charbon. Il y avait aussi les bas noirs, les bottines noires. Elle devait aussi emprisonner ses cheveux dans un filet, noir également. Cet accoutrement la donnait pour ce qu'elle était, une fille de ramoneur.

Aussi loin que remontaient ses souvenirs, elle avait dû, dans ces sortes d'accoutrements, gagner de l'argent pour ses parents. Tout petits, son frère et elle étaient déjà exhibés dans les mariages, parce que les ramoneurs étaient censés porter bonheur aux jeunes mariés. Alors les dames s'extasiaient sur eux, elles leur donnaient des baisers… Les dames continuaient à s'extasier sur Jack, qui avait maintenant vingt-trois ans ; ses cheveux noirs et bouclés, son regard coquin leur donnaient des frissons. Jemima se demandait souvent pourquoi les dames de la bonne société rêvaient de s'encanailler avec un jeune homme né dans les mauvais quartiers de la ville.

Quant aux jeunes messieurs de la bonne société, elle devait très souvent repousser leurs avances, avec le sourire et quelques mots aimables ainsi qu'il convenait, alors qu'elle avait grande envie de décocher un bon coup de genou dans la partie la plus sensible de leur anatomie. Elle ne s'étonnait plus que, fille du peuple, on la crût fille facile : ainsi allaient les préjugés.

— Papa prend-il le chat avec lui ? demanda-t-elle.

En même temps que ses enfants, Alfred Jewell arrivait toujours dans les mariages avec un chat noir perché sur son épaule.

— Tu penses bien ! répondit Jack, tout sourire. Le grand jeu !

Jemima ne souriait pas, elle. Au contraire, elle se renfrogna davantage.

— Que je hais cette comédie ! déplora-t-elle. J'ai horreur de jouer à la fille du ramoneur qui s'endimanche pour le plaisir de la bonne société.

— C'est très lucratif, répondit son frère. Papa a peut-être réussi à faire fortune, mais il ne faut pas imaginer qu'il va refuser un petit apport d'argent frais.

Il se leva du lit, vint s'asseoir sur le coffre et poursuivit :

— Tu célébreras bientôt ton propre mariage, Jem. Du

moins, je le suppose. Tu sais que papa aimerait bien publier les bans ?

Jemima haussa les épaules et tourna le dos. Elle tâchait de paraître indifférente, mais en réalité son cœur se décrochait et une boule se formait dans sa gorge chaque fois qu'on évoquait ce sujet. Fiancée depuis deux ans déjà, elle se prenait à espérer que ce mariage n'eût jamais lieu.

Son promis s'appelait Jim Veale, lui aussi le fils d'un grand-maître de la Guilde des ramoneurs, lequel se taillait avec Alfred Jewell la part du lion dans l'entretien des cheminées des beaux quartiers de Londres. Les Veale et les Jewell constituaient une sorte d'aristocratie du ramonage et tenaient à renforcer leurs liens d'affaires par des unions matrimoniales. C'est pourquoi Jemima était fiancée avec Jim Veale, tandis que la sœur de ce dernier, Mattie, était promise à Jack.

L'ennui, c'est que Jemima ne voulait pas se marier avec Jim Veale, ni avec aucun autre homme d'ailleurs.

— Ce mariage n'aura jamais lieu, énonça-t-elle.

— Bien sûr que si. Tu ferais mieux de te faire à cette idée.

Elle jeta sur le lit son *déguisement de mariage* et marcha vers la fenêtre qui donnait vue sur les toits environnants, brillamment éclairés par la demi-lune, vers laquelle montait la fumée de milliers de cheminées. Une étoile clignota puis s'éteignit. En la regardant, Jemima forma le vœu de voir changer sa vie, très vite. Elle serra les poings.

— Crois-tu que tu seras heureux avec Mattie Veale ? demanda-t-elle sans se retourner.

Elle voyait le visage de son frère se refléter dans les vitres. Il avait cette expression un peu niaise qu'il affectait toujours lorsqu'on lui posait une question un peu difficile ou trop personnelle. Une fois, bien des années auparavant, il avait connu une merveilleuse histoire d'amour qui s'était terminée misérablement.

Depuis, il proclamait son indifférence pour toutes les femmes, en particulier pour celle qui lui était destinée.

— Je serai heureux, répondit-il après un moment. Oui… Mattie est gentille, de même que Jim Veale est gentil. Tu n'as pas l'air de t'en rendre compte.

Jemima se retourna.

— Je sais que Jim est gentil. C'est ce qui rend ma situation plus terrible encore. Jim est gentil, mais terriblement ennuyeux. Je n'aurai pas vécu une semaine avec lui que j'aurai déjà l'impression d'étouffer. Je le sais.

— Il est gentil, répéta Jack. Au moins lui ne te battra pas comme notre père avait l'habitude de nous battre.

— De *te* battre, corrigea Jemima avec le sourire. Moi, je réussissais presque toujours à prendre la fuite pendant qu'il s'occupait de toi.

— Normal, parce que j'avais les épaules plus larges que les tiennes. Je supportais les raclées mieux que toi, il faut le reconnaître.

Le frère et la sœur échangèrent un sourire complice, puis Jemima demanda en soupirant :

— Tu penses que je devrais accepter Jim et cesser de me plaindre ?

— Je pense que les parents n'auraient jamais dû t'envoyer dans cette école de riches.

— Parce qu'elle m'a donné des idées au-dessus de ma condition ?

— Parce que tu es plus malheureuse qu'avant.

Jemima soupira de nouveau. Son frère avait raison. Depuis quelque temps, elle avait l'impression d'être devenue une étrangère dans la maison de ses parents. Elle ne s'y sentait plus à sa place.

La vie était plus simple quand elle était toute petite et que son père l'utilisait, comme son frère, pour monter et descendre dans les cheminées. Elle avait pratiqué ce métier depuis l'âge de onze ans, mais quand son père avait commencé à gagner beaucoup d'argent, il avait recruté un apprenti, ce qui lui avait permis d'envoyer sa fille à l'école de Mme Elisabeth Montagu. Tel n'avait pas été le sort de Jack. Lui, il avait toujours détesté les leçons, au point de fuir même l'école du dimanche. En conséquence, il savait à peine lire quelques mots et écrire son nom.

Elisabeth Montagu, qui avait découvert chez son élève une intelligence aiguë, l'avait prise sous son aile et envoyée très vite dans une autre de ses fondations, l'Académie des Demoiselles, à Strawberry Hill. Jemima y était devenue une jeune fille accomplie, mais en possession de talents qui ne lui serviraient à rien comme épouse de ramoneur.

Jack s'approcha pour lui donner un rapide baiser.

— Ne t'en fais pas, lui dit-il. Tu verras que tout finira par s'arranger.

Jemima était sûre du contraire.

— C'est vrai que j'ai été élevée au-dessus de ma condition, admit-elle. Résultat, je ne suis plus à ma place nulle part, ni dans notre monde, ni dans la haute société.

— Je sais, mais ça ne m'empêche pas de t'aimer.

Jemima se sentit un peu rassérénée. Elle aimait chez son frère qu'il ne fût pas impressionné par tout ce qu'elle avait appris dans les livres. Son père la regardait désormais comme un être étrange qu'il ne pouvait pas avoir engendré ; sa mère, au contraire, lui vouait une admiration gênante. Ses anciennes amies l'évitaient parce qu'elles croyaient qu'elle les méprisait. Seul Jack restait avec elle comme il avait toujours été.

— Que ferais-tu si tu ne te mariais pas ? lui demanda-t-il.

Elle sourit, sachant qu'il ne parlait pas d'avenir, mais de rêves.

— Je passerais mes journées à lire des livres. J'assisterais à des conférences, je visiterais les musées, je jouerais de la musique…

— Bref, tu t'ennuierais, conclut Jack qui avait le regard moqueur. Tu ne peux pas supporter de ne rien faire.

Jemima réfléchit en fronçant le nez, et admit qu'il avait un peu raison. Elle avait toujours travaillé, d'abord en descendant dans les cheminées, puis en étudiant, et enfin en administrant les affaires de son père. A l'école, elle avait connu beaucoup de demoiselles qui n'imaginaient même pas qu'on dût travailler pour gagner sa vie. Elle s'en amusait, se disait qu'elles avaient peut-être de la chance. En tout cas, elle n'avait pas le choix.

— Je deviendrais une grande musicienne, précisa-t-elle. Je chanterais en public.

Jack leva les yeux au ciel.

— Ce n'est pas un métier honorable pour une femme.

— Oh ? et descendre dans les cheminées est honorable, peut-être ?

— Tu sais ce que je veux dire. Le seul métier honnête, pour une femme, est celui d'épouse.

— Tu dis n'importe quoi ! s'exclama Jemima. Une femme peut devenir maîtresse d'école, gouvernante…

— Tu es la seule, à ma connaissance, qui ambitionnerait de devenir gouvernante !

— Cette position me conviendrait parfaitement parce qu'elle serait intermédiaire. J'évoluerais dans la bonne société sans en être. Ni dame, ni servante…

— Mais tu es obligée d'épouser Jim et de devenir l'épouse d'un ramoneur ! soupira Jack.

Prenant dans ses mains quelques livres de sa sœur, il en déchiffra les titres, puis les reposa en ajoutant :

— Il faudra que le père Veale songe à faire installer une bibliothèque dans sa maison. J'ai entendu dire qu'il était très fier d'avoir bientôt une belle-fille aussi savante que toi.

Jemima grimaça. Elle n'était pas vaniteuse du tout et n'aimait pas l'idée qu'on pût la considérer comme un trophée. Elle savait aussi que l'émerveillement pouvait très vite se transformer en agacement. Ne l'avait-elle pas constaté chez son père ?

La voyant maussade, Jack reprit :

— En arrangeant ce mariage, papa ne songe qu'à ton bonheur... Il n'oublie pas le sien non plus, d'ailleurs. Tu penses ! Entrer dans la famille Veale, pour lui, ce n'est pas rien.

— Je sais, soupira Jemima. Mais c'est ainsi que va le monde, n'est-ce pas ? Si j'étais née avec une cuiller d'argent dans la bouche, on m'aurait aussi mariée par intérêt.

Elle s'était, de longtemps, forgé une opinion assez désabusée sur la condition des femmes. Pour elle, la servante et la duchesse étaient traitées à la même enseigne. Le mariage était une industrie où l'amour n'avait pas de part.

— Tout de bon, tu ne refuseras pas d'épouser Jim ? lui demanda son frère soudain inquiet. Tu sais que papa serait très fâché.

Jemima se sentit très misérable. Alfred Jewell n'aimait pas qu'on le contredît et il userait de ses poings sur elle pour asseoir son autorité.

Reprenant son *déguisement de mariage* pour l'observer de près, elle murmura d'une voix éteinte :

— Non, je ne refuserai pas.

2.

Rob courait, comme tous les matins. Il courait dans Hyde Park alors que le reste du monde commençait tout juste à s'éveiller. Lorsqu'il était militaire en Espagne, les petites heures du jour étaient les seules dont il pût user à sa guise, et il les employait à courir et courir encore, avant que le soleil ne transformât le pays en une véritable fournaise. Il avait besoin de ces courses solitaires dans la campagne encore imprégnée de fraîcheur, égayée par le chant des oiseaux et les bourdonnements d'insectes.

Ses camarades officiers s'étaient moqués de lui. Ils l'avaient surnommé « Mille Bornes ». Ils avaient beaucoup ri. Et puis, un beau matin, le coureur solitaire avait surpris un petit groupe de soldats qui désertaient et emmenaient le général en otage. Il avait libéré le général, gagnant ainsi la considération de ses camarades officiers.

Ce matin-là, les enjeux étaient beaucoup moins dramatiques, quoique… Il s'agissait, pour Rob, d'aller assister à une cérémonie de mariage comme il se serait rendu à la foire aux bestiaux, puisqu'il devait impérativement jeter son dévolu sur une jeune fille. Quelle infortunée, parmi les parentes et les amies d'Anne, aurait la malchance de recevoir une demande présentée à la hussarde ? Rob frissonna à la pensée de ce qui l'attendait.

La veille, après son entrevue avec l'avocat Churchward, il avait rendu visite à sa tante Selborne pour lui faire connaître que, revenant de guerre, il serait ravi de pouvoir assister au mariage d'Anne. Toute la famille avait accueilli cette demande avec des cris de plaisir, surtout Ferdie, qui avait toujours été un bon ami de Rob et s'enthousiasmait de le revoir.

Rob, en revanche, ne s'était pas réjoui à retrouver la sœur cadette de Ferdie, Augusta, qui, dans le temps qu'il avait passé loin de Londres, était passée du statut de jeune fille acariâtre à celui de mégère patentée. Il se fit la réflexion que si, par malheur, il devait se résigner à épouser celle-là, il repartirait très vite en campagne et trouverait à la vie militaire un charme jusque-là insoupçonné.

Sa visite touchait à sa fin quand il reçut une très mauvaise nouvelle. La cérémonie ne lui offrirait pas un grand choix de jeunes filles, puisqu'elle se déroulerait en très petit comité ; mais petit comment ? Mme Selborne n'avait pas été très claire à ce sujet. Et comme il ne voulait pas paraître discourtois en posant trop de questions, il était reparti en emportant sa curiosité insatisfaite. L'entreprise lui semblait de plus en plus mal engagée.

Il ne tarda pas à recevoir la confirmation de ses craintes. En effet, la mort du dernier comte de Selborne obligeait la famille à une extrême économie de moyens, ce que la petite cousine Anne trouvait injuste. Les bancs de l'église se trouvaient tout juste à moitié remplis, l'orgue jouait en sourdine et même les fleurs semblaient avoir été comptées chichement.

— Tu vois le tableau, mon vieux, chuchota Ferdie en se plaçant à côté de Rob. A cause de la mort de ton père, survenue il y a moins d'un an, maman a d'abord voulu reporter le mariage d'Anne à la prochaine saison. Tu sais comme elle est à cheval sur les convenances ! L'ennui, c'est que Anne n'a rien voulu entendre.

Il a donc fallu trouver un compromis, et voilà pourquoi nous avons un tout petit mariage de rien du tout.

Rob risqua un regard rapide autour de lui, dans l'église à moitié vide. La catastrophe lui apparut dans toute son ampleur.

— Petit comment, Ferdie ? demanda-t-il.

— Indigent : la famille et c'est tout.

— Cinquante invités ?

— Plutôt dans les quarante. Tu sais que notre famille est loin d'être une tribu.

Rob se livra à un rapide calcul mental. Sur quarante personnes, la moitié seraient des femmes… sauf que les Selborne étaient réputés pour engendrer des mâles. Sa tante Clarissa Harley, par exemple, avait cinq fils…

Après un nouveau regard autour de lui, il estima à une quinzaine, tout au plus, le nombre de femmes présentes, la plupart déjà mariées, les autres trop jeunes ou trop vieilles.

Augusta Selborne, la seule fiancée possible, avait l'air d'une pimbêche dans sa robe en organdi orange, ornée de trop nombreuses roses. Lady Caroline Spencer, une lointaine parente affligée d'une réputation plus que douteuse, assise de l'autre côté de l'allée centrale, portait une robe beaucoup trop décolletée pour un office religieux. S'avisant du regard que Rob portait sur elle, elle lui décocha une œillade d'envergure et tapota la place à côté d'elle pour l'inviter à venir la rejoindre. Il fit semblant d'être subitement frappé de myopie.

Caro et Augusta étaient, pour le moment, les deux seules fiancées *possibles*. Amer, Rob se dit que la tâche s'avérait de plus en plus difficile.

L'orgue prit un peu de vigueur alors que la mariée entrait dans l'église. Rob s'astreignit à regarder droit devant lui et à s'intéresser à la cérémonie. Il n'avait pas l'intention de passer tout l'office à comptabiliser et détailler les jeunes femmes rassemblées autour de lui, dans l'espoir d'en trouver une à son goût. C'eût été incongru, voire indécent, inutile de surcroît puisqu'il connaissait d'avance le déplorable résultat de ces investigations. Il aurait assez de temps, par la suite, pour vérifier que ses pires craintes se confirmaient et que son destin lui jouait un tour dont il n'aurait pas trop de toute la vie pour se remettre.

Quand la compagnie modeste en nombre, mais si élégante, sortit de l'église, Rob chercha Ferdie autour de lui et finit par le localiser dans le petit groupe qui se pressait autour des jeunes mariés. Anne qui, venait de recevoir le traditionnel baiser du ramoneur, censé lui porter chance, sortait toute rouge et un peu déconcertée de cette vigoureuse embrassade. Le jeune époux se tenait un peu à l'écart, comme hors jeu. Sa femme n'avait d'yeux que pour le ramoneur qui venait de l'émouvoir par son baiser. Quel âge pouvait-il avoir, ce gaillard ? Vingt-deux, vingt-trois ans tout au plus. Avec son regard brillant dc malice et son sourire coquin, il semblait fort capable d'enlever la jeune femme si troublée, au nez et à la barbe du légitime dépassé par les événements.

Rob souriait encore à cette idée lorsqu'il s'avisa que le ramoneur avait amené sa femme avec lui. Celle-ci, qui se tenait un peu à l'écart, portait le costume traditionnel de la profession, jaquette noire ajustée et jupe évasée. La jupe, à peine courte, donnait vue sur une paire de chevilles serrées dans des bottines noires aussi. La veste comprimait des formes fort agréables à envisager. La jeune femme avait les cheveux très noirs, emprisonnés dans un filet agrémenté de perles de jais. Tout ce noir faisait paraître plus blanche sa peau, presque translucide. Que dire encore ? que ses grands yeux éclairaient son visage à l'ovale parfait. En conclusion, elle était jolie, très jolie.

Elle tourna la tête comme si elle avait conscience qu'on

l'observait, et elle croisa le regard de Rob. Il en fut tout décontenancé, ébranlé plutôt, comme s'il avait reçu un coup de poing dans l'estomac. Ils étaient d'un bleu profond, presque violet, ces yeux qui le fixaient maintenant, car la jeune femme n'avait pas l'intention de baisser les paupières. Elle toisait Rob avec un calme hautain, plein d'insolence, plein de fierté.

Sans penser vraiment à ce qu'il faisait, Rob se mit en mouvement. Il fendit la foule sans la voir, comme si elle n'existait pas. Vaguement il entendit qu'on le saluait, mais il ne prêta pas attention à l'importun ou l'importune qui tentait de le ralentir dans sa progression.

En quatre enjambées, pas une de plus, il atteignit la femme du ramoneur, plus petite, en fait, qu'il ne l'avait supposé de loin, puisque le haut de sa tête atteignait l'épaule de Rob et qu'elle dut, en conséquence, lever les yeux vers lui. Elle affronta son regard, non avec l'assurance qu'il avait cru y déceler, mais plutôt avec un calme de composition, comme si elle attendait leur entretien avec une inquiétude mal dissimulée.

Rob farfouilla dans la poche de son gilet. Il en sortit une guinée qui accrocha les rayons du soleil.

— Pour un peu de chance, lui dit-il en lui offrant la grosse pièce d'or. J'en ai besoin. Une guinée pour un baiser, qu'en dites-vous ?

Observant le manège de Jack avec la jeune mariée, Jemima s'était fait la réflexion, assez cynique au fond, que la petite oie semblait plus amoureuse de son frère que de l'époux à qui elle tournait le dos. Elle haïssait ces moments au cours desquels une foule snobinarde, babillarde et néanmoins authentiquement aristocratique, se délectait du spectacle que donnait son père dans son rôle de ramoneur porte-bonheur. Tout cela était si faux, si peu conforme à la réalité ! La vie de ramoneur n'avait rien d'idyllique, rien de charmant non plus. La vie de ramoneur, c'étaient des journées passées à s'asphyxier dans la fumée, à souffrir de la chaleur, à s'écorcher les mains, les coudes et les genoux, à se remplir les poumons de suie pulvérulente. Mais l'aristocratie ne voulait pas savoir cela. L'aristocratie payait pour s'amuser d'un conte, d'une fiction. Et le père de Jemima acceptait de contribuer à cet indécent divertissement parce qu'il était prêt à n'importe quoi pour de l'argent.

Tout à coup, elle avait senti se hérisser les petits cheveux de sa nuque. Alors qu'un long frisson parcourait son échine, elle avait acquis cette conviction : quelqu'un l'observait. Lentement, elle tourna la tête.

Un homme se tenait un peu à l'écart de la foule. Assez grand et bien bâti, mais moins large d'épaules que Jack, il arborait une épaisse chevelure châtain foncé, dans laquelle jouait le vent. Pas un trait ne s'animait dans son visage basané, d'une virile beauté.

Jemima sentit son ventre se contracter quand elle prit conscience d'avoir attaché trop longtemps son regard à cet homme et que celui-ci, croyant qu'elle lui donnait un signe d'encouragement, bousculait la compagnie et s'approchait d'elle à grands pas. Elle le vit qui passait devant un ami à lui, qui voulait le retenir et s'étonnait de se voir ignoré.

Alors que l'homme s'approchait d'elle, Jemima ne savait plus si elle avait froid ou si elle avait chaud. Eût-elle voulu s'enfuir qu'elle n'aurait pas pu. L'homme l'atteignit en quatre enjambées, pas une de plus.

D'instinct, elle leva les yeux vers lui pour affronter son regard. Elle lut sur son visage les stigmates de l'arrogance qui affectaient souvent les jeunes gens de la noblesse, tellement habitués à commander et à être obéis. Une attitude qui lui déplaisait souverainement.

Il avait des yeux marron presque noirs, sans aucune froideur. Sa bouche, au dessin ferme, se relevait légèrement aux commissures, ce qui donnait à croire qu'il avait l'habitude de sourire. Et quand il souriait effectivement, comme à cet instant, une fossette s'ouvrait dans chacune de ses joues, ce qui le rendait plus séduisant encore.

Il plongea deux doigts dans la poche de son gilet et en retira une guinée.

— Pour un peu de chance, dit-il comme s'il commandait un panier de fraises. J'en ai besoin. Une guinée pour un baiser, qu'en dites-vous ?

Jemima ouvrit la bouche pour lui rabattre son caquet, mais elle s'aperçut que son père observait, ou plutôt qu'il avait le regard fixé sur la pièce d'or. Elle s'empara donc de la guinée et y planta ses dents, sans omettre d'accorder au monsieur le regard aguicheur qui faisait partie du jeu.

— C'est ben de la vraie or, dit-elle en adoptant la façon de parler populaire. Y a pas à dire, vous êtes un type plein aux as.

Elle lança la pièce en l'air, la regarda tournoyer, la rattrapa et la fourra dans sa poche.

Le monsieur parut s'amuser de ce spectacle. Son sourire s'élargit, ses yeux aussi se mirent à sourire, et Jemima ressentit un long frisson qui descendit tout le long de son corps jusqu'au bout de ses orteils.

— J'ai la certitude que nous sommes aussi honnêtes l'un que l'autre, reprit-il. En tout cas, moi, je ne triche pas.

Sa voix était douce, chaude comme le soleil sur les pavés que Jemima sentait sous ses pieds. Pourquoi avait-elle l'impression qu'ils bougeaient et cédaient sous elle, ces pavés ? Pourquoi se sentait-elle vaciller ? Pourquoi avait-elle peur de se trouver mal ?

— Marché conclu, finit-elle par répondre en se demandant

pourquoi sa voix devenait si rauque. Un baiser pour vous procurer la chance dont vous avez besoin.

Elle ferma les yeux, offrit sa joue et s'attendit à recevoir un baiser ordinaire, normal, fugace, léger. Mais le monsieur posa ses lèvres sur la bouche de Jemima, et il s'y attarda. Il s'y attarda tant qu'elle sentit bouillir son sang et qu'elle faillit tomber à la renverse.

Il recula, Jemima rouvrit les yeux. Elle cilla parce qu'elle n'avait plus une vision très nette. Enveloppé d'une sorte de brouillard, le monsieur lui dit :

— Nous nous en tiendrons là, si vous l'estimez nécessaire. Je ne voudrais pas offenser votre mari.

Du regard, il montra qu'il pensait à Jack.

— Ce n'est pas mon mari, dit-elle ; mais mon frère.

Elle comprit, une fraction de seconde trop tard, quelle erreur elle venait de commettre. Les yeux illuminés de friponnerie, le monsieur déclara :

— En ce cas, je peux vous en demander pour mon argent.

Ce deuxième baiser fut si appuyé que Jemima sentit sa tête lui tourner. Sensuel, lent et profond, ce baiser la transporta d'une joie presque surnaturelle, tandis que des sensations étranges parcouraient son corps. Certaine de s'écrouler, elle s'accrocha des deux mains aux revers du monsieur, puis lui passa ses bras autour du cou pour s'accrocher mieux à lui. Elle avait complètement oublié où elle se trouvait. Le mariage, la petite foule des invités, le bruit et les couleurs de la rue, tout cela s'était évanoui, tout cela avait disparu. Il n'y avait plus, pour elle, d'autre réalité que les pouvoirs stupéfiants de ce baiser qui se prolongeait au son assourdissant de son cœur.

Jemima n'était pas née de la dernière pluie. Elle avait grandi dans les rues et ne se faisait plus aucune illusion à propos de l'amour. Dès sa plus tendre enfance, elle avait été le témoin des relations qui se nouaient entre les hommes et les femmes, pour satisfaire leur concupiscence quand elles ne donnaient pas lieu à un échange d'argent. C'est pourquoi Jemima avait beaucoup ri, chez Mme Montagu, en entendant les soupirs si romantiques que laissaient échapper ses condisciples quand elles parlaient de l'amour, quand elles s'extasiaient sur les beaux messieurs qu'elles voyaient passer ou qu'elles se renseignaient sur les frères des unes et des autres.

Jemima, qui les avait observées avec une inlassable curiosité, avait la certitude que la plupart consentiraient aux mariages de raison concoctés par leurs familles, que quelques-uns se marieraient cependant avec l'élu de leur cœur, mais que de celles-ci une partie non négligeable deviendrait aussi vite indifférente qu'elle était tombée amoureuse.

Si Jemima n'avait aucune envie d'épouser Jim Veale, ce n'était pas parce qu'elle ne l'aimait pas, ce qui, d'ailleurs, n'avait aucune importance puisque l'amour n'avait rien à voir dans cette affaire. Selon elle, il ne fallait pas tout mélanger. Elle avait acquis la conviction que l'amour rendait les gens vulnérables, ce qui rendait le mariage si dangereux. Elle l'avait bien vu quand Jack était tombé amoureux de Beth Rosser. Après la mort de Beth, leur enfant avait été retiré à Jack et celui-ci n'avait plus parlé pendant plusieurs mois. Sorti de son mutisme, il s'était mué en un infatigable séducteur dont les femmes étaient folles.

Jemima avait longtemps pensé que l'amour n'était pas pour elle. Elle n'en voulait pas. Pourtant, en dépit des préventions dont elle s'était armée, elle découvrait soudain qu'elle n'était pas à l'abri et qu'elle aussi pouvait se laisser aveugler par cette illusion. Soudain elle comprenait à quel point il pouvait être agréable de se laisser entraîner sur la pente dangereuse de la passion, et croire qu'une autre existence était possible, grâce à l'amour.

Le baiser redevenait un peu plus léger, de plus en plus léger, puis leurs lèvres se séparèrent. Jemima retrouva alors la force de repousser le monsieur. Pour cela, elle posa sa main sur la poitrine de celui-ci, et elle perçut les battements du cœur sous sa paume. Leurs regards se croisèrent, et elle reconnut, dans les yeux qui la fixaient, les émotions violentes qui la bouleversaient.

D'un seul coup, la réalité reprit ses droits. Jemima était la fille d'un ramoneur, fiancée à un autre ramoneur. Elle n'avait pas l'intention de perdre la tête pour un monsieur qui n'appartenait pas au même monde qu'elle.

— Je crois que vous me demandez plus de chance que je suis capable de vous en donner, lança-t-elle d'une voix mate, tandis qu'elle s'astreignait à reprendre le contrôle de soi-même.

Elle avait employé le ton si distingué, aux mots tranchants comme des échardes de verre, que les maîtresses de l'école Montagu lui avaient inculqué.

Elle vit les yeux du monsieur s'étrécir.

— Voici que vous parlez comme une dame du monde, lui dit-il avec étonnement. Comment cela se peut-il ?

Consciente de s'être quelque peu trahie, Jemima hésita à répondre. En vérité, elle ne savait que dire et se trouvait fort embarrassée. Heureusement, une jeune fille vint à son secours, en s'écriant :

— Robert, très cher ! Je suis heureuse que vous ayez pu venir vous joindre à nous ! Mais ce n'était pas, j'espère, pour passer tout votre temps à échanger des baisers avec la fille du ramoneur ?

Elle offrit sa joue poudrée afin de recevoir un baiser, elle aussi, mais certainement plus chaste. Puis elle reprit :

— Franchement, vous avez des fréquentations surprenantes, parfois !

Jemima lui jeta un regard noir et néanmoins scrutateur. A peu près le même âge qu'elle, elle arborait un visage émacié et hautain, un regard d'où coulait un insondable mépris pour qui n'était pas de son monde. Faisant les fonctions de demoiselle d'honneur, elle s'était revêtue d'une robe trop décorée, et coiffée d'un immense chapeau croulant sous les roses en organdi, comme si un tombereau de fleurs s'était déversé sur sa tête. Jemima se retint de sourire.

— Bonjour, cousine Augusta.

Le monsieur avait parlé d'une façon si distante ou plutôt, si froide, que Jemima s'empressa de reporter son regard sur lui. Lui voyant un visage contracté comme sous l'effet d'une colère mal rentrée, elle se dit qu'un différend allait s'exprimer là et que la discrétion lui ordonnait de se retirer. Elle recula donc de quelques pas, et éprouva du réconfort à sentir se poser, sur son coude, la main de Jack.

— Tout va bien, Jem ?

— Oui, murmura-t-elle ; tout va bien. Je te remercie, Jack.

— Je t'ai vue avec le milord. Il ne se gêne vraiment pas, celui-là ! Tu veux que je lui règle son compte ?

— Non ! souffla Jemima alarmée, en le retenant par la manche. Pas de scandale, je t'en prie !

Elle reporta son regard sur le monsieur. Il continuait de discuter avec sa cousine, mais par-dessus la tête de celle-ci, c'était Jemima qu'il observait. Il semblait préoccupé ou inquiet. Cette constatation produisit un curieux effet sur Jemima et elle détourna les yeux.

— Partons, Jack. J'en ai assez fait et le père a tout l'argent qu'il voulait.

C'était vrai. Alfred Jewell avait les deux mains dans ses poches gonflées de pièces et il les faisait tinter avec un ravissement non dissimulé. Noir-de-Fumée, le chat noir perché sur son épaule, jetait sur les gens un regard hautain, en montrant ses griffes qu'il sortait et rentrait inlassablement.

Jemima glissa sa main sous le bras de Jack et résista à l'envie de se retourner pour échanger un dernier regard avec le monsieur. Elle sentait le poids de la guinée dans la poche de sa veste et après un long moment d'hésitation, elle y plongea la main pour saisir la grosse pièce dont elle caressa les contours acérés.

Une guinée parce qu'elle était fille de ramoneur et qu'elle avait accepté de donner un baiser censé porter chance... Elle eût été folle d'imaginer que leur rencontre avait une autre signification que celle-là.

L'amour ? une folie, une extravagance... rien de sérieux là-dedans.

— Viens donc, lui dit Jack en tapotant la main qu'elle avait glissée sous son bras. Si tu veux, je te paie une tranche de pain d'épice chez Sal Stanton.

— J'accepte, dit Jemima en souriant.

Malheureusement, Alfred Jewell avait d'autres projets et il le leur fit savoir. Alors qu'ils s'esbignaient, mine de rien, il arriva à toute allure, si vite que Noir-de-Fumée avait dû planter ses griffes dans sa veste pour ne pas être précipité au bas de ce perchoir vivant.

— Eh là ! fit-il en s'approchant. Vous n'allez pas vous tirer comme ça !

— J'ai promis une tranche de pain d'épice à Jemima, expliqua Jack, sur un ton insolent, comme chaque fois que leur père commençait à se montrer odieux.

Plus Jack avançait en âge, plus les confrontations entre le père et le fils devenaient violentes. Un jour, pensait souvent Jemima, ils en viendraient aux mains.

— Il n'est pas question de pain d'épice ! répondit Alfred Jewell dont le visage s'empourprait sous l'effet de la colère. Nous sommes engagés pour toute la journée : nous avons le droit de casser la croûte et ensuite nous gambillons. Jack, on attend de toi que tu fasses valser la mariée.

Jack laissa échapper un long soupir.

— On ne se met quand même pas à table avec ces gens ?

— Notre place est réservée dans la cuisine avec les serviteurs, comme de juste.

— Normal, nous devons toujours nous rappeler où est notre place, marmonna Jack.

Il se tourna vers sa sœur et lui dit avec amertume :

— Allons, viens, frangine. Le spectacle n'est pas terminé.

Augusta Selborne s'était éloignée pour parler avec quelques invités, laissant Rob irritable, très énervé. Eût-il eu besoin d'un argument pour justifier sa répugnance à se marier, qu'il l'eût trouvé dans cette brève rencontre. Augusta avait tenté de le charmer mais s'était rendue odieuse en insultant la fille du ramoneur. Elle était coutumière de remarques perfides que Rob avait appris à ignorer ; il ne les entendait même plus. Cette fois, pourtant, la méchanceté de sa cousine l'avait révolté.

Il regarda autour de lui avec le désir de revoir la fille du ramoneur, et s'aperçut qu'elle s'en était allée. Augusta s'était montrée vraiment très déloyale en attaquant une malheureuse qui n'avait pas les moyens de se défendre. Elle était si gentille... la fille du ramoneur, pas Augusta ! Il avait semblé à Rob qu'elle exhalait un doux parfum d'abricots, de miel aussi peut-être... Il secoua la tête et se donna pour consigne de ne pas se laisser emporter par son imagination. C'était une épouse qu'il cherchait, pas une maîtresse. Quelle mouche l'avait piqué ? Il n'avait pas pour habitude d'acheter des baisers au prix fort.

La jeune fille avait un talent certain de comédienne, car imiter à la perfection l'accent des grandes dames n'était pas à la portée de la première venue. Mais c'était le baiser échangé avec elle qui avait laissé à Rob l'impression la plus forte, la plus étrange aussi. Il n'avait jamais rien connu de tel. Ce baiser l'avait tourneboulé au point qu'il n'avait même pas songé à s'enquérir du nom de cette partenaire inattendue. Voilà qui ne lui ressemblait pas.

Il se pencha pour ramasser une des nombreuses cartes commerciales qui avaient été jetées en pluie, avec les confettis, sur le cortège nuptial au sortir de l'église. Cette carte, taillée aux dimensions d'un prospectus dans un beau papier épais, arborait les armes de la famille royale.

Alfred Jewell, ramoneur et fumiste, se tient à votre disposition au numéro 3 de Great Portland Street. Telle était l'inscription que l'on distinguait parmi le fouillis de fioritures.

Rob esquissa un petit sourire appréciateur. Il apparaissait que M. Jewell occupait une position de maître dans la noble profession des ramoneurs et le faisait savoir au moyen de cette annonce emphatique. Tout à ses réflexions, il plia le document et le fourra dans une poche intérieure de sa redingote. S'il avait un urgent besoin de ramoneur, il saurait où en trouver un. Et s'il lui fallait une fille de ramoneur… Agacé, il secoua la tête pour en chasser cette pensée. C'était le moment de s'adonner à ce genre d'ineptie ! Il avait besoin d'une épouse et semblait de moins en moins près d'en trouver une.

Ferdie et Bertie approchaient. Le premier lui asséna une claque sur l'épaule et lui dit en riant :

— Tu n'as pas l'air dans ton assiette, Rob. Remarque, ça ne m'étonne pas, si Augusta a essayé de te faire du charme. Autant te prévenir tout de suite : je crains que Mère ne t'ait placé près de la chère cousine, à la table du repas.

Rob grimaça et il lui sembla qu'il ne résisterait pas davantage à l'appel des plaisirs que lui offrait son club. Ce repas à côté de la cousine Augusta, non, merci… Puis il se rappela la fille du ramoneur. Peut-être participerait-elle au bal… Peut-être valait-il mieux ne pas essayer de la revoir… Peut-être la reverrait-il, quand même…

Il était déjà bien tard quand Jemima réussit à quitter le bal pour aller prendre le frais dehors. Le repas s'était étiré sur tout l'après-midi, temps pendant lequel Jack et elle avaient dû se morfondre en attendant d'être invités à rejoindre la compagnie pour danser.

Jemima se fit la réflexion que son père avait dû recevoir une forte somme pour ainsi sacrifier une pleine journée de travail afin d'assister à la noce : le bon plaisir d'un lord ne suffisait pas à tout expliquer.

Accablés par l'ampleur de leur tâche en ce jour de festivité, les serviteurs de la grande maison avaient toutefois réussi à faire de brèves apparitions dans l'office pour nourrir le frère et la sœur de pommes de terre et de viande bouillie, avant de filer de nouveau vers la salle à manger pour servir aux invités des mets plus délicats.

Il semblait que le repas dût ne jamais se terminer, mais enfin le signal avait été donné et le bal pouvait commencer. Jemima avait beaucoup dansé, dans les bras d'un monsieur puis dans ceux d'un autre, sans arrêt. En vérité, ces messieurs se la passaient comme une bouteille de porto et s'amusaient d'elle. Elle détestait ce jeu. Non que les messieurs eussent un comportement outrageant ; non ! Ils se contentaient de débiter des allusions égrillardes, pas très spirituelles ; et parfois leurs mains s'égaraient un peu. Il fallait les rappeler à la raison, sans les brusquer, parce que tout cela n'était au fond qu'un jeu, dont Jemima devait s'accommoder à cause des jolies pièces de monnaie qui remplissaient ses poches. Et puis, son père la surveillait, ses petits yeux calculateurs sans cesse posés sur elle. Jack, lui, avait pratiquement disparu, après avoir été littéralement assiégé par un groupe de dames qui exigeaient de danser avec lui, et dont la plus enragée était une veuve décatie, portant une robe de soie bleue au décolleté vertigineux.

Dehors, il faisait déjà froid alors qu'il faisait encore jour. Les brumes montant de la Tamise promettaient un automne précoce. Jemima marchait lentement sur le sentier qui l'éloignait de la maison. Derrière elle, la musique s'éteignait peu à peu, elle n'en distinguait plus que les temps forts, et sur ce rythme, elle se mit à chantonner la rengaine à la mode du moment.

Des flambeaux éclairaient le paysage. Sur le chemin, dans le jardin, elle ne voyait personne. Elle s'arrêta dans l'ombre d'un grand chêne. Sous ses pas, les feuilles mortes craquaient.

— On prend le frais, demoiselle ?

Elle sursauta violemment. Elle s'était vraiment crue seule dans ce jardin ! Et puis, elle avait reconnu cette voix. C'était celle de l'homme désinvolte qui lui avait acheté un baiser à la sortie de l'église. Robert Selborne, que l'on n'appelait que *Rob* Selborne… le comte de Selborne, s'il vous plaît ; bref, le cousin de la mariée.

Pendant le repas, Jemima avait prêté une oreille intéressée à tout ce qu'on avait bien voulu lui raconter sur cet homme, qui, entré récemment en possession de son titre, cherchait à se ranger. Que disait-on de lui ? Qu'il s'était engagé dans l'armée, ce qui lui avait valu une brouille durable avec son père ; qu'il s'était couvert de gloire sous l'uniforme et que le général Wellesley lui-même parlait de lui avec le plus grand respect ; que les dames le trouvaient fascinant, malheureusement un peu trop distant ; qu'il n'inclinait pas aux amourettes sans lendemain et qu'on lui connaissait une seule liaison, celle qui l'unissait à Delaval, son domaine ancestral, en Oxfordshire.

Jemima l'avait aperçu qui prenait part au repas, mais il avait disparu dès que le bal avait commencé, ce qui l'avait déçue, dépitée plutôt. Il lui avait semblé, elle avait cru qu'il chercherait à la revoir.

Et voilà qu'il réapparaissait brusquement devant elle, comme par magie. D'où sortait-il ? Pourquoi souriait-il ?

Jemima se dit que la prudence lui enjoignait de fuir, ce qu'elle eût fait, peut-être, si elle n'avait pas eu les jambes aussi molles. Peut-être ? Rien n'était moins sûr ! En vérité, elle était attirée par cet homme, d'une manière qu'elle ne comprenait pas. Ne devait-elle pas combattre cette attirance ? Ce serait difficile ? Certes ! Le premier pas serait le plus malaisé ; ensuite, l'impulsion étant donnée, il suffirait de se laisser entraîner par le mouvement…

— Excusez-moi, milord, mais je ne savais pas que vous étiez là. Je ne veux pas vous déranger plus longtemps…

Jemima esquissa un pas en retrait.

— Vous ne me dérangez pas ! répondit Rob Selborne. Restez, je vous en prie.

Jemima le vit qui portait une bouteille à ses lèvres. Il but, puis reprit :

— Je jouis du spectacle de ces jardins. Il y avait longtemps que je ne les avais pas vus et j'avais oublié à quel point ils étaient admirables.

Il n'avait pas tort : le panorama était magnifique. L'hôtel Selborne avait été érigé sur une colline peu élevée en bordure de la Tamise, d'où l'on prenait vue sur presque toute la capitale voilée de brumes que le soleil couchant teintait d'or et de pourpre.

— Un petit coup, ça vous dirait ? proposa Rob Selborne en offrant sa bouteille.

Jemima accepta. Elle but, avec précaution, une seule gorgée d'un liquide qui lui parut doux et chaud.

— Du porto, expliqua Rob Selborne ; la boisson idéale pour admirer les effets du soleil couchant.

Il éclata de rire, reporta son regard sur le panorama et reprit :

— Il est rare que Londres offre une vue aussi enthousiasmante.

— C'est vrai que c'est beau, murmura Jemima en se reprochant aussitôt la banalité de sa réflexion.

— Quand un homme est lassé de Londres, c'est qu'il est lassé de la vie…

Jemima ne put s'empêcher de terminer l'énoncé du dicton :

— … car Londres offre à l'homme tout ce qu'il peut désirer dans la vie.

Elle rendit la bouteille et demanda :

— Etes-vous lassé de Londres, milord ?

Le visage de Rob Selborne trahit sa surprise. Bien sûr ! Jemima, appartenant à une classe inférieure, n'était pas censée lui poser une question aussi personnelle ; d'ailleurs, elle n'avait le droit de lui poser aucune question ! Ou alors, il s'étonnait de ce qu'elle fût capable de citer le Dr Johnson ? Toujours est-il qu'après un moment de silence, il donnait une réponse sans détour.

— Non, je ne me lasserai jamais de Londres, miss Jewell. Mais je préfère vivre à la campagne. Et vous ? J'imagine que vous ne voyez pas Londres comme moi.

A son tour, Jemima s'étonna de ce qu'il connût son nom. Il avait dû recevoir une des fameuses cartes grand format que son père distribuait dans toutes les occasions… Mais pourquoi avait-il retenu ce nom dont il n'avait rien à faire ? Jemima savait d'expérience que les classes supérieures éprouvaient quelque difficulté à comprendre que les gens du peuple avaient eux aussi des noms et qu'on pouvait les interpeller autrement que par ces mots : « Eh, vous ! »

— De Londres je connais surtout les cheminées, dit Jemima ;

et pour tout dire, j'en ai soupé ! Je suppose que c'est à cela que vous faites allusion ?

Rob Selborne éclata de rire.

— Avez-vous soupé aussi des mariages aristocratiques ?

— Vous a-t-il semblé que je ne me divertissais pas ?

Il fit une moue.

— A la sortie de l'église, vous aviez l'air de quelqu'un à qui on doit arracher une dent.

— Je souriais !

— Certes, mais vos yeux ne souriaient pas.

Jemima hésita avant de rétorquer :

— Milord est très observateur.

Rob Selborne ne se gêna pas pour dire alors :

— Je vous avais à l'œil.

Un frisson parcourut l'échine de Jemima et elle eut la chair de poule. Elle murmura :

— J'espère que vous étiez le seul à me surveiller.

— Pensez-vous ! Tout le monde vous regardait, miss Jewell, surtout les hommes d'ailleurs. Ne vous inquiétez pas, cependant, car je crois être le seul à avoir remarqué ce que j'ai remarqué. Les autres, j'en suis certain, étaient persuadés que vous vous amusiez.

— Vous aussi, vous vous amusiez, milord, avec cette charmante demoiselle d'honneur qui vous divertissait.

— Ah ! Je constate que vous aussi, vous m'avez épié ! Très intéressant… Hélas pour ma cousine Augusta, je préfère votre compagnie à la sienne, miss Jewell. Je suppose que vous en êtes consciente, puisque je suis ici, dans ce jardin, à discuter avec vous au lieu de danser avec elle.

Non loin du chêne se trouvait un banc rustique, sur lequel Jemima alla s'asseoir. Ayant rassemblé les plis de sa jupe autour de ses jambes, elle reprit :

— Je ne pense pas que Miss Selborne ait à se plaindre, milord.

— Et pourquoi, je vous prie ?

— Pas plus tard que cet après-midi, j'ai saisi, par hasard, quelques bribes d'une conversation de deux dames. Elles disaient que vous vous étiez mis en quête d'une épouse et que votre choix avait toutes les chances de se fixer sur votre cousine.

D'abord, Rob Selborne haussa imperceptiblement les épaules. A une dizaine de pas, Jemima perçut le crissement de la chemise amidonnée. Après quelques secondes de réflexion, il répondit :

— Je crains que cela ne soit vrai, du moins en partie. Je me demande comment il se fait que certaines personnes soient déjà au courant et en parlent aussi ouvertement. Mon père, dans son testament, a édicté des consignes très claires : je dois choisir ma future épouse parmi les demoiselles réunies à l'occasion de ce mariage, faute de quoi je ne percevrai jamais la fortune dont j'ai besoin pour restaurer ma maison.

— Voilà des dernières volontés peu banales, milord. Donc, votre cousine est votre candidate favorite, si j'ose m'exprimer ainsi ?

— Pas du tout ! Je crains de m'être mal fait comprendre, mais je m'en vais maintenant mettre les points sur les i. Aucune des demoiselles ici assemblées n'a l'heur de me plaire. Que feriez-vous à ma place, miss Jewell ?

Jemima haussa les sourcils et répondit :

— Ce que je ferais ? Difficile à dire… Je choisirais celle qui me déplaît le moins et je m'en accommoderais… Enfin, je pense…

— Celle qui me déplaît le moins ?

— Exactement. Songez que vous vous mariez pour une cinquantaine d'années. La vie deviendra vite intolérable pour vous si vous devez la passer avec une épouse que vous ne pouvez plus voir, même en peinture.

Rob Selborne inclina la tête.

— C'est assez bien juger de la situation. Assez bien, car vous oubliez un point important : l'amour. Que faites-vous de l'amour, miss Jewell ?

— N'ayant pas beaucoup de temps moi-même pour penser à l'amour…, commença Jemima, avec une petite moue fataliste, je…

— Je vois. Mais vous ignorez les enseignements de la littérature. D'innombrables poètes et romanciers ont chanté les plaisirs de l'amour.

— Et aussi les souffrances que nous inflige l'amour.

Rob Selborne vint s'asseoir à côté de Jemima, pas tout près, et pourtant elle eut l'impression très nette qu'il dégageait une chaleur qui la pénétrait par tout le corps. Elle pensa que son imagination trop vive lui jouait des tours et qu'elle aurait intérêt à la brider.

— Parlez-vous d'expérience, miss Jewell ? demanda-t-il.

— Non ! s'exclama-t-elle. J'ai observé, c'est tout. Mes connaissances sont de seconde main, milord.

Rob Selborne lui prit la main.

— Vous observez bien car vos baisers sont plus vrais que nature.

Jemima retira sa main qui commençait à trembler. Le rappel du baiser échangé le matin lui donnait des frissons. Afin de donner le change, elle s'astreignit à parler d'une voix très froide, en martelant ses mots.

— Les baisers n'ont rien à voir avec l'amour.

— Je vois… Avec quoi ont-ils à voir, alors ?

Rob Selborne avait parlé d'une voix très grave, dont Jemima ressentit les effets dans tout son être. Ses frissons s'accentuèrent. Agacée, elle porta son regard sur la bouteille de porto. Peut-être en avait-elle bu plus qu'elle ne l'avait cru. Pour reprendre l'avantage, elle se lança dans une explication qu'elle espérait définitive.

— Les baisers sont… Oh ! Vous savez parfaitement ce que j'ai voulu dire. Les baisers ont un rapport avec le désir, l'attraction des êtres, la concupiscence… enfin, toutes ces choses dangereuses.

— Dangereuses ? fit Rob Selborne en se penchant vers elle.

De sa manche, il effleura le bras de Jemima, dont la gorge s'assécha instantanément. Il était très près d'elle maintenant, trop près et pourtant elle eût voulu qu'il se rapprochât davantage. Désespérément, elle appela à la rescousse sa raison évanescente.

— Dangereuses, oui, reprit-elle d'une voix altérée ; dangereuses parce que trompeuses.

Elle se leva avant d'ajouter :

— Excusez-moi, milord. Je suis payée pour danser. Il faut que je m'acquitte de mes obligations.

La main de Rob Selborne se referma sur son poignet, sans brutalité, mais avec suffisamment de fermeté pour lui interdire tout mouvement de fuite.

— Un moment, dit-il. Je pourrais vous payer davantage afin de vous garder avec moi.

Il y eut un long moment de silence troublé seulement par les murmures de la brise et le crépitement des feuilles mortes sous leurs pieds. Puis Jemima répondit :

— Je ne pense pas que cela soit possible. Je n'assure que certains services contre rétribution et encore, je dois l'avouer, à contrecœur.

Rob Selborne sourit pour demander :

— Vos baisers font-ils partie de ces services dont vous parlez ?

— Certainement pas.

— Pourtant, vous m'en avez accordé un.

Le cœur de Jemima fit un bond dans sa poitrine. Sous les doigts de Rob Selborne, elle en était certaine, son pouls battait à une cadence accélérée.

— Vous avez pris plus que ce à quoi vous aviez droit, dit-elle.

— J'en ai la conviction. Mais avez-vous élevé une quelconque objection ?

Il y eut un nouveau silence. Sur le poignet de Jemima, la pression se fit moins forte.

— Non, soupira Jemima, avec honnêteté bien qu'il lui en coûtât d'avouer cela. Je n'ai pas élevé d'objection, mais vous n'aurez pas d'autre baiser.

— Pourquoi cela ?

— Est-il besoin que vous posiez cette question, sir ? Si la fille du ramoneur se montre trop libérale avec ses baisers, on en déduira fatalement qu'elle est trop libérale aussi... avec le reste... Vous voyez ce que je veux dire.

Rob Selborne eut un petit rire qui n'était pas insultant, pas méchant du tout.

— Je comprends, répondit-il. Nous abordons là le domaine des choses que vous disiez dangereuses et trompeuses.

— Exactement.

Rob Selborne rendit sa liberté à Jemima qui, lorsque son bras retomba le long de son corps, se rendit compte qu'elle respirait tout de suite avec plus de facilité. Il eût été sage de s'éloigner alors, ce qu'elle ne fit pas.

Confortablement adossé, Rob Selborne dit alors :

— Je ne vous demande pas un baiser, mais nous pouvons parler. Ce n'est pas trop dangereux, n'est-ce pas ?

— De quoi voulez-vous parler ? demanda Jemima, méfiante.

— Vous pourriez, par exemple, me dire où vous avez appris à connaître Johnson et à parler comme une…

Il ne termina pas sa phrase.

— A parler comme une dame, compléta Jemima. C'est bien ce que vous vous apprêtiez à dire, n'est-ce pas, milord ?

Rob Selborne parut gêné, comme pris en faute, et Jemima en conçut un certain plaisir.

— Je vous demande pardon, répondit-il. Loin de moi l'intention de vous froisser, et ce d'autant moins que j'ai toujours pensé que la distinction, tout comme la noblesse de caractère d'ailleurs, ne sont pas acquises par la naissance.

— Ma naissance, parlons-en ! s'exclama Jemima en souriant. Je suis la fille d'un ramoneur et la petite-fille d'un chasseur de rats. Mais j'ai été élevée chez Mme Montagu, qui dispense une des éducations les plus sévères dans ce pays, ce qui me permet aujourd'hui de me faire passer pour une duchesse s'il m'en prend la fantaisie.

Rob Selborne laissa échapper un petit sifflement admiratif.

— Mme Montagu ! Vous avez reçu l'éducation de Mme Montagu ! Ce n'est pas rien !

— J'en ai conscience. Je lui suis immensément reconnaissante de l'intérêt qu'elle prit pour moi.

— Et malgré votre éducation raffinée, vous persistez à vous considérer comme une fausse valeur ?

La nuit était tombée. Au-dessus du banc, la lune semblait prisonnière des branches du chêne. Elle déversait une froide lumière qui permettait à Jemima de voir que Rob Selborne la regardait avec attention et qu'il semblait perplexe.

— On peut donner une excellente éducation à la fille du ramoneur, répondit-elle en riant amèrement, mais à la fin, si elle assiste à un mariage dans la noblesse, c'est seulement pour se donner en spectacle…

Après quelques secondes de réflexion, elle poursuivit :

— Vous m'avez dit vous être éloigné de l'Angleterre pendant un certain temps, milord. Vous savez peut-être qu'il est difficile de reprendre sa place dans la société après une longue absence.

— Vous êtes très perspicace, miss Jewell, répondit Rob Selborne avec un sourire en coin. Je suis effectivement parti faire la guerre à l'étranger, et quand je suis rentré au pays, je me suis aperçu que tout avait changé.

Sa voix se brisa et cette fêlure éveilla la compassion de Jemima.

— Ma famille avait disparu à cause d'une épidémie. Jamais je n'avais imaginé que je ne reverrais plus les miens.

Sur une impulsion, Jemima posa sa main sur celle de l'homme qui lui semblait soudain très malheureux.

— Je suis désolée, murmura-t-elle. Cela doit être très dur pour vous... de ne pas pouvoir dire à vos parents toutes les réflexions que vous aviez formées à leur intention, au cours de votre éloignement.

Rob Selborne posa son autre main sur celle de Jemima et leurs doigts s'entrelacèrent. Il ne dit rien, mais il n'avait pas besoin de mots pour exprimer sa gratitude... sa gratitude et quelque chose en plus. Ses doigts caressaient avec douceur ceux de Jemima dont le pouls avait des ratés continuels.

Cette attraction qu'elle éprouvait pour cet homme, cet étranger, c'était de la folie. Mais comment résister à l'atmosphère romantique de ce jardin, en cette fin d'été, sous la lune qui souriait d'un air complice ?

Quand Rob Selborne se pencha sur Jemima, elle ne recula pas, n'esquissa même pas un geste de repli.

— Si je vous demandais un baiser, me le refuseriez-vous ? demanda-t-il.

Il était si proche qu'elle ne respirait plus que son eau de

Cologne citronnée, dont les senteurs se mêlaient au parfum viril de sa peau. La tête lui tournait. Elle voulut parler mais ne le put. Elle s'éclaircit alors la gorge et réussit à demander :

— Avez-vous encore besoin de chance ?

— Oui, j'ai besoin de beaucoup de chance. Mais ce n'est pas pour cette raison que je désire un baiser de vous.

Le danger se précisait. Le danger tentait Jemima. Elle ferma les yeux. Un baiser… ce n'était pas dangereux, un simple baiser, un tout petit baiser. Et puis, le plaisir serait si grand. L'ennui était que cet homme était en quête d'une épouse et que ce n'était certainement pas le rôle qu'il envisageait pour Jemima.

Brusquement, elle se leva.

— Mon père doit se demander où je suis passée. Il faut que j'y aille, vraiment.

Rob Selborne se leva.

— Miss Jewell…

Jemima recula. Elle devait mettre de la distance entre eux, faute de quoi elle serait perdue.

— Lord Selborne ?

En l'interpellant par son titre, sur le ton le plus froid qu'elle pût composer, elle le découragerait sûrement. Hélas, le procédé ne fonctionna pas, car Rob Selborne se rapprocha et il persistait à sourire.

Pourtant, il déclara :

— Dans ce cas, je vous souhaite une bonne fin de soirée, miss Jewell ; et bonne chance aussi.

Jemima tressaillit, et honnêtement elle se demanda si elle craignait de recevoir un baiser malgré ces bonnes paroles, ou si, au contraire, elle craignait de ne point le recevoir.

— Moi aussi, je vous souhaite bonne chance, dit-elle d'une voix contenue. Bonne chance pour restaurer votre maison, et bonne chance dans votre mariage avec votre cousine.

Rob Selborne opina gravement. Mais il avait toujours ce sourire en coin qui faisait douter de sa gravité.

— Me souhaitez-vous, vraiment, bonne chance dans mon futur mariage ? Soyez franche.

— Non, pas vraiment… Pour ce qui concerne la restauration de votre maison, je suis sincère, mais pas pour votre mariage. Je dois l'avouer. A mon avis, votre cousine vous rendra fou en moins de douze mois.

Jemima prit alors son élan pour courir vers la maison, et échapper à lord Selborne avant de proférer d'autres insanités. Elle en avait déjà trop dit.

3.

Ballotté sur un océan de souvenirs et d'horreurs, Rob rêvait. Partout régnait le carnage. On jetait des cadavres dans la rue. Les femmes et les enfants couraient pour préserver leur vie. Partout le sang coulait, épais comme une mélasse, mais la soif de sang ne s'apaisait pas. Rob entendait les cris. Il transpirait, il sentait l'odeur du sang aussi distinctement que s'il eût été encore en campagne. Pire encore, il ressentait son impuissance désespérée, et il se disait que quoi qu'il fît, quoi qu'il tentât, il ne pourrait sauver personne.

On torturait les hommes, on violait les femmes, on égorgeait les enfants. Rob assistait à ces scènes démentes qui marquaient son esprit, comme au fer rouge, de stigmates qui jamais ne s'estomperaient. A cheval, il parcourait les rues de la ville.

Soudain, une enfant affalée dans un caniveau, une petite fille aux cheveux noirs ébouriffés et aux yeux agrandis par la peur, tendait les mains vers lui en une supplication muette. Rob se penchait vers elle. Il lui tendait la main en retour. Au moment où leurs doigts allaient se rejoindre, la petite fille était coupée en deux, d'un seul coup de sabre.

La scène disparut dans une sorte de brouillard. Rob entendait encore les hurlements, mais il n'y voyait plus rien. La tête bruissante de toutes ces horreurs, il s'éveilla en sursaut, trempé de sueur, le souffle coupé. Emmêlé dans ses draps, il eut quelque peine à reconnaître le lieu où il se trouvait.

Il resta allongé pendant de longues minutes. Sa respiration se calma progressivement, mais les images horribles, qu'il cherchait à chasser de son esprit, y demeuraient très présentes, très vivantes, aussi obsédantes. Il trouva un dérivatif en reportant son regard sur la fenêtre. Ainsi connut-il qu'une lumière encore grise envahissait sa chambre. L'aube approchait donc. Il en conçut une joie presque enfantine.

Rob se leva. Il se débarrassa de sa chemise de nuit et se pencha sur sa table de toilette pour jeter un peu d'eau fraîche sur son visage. Puis il marcha jusqu'à la fenêtre, dont il souleva les rideaux. Londres, en cette matinée d'août, semblait terne et grise, mais constituait tout de même une vision rassurante parce qu'elle était en paix. Les marchands ambulants appelaient déjà les chalands, leurs cris se mêlaient à ceux des mouettes, tandis que les roues des gros camions grondaient sur les pavés.

En soupirant, Rob laissa retomber les rideaux. Londres était certes une ville magnifique, mais il préférait la campagne, il brûlait de retrouver les champs luxuriants et les forêts giboyeuses de l'Oxfordshire. Pensant à son cher Delaval à demi ruiné pour avoir été trop négligé, il se dit que cette situation avait assez duré et qu'il y mettrait fin. Sa résolution était prise, il n'avait que trop tergiversé. Il ne laisserait plus cette maison s'abîmer davantage et ses pierres tomber dans les herbes indisciplinées du parc.

Et s'il ne pouvait pas satisfaire aux conditions imposées par les deux testaments ? Ferdie hériterait de tout l'argent. Et lui, Rob, que ferait-il alors ? Il trouverait un moyen pour accomplir son rêve.

Un rayon de lumière blafarde tombait sur un morceau de papier froissé sur la table près de la fenêtre. Rob s'en empara et reconnut la carte, le prospectus plutôt, d'Alfred Jewell.

Il sourit. Miss Jewell lui avait suggéré d'épouser la demoiselle qui lui déplairait le moins. Hélas, toutes les jeunes filles présentes au mariage d'Anne Selborne lui avaient paru, toutes, infiniment ennuyeuses, infiniment prétentieuses, infiniment inintéressantes ; toutes, sauf Miss Jewell elle-même…

Rob s'employa à défroisser le papier. Une idée venait de germer en lui, idée si loufoque mais en même temps si séduisante, qu'il ne sut s'il devait l'adopter ou au contraire la rejeter s'il ne voulait pas se rendre ridicule. D'un autre côté, il ne s'agissait que de ridicule. Qu'avait-il d'autre à perdre ? Il énoncerait son idée et on lui dirait d'aller se faire voir ailleurs…

Rob s'habilla en vitesse et, le papier en poche, il sonna son valet de chambre. Sa décision étant prise et son plan arrêté, il ne s'agissait plus de perdre son temps.

— Je ne peux pas !

Au dernier moment, Jemima avait changé d'avis. Elle n'avait pu tenir la promesse faite à Jack et avait déclaré à son père que non, décidément, elle ne pouvait se résoudre à épouser Jim Veale.

La famille s'était rassemblée dans le salon de la confortable maison de Great Portland Street, vaste pièce encombrée de meubles sur lesquels s'amoncelaient les bibelots et les cuivres amoureusement collectionnés par Mme Jewell. Il semblait que celle-ci, après avoir vécu de nombreuses années dans la pauvreté, eût éprouvé le besoin de se rassurer en accumulant autour d'elle les symboles matériels de sa nouvelle prospérité.

Parfois, Jemima songeait que sa mère s'était engagée dans un processus qui s'emballait et auquel il lui était devenu impossible de mettre un terme. Les objets, donc, devenaient chaque jour plus nombreux. Sur le manteau de la cheminée, les poupées en porcelaine disputaient le peu de place disponible avec une hideuse horloge en marbre et plusieurs candélabres en cuivre. Les murs se couvraient de chromos représentant des paysages convenus ou des scènes de genre. Le salon ne contenait pas moins d'un sofa et de cinq gros fauteuils assortis, qui rendaient difficile le passage entre les trois tables en noyer ciré. Tout ce fatras était soigneusement entretenu, on n'y eût pas trouvé un seul grain de poussière. Quant à la cheminée bornée par un pare-feu hermétique, il semblait qu'elle n'osât même pas fumer.

En contemplant ce capharnaüm, Jemima songeait souvent aux paroles de Mme Montagu : « Moins, c'est mieux. Dans l'ameublement comme dans l'habillement, le style le plus élégant est toujours le plus simple. » Jemima en était convaincue. Il n'empêchait qu'elle considérait avec indulgence la manie accumulative de sa mère.

Alfred Jewell ne semblait pas à sa place au milieu de cet univers très féminin. Il ne pénétrait pas souvent dans le salon, et seulement quand des circonstances solennelles requéraient sa présence à quelque conseil de famille. Il préférait vaquer à ses occupations professionnelles, superviser le travail de ses employés de bureau, dans une autre partie de la maison.

Ce gros homme rougeaud, au visage orné d'une magnifique moustache et de favoris abondants, venait d'entendre la déclaration de sa fille et son visage en devenait plus rouge encore. Il éructa :

— Tu ne peux pas épouser Jim ? Mais il ne s'agit pas de pouvoir, ma petite ! Tu l'épouseras, un point c'est tout. Les bans seront proclamés la semaine prochaine et il n'y a rien d'autre à dire.

Jemima joignit les mains et entrelaça ses doigts. Elle était assise sur le sofa, dont l'accoudoir lui entra douloureusement dans les côtes alors qu'elle esquissait un mouvement de repli parce qu'elle avait cru que son père allait la frapper. En face d'eux, Mme Jewell avait pris place dans un fauteuil et son regard inquiet allait de l'un à l'autre. Elle murmura, dans un souffle :

— Oh, ma chère petite, ma chère petite… Tu dois obéir à ton père. Jemima, tu ne peux pas faire autrement…

Jemima savait que jamais sa mère n'interviendrait pour la soutenir contre son père. Une fois, Mme Jewell avait dit qu'il était dommage, à son avis, que sa fille ne pût épouser un gentleman puisqu'elle avait reçu une éducation qui la rendait digne d'appartenir à la bonne société, mais lorsque le mariage avec Jim Veale avait été projeté, elle n'avait pas émis un seul mot de contestation. Jack ne se trouvait pas là non plus pour seconder sa sœur. Il s'en était allé passer son temps dans un estaminet et nul ne pouvait prétendre savoir quand il rentrerait à la maison.

Jemima affronta les yeux très noirs de son père. Elle essaya d'exposer avec calme son point de vue.

— Je ne peux pas épouser Jim Veale, papa, parce que j'étoufferais avec lui.

Les sourcils d'Alfred Jewell se rapprochèrent dangereusement l'un de l'autre.

— Tu étoufferais ? Qu'est-ce que ça veut dire ? Jim Veale est un brave garçon et…

— Je sais que c'est un brave garçon. C'est juste qu'il… que je… que nous ne sommes pas faits l'un pour l'autre… plus maintenant.

Elle eut l'impression que ses mots étaient de petites vagues impuissantes à entamer l'indifférence rocailleuse de son père. Qu'importait à cet homme que sa fille dépérît aux côtés de Jim Veale ? Il se moquait qu'il n'y eût pas de conversations intéressantes entre elle et son mari. Il lui était parfaitement égal qu'elle se morfondît dans un univers sans livres. Lorsqu'elle avait quitté l'école de Mme Montagu, il avait consenti, non sans maugréer, à ce qu'elle pût rendre visite à ses professeurs, en précisant toutefois que ces fantaisies cesseraient dès le jour de son mariage. Madame Jim Veale, en effet, ne pouvait décemment courir les musées et les théâtres en compagnie d'autres bas-bleus de son espèce, au risque de ridiculiser son mari aux yeux de tout Londres ! Quel mari pouvait accepter cette infortune ?

Alfred Jewell prit sa fille par les épaules, il lui planta ses doigts dans la peau et la secoua comme un prunier.

— Ecoute-moi, ma fille. Tu ferais bien de comprendre ce qui est bon pour toi et de le comprendre vite, parce que je n'ai pas envie de le répéter deux fois. Si je t'ai envoyée dans une bonne école, c'est uniquement pour que tu apprennes à lire et à écrire, afin de pouvoir aider Jim dans la tenue de ses livres de comptes. Si j'avais deviné que tout ce savoir te monterait à la tête, j'aurais changé mon fusil d'épaule, permets-moi de te le dire ! Mais fais-moi plaisir, oublie tes grands airs et tâche de redevenir une bonne fille avant que je me fâche vraiment.

Il la secoua de nouveau, encore plus fort. Jemima tenta un mouvement de retrait, pour échapper aux deux étaux qui lui broyaient les épaules, au regard injecté de sang qui lui faisait peur, ainsi qu'aux postillons qui la dégoûtaient.

— Père ! implora-t-elle ; je t'en supplie. Laisse-moi un peu de temps…

Alfred Jewell poussa un long hurlement de bête blessée. Puis il essaya l'ironie, demandant sur un ton ironique :

— Du temps ? Combien de temps te faudrait-il, ma petite fille ?

Il n'avait pas l'esprit qu'il fallait pour persister dans ce jeu trop subtil pour lui. La rage le submergea, il s'emporta. Repoussant Jemima, il se tourna vers la table placée devant lui et balaya, d'un revers de la main, les livres qui y étaient empilés. Ils s'envolèrent comme une nuée d'oiseaux affolés et retombèrent avec bruit sur le parquet ciré. Et alors, non satisfait encore, il se pencha pour les ramasser un à un et les jeter dans les flammes, par-dessus le pare-feu. Animé d'une joie mauvaise, il clamait :

— Et tiens ! Celui-ci, il brûle à cause de tes grands airs ! Et celui-là, pour t'apprendre à respecter tes parents. Ah ! on n'est peut-être plus assez bien pour toi ? Tu vas voir que, si mal éduqué que je sois, je peux encore me faire respecter. Tu vas savoir qui commande dans cette maison !

Jemima prit une longue inspiration et s'efforça de garder son calme. Son précieux exemplaire du *Château Rackrent* partait en fumée sous ses yeux, mais par chance, elle avait laissé *Frédéric et Caroline* en haut, dans sa chambre. Les larmes lui piquaient les yeux. Elle avait été sotte de provoquer ainsi son père, mais elle n'avait pu se retenir d'exprimer ce refus monté du plus profond d'elle-même et motivé par sa crainte de mourir d'ennui à petit feu dans la maison du père de Jim, privée de toutes les choses dont elle avait besoin pour vivre.

Et pendant ce temps, sa mère parlait, parlait très vite, d'une voix haut perchée, en se tordant les mains. Elle souffrait de ce qui arrivait à Jemima, mais elle ne pouvait se résoudre à lui donner raison.

— Ma chère enfant, lui disait-elle, tu l'as dit toi-même : Jim est un brave garçon, gentil et travailleur. Tu ne peux pas rêver d'un meilleur mari que lui. Tu habiteras dans la maison de ses parents, qui n'est pas très loin d'ici et qui est presque aussi belle que la mienne. Tu auras de beaux enfants. Et quand Jack aura épousé Mattie, nous serons tous une grande et magnifique famille. Tu pourras dire alors…

— Ingrate ! aboya le père.

La mère et la fille sursautèrent. Bien lancé, il poursuivit :

— Chienne !

Jemima en eut le souffle coupé. Elle avait l'habitude de ce

genre de langage, pour l'avoir entendu parler, depuis sa plus tendre enfance, dans la rue, elle connaissait des mots beaucoup plus crus que celui-là et autrefois elle ne se choquait plus de les entendre proférer à tout instant. Autrefois, oui… A présent, son éducation lui faisait trouver horrible le mot qui venait d'être prononcé, et le fait qu'il s'appliquât à elle n'entrait même pas en ligne de compte. Simplement, elle ne pouvait plus supporter ce genre d'invectives. Elle était trop raffinée pour cela.

Elle ne livra pas à son père le fond de sa pensée, mais celui-ci comprit, à la regarder, ce qu'elle avait en tête. Son regard noir devint terrible. Il ricana.

— Oh ! Mais c'est que mon grossier langage irrite les oreilles délicates de Mademoiselle ! N'est-ce pas ? Je crois qu'il est temps de te rappeler à quel monde tu appartiens.

Le premier coup de poing écrasa l'oreille de Jemima. Etourdie, elle eut la présence d'esprit de s'emparer d'un coussin pour se protéger, ce qui ramena certains souvenirs à sa mémoire. Elle se revit quand, petite fille, elle réussissait à éviter les coups de son père en courant autour de lui. Hélas, elle n'était plus une petite fille, elle n'avait plus autant d'habileté. Heureusement, sa mère vint à son secours, en s'accrochant au bras qui se levait encore, pour le retenir, tandis qu'elle prononçait, d'une voix craintive, des paroles apaisantes.

— Alfie, je t'en prie, arrête ! Tu n'as pas le droit de frapper Jemima ainsi. Elle est une dame, maintenant. Et c'est toi qui as voulu qu'elle soit une dame.

Le bras de la brute retomba lourdement. Soudain calmé, désemparé aussi, Alfred Jewell grommela en désignant sa fille :

— J'ai voulu, c'est vrai, mais regarde ce qu'elle est devenue. Elle lit trop ! Elle pense trop !

Jemima eut envie de rire. Hélas, elle se réjouissait prématurément. Le courroux de son père n'était pas éteint, il n'avait connu qu'une accalmie. Elle reçut un nouveau coup qui la cueillit sous le menton et l'envoya en arrière et l'arrière de son crâne heurta durement l'accoudoir du sofa. Une douleur intense lui vrilla la tête, sa vision s'obscurcit et devint floue. Elle vit, comme dans un cauchemar, sa mère repoussée sauvagement par son père, qui partait en arrière et s'affalait devant la cheminée.

Elle entendit s'élever alors la voix de Jack et se dit alors que cette scène indigne allait prendre fin. Mais pourquoi donnait-il du poing sur la porte avec une telle frénésie ? Parce que la porte était fermée à clé ! Une fois encore, elle s'était abusée ! Le désespoir l'envahit, puis la résignation. Son père arrivait sur elle.

Mme Jewell s'était relevée, mais elle restait assise sur le plancher, ses cheveux défaits retombant sur son visage, les yeux agrandis par l'horreur. Elle n'interviendrait plus.

Jemima tenta de se mettre debout afin de mieux se défendre, mais elle s'emmêla dans les plis de sa robe et retomba sur le sofa. Les yeux fermés, elle s'attendit au pire.

Le premier coup de ceinture lui cingla une épaule, elle reconnut la douleur familière de la lourde boucle de fer qui déchirait sa peau. Elle rouvrit les yeux et, sans y penser, jeta les deux mains en avant pour saisir la longue lanière de cuir qui sifflait de nouveau. Elle tira de toutes ses forces, réussit à désarmer son père, mais elle avait tiré si fort qu'elle roula au bas du sofa. Elle tomba sur le plancher, et une fois encore sa tête prit un coup terrible.

Jemima vit son père qui se penchait sur elle, silhouette terrible qui occupait tout son champ de vision. Puis elle entendit la porte qui cédait, dans un craquement terrible, sous les coups d'épaule de Jack. Peut-être sourit-elle avant de perdre conscience.

*
* *

Rob n'avait pas imaginé une seule seconde qu'il lui serait si difficile de se faire admettre auprès de Miss Jewell. Il avait trouvé la maison de Great Portland Street sans trop de problème, grâce au hérisson métallique, accroché à un mât devant la porte, qui signalait la maison d'un maître ramoneur. Mais, alors qu'il s'apprêtait à soulever le marteau, il s'était avisé que la famille tout entière pouvait se trouver rassemblée, et que, dans ce cas, il devrait sans doute s'expliquer avec tout le monde avant d'obtenir l'autorisation d'un tête-à-tête avec Miss Jewell, ce qui risquait de prendre un certain temps.

Sur le seuil, il hésita un long moment, la main posée sur le marteau, avant de se rendre compte que la porte était entrouverte. Une ou deux secondes plus tard, il entendit un craquement sinistre venant de l'intérieur de la maison puis des voix furieuses donnant à penser qu'on vidait là une querelle d'importance. Dès lors, il n'avait plus à hésiter. Il poussa la porte et entra.

Il se trouva confronté, dans le corridor, à une scène confuse. Une petite servante se tenait là, son tablier sur la tête, et elle pleurait à chaudes larmes, tandis qu'un homme, en qui Rob reconnut Jack Jewell, donnait de l'épaule contre une porte et jurait comme un charretier parce qu'il ne parvenait pas à s'ouvrir un passage. Il se retourna en entendant un bruit de pas derrière lui, et il avait un regard si plein de violence que Rob, d'instinct, se raidit et se tint prêt à résister à une attaque.

De l'autre côté de la porte qui ne voulait pas céder, se firent entendre un bruit de porcelaine brisée, puis un cri de femme qui cessa brusquement. Jack Jewell ordonna alors :

— Aidez-moi au lieu de rester planté là. Elle est à l'intérieur.

Rob comprit sans avoir besoin de plus amples explications. En même temps que Jack Jewell, il se jeta contre la porte qui céda sous leurs efforts conjugués. Les deux hommes s'affalèrent sur les débris de la porte, et quand ils se relevèrent, ils affrontèrent l'horreur.

Elle était allongée sur un sofa et sa tête reposait sur un coussin. Quelqu'un lui tenait une main et la caressait avec gentillesse. Elle sentait qu'on passait, sur son visage, un linge humide dont elle appréciait la fraîcheur.

Jemima éprouvait quelque peine à mettre ensemble toutes ces informations pour en tirer un enseignement sur sa situation. Une sorte de paresse l'empêchait de lutter contre cet engourdissement de tout son être. Ce fut seulement quand elle entendit une voix très calme mais pleine d'autorité, qu'elle ouvrit les yeux.

Rob Selborne était assis près d'elle sur le sofa, c'était lui qui appliquait le linge humide sur son visage. Quand les yeux de Jemima eurent accommodé, elle s'aperçut qu'il lui souriait avec une incroyable tendresse, et ce fut un tel choc pour elle qu'elle cilla. La main de Rob, sur son épaule, dont elle reconnaissait le parfum, avait un poids rassurant. Toutes ces impressions la rendirent confuse, elle crut qu'elle allait être prise de faiblesse, elle ne put retenir quelques larmes qui roulèrent sur ses joues. Désolée de se montrer si piteuse, elle baissa les paupières.

— Ne bougez pas, lui souffla Rob. Vous êtes en sécurité, maintenant. Votre frère a emmené votre mère à l'étage et je crois… qu'il aide votre père à retrouver ses esprits sous la pompe, dans la cour.

Sa voix s'était durcie pour prononcer ces derniers mots. Prêtant l'oreille, Jemima entendit, venant de l'extérieur, un bruit d'eau qui lui donna confirmation de ce qu'elle venait d'entendre. Elle essaya de se lever en disant :

— Il faut que j'aille aider ma mère.

— Votre servante s'en occupe. Mais vous, êtes-vous blessée ?

Jemima esquissa un mouvement et grimaça de douleur. Elle vit alors se contracter la mâchoire de Rob et comprit alors — ce qui la toucha au cœur — qu'il n'avait pas trop de toute sa volonté pour dissimuler ses sentiments, et encore n'y parvenait-il pas parfaitement. La fureur se lisait dans ses yeux. Il se retenait de ne pas descendre dans la cour pour rosser Alfred Jewell, et s'il restait là, c'était par égard pour elle. Cette idée la bouleversa. En même temps, elle éprouva de la honte à cause de l'image qu'il avait des siens. Franchement, avait-on envie de présenter une telle famille à un homme tel que lui ? Elle éprouva le besoin de présenter ses regrets, d'expliquer.

— Je suis désolée…, commença-t-elle.

Il l'interrompit. Sa voix était dure encore, métallique.

— Vous n'avez pas à être désolée. Etes-vous blessée ? Pouvez-vous marcher ?

Elle réussit à s'asseoir, mais porta sa main à son front.

— J'ai un peu mal à la tête, mais c'est tout. Je crois qu'il ne me faudra pas longtemps pour me rétablir.

— Vous avez une ecchymose sur la clavicule.

Jemima rougit et s'empressa de cacher cette partie d'elle-même qu'elle avait malencontreusement dévoilée.

— La boucle du ceinturon, soupira-t-elle. Ce ne sera rien.

Ils se regardèrent pendant un long moment.

— Vous ne pouvez pas rester ici, finit par dire Rob. J'ai besoin de savoir que vous ne courez plus aucun danger.

Une autre voix se fit alors entendre.

— Tout ira bien. Je veillerai sur elle.

Jemima sursauta. Jack entra dans le salon, et il sembla que l'air s'électrisait. Jack avait la mâchoire saillante d'un homme décidé à en découdre, et il regardait Rob avec l'assurance d'un boxeur certain de remporter le combat. De son côté,

Rob soutint ce regard malveillant posé sur lui, il parut même s'en amuser.

Jemima leva la main. Elle n'avait pas besoin d'une nouvelle démonstration des talents masculins. Mais il fallait s'en rendre compte, hélas, l'alliance entre Jack et Rob n'avait duré que le temps d'enfoncer la porte.

— Jack, dit-elle, je pense que nous devrions remercier Lord Selborne pour l'aide qu'il nous a apportée.

Les deux hommes reportèrent leur regard sur elle. Pas un ne bougea. Puis Rob soupira et tendit la main.

— Je suis rassuré de savoir que votre sœur est désormais sous votre protection, Jewell.

Jack le dévisagea avec insolence, puis il examina la main tendue comme s'il ne comprenait pas ce qu'on attendait de lui. Jemima lui adressa un regard furieux. Alors il soupira et serra cette main, en marmonnant :

— Merci pour votre aide, Selborne.

Les deux hommes avaient l'air de souffrir autant que si l'on venait de leur arracher quelques dents. Les voyant ainsi, Jemima eut envie de rire. Elle se sentait mieux, tout à coup.

Rob se tourna vers elle.

— Je vous souhaite une bonne nuit, miss Jewell. Je me permettrai de passer demain pour prendre de vos nouvelles.

Il s'inclina et sortit, passant devant Jack comme si celui-ci était brusquement devenu invisible.

— Qu'est-ce qu'il voulait ? demanda Jack alors que la porte se refermait.

Jemima fronça les sourcils. Elle avait très mal à la tête, ses idées s'embrouillaient. Elle n'avait qu'une envie : se mettre au lit et dormir, dormir.

— Je n'en sais rien, répondit-elle. Je n'ai même pas pensé à lui demander pourquoi il se trouvait ici.

Jack lui accorda un long regard dubitatif, ironique aussi.

— Je suppose, finit-il par déclarer, qu'il ne venait pas voir s'il t'était possible de ramoner sa cheminée ?

Jemima détourna le regard.

— Je ne pense pas, murmura-t-elle.

Plus tard, quand la servante lui eut apporté une compresse froide pour sa tête et des onguents pour ses ecchymoses, Jemima s'allongea avec délice dans son lit. Tournant la tête vers la fenêtre, elle considéra le désordre des toits au-dessus desquels scintillaient des myriades d'étoiles.

Jack était parti, de nouveau. Il s'en était allé à la taverne, avec l'intention avouée d'en revenir complètement ivre. Il en agissait ainsi après chaque querelle avec son père et c'était le seul moyen qu'il eût trouvé pour supporter cette situation.

Il n'avait plus évoqué la visite de Rob Selborne, et le père non plus n'en avait pas parlé — ce qui n'avait rien d'étonnant — quand il s'en était revenu de la cour, trempé de la tête aux pieds et marmonnant un long chapelet de jurons. Peut-être pensait-il, lui, que Rob Selborne avait quelque cheminée à ramoner ? Mais de cette visite il ne fallait plus parler, parce qu'elle était trop humiliante pour la famille Jewell. Quel spectacle déplorable ils avaient donné ! C'était comme si l'heure précédente avait été effacée des mémoires, comme s'il ne s'était rien passé du tout.

Rob Selborne avait dit qu'il reviendrait. Jemima pensait qu'il tiendrait parole.

Elle savait pourquoi il était venu. Il voulait lui demander de devenir sa maîtresse. Pour la première fois de sa vie, elle inclinait à accepter. Elle pensa longuement à cet homme. Elle évoqua le baiser qu'ils avaient partagé. Elle évalua la façon dont il l'avait regardée. C'était un homme très honorable, qui la séduisait plus par sa droiture et son intégrité que par ses qualités physiques indéniables…

Pourtant, ce serait folie de céder à Rob. Que se passerait-il quand cette liaison se terminerait ? Même fondée sur un amour réel et sincère, elle se terminerait fatalement. Jemima savait que les histoires d'amour finissent toujours dans la tristesse et le malheur. Elle avait tant d'exemples en tête ! En outre, ce ne serait pas en se donnant temporairement à un membre de l'aristocratie qu'elle acquerrait l'indépendance dont elle rêvait.

Quoique…

Jemima reporta son regard sur le ciel noir comme l'encre, piqueté d'étoiles à l'éclat métallique. Sa douleur se réveillait. Elle éprouvait des difficultés à mouvoir son épaule heurtée par la boucle du ceinturon. Elle soupira en pensant qu'elle n'avait qu'à prendre son mal en patience. Elle était habituée, depuis longtemps, à supporter ces petites misères.

Dès sa plus tendre enfance, elle avait dû pratiquer l'escalade à l'intérieur des cheminées. Elle s'y était usé les mains et les pieds. Elle avait travaillé de l'aube au crépuscule, et lorsque son père lui annonçait qu'elle en avait terminé, elle éprouvait toutes les peines du monde à ne pas s'écrouler aussitôt pour dormir, afin de ne pas perdre une précieuse minute de sommeil.

Plus éprouvante était maintenant la souffrance morale, le sentiment qu'elle n'évoluait pas dans un monde fait pour elle, ou plutôt qu'elle n'était pas faite pour le monde dans lequel son destin l'avait jetée. Elle pensait trop… Peut-être son père avait-il raison, après tout. Elisabeth Montagu lui avait appris à réfléchir, à se remettre en cause, et elle ne pouvait plus s'en empêcher. Mais à quoi cela lui servait-il ?

Elle avait pensé plusieurs fois à fuir la maison pour s'établir, très loin, comme gouvernante ou comme maîtresse d'école. Peut-être était-ce la solution ? Ces métiers offraient aux demoiselles un moyen honorable de gagner leur vie et leur indépendance. Elle se sentait aussi capable qu'une autre d'occuper ce genre de position.

L'ennui était qu'elle avait la société contre ellc. Elle détenait certes des certificats élogieux rédigés par Elisabeth Montagu et par Miss Hannah More, mais les familles dans lesquelles elle rêvait de trouver une place, ne voudraient jamais de la fille d'un ramoneur.

Elle pourrait postuler pour une place de maîtresse dans son ancienne école et nul doute que la directrice, Mme Gilbert, serait heureuse de l'accueillir, mais alors, il serait trop facile pour son père de la retrouver et de la ramener à la maison pour procéder à une nouvelle distribution de coups.

Elle soupira. L'indépendance d'esprit était une chose ; la liberté réelle, une autre.

Je me permettrai de passer demain pour prendre de vos nouvelles.

Jemima savait que Rob viendrait. Demain. Elle avait toute la nuit pour se décider.

4.

Rob donna sa carte à la petite servante et demanda si Dame Jewell était visible.

En dépit du fait que cette fille l'avait vu la veille, elle le dévisageait d'un air stupide. En outre, il était clair qu'elle ne savait pas lire la carte. Deux fois, elle répéta, d'une voix monocorde, que le maître et le jeune maître étaient partis travailler, et que si Monsieur voulait leur parler, il devrait revenir plus tard, en fin de journée de préférence.

Rob expliqua une fois encore qu'il voulait voir Dame Jewell. Ayant absorbé ces explications, la bouche grande ouverte, la servante dut réfléchir encore un long moment avant de répondre que la maîtresse était allée faire son marché.

Il ne fallut pas moins de cinq minutes supplémentaires pour expliquer que ce n'était pas Mme Jewell, mais Miss Jewell que Rob désirait voir. Cette idée traça son chemin sous le crâne de la servante, qui comprit, mais sembla n'en pas croire un mot.

Enfin elle se décida à faire entrer Rob dans le salon, où elle le pria de s'asseoir et d'attendre. Elle s'en alla. Rob se demanda s'il la reverrait.

Il examina le cadre dans lequel il se trouvait et il le jugea fascinant. Il n'avait jamais pénétré dans la maison d'un riche plébéien et la veille, il n'avait pas eu le loisir d'étudier ce milieu. Puisqu'il en avait maintenant le temps, il s'absorba avec délices dans cette étude.

Il s'agissait d'une maison moderne, pourvuc d'un mobilier certainement très onéreux, mais de mauvais goût, dont l'élément le plus remarquable, une haute horloge, égrenait bruyamment les secondes. Mais ce qui frappait surtout, dans cette pièce, c'était l'accumulation des bibelots. Il semblait qu'on s'était évertué à ne pas laisser vacante la moindre petite place.

Sur le manteau de la cheminée dansaient une douzaine de dames en porcelaine, elles se faufilaient entre d'innombrables chandeliers de toutes tailles et de toutes formes. Le sofa s'agrémentait de sept ou huit gros coussins et chaque fauteuil n'en comportait pas moins de trois, plus petits. Sur les tables s'accumulaient les babioles : bouteilles de parfum vides, petites maisons en terre cuite, nains et fées. Sur le dossier d'une chaise avait été disposé ce qui semblait être un voile de mariée, orné de perles.

En revanche, on ne voyait ici aucun livre, si ce n'est celui qui n'avait pas fini de se consumer dans la cheminée. Curieux, Rob voulut savoir de quoi il s'agissait, et il s'agenouillait devant l'âtre quand il entendit derrière lui :

— Lord Selborne ?

Il se releva si vite qu'il faillit s'assommer contre le manteau de la cheminée. Miss Jewell se trouvait derrière lui, sur le seuil de la pièce. Elle portait une robe en mousseline jaune jonquille, et dans ses cheveux noirs, elle avait noué des rubans de couleur assortie. Elle semblait si jeune, si jolie, si fraîche... Dans sa main elle tenait la carte de Rob. Comme elle avait une tache d'encre à un doigt, il se demanda s'il ne l'avait tirée de quelque travail d'écriture.

Elle parla, d'une voix très calme, bien posée. Elle avait, de nouveau, les accents d'une grande dame. Rob en déduisit qu'elle avait retrouvé son système de défense et qu'elle agissait comme si les événements de la veille n'avaient pas eu lieu. Pourtant, quand il put la regarder de plus près, il nota qu'elle avait une veine, à la base du cou, qui palpitait avec rapidité, ce qui lui donna à penser qu'elle n'était peut-être pas aussi tranquille qu'elle voulait donner à le penser.

— C'est gentil d'être passé me voir, lui dit-elle. En outre, vous me donnez l'occasion de vous remercier pour l'aide que vous m'avez apportée hier.

Rob eut un mince sourire. La jeune fille lui manifestait une réserve plus marquée que ne l'exigeaient les règles de la bienséance, et il était à parier qu'elle ne l'inviterait pas à s'asseoir. Evidemment, il était possible qu'elle fût embarrassée à cause de la situation délicate dans laquelle il l'avait trouvée la veille et qu'elle n'eût aucune envie d'en parler avec lui, ce qui se pouvait concevoir. Ou alors, elle avait eu le temps de se demander pourquoi il venait frapper à sa porte et était parvenue à la conclusion qui lui paraissait la plus évidente… et pas très honorable. Dans un cas comme dans l'autre, il devait prendre l'initiative s'il ne voulait pas se laisser éconduire sans avoir aucune chance de revenir.

Il s'inclina donc et prit la main de Jemima.

— Bonjour, miss Jewell. Il me semble que je vous trouve en excellente santé et je m'en réjouis.

Il sentit, sous ses doigts, s'accélérer le pouls de la demoiselle tandis qu'elle essayait de lui soustraire sa main. Il la vit rougir aussi, ce qui lui causa un plaisir indicible, car elle lui donnait ainsi la preuve qu'il ne lui était pas totalement indifférent.

— Merci, répondit-elle en évitant de croiser son regard. Je me porte le mieux du monde, en effet.

Après un petit moment de silence, Rob reprit :

— Si je me suis permis de frapper à votre porte hier soir, c'est que j'espérais avoir une entrevue avec vous.

Le regard de Jemima revint se poser sur lui ; regard ironique que celui-là, sous les sourcils froncés...

— Vraiment ? fit-elle d'une voix flûtée. Lord Selborne, j'éprouve quelque difficulté à imaginer de quel sujet vous souhaiteriez débattre avec moi.

Il montra les fauteuils.

— Serait-il possible que nous nous asseyions ?

Elle considéra cette proposition, non d'un point de vue protocolaire ; elle y réfléchit vraiment, pesant le pour et le contre très certainement. Après un assez long moment, elle opina du chef, prit place dans le fauteuil agrémenté du voile de mariée. Ce voile, elle le prit et le plia très vite pour le placer à côté d'elle sur le siège. Rob eut une intuition.

— Est-ce à vous ?

— Oui, répondit la jeune fille, d'une voix éteinte, tandis que la détresse se lisait brusquement dans ses yeux violets. Je dois me marier dans trois semaines.

Rob ressentit la déception comme un coup de poing dans l'estomac.

— S'il en est ainsi, murmura-t-il, j'arrive un peu tard pour vous présenter mon offre.

— De quelle offre s'agit-il, milord ?

Rob eut un léger haussement d'épaules. Il se sentait gauche tout à coup, un peu ridicule aussi. Allait-il oser importuner Miss Jewell avec sa proposition de mariage, quand il venait d'apprendre qu'elle était déjà fiancée ? Quelques secondes lui suffirent pour décider que non.

— C'est sans importance, dit-il donc. J'avais l'intention de vous présenter une proposition, mais il serait inopportun de persévérer.

— Dites toujours.

Rob dévisagea Jemima et eut la très nette impression que l'ironie s'était rallumée dans son regard. A l'évidence, elle avait une idée très précise sur ce qu'il était venu lui proposer et ce n'était sans doute pas la première fois qu'elle recevait la visite d'un gentleman intéressé par ses charmes. Il se demanda combien elle en avait déjà reçu, et s'il lui était arrivé d'en accepter.

— Vous vous souvenez sans doute de la conversation que nous eûmes, voici quelques jours ? Vous savez que je suis à la recherche d'une épouse ? J'étais tout simplement venu vous demander si vous accepteriez de m'épouser.

Il la vit écarquiller les yeux et le regarder comme s'il avait perdu la raison. Puis elle se leva et, d'un pas incertain, se dirigea vers la cheminée près de laquelle se trouvait le cordon. D'un bond il se leva à son tour et réussit à lui saisir la main avant qu'elle eût appelé la servante.

— Attendez ! lui dit-il d'une voix pressante. Laissez-moi au moins vous expliquer.

Elle lui accorda un long regard dubitatif. Puis sur ses lèvres se dessina un sourire plein de malice, tandis qu'une petite lumière se mettait à danser dans ses yeux. Enfin elle secoua la tête, plusieurs fois, d'une façon qui donnait à penser qu'elle avait du mal à croire ce qu'elle venait d'entendre.

— C'est surprenant, finit-elle par dire.

— Quand je vous aurai tout dit…

— Très bien ! Robert Selborne, vous avez cinq minutes pour vous expliquer. Vous avez intérêt à vous montrer convaincant.

Une grande demi-heure s'était écoulée. Un plein pot de thé avait été bu. Jemima avait acquis la conviction que le plan de Rob Selborne ne pouvait pas fonctionner. D'abord, il y avait les exigences très précises exprimées par le testament du père. Elle n'y satisfaisait pas.

— Votre père spécifie que vous devez épouser une dame présente au mariage de votre cousine Anne Selborne.

— C'cst cxact.

— Et vous n'avez pas songé à présenter votre demande à votre cousine Augusta ou à l'une des autres demoiselles qui se trouvaient autour de vous ce jour-là ?

Rob eut un sourire de gamin espiègle.

— Je dois avouer que je ne puis même pas supporter l'idée d'avoir Augusta pour épouse. Quant aux autres demoiselles, quatre seulement étaient possibles en principe, mais aucune ne me convenait en pratique.

— Mais moi, je ne conviens pas non plus puisque je ne suis pas une dame.

Elle vit une lueur d'amusement dans les yeux de Rob et s'empressa de corriger son propos.

— Je veux dire que je ne suis pas une dame du monde.

— Que me dites-vous là ? Votre éducation et votre comportement font de vous une dame du monde. La naissance n'est pas tout !

Jemima le regarda avec attention. Il avait toujours ce petit sourire... Lui aussi la regardait, on pouvait même dire qu'il la scrutait. Que cherchait-il en elle ? Ses yeux bruns avaient une lueur chaude qui se transmettait à elle ; c'était comme si elle en sentait la caresse. En outre, il était impossible d'ignorer qu'il était très bel homme. Elle s'en était aperçue dès la sortie de l'église et elle en recevait la confirmation, si, toutefois, elle avait besoin de confirmation.

Il avait des sourcils droits, très bruns, de la même couleur que ses cheveux en vérité. Son visage, triangulaire, se signalait par une mâchoire au contour très ferme et un menton légèrement proéminent qui annonçait la vigueur du caractère. Jemima se rappela d'ailleurs l'autorité tranquille dont il avait fait preuve, la veille, au cours de la scène… Préférant oublier cette honte, elle reprit :

— Je suis fille de ramoneur, milord.

— Vous avez reçu l'éducation d'une dame du monde. Vous parlez comme une dame et je suis certain que vous vous conduisez comme telle.

Jemima ne put retenir un petit sourire. Elle déclara, un peu énigmatique :

— Quelquefois oui, quelquefois non…

Rob éclata de rire et, mi-figue mi-raisin, il répondit :

— Je n'aurai qu'à regarder ailleurs lorsque vous déciderez de ne pas vous conduire comme une dame, miss Jewell.

Elle lui décocha un regard direct.

— Je veux dire qu'en certaines occasions, je préfère boire une pinte de bière plutôt qu'un dé à coudre de porto.

— S'il ne s'agit que de cela, je m'en accommoderai parfaitement !

Après un petit moment de silence, Rob changea de position et reprit :

— Nous en étions à discuter de la façon dont je pourrais satisfaire aux conditions énoncées dans le testament de mon père. Je ne doute pas que mon père trouverait à redire si je vous épousais, mais je ne pense pas non plus que quiconque puisse nier que vous remplissez les conditions requises.

— Votre avocat…, dit Jemima.

— Mon avocat conviendra que vous êtes pour moi une épouse parfaite.

Il semblait très sûr de lui. Mais Jemima secoua de nouveau la tête. Elle était certaine que la partie ne se gagnerait pas aussi facilement qu'il le pensait.

Rob lui prit la main et demanda avec une exquise urbanité :

— Voulez-vous envoyer la salve suivante de vos objections ?

Le contact de cette main chaude troubla Jemima et lui fit perdre le fil de ses pensées. Elle ne sut plus que dire, et pourtant, elle avait eu, l'instant d'avant, une idée qu'elle tenait à exprimer. Un peu agacée, contre elle-même, contre Rob qui la mettait dans cet état, elle lui décocha un regard sans aménité et demanda :

— Qu'est-ce qui vous donne à penser que je puisse avoir d'autres objections ?

Un nouvel éclat de rire salua cette question et précéda cette explication :

— C'est que vous avez un visage très expressif, miss Jewell ! Vos doutes s'y alignent en ordre de bataille.

De son pouce, il lui caressa le dos de la main, avant de reprendre, d'un ton encourageant :

— Allons, dites-moi ce qui vous tracasse.

Elle soupira.

— D'une part, je ne suis toujours pas persuadée que je remplis les conditions nécessaires pour devenir votre épouse, milord, mais en outre, je ne suis pas certaine d'avoir compris ce que vous attendiez de moi. Puis-je me permettre de vous demander de quelle façon se déroulera notre vie conjugale… si toutefois vie conjugale il doit y avoir ?

Rob lâcha sa main, se laissa aller en arrière pour s'adosser et toussota. Il avait l'air assez gêné aux entournures tout à coup. C'est d'une voix mate, et non sans hésitation, qu'il entreprit de s'expliquer.

— Ce mariage sera une simple formalité. Dès la fin de la cérémonie, je m'en retournerai dans ma maison de Delaval, en Oxfordshire, tandis que vous resterez ici, à Londres. J'achèterai une maison pour vous et vous verserai une pension mensuelle afin que vous puissiez vivre décemment, puisque j'entends que vous quittiez la maison de vos parents…

Jemima lui coupa la parole et termina pour lui.

— Et lorsque vous serez entré en possession de votre héritage, vous me céderez une petite portion de votre fortune. Il va sans dire que notre mariage sera annulé. Tout ce que vous attendez de moi, c'est ma discrétion, et naturellement, ma signature sur les documents qu'on me présentera… C'est très compréhensible. Ce que je ne comprends pas, en revanche, c'est pourquoi vous procédez de cette manière.

Rob décroisa et recroisa les jambes. Il y avait décidément quelque chose qui le mettait mal à l'aise et qu'il semblait ne pas oser avouer.

— Cet arrangement me semble très favorable pour vous comme pour moi, déclara-t-il. En vous libérant de la tyrannie que vous impose votre père, je me mets dans les conditions de percevoir mon héritage.

Jemima se leva et fit quelques pas, en réfléchissant. Elle restait persuadée que ce plan si bien conçu ne pouvait pas fonctionner, mais elle n'arrivait pas à comprendre pourquoi. Elle s'arrêta, fixa son regard sur le visage de Rob.

— Que se passe-t-il ? lui demanda-t-il, un peu inquiet.

Elle esquissa un geste fataliste.

— Il me semble que nous avons toutes les chances d'aller au-devant d'un échec retentissant et de redoutables ennuis.

— Comment cela ?

— Vous avez l'intention, n'est-ce pas, de tenir notre mariage secret ?

— Certainement.

— Voilà ! C'est par là que pèche votre plan.

— Pourquoi ?

— A cause de votre famille, milord ! Dans toutes les familles on trouve un esprit curieux qui veut tout savoir sur tout le monde. Quelqu'un découvrira fatalement à quel jeu nous nous serons livrés, et nous ne connaîtrons plus le repos.

Rob éclata de rire, une fois encore. N'arrivait-il donc pas à prendre les choses au sérieux ?

— Je n'ai pas beaucoup de parents, lança-t-il en guise de justification. En outre, nous n'avons que des relations épisodiques, assez distendues.

Peu convaincue, Jemima secoua la tête.

— Que faites-vous de M. et de Mme Selborne ? de vos cousins et cousines ? Vous m'avez semblé assez proches, au contraire.

— En fait, non, fit Rob, avec un petit haussement d'épaules. Ce sont des gens que je vois assez peu. J'ai d'excellentes relations avec Ferdie Selborne, je peux même le considérer comme un ami, mais je doute que je le voie encore beaucoup lorsque je résiderai à Delaval. Lui, il déteste la campagne.

— Hmm..., murmura Jemima qui n'avait pas encore dit son dernier mot ; vous avez des amis ?

— Je peux difficilement le nier, car vous me trouveriez par trop bizarre. Oui, j'ai quelques amis proches et pas mal de connaissances. Cela vous semble-t-il convenable ?

Jemima essaya de ne pas sourire.

— Essayez de prendre cette conversation au sérieux, milord. J'ai la conviction que votre bel échafaudage va s'écrouler sur vous.

— Je ne vois pas pourquoi, puisque nous ne parlerons à personne de notre mariage et que nous vivrons séparément. Alors, qui pourrait nous prendre en défaut, je vous le demande ?

Rob se leva et s'approcha de Jemima pour plaider avec fougue.

— Mon plan est le plus simple possible, il est donc le meilleur qui soit. Alors, sommes-nous d'accord, miss Jewell ?

Elle hésita. Elle ne pouvait nier que cette offre inattendue arrivait juste à point pour la sortir d'une situation familiale délicate et, surtout, d'un mariage dont elle ne voulait pas. Avec un peu d'argent devant elle, il lui serait possible de réaliser ses rêves les plus chers, en commençant par ouvrir un établissement où elle dispenserait à des jeunes filles l'enseignement dont elle avait elle-même bénéficié chez Mme Montagu, leur donnant ainsi la possibilité de sortir, elles aussi, de leur condition médiocre. En poursuivant l'œuvre de cette femme admirable, elle ferait un excellent usage de l'indépendance qu'elle s'octroyait.

— A combien se monterait ma pension ?

Elle vit Rob se détendre un peu, comme si elle venait de lui donner, par cette question, la preuve qu'elle avait déjà accepté le marché. Sans hésiter, il énonça un montant. Elle en eut le tournis. Tant d'argent, vraiment ? Avec un premier paiement de quinze cents livres, elle pourrait fonder son école. Le second paiement, promis à l'annulation du mariage, lui permettrait en outre d'assurer son avenir. Evidemment, elle avait besoin d'un local…

— Vous m'avez dit que vous achèteriez une demeure pour moi, n'est-ce pas ?

Rob hocha la tête. Elle prit une profonde inspiration et se lança.

— J'aimerais disposer d'une maison pas trop petite. Une villa à Twickenham, par exemple, serait parfaite.

Cette proposition ne parut pas incongrue à Rob. Il acquiesça puis, tout sourire, il fit observer :

— Chère mademoiselle, c'est une maîtresse que j'ai l'impression de mettre dans ses meubles, et non une future épouse.

Ces mots firent naître de troublantes images dans l'esprit de Jemima. Rob venant lui rendre visite dans sa villa… un lit défait et des draps froissés… une main d'homme posée sur sa peau nue… Elle se sentit rougir, elle frissonna. Mais le moment était mal choisi pour s'adonner à de telles évocations.

C'était une sorte d'accord commercial qu'elle était en train de conclure, et rien d'autre.

— Excusez-moi, dit-elle, constatant avec plaisir que sa voix ne trahissait pas son émoi. J'ai grandi, pour ainsi dire, dans la rue, et il m'a fallu, toujours, conquérir de haute lutte ce que je voulais. C'est pourquoi je vous prie de me pardonner si je vous parais trop intéressée ou âpre au gain.

— Certainement, fit Rob en s'inclinant.

Les yeux mi-clos, il la regardait avec attention. Elle comprit que sa rougeur ne lui avait pas échappé et espéra qu'il la mettrait sur le compte de l'embarras plutôt que de l'étonnante ardeur qui l'avait brusquement saisie.

— Il est normal, reprit-il, que je consente à tous les arrangements que vous me demanderez. Ce sera la juste rétribution de la discrétion que je requiers. Faites-moi confiance, vous ne le regretterez pas.

Jemima laissa filer un petit soupir de soulagement. L'affaire se présentait mieux qu'elle ne l'avait espéré. Rob Selborne semblait un homme très conciliant. Mais n'avait-il pas intérêt à l'être, puisqu'il avait, plus qu'elle, besoin de cet accord ? Certes… Pourtant, elle avait l'intuition qu'il n'était pas homme non plus à se laisser berner et que, sans doute, il ne faudrait pas abuser… Quoique… Elle eut envie de savoir jusqu'où elle pouvait aller.

— J'aimerais aussi avoir une petite voiture, milord.

— Une petite voiture vous suffirait ?

Rob souriait toujours, mais il semblait que son regard eût pris une dureté que Jemima n'y avait encore jamais remarquée. Il proposa :

— Vous ne voudriez pas, plutôt, un carrosse à quatre chevaux ?

— Je crois que vous vous moquez de moi. Non, une petite voiture suffira. Je ne suis pas une profiteuse.

Rob opina et sourit.

— Fort bien. Mon avocat s'occupera de tout cela. Pouvons-nous considérer que nous sommes d'accord, miss Jewell ?

— Je le pense, milord.

— Il me reste à me procurer une licence spéciale de mariage.

Une idée parut le frapper, et il demanda :

— J'espère que vous êtes en âge de vous marier sans le consentement de vos parents ?

Jemima éclata de rire.

— Milord, j'ai vingt et un ans ! A ce propos, quel âge avez-vous ?

Rob parut surpris de s'entendre poser une question aussi directe. Il consentit néanmoins à dire :

— Vingt-six ans.

La tête un peu penchée de côté, Jemima l'examina avec attention. Elle constata avec satisfaction qu'il semblait un peu gêné mais qu'il n'osait pas protester.

— Parfois, vous semblez plus vieux que cela, dit-elle d'une voix rêveuse ; comme si vous aviez déjà trop vécu.

Le regard de Rob se voila.

— Il est possible que ma carrière militaire ait eu cet effet sur moi.

Il parlait certes d'un ton détaché, mais sa voix avait pris une tonalité métallique, mécanique. Il laissa passer quelques secondes de silence, puis reprit :

— Je vous ferai savoir quand tout sera prêt.

Jemima hocha la tête, mais elle voulut avoir plus de précision.

— Mais l'argent ? mais la maison ?

— Tout sera prêt et vous pourrez entrer en possession de ces biens dès que le mariage aura été célébré. Rassurez-vous, miss Jewell, mon avocat rédigera un contrat. Je vous jure que je ne triche pas.

— Je sais, dit-elle. Vous me l'avez déjà dit, quand vous m'avez donné la guinée.

— Il m'en souvient.

Sur ces mots, changea le regard de Rob, et Jemima se demanda si elle avait bien fait de lui rappeler l'épisode de la guinée… et du baiser. Mais bah ! il ne s'agissait que d'un arrangement commercial, d'un mariage de convenance ou plutôt, d'apparence. Pas besoin d'échanger un baiser. Quoique… Elle se demanda si Rob lui en donnerait un petit, sur la joue, pour sceller leur accord.

Il lui tendit la main, et sur un ton très cérémonieux, il lui dit :

— Je vous remercie, miss Jewell.

Jemima plaça sa main dans la main tendue, qu'elle trouva froide et la sienne brûlante en comparaison. Elle voulut la retirer aussitôt. Rob la retint.

— Quel est votre prénom ? demanda-t-il de façon assez abrupte.

Jemima s'étonna qu'il ne connût pas encore son prénom, mais il était exact qu'elle n'avait pas encore eu l'occasion de le lui révéler.

— Je m'appelle Jemima Mary Jewell. Je suppose que vous avez besoin de ce renseignement pour le contrat de mariage ?

— C'est vrai, mais ce n'est pas pour cette raison que je vous l'ai demandé.

Rob sourit avant de poursuivre :

— Jemima Mary… C'est très joli. Vous savez déjà que je me prénomme Robert, n'est-ce pas ?

— Juste Robert ?

L'embarras se lut sur le visage du jeune homme qui consentit néanmoins à énoncer :

— Robert Guy Lucius Cavendish Selborne.

Jemima se mordit la lèvre pour ne pas sourire trop ouvertement.

— Et vous avez raccourci tout ça en Rob, dit-elle. Rob…

Elle avait pris plaisir à répéter ce prénom. Elle profitait de l'occasion. Puis, comme le silence s'installait de nouveau, elle s'aventura à poser une question.

— Qu'est-ce qui vous a donné l'idée de me demander en mariage ? Pourquoi moi plutôt qu'une autre ? Vous m'avez déjà dit que les demoiselles présentes au mariage ne vous plaisaient pas, mais pourquoi moi ?

Rob ne répondit pas et Jemima regretta d'avoir eu la langue trop longue. En plus, elle connaissait la réponse ! Rob l'avait choisie parce qu'il avait pensé qu'elle serait plus facile à acheter qu'une autre. Acheter, c'était le terme qui convenait. Elle pouvait se faire acheter puisqu'elle était une fille du peuple. Elle avait *accepté* de se faire acheter… Elle avait accepté de se vendre !

— C'est à vous que j'ai demandé, dit Rob, parce qu'il m'est apparu que vous ne refuseriez pas mon offre. Et je vous suis reconnaissant de ne l'avoir pas repoussée.

Il lui sourit. Elle lui rendit son sourire, quoique un peu à contrecœur. Elle ne croyait pas un mot de ce qu'il venait de dire, mais elle appréciait la délicatesse de ses propos. Un homme du monde, vraiment…

Désignant le voile de mariée plié à côté d'elle, il demanda :

— Vous êtes certaine que vous ne changerez pas d'avis ?

Jemima secoua la tête, en se demandant s'il la prenait pour une fille intéressée, capable d'abandonner son fiancé pour se jeter dans les bras d'un homme qui lui offrait de meilleures garanties financières. Il n'en était rien, bien sûr. Le mariage qu'il lui proposait lui permettrait d'échapper à la tyrannie de son père et de fonder sa liberté. Elle espéra qu'il l'avait compris et qu'il n'était pas nécessaire d'y revenir. C'est pourquoi elle se contenta de répondre, en souriant :

— Je vous promets que je ne changerai pas d'avis.

Jugeant l'entretien terminé, elle voulut se diriger vers la porte pour l'ouvrir au visiteur, mais il la retint encore.

— Vous êtes certaine de ne plus souffrir des… péripéties d'hier ?

Le caractère intime de cette question la prit de court et elle ne sut que répondre, mais, instinctivement, sa main se porta sur son cou pour s'assurer que le foulard restait en place et cachait ses ecchymoses violettes. Elle vit s'étrécir le regard de Rob.

— Est-ce si grave ?

— Pas vraiment.

Elle recula de deux pas pour se diriger vers la fenêtre. Il lui fallait s'éloigner de lui. Il l'avait à peine effleurée, mais ce geste tout simple l'avait mise dans un émoi incompréhensible. La compassion de cet homme, la pitié qu'elle avait lue dans ses yeux, tout cela comptait, mais ne suffisait certainement pas à justifier le léger tremblement qui agitait tout son corps. Il était vrai, cependant, qu'aucun homme ne l'avait jamais traitée avec autant de délicatesse. Jack était gentil, mais il avait des manières brusques. Rob exprimait de la tendresse, et voilà ce qui la bouleversait.

Jetant un coup d'œil en arrière, elle vit qu'il gardait les yeux fixés sur elle.

— Pourquoi votre père s'est-il emporté contre vous hier ? demanda-t-il.

— J'ai refusé d'épouser l'homme qu'il a choisi.

— Est-ce pour cette raison que vous avez accepté ma proposition ? pour échapper à l'emprise de ces deux hommes ?

Jemima esquissa un haussement d'épaule.

— En partie seulement. Vous savez, milord, les jeunes

filles n'ont guère le choix, surtout celles qui sont dans ma situation.

Rob s'avança vers elle et lui prit le menton pour l'obliger à le regarder.

— Si votre père vous a battue, ce n'est pas votre faute. Vous n'êtes coupable de rien.

— Je le sais ! lâcha-t-elle, avec brusquerie, en se soustrayant à lui. Vous persistez à oublier que je ne suis pas une dame de votre monde, milord ! La violence, je connais. Elle règne sur la rue, dans les maisons du peuple.

— Jemima, ne commettez pas d'erreur d'appréciation. La violence se moque des classes sociales. Elle peut subjuguer le seigneur aussi bien que le manant ; et elle est toujours aussi laide, qu'elle soit parée de dentelles ou vêtue de haillons. Quant à ses victimes, elles souffrent tout autant, les femmes comme les enfants, les duchesses comme…

— … comme les filles de ramoneurs ?

— Exactement, fit Rob en esquissant un sourire. Vous ne préféreriez pas venir avec moi dès maintenant ?

— Non, milord, mais je vous remercie de votre sollicitude.

Rob laissa échapper un long soupir résigné. Puis il sortit de sa poche la carte de visite d'Alfred Jewell et demanda :

— Auriez-vous de l'encre et une plume ?

Jemima s'en alla chercher ces objets dans un petit secrétaire et les lui tendit. Il griffonna quelques mots au dos du papier, en disant :

— Je vous donne mon adresse. En cas de nécessité, venez chez moi, de jour comme de nuit.

Jemima hocha la tête. La gorge serrée, elle murmura :

— Merci, milord.

Il lui donna, sur la joue, un baiser léger et doux comme une caresse de papillon.

— Au revoir, Jemima. Je vous ferai prévenir secrètement dès que le mariage pourra être conclu. Je m'arrangerai pour qu'il ait lieu aussi vite que possible.

Il prit le chemin de la sortie, sur le seuil il s'arrêta et se retourna, puis, ôtant sa chevalière armoriée, il lui offrit.

— Prenez ceci. Je sais qu'elle est trop large pour vous et que vous ne pourriez la porter sans éveiller des soupçons, mais je veux que vous la gardiez par-devers vous.

Etonnée, Jemima fit tourner la bague entre ses doigts. C'était un objet lourd, en or massif, très ancien, sur lequel les siècles avaient laissé des stigmates nombreux. Elle reporta son regard sur la main de Rob, et remarqua, sur une phalange, un anneau de peau blanche à l'endroit où cette bague avait été portée.

— Je ne crois pas que ce soit une bonne idée…

— Si, car nous sommes fiancés. Vous êtes mienne, et pour cette raison, je veux que vous ayez cette bague.

Rob avait le ton de quelqu'un qui entendait ne pas être contredit. Jemima acquiesça et glissa la bague dans son corsage.

— Merci, dit-elle. J'en prendrai soin.

Elle tendit la main, sur laquelle Rob se pencha pour y déposer un baiser. Elle avait souvent l'impression qu'il pratiquait une politesse surannée, « à l'ancienne », comme s'il eût été beaucoup plus âgé. Elle trouva confirmation de son jugement dans ce baisemain et se demanda si Rob devait à l'armée les années supplémentaires qui semblaient s'appesantir sur ses épaules. Il ne ressemblait en rien aux jeunes gens de la bonne société qu'elle voyait souvent arpenter les rues en faisant beaucoup de bruit pour se faire remarquer, et qui étaient capables de retourner l'étal d'une marchande des quatre saisons, juste pour le plaisir, et s'en aller, insouciants, sans imaginer le moins du monde qu'ils avaient anéanti la journée de travail d'une pauvre femme.

Jemima accompagna Rob jusqu'à la porte donnant sur la rue,

puis retourna dans le salon et s'écroula sur le sofa, en serrant un coussin sur sa poitrine. La tête lui tournait. Elle avait du mal à croire qu'elle n'avait pas été le jouet de son imagination.

Il lui semblait incroyable que Rob eût consenti à lui donner, sans barguigner, les moyens dont elle n'osait même pas rêver pour conquérir son indépendance. Il était vrai que tout cet argent, pour lui, constituait une somme ridicule en regard de l'héritage qu'il recueillerait quand il aurait démontré qu'il satisfaisait aux conditions édictées par le testament de son père. A l'inverse, pour elle… c'était une véritable fortune qui tombait sur sa tête. Enfin elle pourrait mener son existence comme elle le voulait. Enfin elle pourrait se faire une place dans la société.

Dans sa maison, elle réserverait une pièce pour sa bibliothèque, du plancher au plafond il y aurait des étagères surchargées de livres. Elle aurait un piano aussi, piano à queue bien entendu, car une villa à Twickenham, sûrement, comportait des pièces assez grandes pour accueillir un meuble de cette envergure. Et pourquoi lésiner, elle acquerrait aussi une harpe et une épinette. Il lui faudrait travailler beaucoup la harpe, car elle n'avait jamais été aussi habile avec cet instrument qu'avec les instruments à clavier. Ah ! les partitions ; il lui en faudrait beaucoup aussi, de quoi emplir une autre pièce…

Heureuse, Jemima se mit à rire. Elle lança son coussin en l'air. La vie lui paraissait belle. En effet, avoir tant d'argent et cependant pas de mari, pas de père pour lui donner des ordres à longueur de journée… C'était presque trop beau pour être vrai.

Elle pensa à Rob Selborne, si aristocrate dans son attitude et ses manières. Il était, à tout point de vue, ce que les ramoneurs appelleraient « un type de la haute ». En plus, il était si gentil qu'il semblait facile à abuser, à escroquer.

Jemima hocha la tête. Il était heureux que Rob eût songé

à la prendre pour associée, car jamais elle n'aurait l'idée de profiter de la situation, quand tant d'autres de ses congénères ne se gêneraient pas autant. Il était un vrai gentleman, elle n'était qu'une dame d'apparence, et pourtant, c'était elle qu'il avait choisie pour conclure une affaire où l'un et l'autre trouvaient leur bonheur : un mariage d'apparence.

Elle se souvint de l'attirance qu'ils avaient éprouvée l'un pour l'autre, mais tâcha de la chasser son esprit, en se rappelant que le désir n'était qu'un leurre ne pouvant conduire qu'au malheur. Telle était la leçon qu'elle avait retenue de l'enseignement cynique dispensé par la rue. Elle serait inconsciente d'attendre trop des liens déjà noués avec Rob Selborne. Ce serait bâtir des châteaux en Espagne ! L'accord qu'ils venaient de conclure signifiait seulement qu'ils passeraient ensemble un temps très limité, le temps de la cérémonie. Ensuite, Rob partirait directement pour son domaine en Oxfordshire et elle gagnerait sa maison de Twickenham. Selon toute vraisemblance, ils communiqueraient par l'intermédiaire d'un avocat. Après un an ou à peu près de cette union de façade, le mariage serait dissous.

Cette idée donna à Jemima une amertume qu'elle n'essaya pas de nier. Elle savait que son désir secret était de vivre avec Rob Selborne. Elle avait envie de le connaître mieux. Il serait son mari — certes pendant un temps limité ! — mais elle ne saurait jamais rien de lui.

Elle se leva et marcha jusqu'à la fenêtre. Les brumes matinales se dispersaient, et un soleil encore pâle régnait sur la rue. La journée serait peut-être belle.

Jemima prit son voile de mariée et le posa sur sa tête. Tout sourire, elle prenait des poses devant le miroir quand sa mère entra, et sourit aussi en la surprenant dans ce jeu. Pendant un court moment, la mère et la fille s'unirent dans le bonheur, mais seule Jemima savait qu'elles n'avaient pas du tout les mêmes pensées.

Dans le corsage de Jemima, la bague de Rob Selborne pesait son poids.

5.

— Tu es folle, dit Jack ; complètement folle ; folle à lier ! Il faudrait t'enfermer à Bedlam !

Jemima et son frère se tenaient sur le Blackfriars Bridge et, accoudés sur le parapet, ils prenaient leur dîner, en regardant s'écouler les eaux de la Tamise, particulièrement noires et nauséabondes car c'était marée basse. Des gamins pataugeaient dans la boue des berges pour ramasser des morceaux de charbon. Au-dessus d'eux, les mouettes criaillaient.

Jemima prit un morceau d'anguille qu'elle porta à sa bouche. C'était très salé et très doux. Elle se lécha les doigts. Mme Montagu tenait pour vérité révélée que les aliments étaient toujours meilleurs servis dans une assiette et dégustés au moyen d'une fourchette et d'un couteau, mais Mme Montagu n'avait sans doute jamais goûté les mets servis aux étals des marchands ambulants et servis dans une petite boîte en carton, elle ne devait pas connaître non plus les huîtres qu'on achetait pour un penny les quatre. Certaines expériences étaient interdites aux gens de la bonne société.

La brise qui montait de la rivière était fraîche, la nourriture se refroidissait très vite. Jemima se hâta de consommer un autre morceau d'anguille. Puis elle déclara :

— Tu penses que je suis folle mais…

Jack lui fit les gros yeux.

— Je ne pense pas ! Je suis certain que tu es folle. C'est comme je viens de te le dire. Enfin, quoi ! Tu veux épouser un type que tu ne connais même pas, et tout ça parce que tu ne peux pas encaisser Jim Veale.

— Ce n'est pas aussi simple, protesta Jemima en froissant sa boîte vide. Tu ne veux pas comprendre…

— Oh, si ! Je comprends même très bien, et je vais te dire une bonne chose, Jem. Tu n'as pas assez réfléchi. Qui est ce type ? Tu crois qu'il est honnête ? Moi, à ta place, je me demanderais s'il n'est pas en train de me préparer une entourloupe.

Comme Jemima s'apprêtait à répondre, il leva la main et poursuivit son réquisitoire.

— Tu es naïve, ma pauvre petite ! Une fois que vous serez légalement mariés, il ne va pas se gêner pour profiter de toi ! Et tu ne pourras rien lui refuser ; pas le droit ! Il va falloir que tu y passes !

Jemima soupira. Elle comprenait les arguments de son frère, elle trouvait même touchant qu'il se fît tant de souci pour elle, mais elle avait la certitude qu'il se trompait.

— Tu ne peux pas comprendre, Jack ! Lord Selborne et moi avons conclu un accord, une espèce de contrat. J'accepte de mettre mon nom sur un certificat de mariage et il me paie pour cela.

— Suppose qu'il ne te donne pas l'argent promis, sous prétexte qu'il ne l'a pas ? Après tout, il n'a pas de fortune et c'est pour en avoir une qu'il manigance ce faux mariage, n'est-ce pas ? Après, quand il sera riche, il se moquera de toi et il te laissera tomber. J'en suis sûr ! Et alors, qu'est-ce que tu diras au père, quand tu reviendras pleurer à la maison ?

Véritablement furieux, Jack abattit son poing sur le parapet et s'emporta.

— Jem, ce gars t'utilise ! Et toi, bonne poire, tu crois ses boniments. Tu as tellement envie de gagner ton indépendance que tu es prête à croire tout ce qu'il te raconte !

Jemima se pencha au-dessus de la rivière. La brise lui piquait les joues. Observant les remous dans l'eau, elle récapitula ses objections avant de les présenter à Jack.

— Il m'utilise peut-être, mais moi aussi je l'utilise. Ce mariage est un moyen, pour chacun de nous, d'obtenir ce que nous voulons. J'ai besoin d'indépendance pour ouvrir l'école dont je rêve. Rob… lord Selborne, a besoin de la fortune léguée par son père…

— Je te dis que ce type est un aventurier ! Il n'a qu'à épouser une héritière, et, tiens ! il ferait même d'une pierre deux coups puisque ce seraient deux fortunes qui lui tomberaient dans les mains.

Jemima s'emporta.

— Tu ne comprends vraiment rien ! Je t'ai dit qu'il devait épouser une des jeunes filles présentes au mariage de sa cousine. Comme les autres ne lui plaisaient pas…

— Il s'est fait rembarrer, oui ! Tu penses que quand il a présenté son projet aux donzelles de la haute, elles l'ont toutes prié d'aller se faire voir ailleurs. Ce type doit avoir quelque chose de louche et tu es la seule à ne pas vouloir t'en apercevoir.

— Non, soupira Jemima. C'est même plutôt le contraire. D'abord, il présente bien…

Jack eut un rictus de mépris.

— Et tu te fies aux apparences, maintenant ? Moi, je te dis qu'il est vicieux de l'intérieur. Tu n'as rien remarqué jusqu'à présent, mais gare à toi le jour où tu auras le fin mot de l'histoire.

Jemima croisa les bras sur sa poitrine pour se protéger du vent qui la glaçait malgré son manteau, maintenant que s'étaient dissipés les effets de son repas chaud. Le mauvais temps n'était pas seul responsable du froid qui la saisissait. Le doute s'était insinué en elle et glaçait son âme.

Trois jours s'étaient écoulés depuis la visite de Rob, trois jours très heureux, au cours desquels elle n'avait cessé de vibrer de joie et d'impatience. Et puis, elle avait eu la mauvaise idée de se confier à son frère, qui avait consciencieusement ruiné ce qu'il appelait « ses illusions ». Mais s'il avait raison ? Et si elle s'était engagée dans une affaire louche ? Et si elle commettait une erreur fatale ?

Elle avait accordé sa confiance à Rob Selborne… et pourquoi ne continuerait-elle pas à la lui accorder ? Au nom de quoi Jack se permettait-il de le dénigrer ? Pourquoi fallait-il penser qu'il ne songeait qu'à la tromper, la gruger ? D'abord, il avait donné sa parole et pour un homme tel que lui, ce n'était pas s'engager à la légère. En plus, il avait montré beaucoup de délicatesse dans ses propos, dans ses manières…

Peut-être suis-je naïve, après tout ? songea-t-elle, soudain découragée. Je me fie aux apparences, c'est vrai… Un homme me parle avec gentillesse, il m'offre tout ce dont je rêve, et moi, je tombe dans le panneau…

— Tu étais pourtant content de l'aide qu'il t'a apportée, l'autre soir, lança-t-elle. Tu sais que, sans lui, tu n'aurais jamais pu enfoncer la porte.

— Je serais allé chercher une hache. Je te le dis comme je le pense : je n'ai pas confiance en ce type et je n'aurai jamais confiance en lui.

— Tu pensais qu'il voulait faire de moi sa maîtresse, mais tu vois bien que tu t'es trompé, puisque c'est le mariage qu'il me propose.

D'un claquement de la langue, Jack exprima le mépris que lui inspirait cet argument. Puis il se retourna pour s'adosser au parapet et, d'un air malin, il avança :

— Il y aurait une autre explication à ton comportement.

— Ah, oui ? On peut savoir laquelle ?

— Simple : tu es tombée amoureuse de ton lord Selborne, ou tu crois que tu l'es. Alors, forcément, tu es prête à faire tout ce qu'il te demande. Tu as tellement étudié l'amour dans tes livres que maintenant, tu veux te rendre compte par toi-même. Tu veux connaître le grand frisson !

Jemima lui lança un regard outragé.

— Tu te crois malin ? Qu'est-ce que l'amour a à voir dans cette affaire ? Tu devrais savoir que je n'ai pas de temps à perdre avec ces bêtises. En plus, Rob Selborne et moi, nous nous sommes rencontrés trois petites fois et…

— Et dès la première fois, vous échangiez un baiser, et moi qui ai tout vu, je peux dire que vous ne faisiez pas semblant ! Maintenant, il veut t'épouser… Enfin, c'est ce qu'il dit. Tu peux dire tout ce que tu veux, mais moi, je trouve ça bizarre.

— Je… Il…, bredouilla Jemima. S'il m'a demandé un baiser, au mariage, c'était pour la chance. Toi-même tu as embrassé la mariée, si tu te souviens bien.

— Oui, mais moi, je ne l'embrassais pas comme un désespéré.

— Tu gardes ce genre de baiser pour lady Alford, n'est-ce pas ?

Béatrice Alford, veuve d'un magistrat, avait bénéficié des attentions exclusives de Jack pendant presque un an. Celui-ci aimait à dire que les ramoneurs avaient des occasions inégalables d'entreprises amoureuses, puisqu'ils pouvaient entrer dans toutes les pièces d'une maison, y compris dans les chambres à coucher.

Jack toussota et regarda ailleurs. Il avait rougi autant que le lui permettait son teint très brun ! Pris à son propre piège, il ne sut que dire :

— De toute façon, c'est de l'histoire ancienne, tout ça.

— Ah, oui ? Et pourquoi ?

— Pour la raison qui fait que tu ne trouveras jamais le bonheur avec ton milord. Moi, j'en ai eu vite marre d'être un amant qu'on cache. Milady me voulait dans son lit, et plus souvent qu'à mon tour, mais elle n'a jamais eu l'idée de m'inviter à sa table.

— Que je sache, ce n'est pas sa table qui t'intéressait chez elle.

Pour cette remarque assassine, Jemima reçut un regard noir et cette réponse :

— Ne dis pas n'importe quoi, frangine. C'est vrai, je n'avais pas envie de perdre mon temps à table avec elle, mais j'avais besoin de croire que j'aurais pu si j'avais voulu. Tu comprends ? Question de dignité.

Jemima hocha la tête. Elle savait ce que c'était que d'être traité en être inférieur. Elle avait expérimenté le mépris.

— Oui, je comprends, murmura-t-elle.

— Alors, ne va pas te monter le bourrichon en imaginant qu'un jour tu seras comtesse de Selborne. Tu ne seras jamais acceptée dans ce monde-là. S'il t'épousait, il serait obligé de te cacher. Tout le monde se détournerait de toi. Les femmes de la haute se cacheraient derrière leur ombrelle pour ne pas te voir, comme elles faisaient avec lady Denbigh.

— Lady Denbigh était une ancienne saltimbanque.

— Pour ces gens-là, saltimbanque, fille de ramoneur, c'est du pareil au même.

— Pas du tout. Ils ont plus de considération pour la fille du peuple qui entre dans leur monde, si elle est riche. Dans ce cas-là, c'est différent.

Jack haussa les épaules, fourra les mains dans ses poches et commença à marcher.

— Tu crois ? demanda-t-il. La fille du peuple a beau être riche, elle sent tout de même la sueur et il faut plusieurs générations pour que ce parfum s'estompe. C'est qu'ils ont le nez fin, ces gens-là ; et une très bonne mémoire. Toi, Jem, c'est pire, puisque tu sens la suie. La suie, tu te rends compte ? Ta descendance, à la fin des temps, sentira encore la suie et il se trouvera toujours une âme charitable pour le faire remarquer, en se pinçant le nez.

Le frère et la sœur se dirigeaient vers Westminster. Jack allait d'un bon pas et Jemima trottait à côté de lui pour rester à son niveau.

— Je serais d'accord avec toi, lui lança-t-elle, si je désirais secrètement le mariage que tu dis. Je n'ai aucune idée de ce genre.

Elle se tut pour évaluer le petit pinçon de culpabilité qu'elle venait de ressentir. Peut-être n'avait-elle pas dit la vérité. Elle pouvait se l'avouer : oui, elle s'était permis de rêver qu'elle devenait comtesse de Selborne, non en apparence, mais « pour de vrai ». Elle avait trouvé délicieux le baiser donné par Rob, et c'était ce baiser qui avait commencé à miner tout l'appareillage critique et fort cynique qu'elle s'était construit à propos de l'amour. Hélas, elle le savait, c'était folie que de s'adonner à de telles rêveries. L'amour était un luxe que des filles comme elle ne pouvaient pas se permettre.

— Ni lord Selborne ni moi-même n'envisageons notre mariage de cette façon, reprit-elle. Je te l'ai dit et je te le répète, les sentiments n'entrent pas en ligne de compte dans notre affaire.

— Et tu es contente de toi, Jem ? demanda Jack en lui faisant les gros yeux. Tu es prête à accepter l'argent d'un homme qui ne voudrait pas de toi à sa table ? Ton amour-propre te permet cela ?

Jemima rougit violemment et leva le menton.

— Mon amour-propre n'est pas aussi exigeant que le tien. C'est pourquoi j'accepterai l'argent de lord Selborne et je lui serai reconnaissante pour la chance qu'il me donne.

Jack marmonna un juron. Jemima s'emporta.

— J'aimerais que tu m'expliques quelque chose, Jack ! D'abord j'ai tort de tomber amoureuse, et ensuite tu me reproches d'accepter un mariage d'apparence. Qu'est-ce que tu attends de moi, exactement ? Il faudrait te décider !

Il y eut un long silence, rythmé par le bruit de leurs pas rapides sur les pavés. Puis Jack demanda :

— Tu es contente de couper les ponts avec ta famille, de cette manière ?

Jemima soupira. Elle avait déjà réfléchi à cette question et, de cette affaire, c'était l'aspect qu'elle aimait le moins. Il lui faudrait, en effet, se cacher de son père, au moins jusqu'à ce que la colère de celui-ci se fût apaisée. Sur ce point, elle n'avait pas vraiment de regret, mais il lui en coûtait de peiner sa mère.

— On ne peut pas dire que je couperai les ponts, dit-elle. Je resterai en contact avec toi.

Jack lui décocha un regard excédé.

— Et ta mère ? Tu y as pensé, à ta mère ? Tu crois qu'elle mérite ce que tu lui prépares ?

— Non, mais dans un peu de temps, quand le père se sera calmé, je pourrai revenir et tout sera comme avant, ou presque.

Jack secoua la tête avec énergie.

— Tu crois ça ? A mon avis, tu n'as pas les pieds sur terre, ma petite. Le père, c'est lui qui coupera les ponts avec toi, et pour longtemps. On dirait que tu ne le connais pas ! Il interdira à notre mère de te revoir. Enfin, tu sais bien qu'il n'y a aucune générosité en lui ! C'est un homme qui continue à envoyer de petits enfants dans les cheminées alors qu'il pourrait utiliser des engins qu'on a inventés pour ce travail. Il ne change pas, il ne pardonne jamais.

— Moi non plus.

— Oh, non ! soupira Jack. C'est un point que vous avez en commun, tous les deux. C'est peut-être pour cette raison que vous ne vous supportez plus.

Ils discutèrent encore longtemps sans parvenir à trouver un terrain d'entente. C'est pourquoi Jack finit par lancer, d'un ton excédé :

— Bon ! Puisqu'il est impossible de te faire entendre raison… Tu veux toujours que je sois ton témoin ?

Jemima émit un cri suraigu et se jeta dans les bras de son frère en s'exclamant :

— Oh, Jack ! Merci, merci ! Tu seras le plus beau témoin qu'on ait jamais vu dans tout Londres depuis la nuit des temps !

— Je n'en persiste pas moins à croire que tu commets une monumentale bêtise, lui répondit-il en la serrant contre lui. Cette histoire finira dans les larmes, crois-moi. Tu verras, tu verras !

— Je suis sûre que non ! dit-elle en prenant un peu de recul.

Elle avait encore une déclaration à faire, et assez risquée celle-là.

— Jack…

— Oui ?

— J'ai pensé… Quand je serai installée à Twickenham… je pourrais rendre une petite visite à Tilly, non ?

Le visage de Jack se figea. Puis, retrouvant un ton acerbe, il déclara :

— Ah ! C'est donc à cet usage que tu destines ta nouvelle fortune ? Ne sois donc pas stupide, Jem ! Tilly est très bien où elle est, comme elle est. Elle n'a pas plus besoin de sa tante que de son père.

Jemima baissa les yeux et se mordilla la lèvre. Elle avait conscience d'aborder un terrain dangereux et d'ouvrir de vieilles blessures. Jack, en effet, ne parlait jamais de sa fille, ce qui ne signifiait pas qu'il ne pensait pas à elle.

— J'ai simplement envie de savoir si elle va bien, si elle est heureuse ; en souvenir de Beth…

Une noire lueur passa dans le regard de Jack.

— Ah, oui ? Tu as besoin de savoir ? Inutile de te déranger puisqu'elle va bien ! J'en suis sûr ! Pupille d'un aristocrate, tu ne crois pas qu'elle a une place enviable en ce monde ? Moi, je ne peux rien lui donner de plus. Alors, je t'en prie, laisse-la tranquille.

Après un moment de silence gêné, Jemima reprit :

— Je pensais que tu aurais aimé avoir de ses nouvelles…

— Non, je n'ai pas envie, lâcha Jack. Epouse ton milord si tu veux, Jem, et fais ce que tu veux de l'argent que te rapportera cette opération, mais oublie Tilly. Je t'en prie, oublie-la.

— Vous prenez un grand risque, milord ; un très grand risque.

Quelque quinze minutes plus tôt, la servante avait apporté un billet émanant de Rob Selborne, et voilà pourquoi Jemima se trouvait maintenant assise à côté de lui, dans une voiture qui roulait à vive allure dans les rues de Londres.

— Pourquoi cela ?

— Parce qu'on pourrait vous voir. Il m'avait semblé que nous ne devions plus nous voir jusqu'à la cérémonie.

— Il fallait que je vous parle. Je ne peux tout de même pas vous convoquer à l'église comme une servante, car ce serait incongru, me semble-t-il.

Jemima ressentit, à entendre ces mots, un vif plaisir qu'elle brima aussitôt, avec méthode, en se raisonnant. Rob avait désiré la voir, il avait eu envie de lui parler. C'était un comportement qu'elle ne devait surtout pas encourager ! Puisqu'ils étaient destinés à mener leur vie séparément, mieux valait commencer dès maintenant. La sagesse... Toutefois, elle n'exigea pas d'être reconduite immédiatement chez elle.

— Où allons-nous ? demanda-t-elle. Allons-nous quelque part, d'ailleurs, ou roulons-nous tout le temps de cette conversation, pour nous assurer que personne ne nous a vus et ne nous suit ?

— Je n'ai pas encore décidé de notre destination.

— Que diriez-vous de la Tour de Londres ? Seuls les touristes s'y rendent.

Rob secoua la tête.

— Cette journée n'est pas très indiquée pour une promenade. J'ajoute que je souhaite m'asseoir avec vous afin que nous ayons une conversation sérieuse.

— Dans ce cas, je sais où il faut aller : au Pichet d'Argent, dans Drury Lane.

Il parut surpris.

— N'est-ce pas une taverne très populaire ?

— C'en est une, répondit Jemima avec un regard de défi. Je croyais que vous ne vouliez pas être reconnu ? Je suis certaine que vos parents et amis ne fréquentent pas ce genre d'établissement.

— Je ne pense pas, non... Allons au Pichet d'Argent, si vous voulez.

La grande salle de la taverne était bondée. Jemima dénicha néanmoins une petite table dans un coin ombreux. Elle s'installa sur le banc et laissa à Rob la chaise d'en face, contre le mur. L'air chargé de fumée et d'odeurs de bière semblait lourd, presque palpable. Les conversations n'avaient pas cessé à leur entrée, mais Jemima savait que tout le monde les observait et que Rob en avait conscience lui aussi. Il souriait, mais du regard il parcourait sans cesse la salle, avec discrétion, prêt à toute éventualité. Il avait raison, car autour d'eux se trouvaient une douzaine d'hommes, pour le moins, capables de sortir un couteau long et effilé, et de s'en servir avant de poser la moindre question.

— Venez-vous ici souvent ? demanda Rob, tout en levant la main pour attirer l'attention d'une servante.

Ce ne fut pas une, mais deux servantes qui s'approchèrent de la table, et qui se chamaillèrent pour savoir qui se chargerait de ces nouveaux clients.

— Un pichet de bière blonde, commanda Rob en jetant une pièce à celle qui se trouvait le plus près de lui.

Ravie, celle-ci esquissa une révérence en disant :

— Certainement, monsieur… je veux dire : milord ! Et si vous avez besoin d'autre chose, milord…

— Si j'ai besoin, fit-il avec un sourire que Jemima trouva déplacé, je vous avertirai.

Jemima pinça les lèvres afin de manifester son irritation, tout en se reprochant d'avoir amené Rob en ce lieu. Quel besoin avait-elle eu de montrer qu'elle connaissait des lieux interlopes ? Elle avait eu envie de savoir s'il élèverait une objection. Sa curiosité était satisfaite ! Il avait passé l'épreuve haut la main !

— Vous regrettez ? lui demanda-t-il d'un ton affable.

— Regretter quoi ? fit-elle avec mauvaise humeur.

— De m'avoir amené ici. Vous pensiez m'effrayer, peut-être ?

— Qu'est-ce qui vous fait penser ça ?

Tout sourires, Rob s'adossa au mur de plâtre et étendit ses jambes sous la table. Il semblait suprêmement élégant dans cette taverne, mais aussi — et c'était étonnant — aussi coriace que les durs à cuire qui l'entouraient.

— Vous savez, reprit-il, j'ai bu dans des lieux plus terribles du temps que j'étais à l'armée.

— J'imagine, dit Jemima en hochant la tête. Non, je ne crois pas que vous preniez peur facilement, milord, et même si je vous disais que le gaillard, dans le coin là-bas, est un bandit de grand chemin…

— Vraiment ? murmura Rob en jetant un coup d'œil discret de ce côté-là.

— Oui, c'est Ned Macaine. Il travaille sur la Grande route du Nord.

— On dirait qu'il vous trouve à son goût, miss Jewell, fit Rob, avec un petit sourire.

Rien n'était plus vrai. Ce bandit de grand chemin, fort joli garçon par ailleurs, leva son pichet pour saluer la jeune fille. Celle-ci, trouvant là une occasion rêvée de se venger du sourire de la servante, accepta le salut avec bienveillance. Son manège n'échappa nullement à Rob, qui partit d'un éclat de rire en disant :

— Je crois que nous voici à égalité, maintenant ! Mais vous n'avez pas répondu à ma question : venez-vous souvent ici ?

— Pas du tout ! Il se trouve que c'est la taverne préférée de Jack et que je l'y ai accompagné de temps en temps. C'est pourquoi je savais que nous y serions tranquilles.

— Votre père n'y vient pas ?

— Pensez-vous ! Il est trop imbu de lui-même pour fréquenter ce genre d'établissement.

Jemima jeta un coup d'œil à la ronde et ajouta :

— Vous voyez les deux messieurs attablés là-bas, avec leurs pipes en écume, et qui jouent aux cartes ? Ce sont des ramoneurs, je les connais. Ne vous inquiétez pas, ils ne nous trahiront pas.

— Je ne m'inquiète pas, dit Rob en remplissant les pichets.

Ayant pris une gorgée de bière, Jemima demanda :

— De quel sujet avez-vous envie que nous parlions ?

— De notre mariage d'abord. Il est fixé à 10 heures, dans trois jours d'ici, à l'église du Saint-Sauveur.

— En banlieue nord ?

— Il fallait choisir un lieu discret…

— Je comprends. Et ne vous inquiétez pas : j'ai circulé dans des quartiers plus terribles que la banlieue nord.

— Je veux bien le croire, reprit Rob en reprenant sa discrète surveillance des alentours. Vous ne trouvez pas cette église indigne de vous ?

— C'est très gentil à vous de me le demander, milord, mais je vous assure que l'église du Saint-Sauveur me convient parfaitement. Et puis, ce mariage n'est qu'une formalité, pour moi aussi bien que pour vous.

Jemima regretta aussitôt d'avoir lâché cette remarque acerbe et inutile, mais c'était trop tard.

— Je suppose que votre frère vous accompagnera ? demanda Rob.

— Certainement.

— J'en serai très heureux.

Jemima soupira.

— Vous ne vous aimez pas, tous les deux, n'est-ce pas ?

— On ne peut pas dire cela… J'ai l'impression que votre frère n'a pas confiance en moi. Remarquez, je comprends pourquoi.

— Je comprends aussi. Il n'empêche que je vous trouve très agaçants, tous les deux.

Rob se mit à rire doucement.

— Je vous demande pardon… pour moi-même seulement. Ah ! pendant que j'y pense : c'est mon cousin Ferdie qui sera mon témoin.

Jemima but une longue gorgée de bière, reposa le pichet sur la table et demanda :

— Lui avez-vous tout dit ?

— Oui, et je lui ai fait jurer qu'il garderait le secret.

La conversation s'éteignit. Ils burent en silence. Puis Jemima proposa :

— Pouvons-nous repartir, maintenant que nous nous sommes tout dit ?

— Pas encore, si vous le permettez. Je m'amuse énormément, ici.

Jemima jeta à Rob un regard dubitatif. Il semblait, en effet, très à l'aise dans cette salle d'auberge, assis ou plutôt affalé sur son banc, appuyé d'une épaule contre le mur. Son manteau ouvert permettait de voir son pantalon en peau de buffle, et sa jaquette bleu marine. Tout, en lui, annonçait l'homme de qualité, depuis sa chemise d'un blanc immaculé jusqu'à ses bottes impeccablement cirées. Comment s'étonner de l'intérêt qu'il avait suscité chez les servantes ?

— J'espère que votre frère aura la possibilité de veiller sur vous lorsque vous serez installée à Twickenham, reprit-il. Churchward, mon avocat, sera là pour répondre à vos demandes, mais je serai vraiment rassuré si je sais que vous pouvez compter aussi sur votre frère en cas de besoin.

— Je continuerai à voir Jack, affirma Jemima.

Elle se sentait un peu coupable envers Rob. Elle avait décidé de ne rien lui révéler de l'école qu'elle voulait fonder, craignant qu'il ne regimbât à l'idée qu'elle eût envie de travailler. Bien entendu, elle serait comtesse de Selborne en apparence seulement et pour un temps limité, mais en attendant la dissolution du mariage, Rob tenait sans doute à ce qu'elle ne se fît pas remarquer.

— Qu'avez-vous l'intention de faire à Twickenham ? lui demanda Rob.

Elle sursauta. C'était à croire qu'il lisait dans ses pensées ! Tâchant de paraître aussi évasive que possible, elle répondit :

— Faire ? Je croyais que les grandes dames ne faisaient

rien. Et moi qui espère depuis si longtemps ne plus rien avoir à faire…

Rob lui prit les mains qu'elle avait posées à plat sur la table. Elle sursauta de nouveau, pas pour les mêmes raisons.

— Essayez de me dire la vérité, Jemima, lui recommanda-t-il. Vous ne m'avez pas l'air de quelqu'un qui a envie de passer des journées entières assise à ne rien faire. Alors, quels sont vos projets ?

Le regard des yeux bleus croisa, affronta celui des yeux bruns. Jemima ne tarda pas à capituler.

— Oh, très bien ! s'exclama-t-elle. Puisque vous voulez tout savoir, j'ai l'intention d'ouvrir une école. Voilà !

Avisant la stupéfaction qui se peignait sur le visage de Rob, elle se hâta de poursuivre :

— Ne vous affolez pas. Je n'ai pas l'intention de donner mon propre nom à cet établissement. Donc, personne ne saura, personne ne fera le lien avec vous. Il est vrai que je deviendrais folle si je devais passer mes journées dans l'oisiveté. En plus, les bonnes dames de Twickenham n'auraient pas mis longtemps à déblatérer sur moi, vous pensez bien.

— Que voulez-vous dire ? demanda Rob qui semblait sincèrement étonné.

— Tout simplement ceci : quand une dame sort de nulle part et qu'elle n'a aucun moyen visible d'existence, on en déduit vite qu'elle est de petite, de très petite vertu. Et donc, on jaserait sur mon compte, à Twickenham. Tandis que si j'enseigne la musique, personne ne me cherchera de noises. On pensera que je suis noble, mais pauvre, et on me plaindra discrètement.

L'air désolé, Rob hocha la tête pour demander :

— Miss Jewell, vous ne seriez pas un peu cynique, par hasard ?

Fataliste, Jemima esquissa un haussement d'épaules.

— Milord, il est évident que je connais le monde mieux

que les dames de votre entourage. Il ne fait pas de doute pour moi que les habitantes de Twickenham me considéreraient comme une veuve, dangereuse parce qu'elles supposeraient que j'ai l'intention de piquer leur mari ; ou alors, comme une courtisane en retraite et en recherche d'une nouvelle respectabilité. Si j'ouvre mon établissement, elles me verront comme une maîtresse d'école, et ce sera plus commode pour elles comme pour moi.

Elle marqua un temps d'arrêt, regarda Rob droit dans les yeux pour l'interroger :

— Vous n'allez pas m'en empêcher, n'est-ce pas ?

— Cela serait-il gênant pour vous ?

— Evidemment, puisque c'est vous qui tenez les cordons de la bourse !

Rob rit encore, mais avec tristesse, et il soupira :

— Enfin, Jemima, il n'y a donc que cet argent qui compte pour vous ?

Elle rougit. Elle ne voulait surtout pas, à ses yeux, paraître trop intéressée, mais, d'un autre côté, elle s'était juré que les sentiments n'entreraient nullement en ligne de compte dans cette affaire… il ne s'agissait que d'une affaire. C'est ce qu'elle réaffirma avec fermeté, pour s'enquérir ensuite :

— Que voulez-vous que ce soit d'autre, milord ?

Elle comprit son erreur quand il avança la main pour repousser, avec délicatesse, une mèche de cheveux qui lui barrait la joue. Puis, le regard embrumé, il demanda :

— N'avez-vous jamais rêvé d'un mariage d'amour ?

Jemima regarda ailleurs pour répondre :

— Pas particulièrement. Je pense que le mariage et l'amour ne vont pas ensemble. Vous y croyez, vous, milord ? Dans votre milieu comme dans le mien, les mariages se décident à la banque, pas au paradis.

— Vous n'aimiez donc pas l'homme à qui vous étiez fiancée ?

Elle dut faire un effort de réflexion, car elle avait presque oublié Jim Veale !

— Jim ? Non ! Il est joli garçon, mais c'est la seule qualité qu'on puisse lui trouver. Ce mariage avait été décidé pour allier deux dynasties de ramoneurs.

— Donc, pas d'amour entre vous ?

— L'amour, c'est la concupiscence en habits du dimanche !

— Quelqu'un vous a-t-il fait du mal, Jemima ? demanda Rob, soucieux.

Le menton dans les mains, elle répondit avec franchise.

— Non, pas de la manière que vous imaginez… J'ai connu des filles qui grimpaient avec moi dans les cheminées, et qui, maintenant, font commerce de leur corps… Comprenez-vous ? Je prétends qu'il est malhonnête d'évoquer l'amour à tout bout de champ. L'amour, l'amour… Il vaudrait mieux dire : sexe. Le sexe est un pion que les gens font avancer sur l'échiquier de la vie, pour gagner ce dont ils ont envie : le pouvoir, les privilèges, l'argent… ou simplement pour survivre. L'amour, c'est le nom qu'on donne à cette mascarade afin de la rendre plus présentable.

Rob grimaça.

— C'est ce que je disais. Vous êtes cynique, miss Jewell ; cynique comme un homme.

Elle rétorqua avec aplomb :

— Alors, vous devez l'être aussi. Avez-vous déjà été amoureux, milord ?

Il répondit d'un long sourire très mystérieux qui eut d'étranges effets sur les nerfs de Jemima.

— Non, dit-il à voix basse. Je n'ai jamais encore été amoureux, ce qui ne signifie pas que j'ai renoncé.

Le brouhaha de la taverne s'estompa pour Jemima dont le regard était de nouveau capté, captivé par celui de Rob. Elle ne voyait plus que lui, elle n'entendait plus rien. Seul comptait pour elle celui dont la jambe la frôlait, sous la table de bois grossier. Prise d'une fièvre étrange, elle changea de position, et elle en était à se demander si elle ne devrait pas fuir ce lieu pour échapper au fallacieux enchantement, quand une voix retentit au-dessus de sa tête :

— Laisse donc tomber le milord et viens plutôt avec moi, chérie.

Elle leva les yeux et vit Ned Macaine, le bandit de grand chemin qui lui souriait d'un air engageant. Elle lui rendit son sourire mais répondit :

— Je vous remercie, monsieur Macaine, mais ce sera non. Flattée, tout de même.

Il soupira :

— Tant pis ! Tu ne m'en veux pas d'avoir tenté ma chance ?

Rob répondit pour Jemima.

— Certainement pas, mais il se trouve que cette demoiselle est déjà en mains.

Macaine le dévisagea avec attention, lui asséna une claque sur l'épaule en disant simplement :

— Heureux homme !

Puis il s'inclina devant Jemima.

— Si jamais tu changes d'avis, chérie, tu sais où me trouver.

Rob prit la main de Jemima pour sortir de la taverne. Il lui fit remarquer :

— Vous risquez de trouver Twickenham bien ennuyeux, si

vous avez l'habitude de fréquenter des lieux tels que celui-ci. Je me demande même si vous tiendrez le coup.

Twickenham… Jemima eut un frisson très désagréable. Elle avait complètement oublié qu'elle vivrait sa vie et que Rob vivrait la sienne… séparés. Tel était le contrat. Elle n'y pouvait rien.

6.

— Mignonne, hein ? murmura Ferdie à l'oreille de Rob.

Jemima remontait l'allée centrale, dans l'église du Saint-Sauveur. Ferdie ajouta :

— Je ne comprends pas à quoi tu veux en venir, mais je constate que tu as toujours aussi bon goût. Elle me plaît, la petite.

Rob grinça des dents. Il eût mille fois préféré demander à un autre de ses amis de tenir le rôle de témoin, mais la plupart étaient d'incorrigibles bavards. Or il s'était engagé dans une affaire qui exigeait la plus grande discrétion. Au moins, il avait l'assurance que Ferdie saurait tenir sa langue ; l'ennui était qu'il ne se gênerait pas pour chercher à séduire la mariée sous le nez de son cousin.

L'église du Saint-Sauveur était située au fond d'une impasse, dans un des quartiers les plus mal famés de Londres, l'un des plus dangereux, l'un des plus insalubres. Rob avait honte d'avoir porté son choix sur ce lieu. Evidemment, personne, ici, ne lui poserait de questions malvenues : le prêtre avait jeté un vague coup d'œil sur la licence de mariage et n'avait manifesté d'intérêt que pour la bourse bien remplie que le marié avait glissée dans sa main…

Donc, Rob avait honte. Trois jours plus tôt, lorsqu'il avait élaboré les derniers détails de la cérémonie, avec Jemima, il était encore très content des dispositions prises, mais maintenant, il avait honte. Cette église minable dans ce quartier sordide n'était pas digne de Jemima.

Il ressentait douloureusement cette médiocrité alors qu'il observait Jemima qui remontait l'allée centrale, au bras de son frère Jack. Celui-ci n'avait pas l'air heureux non plus. Il semblait même très mécontent. Pour tout dire, il donnait l'impression de vouloir boxer Rob.

Jemima, au contraire, semblait sinon heureuse, du moins sereine. Glissant un doigt dans son col qui lui paraissait subitement bien étroit, Rob se demanda avec un peu d'inquiétude s'il serait aussi tranquille, dans un moment. Il se sentait tendu, mal à l'aise.

Jemima portait une robe toute simple, de soie de couleur mauve, et sur sa tête elle avait posé un chapeau de paille orné de rubans assortis. Le soleil, qui pénétrait dans l'église par les fenêtres poussiéreuses, éclairait d'une lumière presque surnaturelle le visage de la jeune fille et magnifiait sa grande beauté.

Rob retint sa respiration lorsque Jemima vint se placer à côté de lui. Leurs regards se croisèrent brièvement. Elle semblait intimidée. Pendant une seconde, Rob lut dans ses yeux la réponse à sa propre nervosité. Il lui prit la main, et sentit ses doigts se crisper dans la sienne.

La cérémonie, vite expédiée, se déroula dans une sorte de brouillard pour Rob qui s'entendit répondre, d'une voix caverneuse, aux questions posées par le célébrant. Jemima lui parut plus assurée que lui. D'une certaine façon, sa présence lui donnait de la force. Etrange…

Elle parlait avec une grande dignité, comme si ce mariage avait de l'importance pour elle et comme si elle prenait au sérieux les engagements auxquels elle consentait. Le cœur de Rob se brisa lorsqu'il pensa à l'annulation déjà programmée par lui. Lui faisait des promesses qu'il n'avait nullement l'intention d'honorer.

Ses parents avaient eu beaucoup de différends, mais leur mariage avait tenu malgré tant de difficultés. En y pensant, Rob s'avisa qu'il agissait mal. Hélas, il était trop tard pour revenir en arrière. De toute façon, il ne devait penser qu'à Delaval, et se rappeler qu'il ne se livrait à ces simagrées que pour obtenir les moyens de restaurer son cher domaine.

— Vous avez le droit d'embrasser la mariée.

Jemima leva son visage vers Rob. Leurs lèvres s'unirent brièvement.

Il y eut alors un moment de flottement. La cérémonie était terminée et ils ne savaient que faire. Ils se regardaient, comme étonnés et ne sachant pourquoi ils étaient là. Puis le marié prit le bras de la mariée et ils descendirent l'allée pour aller à la rencontre de leurs invités. Rob tendit la main à Jack Jewell, qui hésita quelques secondes avant de la prendre, en faisant comprendre, d'un regard, qu'il consentait à un effort, pour sa sœur. Rob se retint de sourire. Il savait que Jack ne l'aimait pas, il comprenait pourquoi et ne pouvait lui en vouloir.

— Comment allez-vous, Jewell ? demanda-t-il avec la plus parfaite urbanité.

— Comment allez-vous, Selborne ? répondit Jack, le visage fermé.

Puis il désigna Ferdie à côté de lui.

— Permettez-moi de vous présenter mon cousin, Ferdinand Selborne.

Ferdie s'inclina.

— Lady Selborne… Monsieur Jewell…

Rob vit Jemima écarquiller les yeux en s'entendant appeler « lady ». Il lui faudrait sans doute un peu de temps pour s'habituer… Ses joues prirent quelques couleurs et Rob la trouva ainsi très jolie, ce qui lui donna un grand plaisir que tempéra aussitôt l'exaspération qu'il ressentait envers lui-même et qui ne le quittait plus depuis quelques jours. A bien réfléchir, il s'était avisé qu'il commettait une gigantesque erreur en proposant un mariage d'apparence à une jeune fille pour qui il éprouvait une attirance de plus en plus vive.

Lorsqu'il avait eu l'idée d'épouser Jemima, il avait été très content de lui, il s'était trouvé alors suprêmement intelligent. Ce mariage, qui lui permettait de satisfaire aux conditions édictées par les deux testaments et donc de percevoir les héritages dont il avait besoin, lui avait semblé une astuce remarquable en tout point. En effet, il se mariait selon la volonté de son père, et il resterait chaste comme le voulait sa grand-mère, puisque Jemima n'habiterait pas avec lui. Marié et chaste ! Il réussirait à vivre selon ces deux états si contradictoires. En outre, il aurait tout son temps pour se mettre à la restauration de son cher Delaval, dresser les premiers plans en attendant de pouvoir commencer les travaux. En s'occupant ainsi, il évacuerait la culpabilité qu'il ressentait à avoir si longtemps négligé sa maison et sa famille.

Toutefois — il n'avait pas tardé à s'en rendre compte — la situation serait moins simple qu'elle lui avait paru au premier abord. Déjà il commençait à se soucier beaucoup trop de Jemima. Ce n'était pas sans une grande inquiétude qu'il avait dû la laisser chez son père, dix jours plus tôt. Il avait éprouvé le désir très vif de l'emmener avec lui pour la soustraire aux nouvelles épreuves qu'il redoutait. Et depuis, chaque fois qu'il l'avait revue, ses sentiments pour elle s'étaient renforcés tout en prenant une nature de plus en plus dangereuse. Pour s'en protéger, il ne cessait de se répéter qu'il la connaissait à peine et qu'elle n'était pas une pauvre jeune fille en quête de protection. Elle n'avait pas besoin de lui ! Or il avait envie de la protéger. Il ne s'était jamais senti dans ces dispositions qu'il trouvait étrange et dont il ne savait comment se débarrasser.

Ferdie conversait avec Jemima. Très urbain, comme toujours avec les dames, il lui disait :

— Si vous avez besoin de quoi que ce soit quand Rob sera loin de Londres, n'hésitez pas à me le demander, lady Selborne. Je serai d'ailleurs ravi de vous rendre visite à Twickenham.

Rob serra les dents, et il sentit que Jack Jewell, à côté de lui, se retenait pour ne pas se ruer sur l'impudent séducteur. Pour la deuxième fois, ils se retrouvèrent donc unis par la même cause, la défense de Jemima. Croisant le noir regard du jeune homme, Rob jugea préférable d'intervenir.

— Jemima n'aura pas besoin de toi, lança-t-il d'un ton sec. En mon absence, Churchward se chargera de tous les problèmes qui pourraient survenir, et je suis certain que M. Jewell se fera un plaisir de complaire à ma femme en cas de nécessité.

Il se tourna vers celui-ci dont il croisa le regard chargé d'ironie amère. Il lui dit :

— N'est-ce pas, Jewell ?

Après quelques secondes, Jack Jewell s'inclina légèrement pour répondre :

— Certainement, Selborne.

Rob prit alors le bras de Jemima, en disant :

— Messieurs, si vous voulez bien nous excuser un moment…

Ferdie et Jack parurent s'étonner, comme si ni l'un ni l'autre n'eût pensé que Rob eût des secrets à confier à sa femme. Non sans hésitation et, semblait-il, avec quelque répugnance, ils consentirent toutefois à s'éloigner, chacun de leur côté. Rob put alors sortir, de sa poche, une lettre qu'il tendit à Jemima.

— Je me suis dit que nous n'aurions pas le temps de parler en allant chez Churchward, car j'ai pensé que vous souhaiteriez vous faire accompagner par votre frère. C'est pourquoi j'ai rédigé ce document à votre intention. Si vous avez besoin de quoi que ce soit, adressez-vous à Churchward. Il accourra. C'est un homme efficace, en qui j'ai mis toute ma confiance, et sur qui vous pouvez compter. Je vous ai indiqué ses coordonnées, avec tous les renseignements utiles pour vous.

Jemima hocha la tête. Elle se mordillait la lèvre inférieure, ce qui trahissait de l'inquiétude, du moins une certaine appréhension. Comme elle ne prenait pas la lettre, Rob la lui mit dans les mains, en soupirant. Cette lettre, qui lui avait paru idéale au moment où il l'avait rédigée, lui semblait maintenant une formalité maladroite, inadéquate. Il reprit :

— Churchward vous accompagnera demain à Twickenham. Vous pourrez naturellement vous rendre dans ses bureaux chaque fois que nécessaire.

Jemima répondit d'un nouveau hochement de la tête. Elle avait les yeux vides et sombres. Rob se demanda à quoi elle pensait, il regretta de ne pouvoir lire dans ses pensées pour la rassurer aussitôt. D'un ton plus vif, il poursuivit :

— Pour l'amour de Dieu, ne demandez rien à Ferdie, et ne l'admettez pas en votre compagnie. Il risque de se comporter comme un fâcheux. N'hésitez pas à le lui faire savoir.

Une lueur ironique passa dans le regard de Jemima.

— N'ayez aucune crainte, milord. Je ne suis pas aussi sotte que vous semblez le penser. Je sais exactement quel genre de monsieur est votre cousin.

Voilà qui rappela à Rob, s'il en était besoin, qu'il n'avait pas épousé une naïve jeune fille. Confus, il répondit :

— Je m'en doute. Tout ce que je voulais dire, c'est qu'il ne faut pas vous laisser importuner.

— Il faudra tout de même, milord, que j'aie certains égards pour votre cousin.

Rob sourit.

— Ferdie est mon cousin. C'est d'ailleurs pourquoi je le connais si bien. Sachez que je ne lui confierais pas ma sœur, et encore moins ma femme. Si vous éprouvez le besoin de le rudoyer, n'hésitez pas. Je vous donne ma bénédiction.

— Je m'en souviendrai, milord, murmura Jemima, avec un mince sourire. Avez-vous une sœur ?

— Certainement. Elle s'appelle Camilla. Elle vit aux Indes, avec son mari, capitaine dans la marine. Je vous avais dit que ma famille ne serait pas un poids pour vous, et vous voyez que je ne mentais pas. Un jour, je vous dirai tout sur Camilla...

Il s'interrompit brusquement en songeant que si les événements se déroulaient selon ses prévisions, il n'aurait plus beaucoup l'occasion de voir Jemima, et que donc il ne fallait pas espérer pouvoir lui délivrer beaucoup de confidences sur sa famille. Il ne devait se préoccuper que de satisfaire aux conditions édictées par les deux testaments, et, lorsqu'il l'aurait dûment fait constater, recevoir ses héritages, payer la jeune fille pour l'aide qu'elle lui aurait apportée et faire annuler le mariage. Tout serait dit. La comtesse de Selborne disparaîtrait et ce serait comme si elle n'avait jamais existé.

— Je vous reverrai lorsque je reviendrai de l'Oxfordshire, lui dit-il d'un ton brusque. Je pense que ce sera dans un mois ou deux.

Jemima montra son étonnement.

— Je ne pense pas que ce soit une bonne idée, milord. Si l'on vous voit frapper à ma porte, cela donnera lieu à des spéculations hasardeuses, et c'est précisément ce que je veux éviter. Puisque je n'utiliserai pas mon nom de femme mariée, puisque personne ne doit connaître de notre mariage, il faut que notre... association demeure secrète. A mon avis, il vaut mieux que nos affaires restent entre les mains de M. Churchward.

Rob hocha la tête. Il ne pouvait critiquer la logique de Jemima, tout en la trouvant un peu trop froidement exposée. Mais avait-il à se plaindre, puisque c'était précisément ce qu'il recherchait, un mariage d'apparence, rompu aussi vite que conclu ? Evidemment, ce n'était plus tout à fait de cela qu'il rêvait, il s'en trouvait assez contrarié, mais il ne devait s'en prendre qu'à lui, sans trop savoir, d'ailleurs, d'où naissait ce sentiment de frustration. Il essayait de se persuader qu'il éprouvait quelque remords à embarquer une jeune fille dans cette aventure assez contestable, tout en sachant très bien que la véritable raison se trouvait ailleurs.

Se rappelant soudain qu'il avait encore un présent à lui donner, il plongea encore une fois la main dans sa poche et en retira un petit paquet enveloppé de papier brun.

— Mon cadeau de mariage… C'est peu de chose en vérité, mais je tenais à accomplir ce rite.

Jemima prit le paquet, elle l'ouvrit et garda le silence. Craignant de l'avoir mécontentée, Rob se hâta de lui donner quelques explications.

— Vraiment, ce n'est rien d'extraordinaire, mais, ayant vu un livre à demi consumé dans votre cheminée, j'ai pensé qu'il vous serait agréable d'en recevoir un nouvel exemplaire.

Quand Jemima reprit la parole, elle avait une voix étrange, chargée d'émotion.

— *Château Rackrent*, murmura-t-elle. Quelle délicate attention…

— Cela vous fait-il plaisir ?

— Je ne sais comment vous remercier, milord.

Elle leva la tête, leurs regards se croisèrent. Le sourire de la jeune fille bouleversa Rob.

— Ce n'est pas « rien d'extraordinaire » et je vous suis très reconnaissante de ce cadeau inattendu.

Ils continuèrent à se regarder pendant un long moment, puis Jemima sembla soudain s'éveiller d'un rêve.

— Ne devrions-nous pas quitter cette église ? Si nous voulons voir M. Churchward…

— Ma voiture nous attend, fit Rob en lui offrant son bras.

— Espérons qu'elle a toujours ses roues… Excusez-moi, milord, il faut que je parle à mon frère. Je serais très contente s'il pouvait nous accompagner chez M. Churchward.

Rob l'observa alors qu'elle se dirigeait vers Jack Jewell. Celui-ci, en la voyant venir, se leva du banc sur lequel il s'était affalé, l'enveloppa dans le manteau noir qu'il avait dans les bras, puis la conduisit vers la porte de l'église. En la voyant si petite, si frêle, Rob éprouva un vif sentiment de regret. Normalement, c'eût été à lui de sortir au bras de la jeune fille, pas Jack Jewell ! Il la vit qui retirait l'alliance de son doigt pour la ranger dans son réticule. Il en souffrit, bien qu'il connût les raisons de ce geste : dans ce quartier mal famé, il n'était pas bon de se promener en arborant un bijou en or massif.

Ferdie arriva derrière Rob. Le cousin, lui non plus, ne perdait pas Jemima des yeux, et il avait un regard de rapace.

— Jolie pouliche, fit-il. Sacré Rob ! Je ne comprends pas que tu ne profites pas de la situation. Tu permets que je la console de ton absence ?

Rob lui jeta un regard si noir que Ferdie sursauta. Puis, ne sachant sur quel pied danser, il demanda :

— Tu ne frapperais pas un homme dans la maison de Dieu, n'est-ce pas, mon vieux ?

— En certaines occasions, c'est tout à fait licite, répondit Rob, d'une voix glaciale. Ferdie, dois-je te rappeler que tu parles de ma femme ?

— C'est une fille de ramoneur ! protesta le cousin. Alors, elle est à qui veut la prendre. Suppose que je l'aie rencontrée avant aujourd'hui, hein ?

Rob le prit par la cravate et tira d'un coup sec. Ces odieux propos lui étaient intolérables et méritaient, lui semblait-il, une punition.

— Rob ! marmonna Ferdie qui ne pouvait plus respirer. Reprends-toi…

— Ne t'avise plus jamais de parler de Jemima de cette façon, fit Rob, les dents serrées.

Puis il relâcha sa prise. Ferdie réajusta son nœud de cravate et retrouva le ton de la plaisanterie pour dire :

— Si je comprends bien, tu ne veux pas que je console lady Selborne ? C'est cela ? Je n'aurais jamais pensé que tu puisses être si possessif.

— Tu le sais, maintenant ! répondit Rob qui n'avait toujours pas envie de rire.

Lui non plus n'eût jamais pensé être aussi possessif. Lorsqu'il avait mis au point les détails de son plan si ingénieux, il avait imaginé, l'esprit tranquille, que Jemima et lui iraient leur chemin, chacun de leur côté, et pas une seule seconde il ne s'était soucié de la fidélité d'une femme qui ne serait unie à lui que par le nom. Et voilà qu'à l'idée de la savoir dans les bras de Ferdie ou d'un autre homme, il se sentait bouillir de jalousie.

Il se hâta de sortir de l'église pour rattraper Jack et Jemima. En les voyant discuter avec animation, il envia leur complicité. Dans le trio qu'il formait avec ces deux-là, c'était lui le gêneur, l'intrus. Il était dit qu'il apprendrait beaucoup sur lui en ce jour de mariage, et tout ce qu'il apprenait le troublait, le déconcertait.

Ferdie lui demanda :

— Tu accepterais de me reconduire ? Je ne me vois pas errer seul dans ces rues sinistres, au risque de me faire dépouiller et peut-être assassiner.

Rob retint un soupir d'exaspération puis s'avisa que la présence de son cousin rendrait peut-être le trajet moins pénible pour lui. En effet, ce serait une épreuve que d'être assis, tout seul, en face de Jack et de Jemima, sans savoir quoi leur dire.

Mieux valait se l'avouer : ses projets avaient changé. La décision s'était prise presque à son insu, mais elle était bel et bien formée. Il voulait désormais que Jemima vînt avec lui à

Delaval. Il avait besoin de la connaître mieux. Il savait aussi qu'un accord avait été conclu entre eux et qu'il ne pouvait en changer aussi facilement les termes ; pas maintenant. Pour tout dire, c'était même impossible.

D'emblée, Jemima trouva M. Churchward très sympathique. Celui-ci, après avoir offert un verre de champagne tiède, exposa tout ce qu'il fallait savoir sur la maison de Twickenham et contribua à mettre au point tous les arrangements non encore définis, sans exprimer le moindre étonnement à propos de ces jeunes mariés qui s'en allaient vivre chacun de leur côté.

Forcément, M. Churchward connaissait les dispositions prises par le père de Rob, concernant l'épouse que celui-ci devait choisir lors du mariage de sa cousine ; mais, à mesure que l'entrevue avançait, Jemima se persuadait de plus en plus qu'il y avait d'autres clauses que Rob n'avait pas jugé utile de lui faire connaître. Plus d'une fois, en effet, l'avocat mentionna, comme à regret, et à mi-voix, le testament de la comtesse douairière de Selborne. Rob n'en avait pas parlé à Jemima, et chaque fois qu'il y était fait allusion, il semblait gêné.

Quoi qu'il en soit, la réunion s'était passée le mieux du monde et elle tirait sur sa fin, quand on perçut un brouhaha venu de l'antichambre. Puis, sur quelques coups donnés à la porte, un clerc passa la tête pour s'adresser à M. Churchward.

— Excusez-moi, monsieur, mais lady Marguerite Exton et Miss Exton sont là. Ayant appris que vous étiez en entretien avec le comte et la comtesse de Selborne, elles demandent la permission de se joindre à vous…

Rob pâlit et Jemima s'en rendit compte. Elle lui prit le bras pour demander :

— Qui sont ces personnes ?

Elle n'eut pas le temps d'obtenir de réponse, car la porte

du cabinet s'ouvrit en grand. Une femme au port altier entra, suivie d'une jeune fille très blonde qui avait à peu près l'âge de Jemima, et un visage empreint d'une grande douceur. Cette dernière dévisagea Jemima avec curiosité puis, poussant un cri strident, se jeta dans les bras de Rob.

— Robert ! Quelle bonne surprise de vous trouver ici ! Quand ce clerc nous a appris que le comte et la comtesse de Selborne se trouvaient ici, nous avons d'abord cru à une plaisanterie ou à une erreur.

Toujours souriante, elle se tourna vers Jemima.

— Bonjour, je suis la cousine de Rob, Letty Exton. Et vous devez être la nouvelle comtesse de Selborne ? Quel plaisir de vous rencontrer !

7.

— Votre cousine ? fit Jemima en jetant à Rob un regard interrogateur, accusateur plutôt. Ne m'avez-vous pas affirmé que vous n'aviez pas de famille, Robert ?

Celui-ci ne put lui répondre car il essayait, sans succès, de se déprendre des embrassades que lui imposait l'exubérante Miss Exton, laquelle ne cessait de l'enlacer en lui répétant qu'il était merveilleux de le voir enfin de retour à la maison. Lui voyant un visage qui exprimait à la fois l'exaspération et le ravissement, Jemima faillit éclater de rire. Enfin il réussit dans son entreprise de libération et il se tourna vers lady Marguerite, dont l'attitude hautaine s'adoucissait grâce au sourire bienveillant qu'elle avait du mal à contenir.

— Robert, mon cher, déclara-t-elle avec emphase, non seulement vous êtes de retour, mais en plus vous vous mariez ! Pourtant, quand vous m'écrivîtes, la semaine dernière, vous ne mentionnâtes point votre fiancée. Ne trouvez-vous pas étrange que votre propre grand-mère apprenne par hasard cet heureux événement ?

Jemima tressaillit. Cette femme de la haute société était donc la grand-mère de Rob ? Elle commençait à se dire que son mari et elle concevaient très différemment la notion de proches parents.

Miss Exton poussa un cri strident qui préludait à cette déclaration :

— Robert, vous êtes un monstre ! Moi qui me faisais une fête de danser à votre mariage ! Ne sommes-nous donc plus assez bien pour vous, maintenant que vous voilà comte de Selborne ?

— Letty ! murmura lady Marguerite sur un ton d'affectueux reproche. On ne doit pas parler ainsi.

Elle s'approcha de Rob pour lui offrir sa joue à baiser, avant de se tourner vers Churchward.

— Bonjour, cher monsieur. Pardonnez notre intrusion, mais quand j'ai entendu dire que lord Selborne était avec vous…

— Et lady Selborne ! ajouta l'impétueuse Letty.

— Et lady Selborne, répéta lady Marguerite en adressant un sourire glacial à Jemima.

Celle-ci se sentit soudain toute petite et très vulnérable. Lady Marguerite n'allait-elle pas la considérer au pire comme une horrible aventurière, au mieux comme une arriviste ? Craintive, elle se tourna vers Rob pour recevoir de lui un regard d'encouragement. Ils n'avaient pas préparé d'histoire plausible pour rendre compte de leur rencontre et de leur mariage. Ils n'avaient pas pensé que ces préparatifs fussent nécessaires. Or il apparaissait que la grand-mère et la jeune Letty attendaient maintenant des explications.

Rob prit la main de Jemima. Solennel, il déclara :

— Bonne-maman, permettez-moi de vous présenter ma femme, Jemima. Jemima, vous êtes en présence de ma grand-mère maternelle, lady Marguerite Exton.

Jemima exécuta une révérence parfaite et prononça les paroles rituelles.

— Comment allez-vous, madame ? Je suis ravie de faire votre connaissance.

Elle jeta à Rob un bref regard et ajouta :

— Mon mari avait prétendu ne pas avoir de famille, mais j'avais du mal à le croire.

— Robert, fit Letty Exton en tâchant de prendre un air sévère, c'est très méchant de dire des mensonges pareils. Et de quel droit nous cachez-vous votre épouse ? Si nous n'étions pas venues ici par hasard, nous ne l'aurions peut-être jamais connue.

Elle poursuivit, pour Jemima :

— Bonne-maman et moi résidons en Oxfordshire et nous venons rarement dans la capitale. Si nous sommes venues aujourd'hui, c'est que nous devons consulter M. Churchward au sujet de mon héritage. C'est que j'aurai vingt et un ans le mois prochain, savez-vous ?

— J'ai envoyé un billet à votre domicile londonien dès notre arrivée, ajouta lady Exton. Je suppose que vous ne l'avez pas reçu ?

— Non, bonne-maman, répondit Rob et Jemima saisit une nuance de résignation amusée dans sa voix ; je ne savais pas que vous étiez à Londres.

Le silence se fit, assez pesant.

— Aucune importance ! décréta la toujours pétulante Miss Exton à l'adresse de Jemima. Nous sommes très heureuses de vous rencontrer, même par hasard.

Jemima lui répondit d'un sourire reconnaissant. Elle aimait déjà la jeune fille si différente de sa grand-mère au point qu'elle en était l'opposé exact. Letty Exton était chaleureuse et amicale quand la lady était distante, pour ne pas dire glaciale. Pour être honnête, il fallait reconnaître que pour cette dame d'âge respectable, le mariage était forcément une affaire sérieuse, longuement méditée avant que d'être conclue, et il ne fallait donc pas lui en vouloir si elle n'accueillait pas à bras ouverts celle qui entrait dans sa famille de façon aussi inattendue.

Jemima s'avisa soudain que son frère observait Miss Exton avec intérêt.

— Excusez-moi, s'exclama-t-elle, je manque à tous mes devoirs ! Lady Marguerite, miss Exton, permettez-moi de vous présenter mon frère, M. Jack Jewell.

Jack s'inclina de façon impeccable devant les deux représentantes de la haute société, mais ruina aussitôt l'effet de cette salutation en enveloppant la demoiselle d'un regard qui ne devait rien aux bonnes manières. Jemima vit lady Marguerite s'offusquer, la jeune Letty rougir puis éclater de rire avant de dire :

— Comment allez-vous, monsieur Jewell ?

— Comment allez-vous, miss Exton ? répondit le jeune homme, avec un sourire très engageant.

Letty rougit davantage, elle s'empourpra et baissa les yeux.

Consciente que le regard de Rob s'était posé sur elle, Jemima se tourna vers lui et comprit qu'il tentait de lui faire passer un message muet. Elle souleva les sourcils. Par deux fois, il abaissa le regard sur sa main gauche, puis sur son réticule… L'alliance, ôtée à l'issue de la cérémonie pour la soustraire à la convoitise d'éventuels voleurs ! Le genre de détail que lady Marguerite devait être capable de déceler à cinquante pas ! Vite, Jemima ouvrit son réticule et y plongea les doigts, alors que Letty, penchée sur le bureau de M. Churchward, poussait un cri de surprise et demandait :

— Que vois-je là ? Vous achetez une maison à Twickenham, Rob ? Quel besoin avez-vous d'une nouvelle résidence, quand vous disposez de Delaval et de votre résidence à Londres ?

Jemima eut l'impression que son cœur s'arrêtait de battre et admira le sang-froid de M. Churchward qui faisait disparaître tous les papiers compromettants sous un grand buvard en disant à la petite curieuse :

— Ces documents concernent un autre client, miss Exton. Par négligence j'ai omis de les ranger avant de recevoir lord et lady Selborne. Je n'aurais pas dû…

Il ôta ses bésicles et se mit à les polir furieusement au moyen de son mouchoir.

Le silence, de nouveau, régna.

— Que diriez-vous d'un peu de champagne, bonne-maman ? demanda Rob.

— J'en dirais le plus grand bien ! s'exclama Letty. Alors, nous fêtons l'événement ?

Elle observa, avec un sourire gourmand, Rob qui remplissait une coupe pour elle.

— Oui, nous fêtons l'événement ! déclara-t-il en lui tendant la coupe. Jemima et moi nous sommes mariés ce matin. Cérémonie sans faste, je vous l'accorde…

Il se tourna vers lady Marguerite dont la mine annonçait qu'elle allait répliquer d'une phrase acerbe, et il lui coupa l'herbe sous le pied en expliquant :

— … mais il faut comprendre que je suis encore en deuil, n'est-ce pas ?

Hélas pour lui, lady Marguerite ne se laissait pas si facilement censurer. La bouche pincée, elle laissa tomber :

— Il est dommage que vos ardeurs ne vous aient pas permis d'attendre la fin de votre deuil pour vous marier. Et je persiste à penser que vous auriez pu au moins présenter votre fiancée à toute la famille. Votre conduite est des plus extravagantes, mon cher. Et votre mariage me semble avoir été conclu dans des conditions étranges. Vous connaissez-vous depuis longtemps, tous les deux ?

— Non.

Il était évident que Rob avait l'intention de donner le moins de renseignements possibles, et non moins évident que lady

Marguerite s'acharnerait sur lui pour le faire parler. Après un sourire à Jemima, il expliqua :

— Le temps ne fait rien à l'affaire, n'est-ce pas ? Dès que j'ai vu Jemima, j'ai su que c'était elle que je voulais épouser.

— Oh, Rob ! murmura Letty extatique. C'est d'un romantique !

Lady Marguerite n'était pas de cet avis. Sur une esquisse de ricanement, elle rétorqua :

— C'est surtout très précipité.

Rob attira Jemima à lui. Sa présence toute proche avait quelque chose de rassurant et le regard qu'il coulait sur elle semblait chargé d'affection. Ainsi protégée, Jemima commença à trouver amusante la situation qui lui paraissait si difficile l'instant d'avant. Mais voilà que lady Marguerite s'adressait à elle.

— Je ne crois pas connaître votre famille, lady Selborne.

La main de Rob se serra sur celle de Jemima, qui répondit avec assurance :

— Non, madame. Il est fort probable que vous ne connaissiez pas les miens.

— Qu'entendez-vous par « fort probable » ? demanda la vieille dame, d'une voix de plus en plus glaciale, arctique en vérité.

— Bonne-maman…, murmura Letty gênée.

Jemima sourit. Pour elle, il était important de dire la vérité autant que possible, à tout le moins de s'en approcher le plus possible. D'un autre côté, elle n'avait pas la moindre envie de révéler ses origines plébéiennes à cette femme aristocratique jusqu'au bout des ongles, et à qui il faudrait probablement faire respirer des sels si on lui apprenait que son petit-fils venait d'épouser une fille de ramoneur.

— Vous ne connaissez pas ma famille parce que nous ne fréquentons pas la société, madame. Maman se consacre aux soins de la maison et mon père… mon père s'occupe de propriétés.

Jack étouffa un petit rire intempestif.

— Je suppose que vous n'avez invité personne de la famille, reprit lady Marguerite, à l'adresse de Rob.

— Non…, juste Ferdie, qui a bien voulu me servir de témoin.

— Ferdie Selborne ? s'exclama la vieille dame dont les sourcils s'étaient haussés jusqu'au milieu de son front. Alors, là, nous touchons le fond !

Elle reporta les yeux sur Jemima, à qui elle fit subir un examen critique complet, de la tête aux pieds. Elle étudia la robe de soie mauve, le chapeau à rubans, le réticule. Elle nota l'absence complète de bijoux et s'arrêta un long moment sur l'alliance. Soumise à ce regard terrible, Jemima eut l'impression très nette qu'elle venait de passer un test et qu'elle ne l'avait pas réussi.

— Et où vous rencontrâtes-vous ? demanda lady Marguerite.

— Devant une église, répondit Rob.

Il relâcha la main de Jemima afin de pouvoir l'enlacer, et il déposa un baiser délicat dans ses cheveux. Elle trouva ce jeu plus embarrassant que réconfortant. En vérité, la présence de Rob la déconcertait. Elle tenta un petit mouvement pour s'éloigner de lui, mais il la retint avec fermeté.

— Je vois, murmura lady Marguerite, avec un rictus réprobateur. Il est extrêmement dangereux, pour une dame et surtout pour une jeune fille, de lier conversation avec un inconnu en un lieu public. On peut toujours craindre d'avoir affaire à un individu peu recommandable.

— Devant une église, bonne-maman ! protesta Letty. On n'y rencontre que des gens vertueux.

— Un peu comme dans le cabinet d'un avocat, ajouta Jack.

Letty lui accorda un long regard par-dessous les cils. Il répondit d'un sourire charmeur ce qui lui valut un autre regard, venant de la vieille dame et capable, celui-là, de geler toute la Tamise en plein été, mais qui sur lui n'eut aucun effet.

— Séjournerez-vous quelque temps à Londres ? s'empressa de demander Jemima.

Lady Marguerite prit le temps de boire une gorgée de champagne avant de répondre :

— Non, nous ne sommes venues que pour voir cette question d'héritage et rendre visite à quelques amis. Nous serons de retour en Oxfordshire dans quelques semaines.

Son regard se posa ensuite sur Rob.

— Et vous, rentrez-vous à Delaval ou avez-vous l'intention de vous attarder ici ? Dans le premier cas, nous pourrions organiser un dîner dans un avenir proche.

Affolée, Jemima jeta à son mari un regard suppliant. Il ne pouvait pas décemment apprendre à sa grand-mère qu'il partait pour l'Oxfordshire quand elle resterait à Londres. Voilà qui serait suspect ! D'un autre côté, s'il prétendait que sa femme l'accompagnait à Delaval, lady Marguerite ne tarderait pas à l'y revoir seul, ce qui paraîtrait plus suspect encore.

Rob eut un petit sourire énigmatique, à quoi Jemima sut que la situation allait se compliquer.

— Effectivement, nous regagnons l'Oxfordshire, bonne-maman. Pour tout vous dire, nous avons formé le projet de regagner Delaval dès demain. C'est que nous avons hâte d'entreprendre les travaux de restauration.

Jemima eut l'impression très désagréable qu'un piège se refermait sur elle. Indignée, elle prit une longue inspiration pour protester avec toute la véhémence requise, mais elle se trouva bloquée dans son élan quand Rob se pencha vers elle pour lui murmurer à l'oreille, tout doucement mais avec une autorité indéniable :

— Pas un mot.

Leurs regards se croisèrent et il y eut un moment de grande tension. Puis Jemima, avec lenteur, laissa filer l'air entre ses lèvres pincées. Elle avait cédé, oui, peut-être un peu trop facilement, mais elle pouvait prendre en considération le dilemme auquel Rob faisait face. Eût-il dit à sa grand-mère qu'ils restaient à Londres qu'elle aurait sans doute insisté pour dîner avec eux le soir même... Ils étaient sauvés, oui, mais pour combien de temps ? Leur marge de manœuvre restait mince. Jemima forma le vœu que Rob eût de l'imagination.

Elle sentit qu'il se détendait parce qu'il venait de comprendre qu'elle acceptait de rester coite. Il la remercia d'un sourire auquel elle répondit par un regard annonciateur de représailles.

Fort heureusement, Letty et lady Marguerite n'avaient rien remarqué de ce jeu subtil.

— Il est bon que vous ayez de quoi vous occuper dès votre arrivée dans votre maison, déclara la vieille dame. Un mari et sa femme devraient toujours avoir de quoi s'occuper lorsqu'ils sont en compagnie l'un de l'autre, car l'activité leur épargne l'ennui qui survient fatalement dans un couple. Robert, nous vous préviendrons dès que nous serons de retour chez nous, et nous attendrons votre visite avec impatience.

— Merci, bonne-maman, répondit Rob. Nous serons ravis d'aller vous voir.

— Lady Selborne, dit alors Letty avec toute la fougue de sa jeunesse, nous pourrons aller visiter quelques boutiques à Cheltenham ! Je sais que Londres n'en manque pas, mais celles de Cheltenham sont si distinguées, si raffinées ! Je serai ravie de vous les faire découvrir.

— Je vous remercie, répondit Jemima qui avait l'impression

très nette que la situation lui échappait de plus en plus. C'est très aimable à vous de me le proposer, miss Exton.

— Je vous en prie, appelez-moi Letty ! Ne sommes-nous pas déjà amies ? Et moi, si vous me le permettez, je vous appellerai Jemima !

Puis elle se tourna vers Jack qui eut droit à un nouveau sourire.

— Irez-vous à Delaval, rendre visite à votre sœur, monsieur Jewell ?

— Cela peut dépendre de vous, miss Exton, répondit-il malgré le regard désapprobateur de Jemima.

Lady Marguerite, qui l'enveloppait d'un regard méprisant, laissa tomber cette question :

— Etes-vous dans les propriétés aussi, monsieur Jewell ?

— Très souvent, madame, répondit-il en s'inclinant. Si vous voulez bien m'excuser, j'ai un rendez-vous.

Il se tourna vers Jemima.

— Je suppose que je te… vous reverrai avant que tu… que vous vous rendiez en Oxfordshire, n'est-ce pas ?

— Bien sûr, fit-elle en essayant de ne pas lui en vouloir d'ajouter sa petite touche à l'imposture en cours d'élaboration. Je vous souhaite une bonne journée, Jack.

Lorsqu'il eut quitté le cabinet, Letty exhala un long soupir et ces mots :

— Lady Selborne, votre frère est l'homme le plus beau, le plus charmant qu'il m'ait été donné de rencontrer. Est-il libre ?

— Letty ! s'écria lady Marguerite. Une jeune fille ne parle pas de cette façon !

— Je crains qu'il ne soit pas libre, répondit Jemima navrée de décevoir Letty. Jack est fiancé depuis quelque temps déjà, avec une jeune personne amie de notre famille.

Ravie d'entendre cette nouvelle, lady Marguerite se montra

un peu plus cordiale. C'est presque avec le sourire qu'elle tendit la main à Jemima en déclarant :

— J'espère que nous aurons bientôt l'occasion de nous revoir, Jemima, et que nous pourrons apprendre à nous connaître mieux.

— J'attends de nouvelles rencontres avec impatience, dit Jemima, qui n'en pensait pas un mot.

Puis elle se tourna vers son mari :

— Robert, ne pensez-vous pas que nous avons d'importantes questions à débattre ?

Il lui prit la main pour la glisser sous son bras et répondit, d'un air dégagé :

— Certainement, mon amour. Je suis à votre disposition. Bonne-maman, Letty… à bientôt ! Profitez de votre séjour à Londres.

Il distribua des baisers, puis il sortit en emmenant Jemima. Celle-ci eut le temps d'entendre, alors que la porte se refermait, ces mots prononcés par Letty :

— Oh, bonne-maman, n'est-ce pas merveilleux d'avoir bientôt Robert avec nous ? Et je suis tellement contente de voir qu'il est enfin tombé amoureux !

Jemima déclara froidement :

— J'ai la très nette impression, lord Selborne, que vous avez perdu le sens commun. Quelle mouche vous a piqué, pour vous faire prétendre que nous allions demain en Oxfordshire, vous et moi ? Et je ne parle pas du « ravissement » que vous éprouvez à l'idée d'aller, en ma compagnie, visiter votre « bonne-maman » dès qu'elle aura regagné sa campagne ! Vous avez pris une décision qui me concerne, sans m'en parler, ce qui m'agace énormément. Vous avez fait un trait sur notre contrat.

Ils avaient quitté les rues fort animées en ce milieu de

journée, pour entrer dans un parc et s'asseoir sur un banc, à l'ombre d'arbres séculaires qui les enveloppaient de fraîcheur malgré la chaleur dispensée par le soleil. Jemima appréciait cette fraîcheur, car elle avait pris un peu trop de champagne chez M. Churchward. L'alcool lui était monté à la tête et aggravait l'énervement qu'elle ressentait à l'idée d'avoir été manipulée.

Rob, de son côté, ne manifestait d'autre émotion qu'un léger étonnement à entendre les reproches qu'elle lui adressait. Assis confortablement sur le banc, les jambes étendues et les talons plantés dans le sable de l'allée, offrant son visage à la brise, il écouta avec attention, puis, quand Jemima en eut terminé, il déclara avec flegme :

— Je vous présente mes excuses si vous estimez que j'ai franchi certaines bornes, mais vous voudrez bien comprendre que j'avais à prendre rapidement certaines décisions pour parer à l'événement imprévu que constituait l'irruption de ma grand-mère. Si ce que j'ai dit ne vous plaît pas…

— Non, cela ne me plaît pas ! fit Jemima d'une voix aiguë, en le regardant avec des yeux de chat prêt à sauter sur sa proie. Comment pourrais-je apprécier vos déclarations ? Notre accord comportait de très simples dispositions : sitôt sortis de l'église et du cabinet de M. Churchward, nous allions chacun notre chemin, vous en Oxfordshire et moi vers Twickenham. Et voilà que je me trouve pratiquement obligée de vous accompagner à Delaval, sans avoir mon mot à dire. C'est ce que j'appelle forcer la main des gens ! Et il faudra que je rende visite à cette grand-mère amidonnée de la tête aux pieds ! Et s'il n'y avait que cela ! Je découvre aussi que vous m'avez menti, milord ! Vous avez prétendu n'avoir pas de parents et les voilà qui sortent du bois, les uns après les autres…

— Je suis désolé, marmonna Rob qui n'avait pas l'air désolé du tout. Ma grand-mère quitte si rarement l'Oxfordshire que j'avais tenu ce risque pour négligeable. Pouvais-je imaginer qu'elle viendrait à Londres peu de temps après mon retour de l'étranger, et qu'elle se rendrait chez mon avocat le même jour que moi, le jour de mon mariage ?

— Vous auriez dû imaginer ! lança Jemima, d'un ton sec. Faisons nos comptes. Nous avons donc une grand-mère et une cousine du côté Exton, ainsi qu'un oncle, une tante et trois cousins du côté Selborne… Oh ! J'allais oublier la sœur qui risque de revenir des Indes à n'importe quel moment ! Avez-vous d'autres parents dont vous auriez oublié de me parler, milord ?

— Je ne le pense pas, répondit Rob, d'une voix un peu hésitante, ses sourcils froncés trahissant un effort de réflexion intense. J'ai un parrain et une marraine, mais ils comptent pour du beurre… Jemima, je vous en prie, restez calme !

— Je n'ai pas envie de rester calme !

Il lui avait pris la main, elle la lui arracha. D'un geste brusque, elle ôta son chapeau de paille qui lui donnait des picotements à la tête, et ses doigts passèrent nerveusement dans ses cheveux. Puis elle donna sa leçon.

— Vous auriez dû penser que toute votre famille emploierait les services du même avocat, milord ! A mon avis, vous n'avez pas beaucoup de jugeote.

Bien loin de s'offusquer, Rob parut s'amuser de cette volée de bois vert. Toujours avec son calme imparable, il présenta sa défense.

— Je sais depuis toujours que ma famille est cliente du cabinet Churchward, vous pensez bien ! Simplement, je n'ai pas imaginé ce que cette situation pourrait entraîner comme genre de conséquences.

— Vous avez toute cette collection de parents et vous avez cru que vous pourriez vous marier sans rien leur dire, et qu'ils ne finiraient pas par découvrir le pot aux roses ?

— Exactement ! fit Rob en changeant de position. J'ai

pensé que vous iriez à Twickenham et moi à Delaval, que je recueillerais mon héritage, que notre mariage serait annulé, que personne n'en saurait rien…

— L'ennui, maintenant, c'est que toute votre famille ne va pas tarder à savoir que nous sommes mariés, répondit Jemima en se mordillant la lèvre. Votre grand-mère va interroger vos autres parents. Ils ne lui apprendront rien, mais cela éveillera leur curiosité. Elle s'adressera aussi à M. Selborne…

— Il faut le craindre. Je crois Ferdie capable de discrétion, mais il faut se préparer à toute éventualité. Je ne veux surtout pas que toute ma famille connaisse les exigences exprimées par mon père dans son testament. C'est pourquoi j'ai besoin, maintenant, que vous veniez avec moi à Delaval, afin que notre mariage ait l'air normal. Il faut que nous ayons l'air amoureux l'un de l'autre…

Rob se pencha un peu vers Jemima pour demander :

— Cela vous paraît-il difficile ? Franchement, je suis désolé de la tournure prise par les événements, mais je vous fais confiance. Vous avez été si remarquable de sang-froid, chez Churchward, que je ne doute pas un seul instant que vous ne soyez capable de tenir à la perfection votre rôle de comtesse.

Jemima s'avisa qu'elle était le siège de plusieurs sentiments contradictoires. Elle aimait bien Rob Selborne, même s'il l'irritait un peu pour l'avoir embarquée dans cette aventure de plus en plus périlleuse. Et même, elle l'aimait beaucoup, elle l'appréciait énormément, au point que l'idée d'un séjour à Delaval, avec lui, ne lui déplaisait pas autant qu'elle donnait à le penser. Evidemment, elle deviendrait ainsi la comtesse de Selborne au vu et au su de tout le monde, au lieu de rester une épouse cachée, secrète.

Elle se savait capable d'assumer cet embarras, qui ne la tourmentait pas outre mesure. D'autres difficultés, en revanche, risquaient d'être plus délicates à gérer. Il lui faudrait cacher ses origines plébéiennes. Mais si quelqu'un la reconnaissait pour l'avoir vue au mariage d'Anne Selborne ?

Plus gravc encore, elle devrait abandonner ses rêves d'indépendance, au moins temporairement. Elle avait tant désiré ouvrir son école, elle l'avait vue à portée de sa main et voilà qu'elle lui échappait.

En fait, son indépendance dépendait du bon vouloir de Rob. N'avait-elle pas un peu trop tendance à l'oublier ? Elle s'était crue indépendante ou sur le point de l'être, mais elle avait été le jouet de ses illusions. Si Rob, sur un coup de tête, décidait de revenir sur les termes de leur contrat, de reprendre la maison de Twickenham et de garder son argent, elle n'avait d'autre choix que d'acquiescer. Elle était sa femme. Elle était prise au piège.

Un petit cri de désespoir et de rage lui échappa.

— Oh ! Vous aviez pourtant promis que vous ne tricheriez pas avec moi !

— Je ne cherche pas à tricher, lui répondit-il. Simplement, je cherche à vous faire comprendre mon point de vue.

— Votre point de vue ! protesta-t-elle avec un grand geste de la main. Des mots ! Le résultat, pour moi, est le même. Je suis obligée de changer mes plans parce que vous avez changé d'avis.

Rob soupira. Jemima eut l'impression que là, il luttait pour ne pas laisser éclater la colère qui bouillonnait en lui. Elle regretta qu'il eût tant d'empire sur lui-même parce qu'elle eût aimé une bonne dispute, qui lui eût permis d'exprimer sa propre frustration. Puis elle se rappela qu'elle était comtesse de Selborne et que dans le monde auquel elle appartenait désormais, on ne se querellait pas avec son mari dans un parc.

— Je suis désolée, milord, dit-elle d'une voix contenue, mais je ne peux pas accepter le changement que vous voulez m'imposer. Nous devons nous en tenir aux termes de notre accord.

Rob hocha lentement la tête. Jemima crut qu'elle l'avait convaincu. Il demanda :

— Voulez-vous que nous en discutions ?

Certainement pas, car elle savait comment se terminerait cette discussion : beau parleur, Rob réussirait à lui démontrer qu'il avait raison ! Elle ne voulait pas l'épouser, mais il avait réussi à la convaincre que ce plan était excellent. Elle se savait faible devant cet homme, la prudence s'imposait donc.

— Il n'y a rien à discuter ! dit-elle. Ne pourriez-vous pas, tout simplement, expliquer la situation à lady Marguerite ?

Rob secoua la tête.

— Jemima, vous avez rencontré ma grand-mère, vous avez compris qu'elle ne s'en laisse pas conter facilement. Elle trouve déjà surprenante cette épouse sortie de nulle part, elle trouverait très bizarre la disparition de cette épouse. Je doute qu'elle se satisfasse de mes explications.

— Alors, vous n'avez qu'à lui dire la vérité !

— Je causerais ainsi un scandale inutile, plus dommageable pour votre réputation que pour la mienne, car vous savez que les femmes ont à craindre, plus que les hommes, les situations compromettantes. Or je ne veux pas vous causer le moindre tort, Jemima.

Elle lui jeta un regard exaspéré et demanda :

— Croyez-vous que je m'arrête à ces considérations ? Je me moque des scandales et je m'accommode des situations compromettantes.

— C'est possible, mais il se trouve que je ne suis pas aussi désinvolte. Je tiens à mon honneur d'une part, à votre réputation d'autre part et ne veux pas qu'elle soit entachée à cause de moi.

— Alors, dit Jemima dans un soupir, il me faudrait trouver

une excuse pour rester à Londres ; une mère malade, par exemple.

— Une longue maladie qui requerrait votre présence continuelle ? C'est une possibilité en effet, mais peu convaincante à mon avis.

— Dites à lady Marguerite que je vous ai quitté...

Jemima n'alla pas plus loin. C'était inutile car la mine de Rob annonçait qu'il refuserait cette nouvelle proposition. Il était bien aussi têtu, têtu et furieux en l'occurrence. Pourtant, c'est d'une voix très calme qu'il répondit :

— Je ne peux pas accepter, Jemima. Je ne peux pas, à moins que ce soit vraiment votre désir.

Ils s'affrontèrent du regard. Ce duel muet dura longtemps. Jemima capitula et baissa les paupières. Elle avait conscience d'avoir blessé Rob qui, trop fier pour cela, ne l'avouerait pas. Lorsqu'ils avaient conclu leur mariage d'apparence, ils n'avaient pour but que de s'engager dans une affaire où chacun trouvait son bien. Pourtant, le lien qui les unissait avait changé de nature. Il ne s'agissait plus d'un arrangement un peu trivial, voire immoral. Les vœux qu'ils avaient échangés et auxquels ils n'accordaient aucune importance sur le moment, les obligeaient désormais. La situation n'était pas aussi simple qu'ils l'avaient cru. Ils n'étaient plus des étrangers l'un à l'autre.

— Je suis désolée, soupira Jemima. Je n'aurais pas dû dire cela.

Rob parut soulagé et sourit. Il gardait le regard fixé sur le visage de Jemima, qui ne savait quelle contenance adopter. Une fois encore, elle détourna le regard afin de remettre un peu d'ordre dans ses idées. Après avoir beaucoup pensé, elle déclara :

— Ce n'est pas que je pense ne pas pouvoir tenir le rôle de la comtesse de Selborne, mais je crois que bien des gens de votre entourage penseront que je ne suis pas à ma place et ne me l'enverront pas dire. Je suis persuadée, en particulier, que lady Marguerite vous désapprouve d'avoir épousé une roturière, et son opinion ne changerait pas même si je vous apportais une énorme dot.

— Comme les petits chiens, ma grand-mère aboie mais ne mord pas, répondit Rob d'un air attristé. Il lui faudra peut-être du temps pour vous adopter, mais ce passage franchi, vous découvrirez en elle la plus aimable des créatures.

— Quand se mettra-t-elle à m'apprécier ? demanda Jemima incrédule ; avant ou après que vous lui aurez appris que je suis la fille d'un ramoneur ?

— Je n'ai pas honte de vous avoir épousée, fille de ramoneur ou non. S'il faut que votre extraction soit connue des miens, qu'il en soit ainsi ! S'ils choisissent de vous rejeter alors, je les rejetterai moi-même. Vous êtes ma femme, Jemima, et c'est tout ce qui compte pour moi.

Prononçant ce discours enflammé, Rob avait entrelacé ses doigts avec ceux de Jemima. Elle le laissa faire et ne protesta pas, mais elle gardait la conviction que la situation n'était pas aussi simple qu'il voulait bien le dire. Franchement, pouvait-on attendre de cette famille noble qu'elle applaudît à cette mésalliance ? Jemima se rappelait l'avertissement de Jack : « Ils ne t'accepteront jamais ! » Elle pouvait essayer de cacher ses origines plébéiennes, qui finiraient forcément par être divulguées. De quelque façon qu'elle envisageât la question, elle devait se rendre compte qu'elle se trouvait dans une impasse.

Elle s'avisa soudain que Rob s'était subrepticement rapproché d'elle sur le banc, ce qui interrompit le cours de ses pensées. L'avait-il fait exprès ou pas ? Elle ne pouvait le deviner, mais le résultat était le même, qui la perturbait. Il laissait même une jambe s'appuyer contre la sienne et elle sentait fort bien cette pression malgré les épaisseurs de soie mauve et les dessous de coton qui les séparaient. Elle essaya de prendre un peu de champ et s'aperçut d'une impossibilité puisqu'elle se trouvait tout au bord du banc. Elle ferma les yeux et essaya de revenir à ses méditations, pour reconnaître très vite que toute réflexion lui était impossible quand Rob se trouvait si près d'elle.

— Jemima ? lui dit-il, l'air soucieux.

Elle rouvrit les yeux et le soleil l'éblouit. Elle ramena son chapeau en avant et apprécia l'ombre qu'il lui donnait, mais elle avait la tête lourde, probablement à cause du champagne dont les effets avaient beaucoup de mal à se dissiper. Elle avait même la tête si lourde qu'elle éprouva l'étrange désir de la laisser reposer sur l'épaule de Rob. Déjà elle se laissait aller… Par un effort inouï de sa volonté, elle se redressa et se tint toute droite, très raide.

— Jemima, lui demanda Rob ; vous sentez-vous tout à fait bien ?

— Je me sens bien, répondit-elle d'une voix pâteuse. Simplement, il se trouve que j'ai comme une envie de dormir. Le champagne, sans doute…

— Je comprends. Voulez-vous sommeiller pendant un moment ? Ne vous gênez pas. Vous pourriez mettre votre tête sur ma poitrine et moi je vous enlacerais pour vous empêcher de tomber…

Jemima sursauta. Le visage empourpré, elle s'exclama :

— Vous n'y pensez pas ! Jamais je ne me laisserais aller de la sorte, milord. Quelle inconvenance ! En outre, permettez-moi de vous rappeler que nous avons à parler.

— Parler, en effet, murmura Rob dont la déception était palpable. Parlons donc. Le reste peut attendre, je suppose.

— Il n'y aura pas de « reste », milord ! Nos chemins doivent diverger dès que nous quitterons ce banc, car tels sont les termes de notre accord. En prenant les nouvelles dispositions que vous me proposiez à l'instant, en nous rendant ensemble à Delaval, nous donnerions l'illusion d'un mariage d'amour, qui n'a rien à voir avec notre situation réelle.

— Bien sûr, bien sûr ; mais dites-moi, Jemima, que pensez-vous, honnêtement, de ces nouvelles dispositions que je vous proposais ? Elles ne vous tentent pas, un peu ?

8.

— Je ne sais pas, soupira Jemima. J'avais de tels espoirs à propos de mon école… C'est très difficile de devoir oublier un rêve, vous comprenez ?

— Je comprends très bien, répondit Rob, mais si vous venez avec moi à Delaval, vous pourrez ouvrir autant d'écoles que vous voudrez.

Jemima éclata de rire.

— Je vois que vous êtes prêt à tout pour me convaincre !

— Je comprends que, d'une certaine façon, je vous ai escroquée, murmura Rob en se rapprochant. Nous avions conclu un accord et voilà que je vous demande d'en changer les termes. Cela dit, je crois pouvoir affirmer que vous ne perdriez pas au change. En effet, je serais honoré si vous m'aidiez à restaurer Delaval, et le village a réellement besoin d'une école. S'il vous plaît d'en ouvrir une, rien ne vous en empêche. Rien ne vous interdit de suivre l'exemple de Mme Montagu.

Le cœur de Jemima battait plus fort, mais elle se força à rester raisonnable, et elle trouva l'argument qui lui parut imparable.

— Je ne crois pas qu'il soit convenable, pour la comtesse de Selborne, de tenir le rôle d'une maîtresse d'école, n'est-ce pas ?

Rob grimaça et hocha la tête. Il réfléchit avant de répondre :

— Enseigner, je ne crois pas que ce soit possible. Vous pourriez fonder cette école, et ensuite vous y intéresser avec bienveillance… Non ? Vous n'êtes pas d'accord ?

— Milord, fit Jemima avec un sourire acide, j'ai travaillé toute ma vie, et je ne me vois pas réduire mon activité à de la bienveillance. Vous-même, lorsqu'il a été question de mon séjour à Twickenham, m'avez encouragée à ne pas me complaire dans l'oisiveté.

— Il n'est pas question que vous soyez oisive à Delaval ! s'exclama Rob en riant. Attendez d'avoir vu la maison ! Elle tombe littéralement en ruines.

— Et pour l'annulation, milord ? demanda Jemima dont les mains se cramponnaient sur le rebord du banc au point que ses jointures blanchissaient. Comment allons-nous procéder à l'annulation si je séjourne à Delaval ?

— Dans mon idée, il n'y aurait plus d'annulation.

Le cœur de Jemima s'enfla comme lorsque Rob s'était montré si tendre avec elle, le soir de l'algarade avec son père. Il lui avait toujours manifesté la plus extrême gentillesse, mais pour autant, il n'avait pas, jusque-là, exprimé le désir de l'emmener avec lui à Delaval et l'installer pleinement dans son rôle de comtesse. Leur mariage n'était qu'un arrangement temporaire qui devait cesser aussi facilement qu'il avait été conclu. Or, d'après les nouvelles dispositions que prenait Rob, l'annulation devenait pratiquement impossible, le comte de Selborne serait obligé de garder sa femme, cette fille de ramoneur. Ne finirait-il pas par la haïr ?

Elle tenta de plaider la raison.

— Je vous prie de vous souvenir que vous n'aviez pas l'intention de vous encombrer d'une épouse. Votre plan original ne le prévoyait pas.

Rob en convint.

— C'est exact. Je ne l'avais pas imaginé, mais il me semble, maintenant, que cette solution me plairait beaucoup.

Le cœur de Jemima battait de plus en plus vite. La voix de Rob, si virile et en même temps si douce, éveillait en elle des impressions qu'elle n'avait jamais connues. Elle ne pouvait plus nier qu'elle se sentait irrésistiblement attirée par cet homme. Voilà qui compliquait les choses. Confuse, elle ne pouvait même plus le regarder dans les yeux.

— Quand je vous ai proposé cet arrangement, reprit-il, je ne vous connaissais pas encore très bien. Je pensais alors que tout ce qui m'importait était de recueillir mon héritage, afin de pouvoir restaurer Delaval. Notre mariage n'était qu'un moyen...

La main de Rob se posa sur celle de Jemima.

— Je vous en prie, regardez-moi. Je ne veux pas qu'il y ait le moindre malentendu entre nous alors que je vous fais une déclaration très importante.

Jemima leva la tête et eut l'impression étrange de se brûler au regard si intense de Rob. Elle ne put que tourner les yeux dans une autre direction, pour se protéger.

— Personne plus que vous n'est digne de devenir comtesse de Selborne, reprit-il avec fougue. Vous êtes ma femme, Jemima, et j'en suis fier.

Il fallut qu'elle se levât pour faire quelques pas dans l'allée. C'était trop pour elle. Elle se sentait déchirée. Dans un geste de désespoir, elle porta ses deux mains à sa tête, puis, se retournant, elle lança :

— Rien de tout cela n'était prévu.

Rob se leva pour la rejoindre. Avec délicatesse, il lui prit le menton pour l'obliger à le regarder, puis il lui caressa la joue en disant :

— Si, vraiment, vous vous croyez incapable d'affronter

cette situation, je donnerai à ma famille toutes les explications nécessaires. C'est par ma faute que nous en sommes là aujourd'hui, et il n'y a aucune raison que vous souffriez de mes agissements. Si tel est votre désir, je respecterai les termes de notre engagement initial.

Le désarroi de Jemima s'accrut grandement. Rob venait d'énoncer l'évidente solution de sagesse, celle pour laquelle elle avait plaidé ; mais maintenant qu'elle semblait obtenir gain de cause, elle ne se trouvait pas plus satisfaite qu'avant. Eperdue, elle regarda Rob et s'avisa que s'il gardait un visage neutre, sa déception n'en était pas moins perceptible. Elle se sentit responsable et n'en fut que plus malheureuse. Sa confusion était à son comble.

— Je ne serai jamais l'épouse convenable dont vous avez sans doute rêvé, reprit-elle.

Rob eut un large sourire. Elle comprit que, par ces paroles, elle venait de capituler.

— Je préfère, lui dit-il, une épouse capable de m'aider à restaurer Delaval, plutôt qu'une mijaurée qui aurait peur de se salir les mains.

Jemima eut envie de sourire à son tour. Ils se regardèrent longuement. Puis Rob prit Jemima dans ses bras, et, d'une voix marquée par l'émotion, il lui demanda :

— Alors, c'est vrai ? Vous acceptez de venir avec moi à Delaval ?

Elle ressentit en elle les derniers tiraillements de l'indécision, mais c'est avec fermeté qu'elle répondit :

— Oui, je viendrai.

— J'en suis très heureux.

Elle se sentit rougir jusqu'à la racine des cheveux, ce qui lui arrivait très rarement, mais Rob Selborne avait le pouvoir de la bouleverser rien qu'en portant le regard sur elle.

En outre, il restait un aspect de la situation qui n'avait pas encore été discuté. Jemima s'éclaircit la gorge.

— En ce qui concerne notre prétendu mariage d'amour…

— Oui ? fit Rob, avec un petit sourire narquois.

— Je…

Que c'était difficile à dire ! Jemima n'avait jamais éprouvé autant de mal à trouver ses mots. Elle se lança :

— Je souhaite vous entendre dire que ce mariage reste une affaire d'apparence. Je veux dire…

Elle ne savait plus ce qu'elle voulait dire. Voyant s'accentuer le sourire de Rob, elle attendit avec inquiétude ce qu'il avait à répondre, et ce fut simplement :

— Cela va sans dire.

Elle ne put s'empêcher de lui jeter un regard soupçonneux. D'après ce qu'elle savait, les messieurs insistaient plus pour obtenir ce qu'ils voulaient. Cette attitude désinvolte lui parut suspecte. Cela ne cachait-il pas quelque piège ? A en juger par les baisers déjà échangés, il se sentait attiré par elle. Chacun de ses gestes, chacun de ses regards confirmaient cette hypothèse. Donc, ce manque d'intérêt affecté était, pour le moins, difficile à comprendre.

— Je tiens vraiment à ce que la situation soit claire, reprit-elle. Il n'est pas question que notre mariage soit consommé.

Rob partit d'un nouvel éclat de rire.

— C'est tout à fait mon avis !

Jemima n'y comprenait plus rien. Sourcils froncés, elle demanda :

— Vraiment ? Pourquoi ?

— Désirez-vous que je change d'avis ?

— Non, non ! Je vous connais à peine et je n'ai pas l'habitude d'accepter ce genre de propositions.

Elle eut l'impression désagréable de s'engager sur un terrain très glissant. Rougissant de plus belle, elle tenta de corriger son propos en ajoutant :

— Je veux dire que les messieurs... d'après ce que j'en sais...

— Oui ? Avez-vous beaucoup d'expérience avec les messieurs ?

Rob s'était de nouveau emparé de la main de Jemima et caressait son poignet à l'endroit où le pouls battait à toute vitesse, ce qui contribuait à accroître encore son émoi et son pouls battait encore plus vite.

— Non, fit-elle d'une voix mourante. Je n'ai pas beaucoup d'expérience avec les messieurs. Il faut avouer que je n'en ai même aucune. Sachez en effet que, malgré le milieu trivial d'où je viens, je n'ai aucune connaissance des... réalités de l'amour... si l'on peut dire les choses ainsi. Ce n'est pas faute d'avoir reçu des avances, mais...

Elle jeta à Rob un regard désespéré. Elle se trouvait dans un embarras infini. Il termina pour elle, en souriant :

— ... mais vous n'avez jamais cédé ? Au risque de vous paraître terriblement banal, je vous dirai que je trouve cette affirmation très agréable à entendre.

Les doigts de Jemima torturaient le bord de son chapeau de paille. Cette conversation devenait de plus en plus gênante.

— Mon expérience ou mon inexpérience n'ont aucune espèce d'importance, reprit-elle avec fermeté. Nous étions en train d'évoquer notre prétendu mariage d'amour. Quelle que soit l'impression que nous donnerons, nous saurons, nous, que ce mariage n'est que d'apparence. Il faut que cela soit compris de vous comme de moi.

Sa voix se brisa et c'est d'un ton pathétique qu'elle poursuivit :

— Je ne vous connais pas bien, Rob. Une relation intime avec vous ne me paraîtrait pas convenable ni agréable.

— Je le comprends très bien, répondit-il avec douceur. Je comprends vos scrupules et je les respecte. Il serait étrange, en effet, que vous vous sentissiez prête à vous engager sur cette voie avec moi alors que nous nous connaissons si peu. Cependant, en dépit de vos légitimes réserves, j'aimerais pouvoir penser qu'un jour, peut-être, des sentiments d'une autre nature naîtront entre nous.

Cette dernière affirmation tourmenta Jemima. Devrait-elle toujours rester sur la défensive ? Elle avait toujours pensé que le désir était un piège, et l'amour aussi, peut-être plus dangereux encore puisqu'il se terminait fatalement dans le malheur, comme pour Jack lorsqu'il était tombé amoureux de Beth Rosser. C'est pourquoi Jemima s'était fait un devoir d'éviter le désir aussi bien que l'amour. Mais voilà que cet homme — son mari — affaiblissait ses certitudes, ce qui lui paraissait très dangereux, très agaçant aussi. Elle éprouva le besoin de lui demander la réaffirmation des principes qui avaient prévalu à l'élaboration de leur contrat.

— Vous m'avez dit vous-même que vous n'aviez besoin que d'un mariage d'apparence. Si ce n'était pas ce que vous voulez vraiment, il vaudrait mieux me le dire dès maintenant. Je crois que nous devons être honnêtes l'un envers l'autre.

Rob soupira et fourra les mains dans ses poches.

— Je vous ai dit que j'avais besoin d'un mariage d'apparence et c'était vrai. Il se trouve maintenant que mes sentiments sont entrés en conflit avec la nécessité, ce qui ne va pas sans me causer de graves difficultés.

La curiosité de Jemima s'éveilla. Les sentiments, elle comprenait parfaitement de quoi il s'agissait ; mais la nécessité ? Quel rôle venait jouer la nécessité en cette affaire ?

— La nécessité ? fit-elle. Que voulez-vous dire par là, milord ?

A sa grande surprise, Rob lui prit la main pour l'entraîner

vers un bosquet. Il s'assit sur l'herbe et l'invita à prendre place près de lui.

— Il y a quelque chose qu'il faut que je vous dise, fit-il avec gravité. C'est difficile et si je m'écoutais, je me tairais. Mais il me semble que je vous dois la vérité.

Les sourcils hauts, Jemima attendait la mystérieuse révélation. Rob soupira longuement. Les yeux mi-clos, il semblait réfléchir. Le silence s'installa et parut ne pas devoir cesser.

— Peut-être pourrais-je essayer de deviner, proposa Jemima. Puisque vous éprouvez tant de difficultés pour parler, c'est à moi de vous aider.

— Vous pourriez passer toute la journée à émettre toutes les hypothèses possibles que vous n'approcheriez pas de la vérité.

Rob semblait vraiment très embarrassé. Enfin il se décida. Prenant une longue inspiration, il déclara :

— Vous vous souvenez des conditions énoncées par mon père dans son testament, n'est-ce pas ?

— Certainement. C'est à cause d'elles que je suis là aujourd'hui, mariée avec vous.

— Bien… mais ce n'est pas tout. Ma grand-mère fut emportée par l'épidémie qui avait tué mes parents. C'était une femme… disons… un peu excentrique. Elle me laisse sa fortune, qui se monte à quarante mille livres, mais assortit son legs d'une clause à sa façon.

— Il semble que ce soit une habitude ancrée dans votre famille.

Oui, hélas, car les exigences de ma grand-mère, permettez-moi de vous le dire, je m'en passerais bien !

— Quelles sont-elles ?

De l'index, Rob traçait des cercles dans l'herbe verte. Sans regarder Jemima, il énonça :

— Ma grand-mère exige que je reste chaste pendant cent

jours pour me rendre digne d'hériter. Voilà, c'est dit. Vous pouvez rire si vous voulez.

Jemima sentait effectivement monter un rire irrépressible, mais elle mit sa main devant sa bouche pour ne pas se montrer discourtoise.

— Non, je n'ai pas envie de rire.

— Si, je vois bien que vous vous retenez ! répliqua Rob en la saisissant aux épaules.

Le rire fusa, elle le laissa éclater. Puis elle répondit :

— Je suis désolée, mais c'est si drôle, Rob ! Votre père et votre grand-mère savaient-ils ce que l'autre mettait dans son testament ?

— J'espère que non, car dans ce cas, ils se seraient montrés d'une cruauté extrême.

Les yeux encore tout brillants d'hilarité, Jemima reprit :

— Je ne m'étonne plus que vous ayez voulu épouser une parfaite étrangère et la quitter le jour même de votre mariage ! En jetant votre dévolu sur une personne que vous auriez déjà connue, vous auriez été obligé de lui révéler ces clauses de testaments, qui sont assez embarrassantes.

— Je ne vous remercie pas de me le faire remarquer, car c'est encore plus embarrassant ainsi !

Cette réponse ressuscita le rire en Jemima. Elle repartit :

— En outre, je ne doute pas que si vous aviez épousé une demoiselle de votre connaissance, vous auriez pris l'abstinence comme une contrainte insupportable.

Rob lui décocha un regard entendu.

— Cela, ma chère Jemima, est un problème de toute façon. Comme j'ai eu l'honneur de vous le dire à l'instant, mes sentiments sont en guerre avec la nécessité.

Cette déclaration coupa, chez Jemima, toute envie de rire. Son regard croisa celui de Rob. Elle le détourna aussitôt et s'employa à arracher quelques brins d'herbe.

— Vous ne croyez pas qu'il serait bon de revoir vos plans ? proposa-t-elle. Admettez qu'il vous sera très difficile de respecter les exigences de votre grand-mère si nous vivons ensemble à Delaval.

— Croyez-vous ?

— Euh… oui… Il se créerait entre nous un sentiment d'intimité et…

— C'est ce que nous allons voir. Ne faut-il pas que nous nous soumettions à cette expérience ?

Embarrassée de nouveau, et sans doute plus qu'elle ne l'avait jamais été, Jemima balbutia :

— Je vous rappelle que ce mariage ne doit être qu'une apparence…

— Temporaire ! déclara Rob. Une apparence temporaire ! Jemima, il faut que je sois tout à fait honnête avec vous. Je ne peux plus imaginer que ma période de chasteté s'étendra au-delà des cent jours prescrits par ma grand-mère. Ces cent jours seront une torture que je ne suis même pas certain de pouvoir endurer.

Jemima s'empourpra. Elle aimait bien Rob ; c'était certain. Elle avait aimé ses baisers. Ce n'était pas une raison pour s'embarquer dans une aventure dont elle savait d'avance comment elle se terminerait. La vie était assez difficile, inutile de se la rendre plus pénible en tombant dans le piège de l'amour et du désir ! Un rappel à l'ordre s'imposait.

— Je vous remercie de vous montrer aussi franc avec moi, Rob. Je ne puis moi-même prétendre que vous m'êtes indifférent et je n'essaierai pas, car vous pourriez anéantir mes présomptions d'un seul baiser. Il n'en demeure pas moins que je dois exprimer mes réserves…

— Je le comprends. C'est à moi de prouver que je suis digne de confiance. Je dispose donc de quatre-vingt-cinq jours pour conquérir le cœur de ma femme.

Jemima tressaillit.

— Quatre-vingt-cinq jours ?

— En fait, fit Rob avec un sourire amusé, quatre-vingt-quatre jours, dix heures et quelque chose comme trente-cinq minutes. Vous pouvez en conclure que j'ai déclenché le compte à rebours.

— Vous voulez dire... que vous avez l'intention...

— J'ai l'intention de vous séduire, Jemima. Je compte bien que, à la fin de ma période de chasteté forcée, vous aurez, autant que moi, le désir de connaître les plaisirs que comporte le mariage. Voilà ! Vous ne pourrez pas dire que je ne vous ai pas prévenue.

En début d'après-midi, ils quittèrent le parc et s'engagèrent dans une allée qui menait à la Tamise. Jemima gardait le silence et Rob se demandait à quoi elle pensait. Elle n'avait même pas commenté l'avertissement solennel qu'il lui avait délivré, se contentant de déclarer qu'elle avait faim, sans doute à cause du champagne qui lui montait encore à la tête. C'était elle aussi qui l'avait obligé à se lever pour marcher. Il espérait qu'elle ne l'entraînait pas vers une autre taverne plus ou moins mal famée, car l'idée qu'un bandit de grands chemins pût entreprendre de séduire son épouse, le jour de leurs noces, lui était particulièrement intolérable.

Bien loin de vouloir effrayer Jemima, il avait jugé nécessaire d'anéantir en elle l'idée que leur mariage d'apparence n'avait pas changé de nature, parce que ses sentiments n'étaient plus les mêmes, ou plutôt parce qu'il éprouvait désormais des sentiments naguère insoupçonnés. Lorsqu'il avait exprimé ses intentions, dans le parc, Jemima n'avait rien dit, mais son visage avait répondu pour elle. Elle l'avait regardé avec un mélange d'anxiété et d'exaltation. Ses lèvres s'étaient entrouvertes mais n'avaient laissé exhaler qu'un petit soupir étouffé. Rob avait éprouvé alors le violent désir de lui donner un baiser. Sagement il s'était abstenu et avait observé, avec un tendre intérêt, la jeune fille qui envisageait l'avenir qu'il venait de lui laisser entrevoir. Il l'avait vue rougir et pâlir alternativement. Il avait assisté au combat que se livraient en elle raison et sentiments. De tout cela, Jemima n'avait rien dit. Elle avait gardé un silence obstiné. Rob n'en avait conçu aucun découragement. Fin stratège de l'amour, il avait l'intention de conquérir sa femme en menant une campagne lente et de faire à chaque étape des progrès modestes mais décisifs.

Pour le moment, il s'agissait de trouver un lieu où déjeuner.

— Où allons-nous ? demanda-t-il.

— Il y a, là-bas, un bar à huîtres, dit Jemima en montrant avec son doigt. Elles sont fraîches, tout juste pêchées au moment où elles arrivent sur les tables. Si vous voulez, milord, nous pourrons aussi déguster quelques anguilles.

— Merci, mais je déteste les anguilles, répondit Rob avec un petit frisson de dégoût. Dites-moi, en ce qui concerne les huîtres… ne sont-elles pas aphrodisiaques ? C'est ce qu'on dit, en tout cas.

Leurs regards se croisèrent. Rob vit Jemima rougir un peu avant de détourner les yeux.

— Alors, fit-elle avec humour, pas d'huîtres pour nous. Nous irons dans un restaurant qui sert des soupes de légumes, et nous boirons le café de Mme Miggin. Jack m'a souvent assuré que ce café, le plus fort qu'on pût trouver à Londres, avait le pouvoir d'anéantir les passions. Il prétend même qu'on devrait le servir aux prisonniers pour calmer leurs ardeurs.

— Exactement ce qu'il me faut, répondit Rob, narquois.

Finalement, ils s'approchèrent d'une marchande ambulante à qui ils achetèrent une soupe aux pois et un cornet de pommes de terre bouillies, qu'ils dégustèrent debout, en se protégeant comme ils pouvaient du vent froid venu de la Tamise.

Rob, qui en temps normal ne se fût jamais aventuré dans ces parages sans s'assurer auparavant qu'il disposait d'un pistolet chargé, trouvait cette expérience intéressante et drôle. La soupe, bien chaude, était délicieuse. Ils la dégustèrent devant une douzaine de gamins des rues qui les regardaient comme s'ils donnaient un spectacle. Tous semblaient connaître Jemima, qu'ils interpellaient et qui leur parlait avec amitié. Elle précisa que certains étaient apprentis ramoneurs. D'autres lavaient la vaisselle dans les tavernes du voisinage ou s'occupaient comme palefreniers. Les plus forts déchargeaient les péniches. Tous portaient des haillons, aucun n'avait de souliers. Ils étaient sales ; les apprentis ramoneurs, noirs de la tête aux pieds.

L'un réussit à subtiliser la montre de Rob. Jemima lui adressa de sévères remontrances et il ne fit aucune difficulté pour restituer le produit de son larcin.

Rob gardait le silence. Il consommait son déjeuner en observant sa femme qui, les cheveux au vent, discutait avec les enfants. Il éprouvait une fierté incommensurable.

Quand ils se levèrent, le petit groupe s'ouvrit pour les laisser passer.

— Qui c'est, le milord ? demanda alors un garçonnet.

— Mon mari, répondit Jemima.

Pour le prouver, elle lui prit la main. Il se sentit ridiculement heureux.

Alors qu'ils se promenaient au bord de la Tamise, la main dans la main, Jemima déclara :

— Je suis heureuse que vous n'ayez pas donné d'argent à ces enfants. Bien des messieurs auraient procédé à une distribution de pièces, en pensant bien faire.

— J'y ai pensé, répondit Rob. Il m'a semblé que ce serait

indécent, un peu comme prêter de l'argent à un ami qui ne vous a rien demandé.

Jemima sourit. Rob observa la lueur qui brillait dans ses yeux d'un bleu étonnant, presque violet.

— Il faut que je m'en aille, dit-elle. J'ai dit à ma mère que je rendrais visite à une amie. Il ne faut pas que je rentre trop tard.

Elle hésita puis reprit :

— J'ai pensé que ce soir, peut-être, je lui raconterais ce qu'il s'est passé aujourd'hui. Le père est au travail, il ramone les cheminées du duc de Bedford et ne sera pas de retour avant demain. Si vous voulez, vous pouvez passer me prendre au cours de la matinée…

Rob jeta un petit caillou dans la Tamise. Plus le moment de la séparation approchait, plus il se rendait compte de la peine qu'il éprouvait à laisser partir Jemima. Même quelques heures loin d'elle lui paraissaient trop longues.

C'est notre nuit dc noccs, murmura-t-il.

— Je sais. Vous la passerez chez vous, et moi chez mes parents.

Avec un sourire malicieux, Jemima ajouta :

— Rien ne vous empêche de vous endormir en pensant aux quarante mille livres de votre grand-mère. Elles devraient vous tenir chaud !

9.

Pendant le voyage vers l'Oxfordshire en compagnie de sa comtesse, Rob ne pensa pas du tout à son héritage de quarante mille livres mais seulement aux quatre-vingt-trois jours de chasteté qu'il lui restait à courir pour satisfaire aux conditions inscrites au testament de sa grand-mère. Plus il essayait de ne pas penser à cette longue période d'abstinence charnelle, plus il lui paraissait impossible de se concentrer sur un autre sujet. Plus il tentait de ne pas imaginer les délices qu'il pourrait connaître avec sa femme, plus il brûlait de l'entraîner dans son lit. Il n'avait pratiquement pas dormi au cours de la nuit précédente, n'avait cessé de penser à elle dans ses longues périodes de veille et de rêver à elle pendant ses courtes phases de sommeil.

Il pouvait se rappeler avec une précision infinie la façon dont les lèvres de la jeune fille avaient tremblé sous les siennes lorsqu'il lui avait donné son premier baiser d'époux à l'issue de la cérémonie qui les avait unis ; il s'en souvenait si bien qu'il n'avait qu'une envie, recommencer. Ce baiser lui semblait une étape importante vers l'intimité qu'il désirait voir régner entre eux ; une étape vers l'accomplissement dont il rêvait.

Dans la voiture qui cahotait sur les mauvais chemins de la campagne anglaise, il ferma les yeux pour mieux réfléchir. Quatre-vingt-trois jours ! Tout le reste du mois d'août, tout le mois de septembre, tout le mois d'octobre, le début de novembre... Il faillit laisser échapper un long gémissement de détresse. S'il voulait échapper à la folie qu'il risquait en se conformant aux exigences déraisonnables de sa grand-mère, il allait devoir prendre des mesures ; oui, mais lesquelles ?

Dès le moment qu'il s'était éloigné de la maison des Jewell, il lui avait paru qu'il ne pourrait se concentrer sur rien ni sur personne d'autre que sa jeune épouse. Celle-ci lui paraissait particulièrement ravissante, dans une robe de voyage en taffetas vert foncé ; très jolie robe, goût excellent... L'ennui, c'était que Rob n'avait qu'une envie, arracher cette robe qui lui semblait un obstacle odieux.

Il y avait aussi le parfum de Jemima. Elle exhalait de délicieuses fragrances fleuries, rappelant les plantations de jasmin que Rob se souvenait d'avoir vu contre le mur méridional de Delaval, au cours de son dernier séjour. Ce parfum, qu'il avait envie de humer à même la peau de la jeune fille, exacerbait son désir.

Jemima ayant exprimé le désir de voyager avec les fenêtres ouvertes parce qu'il faisait chaud, des senteurs de foin fraîchement coupé se mêlaient à son parfum de jasmin ; cette combinaison attisa l'imagination lascive de Rob, qui se trouva très vite dans une situation très embarrassante. Incapable de trouver une position idéale, il commença à se tortiller sur sa banquette et ne cessa plus, il se tortilla avec une telle frénésie que Jemima lui en fit la remarque et lui demanda innocemment ce qui le tracassait. Il donna de vagues explications tout en pensant, en son for intérieur, qu'il eût été bien avisé de voyager sur le siège du cocher au lieu de se condamner à cette frustrante proximité. Après cinq heures de torture intime, il se sentait si nerveux, si malheureux qu'il accueillit avec soulagement la vue de l'auberge de Barrington dans la cour de laquelle entrait la voiture. Il envisageait comme une délivrance, à tout le moins comme un répit, la perspective de s'enfermer seul dans sa chambre. Certes, il ne dormirait pas plus que la nuit précédente, mais au moins serait-il seul. Il pouvait raisonnablement espérer une atténuation de ses tourments.

Hélas, il était dit qu'il devrait boire le calice jusqu'à la lie, puisque l'aubergiste, la mine contrite, lui annonça que son établissement était bondé et qu'il ne pouvait offrir à ses éminents voyageurs qu'une toute petite chambre, la dernière dont il disposât. A cette annonce, Rob envisagea sérieusement de remonter aussitôt dans sa voiture et de filer d'une traite jusqu'à Delaval. Il ne restait plus que vingt miles à parcourir… Le sort avait décidé de s'acharner sur lui : son cocher vint lui annoncer qu'une roue était endommagée et qu'il faudrait la réparer avant de songer à repartir ; pas avant le lendemain en milieu de journée en tout cas.

Rob eut l'impression désagréable de tomber dans un piège qu'il avait plus ou moins contribué à tendre. La perspective de partager une chambre — et un lit ! — avec son épouse, que tout autre jeune marié eût accueillie avec exaltation, le remplissait au contraire d'une incommensurable angoisse. D'avance il mesurait l'ampleur de la frustration qu'il ressentirait. Quatre-vingt-trois jours de chasteté lui paraissaient aussi longs que toute une vie, mais la nuit prochaine promettait d'être une épreuve dont il n'était pas sûr de sortir indemne.

— C'est très joli ici, déclara Jemima.

L'aubergiste venait de les installer à une petite table de la salle commune et appela un jeune serviteur pour prendre la commande.

— Une pinte de bière, demanda-t-elle sans hésiter ; et du ragoût de mouton.

L'aubergiste laissa paraître son émoi.

LE 1ER JANVIER 2007

Passions

PRÉLUD'

BLACK *ROSE*

Pour découvrir l'intégralité de l'offre des *éditions* Harlequin :

www.harlequin.fr

Pour un conseil, une commande : 01 45 82 47 47

— Une pinte de bière, milady ? C'est-à-dire que… mais pourquoi pas ? Et pour vous, milord ?

— Même chose, dit Rob qui tâchait de ne pas rire.

Le tenancier parti, le serviteur sur les talons, il se tourna vers Jemima.

— Je pense, ma chère, que vous êtes sur le point de lancer une nouvelle mode dans la bonne société locale. Il faut vous dire que les dames, par ici, n'ont pas encore l'habitude de boire de la bière… du moins en public.

— Milord, répondit Jemima, l'air modeste, j'ai l'intention de ne pas boire toute la bière qui me sera présentée ; juste un peu, juste ce qu'il faut pour me désaltérer. Il faudrait être folle, en effet, pour abuser de la boisson dans les circonstances où je me trouve, n'est-ce pas ? N'ai-je pas l'obligation de garder toute ma tête ?

Les bières servies, Rob s'empara de son pichet et le souleva en guise de salutation.

— C'est fort bien observé, mon amour. Grâce à votre bon sens, grâce à votre sens des responsabilités, nous ne risquons pas d'oublier les prescriptions de ma chère grand-mère.

Levant pareillement son pichet, Jemima répondit avec aplomb :

— Je vous serais reconnaissante, milord, de ne pas compter que sur moi pour tenir vos engagements. Tâchez de vous montrer raisonnable.

— Je vous promets que je ferai de mon mieux. Hélas, je ne suis pas certain d'être encore gouverné par ma raison, ces temps-ci.

Jemima soupira discrètement. Elle avait le sentiment que les prochains mois constitueraient un passage très délicat, pour plus d'une raison. Bien des jeunes filles se seraient pâmées à l'idée de devenir comtesse de Selborne, mais il fallait comprendre que cet état fort honorable supposait plus d'inconvénients que d'avantages. C'était un véritable apprentissage qui commençait pour la jeune mariée. Elle devrait apprendre à diriger une grande maison et rien, dans sa vie d'avant, ne l'avait préparée à cette tâche. En outre, plébéienne issue d'une grande ville dont elle n'était jamais sortie jusqu'à ce jour, elle ne savait rien sur la vie à la campagne et se trouvait plus ignorante encore des coutumes en usage dans la bonne société.

Elle devrait rencontrer la famille de Rob, les amis de Rob, les voisins de Rob. Elle devrait apprendre à connaître Rob lui-même…

Jemima observa son mari qui buvait sa bière. Elle lui reconnaissait une autorité bienveillante, une présence qui n'avait rien de pesant. Sans être un *dandy*, il pratiquait une élégance désinvolte, infiniment séduisante.

Avant ce jour, elle n'avait jamais passé cinq heures d'affilée en compagnie d'un homme dans un cadre aussi étroit qu'un habitacle de voiture. Cette expérience l'avait troublée sans lui paraître désagréable ; parce que c'était avec Rob ? probable… Elle avait conversé avec lui sans difficulté, sur toutes sortes de sujets que lui suggérait le spectacle de la campagne. Dans les moments de silence, lorsqu'il lui arrivait de surprendre, fixé sur elle, le regard de Rob brillant d'un désir trop explicite pour qu'elle pût l'ignorer, elle sentait ses veines convoyer dans tout son corps une chaleur née au plus profond de son être ; dans ces moments, elle sentait se réveiller certaines appréhensions peut-être un peu trop vite méprisées.

En se mettant au lit, la veille, elle avait formé la résolution de toujours garder la tête froide lorsqu'elle se trouverait en présence de Rob. Il lui paraissait essentiel de ne pas se laisser conduire par son cœur qui n'avait que trop tendance à subjuguer sa raison, tout en sachant cette ligne de conduite extrêmement difficile à tenir, ce que cette première journée de voyage avait confirmé. Il lui suffirait de se jeter dans les bras de Rob pour abandonner toute résistance. C'est pourquoi elle devait garder à l'esprit qu'ils ne se connaissaient pas vraiment, en dépit de la complicité, sans doute fallacieuse, qui les unissait déjà comme s'ils eussent été un couple formé depuis plusieurs années. Il fallait se rappeler qu'il s'agissait d'une illusion, donc s'en inquiéter au lieu de s'en émerveiller. Justement, voilà que Rob portait sur elle ce regard si particulier qui lui faisait battre le cœur et s'envoler sa raison. Le moment était venu d'appliquer ses bonnes résolutions, en proposant un sujet de conversation tout à fait inoffensif.

— Vous m'avez dit, milord, que nous n'étions plus qu'à vingt miles de Delaval. C'est cela, n'est-ce pas ?

— Oui, nous sommes dans les environs d'une petite ville qui s'appelle Burford.

Rob s'interrompit pour donner au serviteur le temps de poser sur la table deux assiettes de ragoût fumant. Puis il poursuivit :

— Nous sommes aux confins de Merlinschase, les vastes territoires qui appartiennent au duc de Merlin. Nous aurons à les contourner, non que leur accès nous soit interdit, mais parce que…

Jemima n'écoutait plus. En entendant prononcer le nom du duc de Merlin, elle avait tressailli douloureusement. La tête s'était mise à lui tourner, au point qu'elle se demandait si elle n'allait pas défaillir. Le duc de Merlin… Merlinschase… La maison de Tilly… Ainsi venait elle de découvrir que sa nièce habitait si près de Delaval. Depuis l'échange aigre-doux qu'elle avait eu avec son frère, au sujet de la petite fille, elle n'en avait plus parlé et avait même abandonné tout espoir de la retrouver. Et voilà que le destin la lui jetait pratiquement dans les bras…

— Je pensais…

Sa voix lui parut rauque et trop basse. Elle toussota avant de reprendre :

— Je pensais que le duc de Merlin résidait quelque part en Gloucestershire…

Rob fronça les sourcils en la voyant.

— C'est exact, répondit-il ; mais que se passe-t-il ? Vous sentez-vous bien, Jemima ? Je vous trouve très pâle, tout à coup.

— Moi ? Oh, oui…

Elle voulut faire bonne figure. L'air enjoué, elle s'empara de sa fourchette mais ne put que la promener dans son assiette de ragoût avant de la reposer sur la table pour reprendre son pichet. La bière lui parut froide mais n'avait plus aucun goût.

— Je ne pense pas…, reprit-elle avec difficulté ; je veux dire… Je suppose que les Merlin se situent trop haut sur l'échelle sociale pour que nous ayons des relations avec eux, n'est-ce pas ?

— Détrompez-vous, répondit Rob avec assurance. Nous irons leur rendre visite dès que nous serons installés à Delaval. Le neveu du duc, Bertie Pershore, est un de mes plus anciens amis. Quant à Merlin, il est mon parrain.

La main de Jemima se mit à trembler et un peu de bière se répandit sur la table. Consciente que Rob l'observait avec attention, elle reposa le pichet tout en cherchant une excuse plausible à sa soudaine nervosité.

— Un duc est votre parrain ? Seigneur Dieu !

Rob sourit.

— Inutile de vous inquiéter pour si peu. Le duc est un homme très aimable, fort simple ma foi ! Je suis sûr que vous saurez l'apprécier.

Jemima décida qu'elle ne verrait jamais cet homme, mais elle ne pouvait le dire à Rob, faute de pouvoir en expliquer les raisons. Pour s'occuper l'esprit, elle se mit sur-le-champ à chercher les excuses qu'elle pourrait formuler pour échapper aux visites prévues. Il lui en faudrait beaucoup, toujours renouvelées, ce qui ne serait pas facile. Prenant une longue inspiration, elle s'efforça de réfléchir avec calme. Il s'agissait de se rassurer… Le danger n'était pas immédiat puisque Delaval se trouvait à quelque vingt miles du domaine ducal. En outre, même si elle devait rencontrer Merlin, il y avait peu de chances que Tilly fût présente lors de cette entrevue, et encore, personne n'irait s'aviser du lien qui l'unissait à la petite fille… à moins que celle-ci ne lui ressemblât d'une façon frappante, ce qui ne serait vraiment pas de chance. Tout de même, la menace existait. Jemima en conçut un profond découragement. Pour dissiper ses appréhensions, elle se demanda s'il ne serait pas adroit d'évoquer immédiatement Tilly, mais elle repoussa aussitôt cette idée. C'était déjà assez ennuyeux pour Rob de s'être marié avec une fille de ramoneur, il ne fallait pas, en plus, lui apprendre qu'il avait une nièce illégitime dont son parrain était le tuteur. La prudence commandait d'attendre. Pour le moment, il valait mieux, pour Jemima comme pour Tilly, garder ces secrets ; et espacer, sinon repousser autant que possible les visites à Merlinschase.

Jemima jeta un regard anxieux à Rob. Il dégustait son repas et ne semblait plus se soucier de la soudaine pâleur qui avait affecté sa femme. Rassurée, elle reprit sa fourchette. Elle porta à sa bouche un peu de ragoût, qu'elle trouva très chaud, très bon, revigorant. Après quelques fourchetées, elle se sentait déjà mieux. Elle but un peu de bière. Un jour, se promit-elle, elle dirait à Rob toute la vérité au sujet de Tilly. Aucun secret ne devait persister entre eux.

— Pensez-vous que l'aubergiste allumera bientôt le feu ? demanda-t-elle pour se changer les idées. La journée a été chaude, mais il n'empêche que les murs irradient encore la froidure de l'hiver.

Rob appela l'aubergiste, qui se confondit en excuses.

— Je suis désolé, milord et milady, mais la cheminée fume plus que l'enfer. J'ai perdu cet hiver beaucoup de clients qui enrageaient de sortir de chez moi en empestant la suie. J'ai appelé à la rescousse un architecte d'Oxford, qui m'a pris trois guinées et n'a rien fait de bon. Ma cheminée fume plus que jamais.

— Avez-vous essayé de jeter une oie dans votre cheminée ? demanda Jemima. L'animal affolé bat des ailes en descendant. On dit que c'est un excellent moyen pour décrocher la suie des parois.

L'aubergiste parut embarrassé.

— J'y ai pensé, milady, mais il se trouve que je n'ai qu'une oie et que ma femme la considère comme un animal de compagnie, elle l'aime autant que nos enfants ! C'est dire qu'elle ne consentirait jamais à la jeter dans la cheminée. En plus, la suie est si dure qu'il faudrait plus que des battements d'ailes pour la faire tomber.

Jemima vida son pichet de bière et reprit :

— Je connais le problème. Avez-vous un fusil ?

Perplexe, l'aubergiste répondit :

— Certainement que j'ai un fusil, milady ; comme tout le monde, ou presque…

— Alors, je vous en prie, allez le chercher, et apportez-nous aussi des draps.

L'homme écarquilla les yeux et se tourna vers Rob.

— Milord…

— Si ma femme désire voir votre fusil, répondit Rob, il faut le lui apporter.

— Certainement, milord.

Il pensait avoir affaire à deux fous et cela se lisait sur son visage, mais il fila néanmoins vers sa cuisine. Il revint quelques instants plus tard avec son fusil qui semblait assez ancien, sa femme, quatre enfants dévorés de curiosité, une pile de draps et un chien bâtard.

— Etendez les draps au pied de la cheminée, ordonna Jemima. Ils serviront à recueillir la suie. Accrochez-en aussi quelques-uns à cette poutre, ils feront usage de rideaux bien utiles... Robert, voulez-vous reculer cette table, je vous prie ? Je vous remercie... Maintenant, monsieur l'aubergiste, prenez votre fusil, placez-vous dans l'âtre et tirez en l'air.

— Milady ! protesta l'homme affolé.

— Si vous n'osez pas, répondit Jemima avec urbanité, je peux vous rendre ce service.

Tous les clients de l'auberge s'étaient rassemblés autour de la cheminée pour voir le tenancier prendre place dans l'âtre, lever son fusil à la verticale et, après un long moment d'hésitation, tirer en l'air un coup assourdissant. Le bâtiment tout entier parut trembler sur ses fondations. Toutes les dames crièrent en se bouchant les oreilles, toutes sauf Jemima qui attendait, les mains sur les hanches, le visage orné d'un large sourire. On entendit une sorte de grondement qui alla en s'amplifiant, comme si une voiture arrivait sur la route à toute allure. Puis une avalanche de suie s'abattit sur l'aubergiste stupéfié, remplit l'âtre, se déversa sur les draps.

— Je suis désolée, dit Jemima à l'aubergiste, en se mordant pour ne pas rire ; j'avais oublié de vous dire qu'il valait mieux ne pas s'attarder dans l'âtre.

Lentement, l'homme couvert de suie sortit de la cheminée. Il s'ébroua, passa une main hésitante dans ses cheveux et sur son visage. Quand il sourit, ses dents parurent d'un blanc éclatant au milieu de son visage tout noir.

— Vrai ! s'exclama-t-il, on peut dire que vous connaissez le métier mieux qu'un vrai ramoneur, milady !

— Merci, fit-elle d'un ton modeste.

Un concert d'applaudissements et d'acclamations salua son

exploit. Puis, tandis que l'aubergiste, sa femme et ses enfants portaient dehors les draps chargés de suie, les clients reprirent leur place pour terminer leur repas. Jemima les imita. Elle s'assit et planta sa fourchette dans son ragoût, comme si de rien n'était. S'avisant que Rob la regardait avec admiration, elle lui demanda :

— Qu'y a-t-il, milord ? Désirez-vous que je traite les cheminées de Delaval de la même façon avant l'hiver ?

— Grand Dieu, Jemima ! Votre procédé est des plus efficaces. Et regardez : pas un seul grain de poussière dans mon ragoût.

— Je pensais que vous auriez deviné mes intentions. Quand j'ai demandé le fusil…

— Oui, j'ai aussitôt compris ce que vous aviez en tête. Je suppose que, normalement, j'aurais dû vous arrêter, mais je ne suis pas ce genre de mari.

Jemima le considéra avec un petit air narquois puis répondit :

— Je pense que vous êtes un homme très tolérant, Robert Selborne. Jusqu'où me laisseriez-vous aller avant de m'arrêter ?

Rob eut un sourire énigmatique.

— Ne me mettez pas à l'épreuve, Jemima. Vous pourriez avoir des surprises.

— Nous pourrions placer un traversin au milieu du lit, proposa Jemima. Je crois que cela nous rendrait service.

Rob en était moins sûr. L'exploit de Jemima l'avait momentanément distrait, mais à la nuit tombée, à mesure qu'approchait l'heure de se mettre au lit, il redevenait la proie d'obsessions charnelles de plus en plus vives, de plus en plus précises. Fasciné, il avait admiré Jemima qui buvait un second pichet de bière, le coude posé sur la table, un peu penchée en avant, ce qui lui avait permis d'entrevoir fugitivement la faille ombreuse entre ses seins. Eperdu d'admiration, il s'était abîmé dans la contemplation du beau visage illuminé par la flamme des chandelles, au point qu'il avait perdu souvent le fil de la conversation et qu'il lui était arrivé plus d'une fois de ne pouvoir répondre à une question qu'elle lui posait. Maintenant qu'ils se trouvaient seuls dans leur chambre, il se sentait si énervé qu'il devait croiser les bras pour ne pas se lancer dans de grands gestes désordonnés.

— Je vais me préparer la première, déclara Jemima, toujours pratique. Soyez assez aimable pour quitter la chambre, et quand je serai prête, je vous appellerai.

Rob réprima un gémissement douloureux. Il voyait Jemima dans sa chemise de nuit, étendue sur le lit… Il la voyait, mais c'était son imagination qui la lui présentait ainsi. Gare à lui lorsqu'elle serait ainsi vêtue ! Conscient du désir que son corps exprimait avec véhémence, il s'apprêtait déjà à passer une nuit très inconfortable.

— Peut-être pourrais-je dormir dans ce fauteuil, proposa-t-il en désignant ce meuble à l'évidence très inconfortable, disposé devant l'âtre.

D'ailleurs, le fauteuil, le lit ou un banc de la salle en bas… Quelle différence cela faisait-il puisque, de toute façon, il ne fermerait pas l'œil de la nuit ?

Jemima parut s'amuser de la suggestion et elle répondit :

— C'est comme vous voulez, milord.

— Je ne le veux pas, grommela-t-il d'un air accablé. Pas besoin d'être très perspicace pour savoir que je désire partager ce lit avec vous, et quand je dis partager…

Il s'interrompit en se disant qu'il devait se contrôler mieux, et pas seulement en paroles. En effet, le regard de Jemima était tombé sur sa virilité que ses vêtements ne parvenaient plus à dissimuler. Elle avait rougi. Elle lui parut soudain si jeune, si innocente qu'il eut honte de manifester son désir. A défaut de pouvoir reprendre l'empire sur soi, il s'efforça de parler avec moins d'emportement.

— Pardonnez-moi, Jemima. Je ne voulais pas me montrer grossier, mais c'est simplement que je…

D'un geste ample, il traduisit, mieux que par des mots, l'ampleur de son désarroi, et ajouta :

— Ce mariage est quand même une tragique erreur.

Aussitôt il eut conscience d'avoir aggravé la situation. Jemima lui parut très malheureuse d'entendre la sottise qu'il venait d'énoncer… Soucieux de réparer sa maladresse, il reprit :

— Ce que je veux dire, c'est que c'était une erreur d'épouser une jeune fille, vous en l'occurrence, que je trouvais jolie, donc désirable. Il eût été plus judicieux de jeter mon dévolu sur ma cousine Augusta, avec qui j'aurais pu partager mon lit dans la plus parfaite indifférence.

Jemima pouffa de rire. Son visage s'éclaira. Elle répondit :

— Je vous en prie, ne vous souciez plus de rien, milord. C'est moi qui dormirai sur le plancher.

— Je vous demande pardon ? fit-il, les yeux en soucoupe.

Déjà Jemima avait remis sa chemise de nuit dans son bagage et elle s'emparait de son manteau qu'elle pliait pour le disposer sur le sol, pas trop loin de la cheminée.

— Je dormirai sur le plancher, répéta-t-elle. J'ai l'habitude, vous savez.

— Auriez-vous perdu la tête ?

Surprise par cette interpellation aux termes un peu trop vifs, Jemima interrompit ses préparatifs et se redressa. Avec le plus grand sérieux, elle expliqua :

— Pas du tout ! Je pense vraiment que vous pourriez occuper

le lit et que je dormirais sur le plancher. Je l'ai fait très souvent quand j'étais petite.

— C'est possible, mais il est impensable que la comtesse de Selborne dorme sur le plancher !

Mon Dieu que cela était dit de façon pompeuse... Ridicule ! Jemima s'en était fort bien rendu compte, car elle déclara, avec un petit sourire narquois :

— Robert, vous parlez comme un milord !

— Peu importe, répliqua-t-il avec une pointe d'agacement. Moi, je dormirai sur le plancher. Moi aussi j'ai l'habitude, car j'ai été soldat.

— J'ai une idée. Nous pourrions tous les deux dormir sur le plancher et laisser notre lit à un voyageur qui en aurait plus besoin que nous ?

Ils échangèrent un regard et éclatèrent de rire.

— Je descends dans la salle commune, dit ensuite Rob. J'y descends pour un moment et je souhaiterais vous trouver endormie lorsque je remonterai, Jemima. Il faut que vous dormiez à poings fermés, dans le lit.

— Comme vous voulez, monsieur mon mari, murmura Jemima.

Dans la salle commune, Rob retrouva l'aubergiste. Celui-ci, redevenu tout propre, finissait de nettoyer l'âtre encore encombré de suie. Voyant arriver son hôte, il s'empressa d'aller chercher une bouteille d'eau-de-vie, dont il lui servit une généreuse rasade.

— Aux frais de la maison, déclara-t-il avec jovialité ; pour vous remercier de nous avoir amené votre dame qui sait si bien déboucher les cheminées.

Il s'interrompit, parut hésiter, puis demanda, le regard brillant de curiosité :

— Je ne savais pas que vous étiez marié, milord. Elle est de par ici, votre dame ?

— Non ; c'est une Londonienne.

— Elle me rappelle quelqu'un, fit l'homme en fronçant les sourcils. Je n'arrive pas à savoir qui… Elle n'aurait pas de la famille dans les environs, par hasard ?

— Pas du tout… du moins, pas que je sache, répondit Rob qui avait la tête ailleurs.

Il se demandait combien de temps il devrait rester en bas avant de remonter dans la chambre. Il ne se trouvait pas si mal dans la salle commune. Il y faisait chaud, et l'eau-de-vie, excellente, le mettait dans un état de torpeur tout à fait agréable. Mais ce n'était pas la peine de se leurrer : dès qu'il verrait Jemima, endormie ou pas, dans le grand lit, sa torpeur se dissiperait et le désir le tenaillerait de nouveau comme si de rien n'était. La sagesse commandait donc de s'attarder ici le plus possible et de boire jusqu'à l'inconscience totale, de boire à se rendre incapable de gravir l'escalier. Hélas, c'était un comportement qu'un homme bien né ne pouvait se permettre. Il pouvait s'engourdir, pas s'anéantir.

Deux grands verres d'eau-de-vie plus tard, c'est-à-dire une heure et demie plus tard, Rob pouvait raisonnablement estimer que Jemima dormait. Il remonta à l'étage, ouvrit avec précaution la porte de la chambre, passa la tête et poussa un soupir qui exprimait trois quarts de soulagement et un quart de déception. Jemima dormait, en effet ! Elle semblait ne pas dormir seule, car elle avait installé au milieu du lit le monstrueux traversin qui occupait presque autant de place qu'une personne normalement constituée. Rob évalua la place qui lui restait et la trouva fort mince.

Jemima avait laissé une chandelle allumée, à la lumière de laquelle Rob put se rendre compte que de sa femme, entièrement ensevelie sous les couvertures, il ne pouvait absolument rien distinguer en dehors du visage, ce qui n'était pas plus mal. Il contempla le visage endormi, les magnifiques cheveux noirs répandus sur l'oreiller qui, à la lumière de la chandelle, prenaient des reflets bleus. Après un long moment, il s'ébroua et se dévêtit très vite. Puis il souffla la chandelle, se glissa dans le lit et prit possession de l'étroit espace qui lui était alloué.

Après une minute environ, il se rendit compte qu'il avait bloqué sa respiration, sans raison aucune. A côté de lui, ou plutôt de l'autre côté de la montagne qui les séparait, Jemima respirait avec régularité. Rob trouva presque choquant qu'elle eût pu aussi facilement sombrer dans le sommeil. Il n'aurait pas cette chance, lui !

Le traversin, s'il séparait leurs corps, ne montait pas jusqu'au niveau des oreillers, si bien que Rob, dans le mouvement qu'il fit pour trouver une position plus confortable, se retrouva confronté à une mèche de cheveux noirs qui lui chatouillait le visage. Il prit cette mèche entre deux doigts et la porta à son nez : elle était imprégnée du parfum de jasmin qu'il avait respiré toute la journée...

Rob résista avec héroïsme au désir de jeter le traversin par terre pour prendre Jemima dans ses bras et enfouir son visage dans les vagues de cheveux noirs. Dans la lumière de la lune qui tombait sur le lit, le visage de la jeune fille avait la beauté hiératique d'une statue de sainte. Son visage s'éclairait en outre d'un sourire presque surnaturel. Elle était si belle que Rob eut envie de lui donner un baiser, juste un baiser, un tout petit baiser... Et voilà ! Le désir revenait insidieusement.

Rob grinça des dents, ferma les yeux et les rouvrit avec la ferme intention de s'absorber dans une contemplation platonique, dénuée de toute arrière-pensée concupiscente. Jemima semblait si jeune... Elle *était* très jeune, mais son enfance et sa jeunesse dans un quartier très populaire de Londres lui avaient donné une connaissance de la vie que les jeunes filles de la bonne société ne soupçonnaient même pas... Et alors ? Etait-ce une raison pour la réveiller en se jetant sur elle ? Agir ainsi, Rob en avait conscience, serait se comporter comme le dernier des goujats. Au contraire, il devait traiter Jemima avec plus de respect que n'importe quelle jeune fille, précisément à cause du milieu d'où elle venait.

En outre, il perdrait tous ses droits sur les quarante mille livres de sa grand-mère s'il était incapable de se discipliner !

Rob se mit sur le dos, et comme le sommeil ne venait pas plus que devant, il se mit à réfléchir, les yeux grands ouverts. Qu'avait-il dit à Jemima, la veille ? Ah, oui ! Il lui suffisait de savoir qu'il ne pouvait obtenir quelque chose pour désirer ce quelque chose, comme un forcené. Il se trouvait précisément dans ce cas ! La femme qu'il désirait dormait à côté de lui et il ne pouvait l'avoir. Il n'en avait pas le droit.

Dans un effort désespéré pour trouver le sommeil, il entreprit de compter les moutons. Il persévéra malgré le peu de satisfaction que lui donnait ce procédé, mais quand il arriva au nombre respectable de quatre mille neuf cent soixante-treize, il renonça.

Après tout, se demanda-t-il, serait-ce si terrible de ne pas respecter les clauses du testament de sa grand-mère ? Qui l'empêchait de mentir à Churchward, de lui affirmer, en le regardant droit dans les yeux, que le mariage n'avait pas été consommé ? Evidemment, Jemima pourrait tomber enceinte et l'affaire serait sans doute difficile à expliquer. Fâché de se savoir capable d'imaginer des ruses aussi navrantes, Rob se mit sur le ventre et enfouit son visage dans l'oreiller, qui sentait le jasmin. Le parfum de Jemima, si subtil, si tentant…

Exaspéré, Rob se retourna encore une fois, il heurta le traversin qu'il empoigna pour le tirer à lui, d'un coup sec. Curieux, il guetta la réaction de Jemima. Celle-ci continua de respirer avec la même régularité, puis elle exhala un petit soupir et se retourna.

Rob se demanda si elle dormait vraiment ou si elle faisait semblant.

— Jemima ? murmura-t-il.

Pas de réponse.

— Jemima ? fit-il, un peu plus fort.

Il n'obtint qu'un nouveau soupir.

— Jemima ! cria-t-il.

Dans la chambre d'à côté, un voyageur donna un violent coup de poing sur la paroi, pour le rappeler à l'ordre. Quelques fragments de plâtre tombèrent sur le lit. Jemima ne broncha même pas.

Rob se retourna encore plusieurs fois avant de fermer les yeux.

Quelques minutes plus tard, il dormait.

En s'éveillant alors que les premiers rayons du soleil pénétraient dans la chambre, il eut aussitôt l'intuition qu'il était seul dans le lit. Il se souleva sur un coude pour jeter un coup d'œil par-dessus le traversin. Effectivement, de l'autre côté, il n'y avait personne.

Rob s'assit.

Jemima dormait, en boule sur son manteau, devant la cheminée.

Rob sourit.

Il sortit du lit et s'en alla prendre Jemima dans ses bras. Elle lui parut très légère. Il lui sembla aussi qu'elle était gelée. Quelle idée, aussi, de dormir sur le plancher, couverte seulement par une petite chemise de nuit en fin tissu ! Il se hâta de la porter dans le lit, et s'apprêtait à rabattre les couvertures sur elle quand il s'immobilisa.

Dans la pâle lumière du matin, il venait d'apercevoir les pieds de Jemima, petits et délicats comme tout le reste de sa personne. Attendri, il en prit un dans sa main. Ses doigts caressèrent, non une peau douce comme il s'y attendait, mais une peau rêche de cicatrices et d'anciennes brûlures. Médusé, il suivit de l'index une de ces marques qui remontait presque jusqu'au milieu du mollet.

Pendant un long moment, penché sur le lit, il examina ces stigmates. Il avait vu déjà des brûlures et des blessures, des traces de coups aussi. Et voilà qu'il découvrait tout cela sur le corps de Jemima.

En proie à un trouble violent, il ferma brièvement les yeux et prit une longue inspiration. Il savait que Jemima était fille de ramoneur. Il savait aussi qu'elle s'était introduite dans bien des cheminées, mais il avait pensé que c'était autrefois, très longtemps auparavant, lorsqu'elle était toute petite, comme dans une autre vie, comme si c'était une autre personne… Il avait refusé de prendre toute la mesure de la vie difficile qu'avait connue Jemima. Alfred Jewell l'avait fait monter dans les cheminées qu'il devait ramoner. Elle s'y était brûlé les pieds. Elle y avait respiré les gaz délétères et avait failli s'asphyxier plus d'une fois. Elle avait eu peur de ne pouvoir en sortir. Voilà ce qu'avait connu Jemima !

Pris d'une terrible fureur, Rob regretta de ne pas avoir Alfred Jewell sous la main pour lui faire passer un mauvais quart d'heure, pour venger les tourments qu'il avait infligés à sa fille. Puis sa haine du père se mua en pitié pour la fille. Il s'en voulut de ne pas avoir été là pour la protéger. Ce temps-là était fini. Désormais, avec lui, elle ne courait plus aucun danger.

Le cœur gros, les larmes aux yeux, il contourna le lit, arracha le traversin qu'il jeta à l'autre bout de la chambre et, se couchant, il prit Jemima dans ses bras. Endormie, elle se pelotonna contre lui avec la confiance d'une enfant. Rob la tint contre lui avec autant de précaution que si elle eût été en porcelaine et resta longtemps ainsi, n'osant bouger de peur de la réveiller.

Quand Jemima s'éveilla, alors que le soleil inondait la chambre, elle était seule. Elle découvrit avec étonnement qu'elle se trouvait de nouveau dans le lit.

Elle s'était éveillée au milieu de la nuit pour comprendre très vite qu'elle ne retrouverait pas le sommeil. Avec précaution, elle s'était levée pour marcher jusqu'à la fenêtre. Pendant un long moment elle avait observé le village de Burford endormi, en se disant qu'au-delà des toits se trouvait le château de Merlinschase. Là-bas se trouvait Tilly.

Lorsque Tilly était née, Jemima avait quinze ans et se trouvait pensionnaire à l'école de Mme Montagu. Elle connaissait les sentiments de son frère Jack pour Beth Rosser, une servante dans la demeure londonienne du duc de Merlin qu'il avait connue alors qu'il venait pour ramoner les cheminées. Toute petite et de frêle constitution, Beth avait le plus joli et le plus gentil visage dont pût rêver une jeune fille. Ses manières étaient agréables et sa voix douce. Elle n'avait que des qualités qui l'avaient fait aimer de Jemima autant que de Jack. Ainsi était-elle devenue la maîtresse de celui-ci en même temps que l'amie de celle-là. Jack ne manquait jamais de lui apporter un petit cadeau lorsqu'il allait la chercher, et il pouvait l'attendre des heures à la porte, lorsque son travail la retenait dans la maison du duc. Il parlait d'elle rarement, mais Jemima se rappelait encore l'air rêveur qu'il avait à cette époque. Elle ne lui avait plus jamais connu ce visage depuis.

Les ennuis avaient commencé avec la grossesse de Beth. Elle n'avait osé révéler son état à personne avant le sixième mois. Aussitôt Jack avait voulu l'épouser. Hélas, Alfred Jewell ne l'entendait pas de cette oreille. Jemima, cachée derrière une porte, avait tout entendu de l'entretien orageux qui avait opposé le fils à son père. Celui-ci avait ordonné à Jack de ne plus se commettre avec une fille qu'il ne désignait que sous le terme abject de « souillon », il n'avait pas hésité à jeter le doute sur la réalité de sa paternité, il avait éclaté d'un rire injurieux lorsque Jack, ayant déclaré qu'il se marierait de toute façon, était parti en claquant la porte.

Les deux amants s'étaient retrouvés en cachette pour mettre au point les modalités de leur mariage, mais Alfred Jewell avait réussi à les surprendre, il avait jeté Beth à la rue et donné à son fils une de ces corrections dont il avait le secret. Jack avait disparu pendant plus de deux semaines et la famille n'avait eu de ses nouvelles que lorsqu'il s'était trouvé enfermé à la prison de Newgate pour ivresse sur la voie publique et conduite scandaleuse. Il eût sans doute été déporté si le père n'avait pas accepté de payer une forte amende pour arrêter le bras de la justice.

Beth avait disparu, elle aussi. Chassée de la maison où elle servait, elle avait été recueillie dans un hospice où elle avait accouché prématurément, dans des conditions très difficiles, à l'issue fatale pour elle. L'enfant avait survécu. Apprenant ces nouvelles par l'intermédiaire de la directrice, Jack avait pleuré d'abondance.

Alfred Jewell s'était rendu chez le duc de Merlin pour lui demander de recueillir la petite fille dont il ne voulait plus entendre parler et qu'il était pressé d'oublier. Il avait renvoyé à son école une Jemima profondément choquée et qui se souviendrait jusqu'à son dernier jour de cet épisode dramatique. Quant à Jack, il n'avait plus jamais été le même.

Maintenant qu'elle se retrouvait tout près de Tilly, Jemima se sentait déchirée entre deux sentiments contradictoires.

Le désir de revoir sa nièce la tenaillait. Depuis six ans elle ne cessait de se demander comment la petite fille grandissait.

Elle se demandait à qui elle ressemblait. Etait-elle très brune comme Jack, avec de beaux cheveux bouclés et des yeux noirs ? Ou blonde comme sa mère, la peau très blanche, beaucoup de douceur dans le regard ?

D'un autre côté, il lui paraissait prudent de se tenir à l'écart de Tilly comme du duc de Merlin, car ces rencontres pouvaient se révéler difficiles, pour ne pas dire douloureuses. Jack n'avait-il pas raison lorsqu'il disait qu'il ne fallait pas réveiller les fantômes du passé ?

Jemima s'était assise sur le plancher, devant la cheminée, sa tête reposant contre la paroi, les yeux fermés, pour réfléchir. Elle avait beaucoup soupiré. Si Jack ne désirait pas qu'elle se mêlât de cette histoire, n'avait-elle pas le devoir de respecter sa volonté ? Il était vain de vouloir ressusciter le passé. Beth Rosser était morte et rien ni personne ne la ferait revenir.

Progressivement, Jemima s'était affaissée et elle avait fini par s'allonger sur son manteau. Rob avait déclaré qu'elle ne devait pas dormir sur le plancher, et franchement, elle n'en avait pas trop envie. Elle se sentait seule et envisageait de remonter dans le lit pour s'allonger près de son mari dont la présence la rassurait. Pourtant, d'une façon un peu paradoxale, il était responsable de la solitude qu'elle ressentait douloureusement. Qu'était-il pour elle, sinon un étranger ? Il se montrait gentil avec elle, plein de prévenances, mais cela suffisait-il ? non... Pouvait-elle lui faire confiance ? non, pas encore...

Elle se recroquevilla sur son manteau. Lui revinrent certains souvenirs de son enfance, lorsqu'elle avait dormi, avec Jack, dans des cheminées pleines de suie et de cendres. Il lui semblait que, d'une certaine façon, elle avait accompli un long chemin, mais que d'une autre façon, elle n'avait pour ainsi dire pas changé.

10.

Jemima se tenait sur le bord de sa banquette lorsque la voiture franchit le portail du domaine. En proie à un malaise diffus, elle observait Delaval, la demeure seigneuriale qui serait la sienne désormais et qu'elle découvrait au bout de la longue allée sablée.

On lui donnait du « milady » depuis son départ de Londres, mais le moment approchait où elle deviendrait véritablement comtesse de Selborne. Non seulement elle habiterait dans cette maison qui lui paraissait imposante, mais elle en serait la maîtresse. Elle tremblait à cette prise de conscience et regrettait de s'être laissée entraîner dans l'aventure.

Rob avait décidé qu'il accomplirait à cheval la dernière partie du voyage, par cette belle journée assez fraîche. Le soleil ne régnait pas sans partage dans le ciel où filaient beaucoup de nuages blancs, tels de petits moutons poussés par leur berger, un vent vif qui venait des collines.

Alors qu'ils arrivaient à destination, Jemima s'arracha à sa contemplation du paysage pour observer son mari qui galopait près de sa portière et n'avait d'yeux que pour la maison qu'il avait quittée cinq ans plus tôt. Le visage fermé, il découvrait les stigmates de la négligence : l'herbe des pelouses qui s'élevait à hauteur de ceinture, les volets arrachés ou pendants, les murs de clôture écroulés, les toits abîmés… Ce triste spectacle l'accablait et pourtant — Jemima pouvait s'en rendre compte — il bouillonnait intérieurement, à l'idée, sans doute, qu'une tâche immense l'attendait pour remettre cette maison en état et du plaisir qu'il aurait à relever ce défi.

« Cet homme est mon mari », songea Jemima. Elle aurait cœur de l'assister dans cette tâche. Cette perspective contribua à atténuer ses appréhensions.

La voiture s'arrêta devant le perron et aussitôt s'ouvrit la porte de la maison. Un valet en livrée parut. Rob avait indiqué que Churchward avait pris les dispositions nécessaires pour que le personnel fût de nouveau au complet, et il semblait qu'il eût fait les choses en grand. C'est une véritable troupe, en effet, de valets et de servantes qui accourut pour se ranger sur le perron afin de saluer les maîtres. Jemima s'inquiéta. Elle n'avait pas reçu l'éducation d'une grande dame et elle ne connaissait pas les usages. Comment se comporter avec ses gens ? Elle décida d'improviser.

Le premier, Rob avait sauté à terre. Il tendit la main à sa femme. Elle le remercia d'un sourire. Il lui répondit tout aussi aimablement, mais elle eut la conviction qu'il avait l'esprit ailleurs. A quoi pensait-il ? à sa maison évidemment, que Jemima comparait à une immense maison de poupées. Tout était trop grand et excessif dans cette bâtisse de trois étages, couverte d'une lourde décoration architecturale. Pour dire les choses simplement, c'était très laid. Jemima se demanda si Rob s'en rendait compte.

Le majordome s'avança pour présenter l'ensemble du personnel. Cette formalité prit du temps. Jemima souriait consciencieusement en se demandant si elle parviendrait à se rappeler tous ces noms. Il y en avait trop ! Heureusement, une petite cérémonie charmante vint rompre la monotonie du moment. Mme Cole, la gouvernante, avait une petite fille qui s'avança, toute timide, pour présenter un bouquet de bleuets et réciter un petit compliment. Jemima embrassa l'enfant sur les deux joues. Elle était si émue, si intimidée qu'elle faillit écraser le bouquet entre ses mains. Elle avait grand-peine à retenir ses larmes.

Rob lui prit la main pour monter les marches et, de façon inattendue, il la prit dans ses bras et la souleva pour franchir le seuil avec elle. Il la reposa ensuite sur le sol pavé du vaste vestibule et déclara avec un peu d'emphase :

— Sois la bienvenue dans ma maison.

Jemima vit qu'il était fier, heureux. Elle comprit qu'il aimait sa maison, et elle en conçut un peu de jalousie.

Après trois semaines de séjour à Delaval, Jemima dut admettre que son séjour ne se passait pas du tout comme elle l'avait imaginé. Il n'était plus question d'ouvrir une école dans le village, le sujet n'avait même pas été abordé une seule fois. Elle ne menait pas la vie d'une grande dame à la campagne puisque, vêtue de ses vieilles robes, elle travaillait de l'aube au crépuscule et parfois même davantage. Il s'agissait de récurer les sols, de nettoyer les fenêtres, de dépoussiérer les meubles, de laver les linges… tout cela pour transformer Delaval, maison trop longtemps négligée, en une gracieuse gentilhommière.

Jemima travaillait avec les serviteurs et les servantes, au coude à coude avec eux. Après trois semaines de labeur intense, elle les connaissait mieux que son mari. Celui-ci, elle le voyait si peu qu'elle se demandait parfois, non sans humour, si elle le reconnaîtrait quand il lui arriverait de le rencontrer par hasard, au détour d'un couloir.

Il n'était pas étonnant que Rob se fît si rare car lui aussi avait sa part de travail, à l'extérieur. Il visitait les fermes. En compagnie de son intendant, il préparait un plan d'amélioration des sols. Il fréquentait les foires pour acquérir du bétail et du matériel.

Lui aussi avait des journées bien occupées. Pourtant, Jemima lui en voulait un peu de la négliger. Elle avait l'impression de n'être, pour lui, guère plus qu'une servante supplémentaire. En plus, elle ne recevait pas de gages, elle ! Avec nostalgie, elle se rappelait ce que Rob lui avait déclaré, le jour de leur mariage. Elle avait rêvé d'une autre vie à Delaval. Elle avait cru que son mari lui ferait la cour et son cœur s'était affolé d'avance à cette perspective. Hélas, se disait-elle en souriant de sa naïveté, Rob l'ignorait, il ne se souciait que de celle qu'il aimait véritablement, sa maison.

Au début, les serviteurs l'avaient considérée avec méfiance lorsqu'ils l'avaient vue se mettre au travail avec eux, mais ils n'avaient pas tardé à reconnaître qu'elle avait du savoir-faire et qu'elle ne ménageait pas ses efforts. Mme Cole, la gouvernante, qui avait pour elle les attentions d'une mère, insistait pour qu'elle prît un peu de repos chaque jour en début d'après-midi. De temps en temps, elle l'obligeait aussi à abandonner toute idée de travail pour aller se promener et se divertir. Se promener où, se divertir avec qui ? se demandait-elle. Elle ne connaissait personne dans les environs, Rob n'ayant pas jugé utile de la présenter au voisinage. Elle devait donc se contenter de promenades solitaires dans le parc, puis, peu à peu, dans la campagne aux alentours.

A la mi-septembre, alors que l'automne annonçait son irruption prochaine, Jemima avait acquis la conviction que si la maison était irrémédiablement très laide, le domaine, en revanche, était de toute beauté. Elle aimait particulièrement les jardins d'apparat, abandonnés depuis si longtemps qu'ils s'étaient transformés en une véritable jungle d'églantines, de ronces, de chèvrefeuille, de digitales, de thym sauvage, d'orties et de coquelicots. Elle ne se lassait pas d'explorer cette nature retournée à l'état sauvage.

C'est au cours d'une de ces promenades qu'elle aperçut Rob

à cheval, en train de discuter avec son intendant, sans doute des réparations qu'il convenait d'entreprendre pour réparer le mur d'enceinte. Heureuse d'avoir un peu de compagnie, elle avait voulu le rejoindre, mais lui, qui ne l'avait pas vue, avait pressé les flancs de sa monture et il s'était éloigné au galop. Jemima ne savait pas monter. Elle ne pouvait donc pas l'accompagner dans ses tournées d'inspection et d'ailleurs, il ne l'y avait pas invitée. Pourtant, l'écurie hébergeait plusieurs chevaux pour le trait et la monte ; parmi ces derniers se trouvaient quelques juments fort dociles en apparence, qui eussent convenu à une cavalière aussi peu expérimentée que Jemima.

Solitaire par force et non par choix, Jemima arpentait inlassablement la campagne. Elle respirait à pleins poumons les riches senteurs de la nature. Elle traçait son chemin dans les herbes presque aussi hautes qu'elle. Elle courait derrière les papillons. Elle essayait d'attraper les oiseaux et les petits animaux. Pour la première fois de sa vie elle quittait Londres. Tout lui était sujet à émerveillement, mais sa nouvelle vie comportait aussi des aspects qui l'intriguaient ou l'inquiétaient. Les nuits lui paraissaient trop noires, même sous les étoiles et la lune ; le silence trop dense, presque palpable.

Malgré ces quelques restrictions, elle aimait beaucoup sa nouvelle vie et elle était d'ores et déjà tombée amoureuse de Delaval. Au petit matin, les toiles d'araignées, emperlées de rosée, l'émerveillaient. Elle écoutait, avec un ravissement toujours renouvelé, les murmures du vent dans les feuillages. Elle se levait tôt pour explorer la campagne. C'est au cours d'une de ces promenades matinales qu'elle aperçut un renard assis au bord du chemin, qui la vit venir et qui leva le nez pour capter son odeur. Il l'avait laissée approcher d'assez près, en fixant sur elle le regard de ses yeux dorés, puis, au dernier moment, il s'en était allé, sans hâte.

Jemima eût aimé pouvoir partager ces moments avec Rob,

s'émerveiller avec lui, poser des questions car elle était certaine qu'il recélait en lui des trésors de connaissances. Hélas, il semblait qu'il n'eût pas de temps à lui consacrer. Il s'activait pour prendre l'hiver de vitesse, pour donner à sa maison les réparations les plus urgentes dont elle avait besoin afin d'affronter la mauvaise saison dans les meilleures conditions.

Jemima comprenait ces préoccupations, mais elle en avait aussi et parfois elle regrettait de les avoir si facilement abandonnées. Combien de fois n'avait-elle pas rêvé à la maison qu'elle aurait pu avoir à Twickenham. Il lui arrivait même de se rappeler, avec nostalgie, les moments heureux de sa vie à Londres. Sa famille lui donnait peu de nouvelles. Jack ne pouvait pas lui envoyer de lettres puisqu'il ne savait pas écrire, et sa mère avait réussi, avec difficulté, à tracer quelques lignes sur une feuille de papier, pour lui dire qu'elle l'espérait heureuse dans sa nouvelle existence.

Ainsi que son frère l'avait prédit, Alfred Jewell avait renié Jemima et ne semblait pas chercher à la retrouver. Dans son unique lettre, Mme Jewell avait promis qu'elle ne divulguerait pas l'adresse de la jeune fille, et encore moins le titre qu'elle portait désormais, car si le ramoneur l'avait appris, nul doute qu'il eût cherché à exploiter à son avantage ce lien avec l'aristocratie.

Jemima ne tardait jamais à se reprocher les moments de chagrin auxquels elle succombait. Certes, elle ne menait pas la vie qu'elle avait rêvée et espérée, mais était-ce une raison pour s'apitoyer sur son sort ? Non, mille fois non ! Comment en vouloir à Rob qui la délaissait pour se préoccuper de sa maison ? Elle devait se rappeler que leur mariage n'était que d'apparence, que c'était une affaire secrètement conclue entre eux dans un but éminemment pratique : percevoir un héritage. Elle l'avait toujours su et eût été de très mauvaise foi si elle avait eu l'idée de s'en plaindre.

Cela dit, elles n'avaient échappé à personne, les étranges relations qui l'unissaient à son mari. Un matin, alors qu'elle rentrait dans la maison avec un seau d'eau, elle surprit cette conversation entre Mme Cole et une servante, qui se croyaient seules :

— Quelle pitié ! déclarait la gouvernante. M. le comte passe toutes ses journées dehors et s'épuise au travail, pendant que Mme la comtesse fait de même, mais à l'intérieur. On dirait qu'ils cherchent à s'éviter. Quand ils se rencontrent, c'est à peine s'ils échangent quelques mots.

— Ils n'échangent rien de plus, affirma la servante, avec un petit rire entendu. Tilbury m'a dit que la porte entre leurs chambres était toujours fermée à clé.

— A ce qu'on dit, reprit Mme Cole, ce serait un mariage de convenance et rien de plus. En tout cas, c'est ce qu'on dit au village… A ce propos, vous savez que lady Marguerite est rentrée de Londres ? Je me demande ce qu'elle va dire de tout ça !

La servante s'adonna à un petit rire de gorge avant de répondre :

— Ce qu'elle va dire ? Pas difficile à deviner ! Elle va leur demander de faire un héritier dans les plus brefs délais.

Les mains sur les hanches, Mme Cole y réfléchit. Puis, la tête un peu penchée, elle émit cette réflexion :

— Moi, je me demande à quoi ça leur sert de passer des semaines entières à remettre leur maison en ordre, s'ils ne sont pas capables de passer ensemble le temps qu'il faut pour l'avoir, leur héritier.

Jemima s'imposa alors dans cette conversation. Entrant dans la cuisine avec son seau, elle déclara avec humour :

— L'héritier est prévu, mais pas pour tout de suite, madame Cole. Il figure au deux centième rang sur la liste de nos priorités.

La servante laissa échapper un cri de surprise et la gouvernante, rouge comme une pivoine, balbutia :

— Je vous demande pardon, madame. Je ne savais pas que vous étiez là.

— Ce n'est pas grave, répondit Jemima d'un air aimable. Pourquoi vous en voudrais-je, puisque vous parliez vrai ? De votre côté, pardonnez-moi d'avoir écouté un moment votre conversation, car je sais que je devrais normalement ignorer ce genre de commentaire. Il se trouve que je viens d'un milieu où l'on n'a pas l'habitude de garder sa langue dans sa poche.

— C'est peut-être mieux comme ça, murmura Mme Cole. Nous étions sur le point de nous mettre au polissage des cuivres. Cela vous convient-il ?

— Je vous en prie, faites.

Jemima attendit que les deux femmes fussent sorties de la cuisine et alors, elle éclata de rire.

Toutefois, leurs commentaires l'avaient touchée au vif. Elle ne s'étonnait pas que les serviteurs bavardent, cela lui semblait dans l'ordre des choses. Elle ne pouvait pas, non plus, exiger d'eux qu'ils ne se fissent pas de gorges chaudes à cause de la porte condamnée entre sa chambre et celle de Rob : ils avaient dû noter cette anomalie dès la première nuit. A quoi bon s'en préoccuper ? Jemima savait qu'une dame du monde ne devait pas se chagriner de ces mesquineries. Certes, mais elle n'était pas une dame du monde.

La nouvelle concernant le retour de lady Marguerite l'inquiétait. Il ne faudrait pas longtemps à la vieille dame pour apparaître à Delaval afin de voir comment fonctionnait le mariage conclu si précipitamment. Elle irait de ses commentaires acerbes, dont Jemima s'effrayait par avance.

Désirant s'en ouvrir à Rob, elle lui demanda s'il pourrait lui accorder un moment après le dîner, mais il la pria de l'excuser en expliquant qu'il se sentait très fatigué, qu'il avait envie de se mettre au lit très tôt et qu'il ne prendrait même pas de dîner. Abandonnée à sa solitude, elle passa une partie de la soirée dans le salon récemment remis en état par ses soins. Elle feuilleta distraitement un numéro du *Journal des Dames*, vieux de dix-huit mois. Puis elle monta dans sa chambre. Passant devant celle de Rob, elle essaya d'ouvrir. C'était fermé à clé. La poignée grinça, mais aucune réaction ne vint de l'intérieur.

Pendant toute la journée du lendemain, qui fut très chaude, Jemima s'employa à aérer les chambres d'amis pour le cas, improbable, où des invités surgiraient à l'improviste avec l'intention de séjourner quelques jours à Delaval. Les meubles anciens, démodés plutôt, devraient être remplacés pour certains, les plus abîmés. Certes, mais Rob en conviendrait-il ? Rien n'était plus improbable. La décoration de la maison était le moindre de ses soucis. Tout l'argent hérité de son père lui servirait à réorganiser le domaine et à en faire une entreprise agricole moderne et viable ; et s'il percevait les sommes léguées par sa grand-mère, il les consacrerait au même but.

Toute à son travail, Jemima se fit la réflexion qu'en se dévouant ainsi, chacun de leur côté, ils n'auraient pas de mal à respecter les dernières volontés de l'originale aïeule. Lorsque les cent jours de chasteté obligatoire seraient écoulés, le mari ne se rappellerait peut-être plus le prénom de sa femme, et réciproquement ! Et dire que Rob avait promis à Jemima de lui faire la cour pendant cette période ! Si c'était cela, faire la cour, alors les hommes étaient encore plus inaptes aux affaires de cœur que Jemima l'avait cru jusque-là !

Elle en était encore à ces réflexions amères, quelque cinq jours plus tard, et s'agaçait de plus en plus de la vie étrange que

Rob lui imposait. Elle ne le vit pas de la journée, et d'après ce qu'elle croyait savoir d'après les bavardages des serviteurs, il se trouvait dans une métairie très éloignée de Delaval.

Quand il rentra enfin, à la nuit tombée, à l'issue d'une journée encore étonnamment chaude, Jemima lui accorda dix minutes. Puis elle monta d'un pas décidé et frappa sans délicatesse. Elle avait décidé de lui parler et n'était pas disposée à se laisser éconduire une fois de plus.

Après une minute d'attente environ, la porte s'ouvrit sur Tilbury, le valet de Rob. Par l'entrebâillement, Jemima vit son mari qui procédait à ses ablutions au-dessus d'un grand bassin en porcelaine blanche. Emue par la vue de cet homme torse nu, son mari qu'elle n'avait jamais vu dans une activité aussi intime, elle dut se raisonner pour se rappeler qu'elle était venue pour parler avec lui et que ce n'était pas le moment de se laisser distraire. Croisant donc les bras, dans une attitude défensive, elle franchit le seuil et demanda :

— Puis-je vous parler, Robert ?

C'était la première fois qu'elle pénétrait dans la chambre de son mari et elle examina avec un intérêt non dissimulé cette pièce sobrement meublée. Elle aperçut, au-dessus de la cheminée, des portraits qui devaient être ceux des parents de Rob ; sur une table basse, un service à thé, en porcelaine, probablement un souvenir des Indes. Jemima s'avisa soudain qu'elle ne connaissait pas grand-chose, pour ne pas dire rien du tout des goûts et des intérêts de son mari. Cette révélation la remplit d'une immense tristesse et elle se sentit plus seule que jamais.

Rob prit la serviette que lui tendait Tilbury. Il se sécha le visage et les cheveux, puis le torse et les bras, avant de dire à son serviteur :

— Merci, Tilbury ; ce sera tout.

— Milord, fit l'homme en s'inclinant, le visage impassible.

Il sortit en silence, referma la porte. Jemima s'avisa alors qu'elle se trouvait seule avec son mari, dans la chambre de celui-ci, et qu'elle n'avait plus la moindre idée de ce qu'elle était venue lui dire.

— Bonsoir, Jemima. Que me vaut le plaisir de votre visite ?

La tristesse de Jemima s'accentua. Certes Rob se montrait aimable, mais il restait distant. Il venait de lui parler comme il se serait adressé à son intendant pour lui demander si les vaches produisaient un lait de bonne qualité. Le menton levé, elle déclara :

— Je voudrais vous parler hors la présence des serviteurs et ce n'est possible qu'ici.

Rob jeta sa serviette au pied du lit et ne répondit pas. Il semblait fatigué, et nul doute qu'au soir d'une longue journée de travail, après tant d'autres, il méritait de se reposer. Jemima éprouva quelque honte à venir le déranger. Puis elle chassa aussitôt ses scrupules. Elle avait des préoccupations légitimes et elle les exprimerait.

— Que se passe-t-il ? demanda Rob, d'un ton tranquille.

Elle le regarda dans les yeux, esquissa un geste de la main.

— Je m'inquiète pour vous, Rob. Vous vous épuisez à la tâche. Ne pourriez-vous pas consacrer un peu moins de temps à vos travaux ?

Elle reçut un regard irrité et cette affirmation en retour :

— Vous ne comprenez rien à la vie campagnarde, Jemima. Nous sommes à l'époque de l'année qui nécessite le labeur le plus dur. L'hiver approche et il faut nous y préparer. Ce n'est pas le moment de se reposer et d'attendre tranquillement, alors qu'il y a tant à faire.

Jemima fronça les sourcils. Comment Rob pouvait-il l'accuser de ne rien comprendre ? N'avait-elle pas passé, justement, tout un mois à essayer d'appréhender les réalités de la campagne ? Mais lui, où avait-il été pendant tout ce temps ? Lui avait-il donné les explications qu'elle eût tant aimé recevoir de lui ?

— Peut-être avez-vous raison, répondit-elle d'une voix aussi calme, aussi posée que possible ; peut-être est-il vrai que je ne connais rien à la vie qu'on mène à la campagne. Il est vrai aussi que vous n'avez pas pris le temps de me l'expliquer. Quand vous disiez que nous restaurerions Delaval, je pensais, naïvement, que nous travaillerions ensemble, côte à côte. En fait, nous nous voyons si peu que nous pourrions aussi bien vivre chacun de notre côté, à des miles l'un de l'autre, et nos rapports seraient tout aussi épisodiques.

Non sans plaisir, elle vit Rob se rembrunir et passer nerveusement sa main dans ses cheveux humides.

— Jemima, soupira-t-il, je suis très fatigué et...

Elle explosa.

— Vous êtes toujours fatigué ! Quand nous dînons ensemble, je vous vois si épuisé que vous avez à peine la force de porter votre fourchette à votre bouche ! Je n'espère même plus que vous m'adressiez quelques mots ! Ensuite, nous nous retirons, chacun dans sa chambre, la porte qui nous sépare étant soigneusement verrouillée. Ce détail n'a pas échappé à nos serviteurs, et ils m'ont prise en pitié.

Rob laissa échapper un nouveau soupir avant de demander :

— Est-ce cela qui vous chagrine ? Vous devez apprendre à ne pas vous soucier de ce que racontent nos gens.

— Parce que lady Selborne de Delaval ne doit pas s'abaisser à de telles contingences, n'est-ce pas ? lança Jemima, les poings sur les hanches.

— Exactement.

— Mais elle peut s'abaisser à récurer les sols et faire les lessives ! Autant vous le dire, Robert, je commence à me sentir l'âme d'une servante !

Cette dernière remarque agaça Rob, qui parut sur le point d'éclater à son tour, mais c'est d'un ton las qu'il laissa tomber :

— Je suis vraiment trop fatigué pour discuter de ces choses maintenant, Jemima. D'autre part, je voudrais terminer ma toilette et m'habiller de façon convenable pour le dîner, ce que je ne puis faire tant que vous êtes là.

— Alors, quand pourrons-nous parler ? demanda Jemima qui enrageait de se voir éconduire. Vous avez du temps pour tout et pour tout le monde, excepté pour moi ! Voilà quatre semaines que nous sommes mariés et je vous connais aussi peu qu'au premier jour.

Rob fit passer sa chemise par-dessus sa tête et la jeta sur une chaise, découvrant une poitrine virile, large et musclée. Jemima détourna le regard pour ne pas succomber au trouble que lui inspirait cette vision.

— A Londres, il m'avait semblé, reprit-il, que vous désiriez conserver une certaine distance entre vous et moi. Avez-vous changé d'avis ? Est-ce de cela qu'il s'agit ?

— Non ! s'exclama-t-elle, le rouge aux joues. Comment pouvez-vous imaginer une chose pareille ? Quelle impudence ! Non, je ne tente pas de vous imposer je ne sais quelle promiscuité !

— Oh ! Pardonnez-moi ! J'avais cru qu'il s'agissait précisément de cela.

Il y eut alors un moment de silence. Jemima sentait son sang bouillir. Pourquoi les hommes étaient-ils ainsi ? se demandait-elle ; si charmants pour obtenir ce qu'ils voulaient, et si odieux ensuite ? Elle avait souvent entendu dire qu'ils étaient d'avril lorsqu'ils courtisaient et de décembre après leur mariage, mais jamais elle n'avait supposé que le changement pût se révéler si radical et, surtout, si rapide. Rob avait su distiller de belles paroles pour l'engager à accepter le projet qu'il lui soumettait, et à peine arrivée dans sa maison, elle se voyait reléguée au rang des accessoires, loin derrière les troupeaux de vaches et de moutons qui réclamaient les soins assidus de milord !

— Ce plancher aurait besoin d'un sérieux récurage, lança-t-elle soudain. Puisque c'est cela que je fais le mieux, d'après vous…

Elle attrapa la cuvette et la précipita par terre, aux pieds de Rob qu'elle n'éclaboussa pas autant qu'elle l'eût désiré car il n'y avait pas dans cette cuvette autant d'eau qu'elle le pensait. Ravie tout de même, elle allait sortir de la chambre quand Rob, passé le moment de surprise, l'interpella en termes très vifs.

— Non, mais, qu'est-ce qui vous prend ? Vous êtes devenue folle ?

— Oui ! hurla-t-elle ; folle de rage ! Je m'aperçois que j'ai épousé un idiot pompeux ! Quel dommage que je ne m'en sois pas aperçue avant le mariage !

Elle voulut sortir, Rob la retint par les deux bras. Elle lutta pour se dégager, il l'enlaça, elle se retrouva plaquée contre lui, cette fois bel et bien prisonnière. Elle s'énerva.

— Laissez-moi partir !

— Dans une minute, répondit-il d'un ton amusé. Jamais je n'aurais cru que vous aviez un tel caractère.

— C'est bien fait pour vous ! Vous n'aviez qu'à pas épouser une fille de ramoneur ! Si vous rêviez d'une aristocrate au sang froid, il fallait prendre votre cousine.

— Je suis enchanté de mon choix ! répliqua-t-il.

Il la regardait. Elle lui vit, dans les yeux, une ébauche de sourire et en réponse, ses jambes se mirent à trembler. Voilà qui n'était pas bon du tout ! Comment pourrait-elle exprimer son juste ressentiment si son corps la trahissait ?

— Laissez-moi partir, reprit-elle, et cette fois ce n'était plus qu'un soupir.

Rob la retenait toujours, mais d'une main si légère qu'elle eût pu reprendre sa liberté sans aucune difficulté, ce qu'elle ne fit pas.

Elle vit une lueur passer dans les yeux de Rob, et il se pencha sur elle. Alors, elle réagit. Elle le repoussa en s'exclamant, outrée :

— Non, mille fois non ! Pas avant que nous ayons parlé sérieusement.

Rob éclata de rire et la laissa se déprendre. Puis il lui jeta, avec malice :

— Comme vous voulez, quand vous voudrez ! Nous parlerons et ensuite, le baiser !

— Nous verrons…

Il tapota son lit.

— Vous ne voulez pas vous asseoir ici, près de moi, Jemima ?

— Certainement pas !

Elle préféra aller prendre place dans le fauteuil qui se trouvait devant la fenêtre, tandis que Rob se jetait sur son lit et s'allongeait. Il semblait soudain moins fatigué.

— Donc, lui dit-il, vous vouliez me parler. A votre disposition ! Je suppose qu'il ne s'agit pas que d'évoquer les bavardages de nos gens ?

— Non… J'ai entendu dire que votre grand-mère était revenue de Londres.

Rob sursauta.

— Vraiment ? Pas possible… Et moi qui espérais qu'elle y séjournerait encore longtemps !

— Il paraît qu'elle est dans les parages et à mon avis, elle ne tardera pas à nous signaler sa présence… Je pense aussi qu'elle entendra les bavardages de nos gens, qu'elle y prête attention ou pas.

Cette fois, Rob fronça les sourcils. Il se leva d'un bond pour faire quelques pas.

— Vous pensez qu'elle va concevoir des doutes à propos de notre mariage ? demanda-t-il.

— C'est déjà fait ! répliqua Jemima. Et avec tout ce qu'elle entendra, ses doutes se renforceront.

Rob montra la porte qui séparait les deux chambres et proposa :

— Vous ne croyez pas que nous devrions dormir ensemble, pour les apparences ?

— Non, merci ! répondit aussitôt Jemima. Je n'ai aucun désir de partager une chambre, et encore moins un lit avec un homme qui refuse de passer les heures du jour en ma compagnie. Je me sentirais dans le rôle d'une maîtresse, non dans celui d'une épouse, et je ne suis pas prête à l'accepter. Question d'éducation, sans doute…

Les yeux brillant de malice, Rob répliqua :

— Vous savez, le rôle d'une maîtresse ne consiste pas seulement à partager le lit d'un monsieur. Je pourrais vous le démontrer…

— Je ne crois pas que ce soit nécessaire ! Franchement, je vous trouve audacieux, Robert Selborne. Vous m'ignorez pendant trois semaines et demi, vous vous comportez même comme si je n'existais pas, et voilà que, tout à coup, vous espérez que…

Elle s'interrompit parce qu'elle avait vu se rallumer, dans les yeux de Rob, la petite lueur qu'elle commençait à bien connaître. Il vint se placer devant elle pour demander :

— J'espère quoi, selon vous ?

— A l'évidence, vous n'espérez pas que je dorme avec vous puisque votre épreuve doit durer encore soixante-cinq jours.

— Soixante-quatre. Pas d'erreur de calcul, je vous en prie !

La lueur s'était éteinte dans ses yeux. Il prit les mains de Jemima et, d'un ton grave, il demanda :

— Avez-vous la moindre idée des raisons qui m'ont incité à me tenir éloigné de vous depuis que nous sommes ici ?

— Evidemment que je n'en sais rien ! s'exclama Jemima, puisque vous ne voulez rien me dire. Comment pourrais-je savoir, ou même deviner, quand vous ne me dites rien ? Moi, je pense que vous êtes uniquement entiché de votre horrible maison et de vos domaines, mais je me trompe peut-être.

Rob avait sursauté. Il semblait choqué. Il protesta vivement.

— Delaval n'est pas horrible ! Comment pouvez-vous dire une chose pareille ?

Jemima éclata de rire.

— Delaval est horrible, Robert. Il faut être aveugle, ou alors très amoureux comme vous pour ne pas s'en rendre compte. Cela dit, je reconnais que cette maison a un certain charme, dans son genre.

— Je suppose… depuis le temps que vous vous échinez à la remettre en état.

— C'est vrai, j'ai travaillé dur et je suis heureuse que vous vous en soyez rendu compte, dit Jemima, attendrie.

Les doigts de Rob se resserrèrent sur les siens.

— Je ne suis pas aussi lointain que vous semblez le croire, Jemima, et je vous connais mieux que vous l'imaginez. Tenez ! Je sais, par exemple, que vos cheveux bouclent lorsqu'ils sont mouillés. J'ai remarqué la petite ride verticale qui se creuse entre vos sourcils quand vous n'êtes pas contente. Et puis, j'aime la façon dont vos yeux s'assombrissent juste avant que je vous donne un baiser.

Il s'approcha pour murmurer à son oreille :

— Ils deviennent d'un bleu étonnant, et vos sourcils se mettent à trembler.

— Oh, non ! s'exclama Jemima.

Elle posa une main sur son épaule nue pour le repousser, mais il avait la peau chaude, très douce, si bien que sa main s'attarda pour une caresse, qui s'interrompit brusquement quand elle vit que Rob la regardait en riant d'un air goguenard.

— Admettez que vous avez failli vous faire avoir, dit-il.

Agacée, et plus encore troublée, Jemima se leva d'un bond et s'éloigna. Oui, elle avait failli succomber au charme de cet homme, mais elle ne tomberait pas dans le piège.

— Vous ne vous intéressez qu'à Delaval, reprit-il. Moi, je ne compte pas pour vous. Votre domaine est un maître exigeant… ou devrais-je dire : une maîtresse ?

— Je dois admettre que je suis un peu préoccupé…

— Un peu ?

— Vous diriez : beaucoup ?

— Je dirais même que vous ne vous intéressez qu'à cela.

— J'essaie de rattraper le temps perdu, murmura Rob, d'un air contristé.

— Par six fois, vous n'êtes pas venu dîner ; en cinq autres occasions, vous êtes rentré si tard que je ne vous ai même pas entendu ; et il vous arrive de partir si tôt le matin que je m'éveille dans une maison vide.

Le regard de Rob la remplit de confusion.

— Comme c'est gentil à vous de remarquer tout cela, murmura-t-il. Cela signifie-t-il que vous vous souciez un peu de moi ?

— Je…

Jemima se mordit la lèvre. Elle craignait de prononcer des

propos imprudents, elle avait peur de trop en dire. Oui, elle se souciait de lui, et pas qu'un peu ! Elle ne pouvait le nier, mais n'avait pas envie de l'avouer.

— Il ne me plaît pas de vous voir vous épuiser, dit-elle seulement. Ce n'est pas bon pour votre santé.

— Merci de vous inquiéter pour ma santé, fit Rob en s'approchant pour lui donner un petit baiser sur la joue. Voudriez-vous connaître la vraie raison qui m'éloigne de vous du matin au soir ?

Le cœur de Jemima s'affolait. Rob était trop près, de nouveau. Elle recula de quelques pas tandis qu'il se lançait dans ces explications :

— En fait, je vous fuis, Jemima ; ce qui ne m'empêche pas de ne penser qu'à vous. Que je reconstruise un mur ou que je parle de vaches avec un fermier, c'est à vous que je pense. Et quand j'examine le nouveau taureau reproducteur…

Jemima se mit à sourire.

— C'est très romantique, Rob ! Je vous en prie, continuez.

— Vous pouvez rire de moi, mais vous n'avez aucune notion du danger que vous courez avec moi. J'avais pensé que si je passais toutes mes journées dehors à travailler comme une bête, je rentrerais le soir pour me jeter sur mon lit et dormir, l'esprit purgé de toutes pensées amoureuses.

Rob s'interrompit, jeta à Jemima un regard chargé d'un tendre ressentiment, avant de poursuivre :

— J'ai découvert qu'il n'en était rien du tout, et que c'était même le contraire. Plus je m'acharne à m'épuiser, plus je me sens…

— Ardent ?

— Oui ! amoureux, libidineux, licencieux… toute la lyre !

— Très imprudent aussi, fit Jemima qui ne pouvait plus se retenir de sourire. Vous savez ce que vous risquez !

— Je vous en prie, il n'y a pas de quoi rire.

— Non, mais pourquoi me le dites-vous seulement maintenant ? Nous en aurions parlé.

— Impossible, souffla Rob accablé. Si j'en parle, je sens mon état s'aggraver. Quand je suis avec vous, j'ai tout de suite envie de vous donner des baisers, et quand je vous donne des baisers, j'ai envie... C'est intolérable. C'est comme je vous le disais, Jemima, vous n'avez aucune conscience du danger que vous courez avec moi.

— Oui, mais en ne me disant rien, vous m'avez donné à penser que vous partiez du matin au soir parce que vous n'éprouviez pour moi que du dégoût. Et constatant l'amour que vous portez à Delaval, j'en avais déduit que je vous étais indifférente, pour ne pas dire davantage.

— Indifférente, vous ! Rien n'est plus faux et je peux vous le démontrer à l'instant.

Jemima battit prudemment en retraite.

— Attention ! Vous savez que vous n'avez pas le droit !

— Vous-même, auriez-vous des objections à me présenter si je me montrais... entreprenant ? Il n'y a pas si longtemps, ma chère, vous étiez assez réservée. Vous m'avez dit que l'amour était un piège. Vous me l'avez dit !

— Je ne sais plus, soupira Jemima qui rougissait. Il est vrai que, moi aussi, je pense beaucoup à vous, Robert.

— C'est merveilleux ! s'exclama-t-il, transporté de joie.

— Mais, reprit Jemima, l'index levé, il reste ces fameux soixante-quatre jours.

Rob ouvrit les bras et l'attira. Sans chercher à lui donner de baiser, il la tint, serrée contre lui. Pour réconfortante qu'elle fût, cette situation n'en restait pas moins troublante pour Jemima. A trop respirer le parfum de bois de santal qu'exhalait la peau nue de Rob, la tête se mit à lui tourner. Les joues rouges, elle leva les yeux vers lui pour demander :

— Est-ce très ordinaire d'avoir envie de passer un peu de temps avec son mari ?

— C'est très vulgaire ! lui répondit-il en souriant. Aussi vulgaire que de vouloir donner des baisers à sa femme. Je crains que nous ne soyons aussi mal élevés l'un que l'autre.

Comme il se penchait sur elle, elle lui posa un index sur les lèvres en lui rappelant :

— Minute ! Vous n'avez pas le droit.

— Jemima, je vous en prie…

— Certainement pas ! Nous sommes dans votre chambre…

— Oui, je l'avais remarqué.

— Donc, la situation est des plus dangereuses.

Rob avança. Jemima se retrouva coincée entre lui et le lit.

— Un petit baiser, murmura-t-il ; ce ne serait pas aller contre les dernières volontés de ma grand-mère.

— Cela dépend.

— Un baiser ? Vous voulez rire !

— Tout dépend du sens qu'on donne au mot *chasteté*. Sens restreint ou étendu ? Qu'en pensez-vous, Rob ?

Il secoua la tête.

— Je n'ai pas du tout envie de m'engager dans une discussion philosophique. Il est trop tard et je vous rappelle que je suis fatigué. Demain peut-être, au cours de notre promenade à cheval.

— Une promenade à cheval ?

— J'ai pensé que ce serait gentil. Il est vrai que nous avons assez peu passé de temps ensemble depuis que nous séjournons à Delaval.

— Je ne sais pas monter.

— Alors, je vous apprendrai. Je serai un maître sévère, vous une élève récalcitrante. Cela devrait suffire pour anéantir la passion. Alors, un baiser, tout de suite, ce sera peut-être le dernier.

Jemima se glissa sous le bras de Rob pour lui échapper et elle prit la direction de la sortie.

— Lorsque vous m'aurez appris à monter, lui dit-elle en se retournant sur le seuil, vous vous demanderez si le testament de votre grand-mère vous permet de m'embrasser.

— Jemima ! implora-t-il.

Sans vouloir rien entendre, elle sortit et referma derrière elle.

11.

Un véritable désastre, ces leçons d'équitation !

Jemima n'avait pas peur des chevaux — elle en avait suffisamment vu dans les rues de Londres — mais il ne lui fallut pas longtemps pour comprendre qu'elle n'avait aucun talent d'écuyère. Rob se montrait patient avec elle, mais elle se rendit compte très vite qu'elle ne contrôlerait jamais sa monture comme lui, avec grâce et précision. Evidemment, il montait depuis qu'il était tout petit, et cela se voyait ! Lorsqu'il était en selle, il ne faisait qu'un avec La Flèche, son étalon noir. C'était loin d'être le cas pour Jemima.

Elle montait si mal qu'elle réussissait à mettre de mauvaise humeur la jument pourtant placide qui, par deux fois la jeta au sol, et qui se mettait parfois à galoper pour la secouer comme un sac de pommes de terre.

Jemima n'insista pas. Elle abandonna l'équitation et se fit désormais transporter dans une petite voiture tirée par deux poneys hors d'âge qui ne savaient même plus ce que c'était que de galoper. C'est dans cet équipage qu'elle entreprit donc de visiter le domaine en compagnie de Rob, qui trottait à côté d'elle en lui montrant ses réalisations récentes. Quand La Flèche s'énervait, il lui permettait de galoper. Jemima les suivait du regard. Ils ne tardaient pas à disparaître au coin d'un bois ou derrière le sommet d'une colline.

— Pourquoi avez-vous quitté Delaval pour vous engager dans l'armée ? demanda-t-elle, un après-midi de septembre.

Ils rentraient après avoir passé toute la journée dans les champs. La maison se profilait à l'horizon. Comme Rob ne répondait pas, elle reprit :

— Il est évident que vous aimez votre domaine. Alors, je ne comprends pas.

Rob hésita encore un peu avant de donner sa réponse :

— J'ai pris cette décision parce que je n'avais le droit de rien faire. J'ai voulu tenter quelque chose.

Il avait un sourire étrange, désabusé. Jemima insista.

— Vous n'aviez le droit de rien faire ?

— A cause de mes parents… Il va sans dire qu'ils s'opposèrent à mon désir d'entrer dans l'armée, et mon envie de m'engager s'en trouva d'autant plus forte. Il faut vous dire que j'ai toujours eu un caractère difficile, et que mes grands-parents m'ont rendu pire encore à force de me gâter. Pourtant, j'avais d'excellents exemples sous les yeux dans ma famille, mais je manquais de la volonté nécessaire pour les suivre.

— Ce n'est pas l'impression que vous me donnez, observa Jemima étonnée. Au contraire, vous me semblez même très discipliné, très maître de vous. Est-ce un changement de caractère que vous devez à l'armée ?

— Certainement. J'y ai acquis la maturité qui me manquait jusqu'alors. Vous comprenez, j'avais des hommes sous mes ordres, qui comptaient sur moi. Voilà qui met très vite du plomb dans la tête. J'ai vécu la campagne des Indes comme une aventure peu sérieuse, mais en Espagne, j'ai su ce qu'était le danger, j'ai compris ce qu'était la guerre. Et là, j'ai compris que j'avais été un gamin immature. J'ai changé en très peu de temps.

Ils s'arrêtèrent pour contempler les prairies qui prenaient des teintes extraordinaires sous le soleil qui approchait de l'horizon. Puis une nouvelle question monta aux lèvres de Jemima.

— Vous ne m'avez jamais parlé de votre enfance. Etiez-vous heureux ici ?

— Si j'ai été heureux ? s'exclama-t-il. Comment ne l'aurais-je pas été ? Et dites-moi, comment aurais-je pu ne pas aimer Delaval ? J'ai une passion pour cette maison, depuis que je suis tout petit.

Jemima sourit en imaginant le petit garçon sérieusement amoureux de son domaine. Puis elle demanda :

— Et vos parents, comment étaient-ils ?

Rob se rembrunit.

— J'étais un enfant venu sur le tard. Ma mère avait déjà quarante ans lors de la naissance de ma sœur, deux ans avant que je ne vinsse au monde moi-même. J'ai toujours eu l'impression qu'il y avait, entre nos parents et nous, un immense fossé… et ce n'était pas qu'une question d'âge. Mon père était très distant avec nous. Pendant les seize premières années de ma vie, il n'était que le vicomte de Selborne. Il devait attendre la mort de mon grand-père, qui arriva au cours d'un accident de chasse, pour reprendre le titre de comte. Je me demande si cette longue attente ne l'avait pas rendu quelque peu aigri. Il m'a toujours semblé tellement irascible.

— Il doit être étrange, murmura Jemima, de guetter la mort d'un homme pour enfiler ses souliers. Votre grand-père avait une bonne santé ?

— Oh, oui ! Sans cet accident, je crois qu'il aurait vécu jusqu'à cent ans.

— Que s'est-il passé ?

— Un accident vraiment très désagréable, expliqua Rob en montrant la lisière d'un bois. Nous étions partis à la chasse aux faisans. Mon grand-père avait pris Ferdie avec lui ; vous savez, mon cousin Ferdie, que vous avez vu au mariage ?

Jemima hocha la tête, Rob poursuivit :
— Mon grand-père a trébuché sur son fusil, il s'est tiré une décharge de chevrotines en pleine poitrine. Vous imaginez la détresse de Ferdie ! Il avait quinze ans. Que pouvait-il faire ? Rien, mon grand-père avait été tué sur le coup.
Jemima frissonna.
— Ce dut être horrible pour lui, en effet.
— A ma connaissance, il n'a plus jamais tiré un coup de fusil, depuis ce jour.
— Donc, votre père hérita du domaine et du titre, mais pas dans les circonstances qu'il eût pu désirer.
— Exactement, et son caractère ne s'améliora en rien. J'ai vécu encore quelques années ici avec ma famille, c'est-à-dire ma grand-mère, mes parents et Camilla, ma sœur.
— Je crois que j'aurais aimé connaître votre grand-mère, dit Jemima en souriant. On ne rencontre pas tous les jours une femme capable de rédiger un testament aussi excentrique.
— Elle aussi vous aurait aimée. Elle me disait toujours qu'il fallait épouser une jeune fille originale plutôt que bien élevée et pourvue d'un titre nobiliaire. Elle aurait approuvé notre mariage.
Emue par ce compliment qui lui allait droit au cœur, Jemima reprit :
— Votre père, en revanche, je ne pense pas qu'il m'aurait appréciée. Une fille de ramoneur dans sa famille, il aurait trouvé cela insupportable, non ?
— C'est vrai, mon père ne voyait pas les choses de la même façon. Il s'intéressait à la réussite plutôt qu'à la personnalité des gens. Par exemple, il ne s'intéressait pas du tout à Camilla et à moi lorsque nous étions enfants. Je pense qu'il avait été content de nous voir venir au monde, mais ensuite il ne nous a pratiquement plus regardés jusqu'au jour où nous sommes parvenus à l'âge adulte. Camilla devait faire un beau mariage

et moi, prendre enfin des responsabilités dans la gestion du domaine.

— Et c'est à cette époque que vous l'avez contrarié en n'agissant pas comme il l'entendait ?

Jemima éprouvait quelques remords à poser tant de questions, mais elle se disait aussi qu'il était important pour elle de comprendre pourquoi Rob avait quitté Delaval et pourquoi, maintenant, il s'acharnait à restaurer la maison ainsi que le domaine.

— Il a été choqué par mon comportement, expliqua Rob, non sans tristesse. Il faut l'avouer, je l'ai profondément déçu. Il faut dire aussi que je me sentais paralysé à cause de tous les espoirs qu'il mettait en moi. Je n'avais que vingt et un ans, et il espérait que je lui donnerais un héritier en même temps que je prendrais le commandement du domaine. Quel poids sur mes jeunes épaules !

Il soupira avant de poursuivre :

— Camilla avait fait pire, dans un certain sens. Je ne la blâme pas. Elle n'a pas eu un beau mariage, du moins selon les principes de notre père. En effet, elle est tombée amoureuse d'un capitaine venu rendre visite à son frère dans le voisinage, et elle décida de l'épouser envers et contre tous. Il était de bonne famille, mais n'appartenait pas à la haute aristocratie. Très déçu, notre père donna toutefois son accord parce que Camilla avait déjà vingt-trois ans et que les prétendants ne se pressaient pas à notre porte. Il reporta tous ses espoirs sur moi, avec l'insuccès que vous savez.

— Que se passa-t-il quand il apprit que vous vouliez vous engager dans l'armée ?

Rob s'accorda un temps de réflexion avant de répondre, d'une voix mate qui trahissait sa tension.

— Il y eut une dispute horrible, comme vous pouvez l'imaginer. Mon père a menacé de me déshériter.

— Ce qui ne vous a pas empêché d'agir comme vous le vouliez.

— Le domaine est attaché au titre, expliqua Rob en souriant. Mon père ne pouvait donc pas mettre sa menace à exécution. Donc, je l'ai laissé crier et malgré les pleurs de ma mère, je suis parti en Inde avec sir Arthur Wellesley, puis en Espagne. Je voulais agir, faire quelque chose, n'importe quoi pour me prouver que j'étais capable de suivre la voie que je m'étais tracée. Et puis, je pensais que Delaval serait toujours là pour m'accueillir à mon retour... Oui, mais pas dans l'état que j'avais imaginé. C'est un domaine dévasté que j'ai trouvé, et dépeuplé. Mes parents étaient morts. Je ne peux plus oublier les derniers mots que nous avons échangés ; terribles !

Jemima se pencha pour prendre la main de Rob qui regardait droit devant lui. Il tressaillit et murmura :

— J'aurais préféré faire la paix avec mon père en ce monde plutôt que dans l'autre.

— Peut-être a-t-il fait la paix avec vous, murmura Jemima. Il sait que vous êtes revenu et que vous travaillez dur pour restaurer la maison et le domaine.

Rob se tourna vers Jemima. Il avait les larmes aux yeux.

— Je ne sais pas ce que je ferais sans vous, dit-il d'une voix étranglée.

Ils restèrent ensuite silencieux pendant un long moment, et c'est Jemima qui reprit la parole pour demander avec malice :

— M'avez-vous épousée pour le plaisir de ne pas respecter les conventions ?

Sa question amena un sourire sur les lèvres de Rob.

— Non ! Je vous ai épousée parce que je vous aime bien. Dès que je vous ai connue, j'ai eu envie de vous avoir près de moi. Evidemment, nous avons conclu un accord qui ne correspond plus à mes désirs, mais ainsi va la vie.

Il soupira et adressa à Jemima un regard presque timide, pour reprendre :

— Jamais je n'aurais imaginé qu'il me serait aussi difficile de respecter les volontés exprimées par ma grand-mère dans son testament. S'il ne tenait qu'à moi…

Jemima frissonna. Elle eut une impression de froid alors que la journée était encore chaude. Rob la regardait et elle savait ce qu'il désirait, elle ne le savait que trop ! Elle se dit qu'elle ne devait pas succomber à ce pathétique appel. Elle essaya de ne pas fermer les yeux. Elle ne voulait pas basculer dans le gouffre de sensualité qui s'ouvrait devant elle, elle ne voulait pas commettre cette erreur… et pourtant, elle ne put résister parce qu'elle n'en avait plus la volonté. Oublié la sagesse que lui avait apprise son expérience de la vie, elle accorda ses lèvres à Rob qui se penchait vers elle. Elle accepta son baiser, elle le lui rendit.

Je vous ai épousée parce que je vous aime bien.

Aimer bien… aimer… Où était la frontière ? Comment passait-on d'un état à l'autre ?

Jemima mit fin au baiser.

— Rob, balbutia-t-elle d'une voix cassée, il ne faut pas.

— Pourquoi ? demanda-t-il, sincèrement étonné semblait-il.

— Parce que si nous continuons ainsi, nous allons finir par nous oublier.

— Et cela vous fait peur, si je me souviens bien.

Elle détourna le regard.

— Je ne veux pas…

Elle s'arrêta, effrayée par ce qu'elle s'apprêtait à déclarer — « Je ne veux pas tomber amoureuse de vous » — et plus effrayée encore à l'idée qu'il était déjà trop tard. Elle était tombée amoureuse de son mari. Elle pensa à Jack et à Beth que l'amour avait rendus si malheureux. Fallait-il qu'elle connût les mêmes tourments ?

— Je ne veux pas, reprit-elle, que nous nous engagions dans une aventure que nous pourrions regretter plus tard.

— Quoi qu'il nous arrive, répondit-il avec assurance, je suis certain de ne rien regretter. Et vous ?

— Voilà une question à laquelle je suis incapable de répondre. Ce n'est pas que je me défie de vous, Robert. Et je voudrais pouvoir vous accorder ma confiance, mais…

Fallait-il aller plus loin ? Jemima ne voulait pas blesser Rob, mais il était vrai qu'elle n'avait pas entièrement confiance en lui. En s'abandonnant ainsi, elle deviendrait trop vulnérable.

— Nous avons autant de temps que nous voudrons, reprit-il d'un air encourageant. Nous pouvons progresser très lentement, au rythme qui nous conviendra.

Ainsi parlait-il, mais ses mains empressées contredisaient son discours, mais ses lèvres réclamaient déjà un nouveau baiser.

— Je crois, lui dit-elle, que vous êtes le plus fieffé séducteur qui soit au monde, Robert Selborne. Je me demande ce qui se passerait s'il n'y avait pas les termes d'un testament pour vous aider à contenir vos ardeurs.

Il éclata de rire et protesta d'un ton plaisant.

— Reconnaissez au moins que je ne suis pas un débauché, car s'il en était ainsi, je ne vous aurais pas laissé sortir de ma chambre, l'autre soir, testament ou pas.

— Vous noterez que je ne suis pas revenue dans votre chambre depuis ce fameux soir.

— C'est agir sagement. Je ne suis pas un débauché, mais pas un moine non plus.

— J'ai toujours pensé que la vie des moines ne devait pas être facile tous les jours.

— Vous permettrez que je ne m'apitoie pas sur leur sort. Le mien me préoccupe davantage.

— Reconnaissez tout de même que notre vie est plus facile depuis que nous passons du temps ensemble. Nous respectons les convenances et…

D'un regard très noir, Rob empêcha Jemima d'aller plus loin dans ce discours lénifiant.

— Les convenances ? s'exclama-t-il, outré. Vous parlez de convenances, alors que je ne peux pas jeter les yeux sur vous sans avoir envie de vous entraîner dans mon lit ?

— Robert !

— Je vous demande pardon, Jemima, mais je dis simplement la vérité. Préférez-vous que je dissimule ?

— Non. Rappelez-vous simplement qu'il vous reste cinquante et un jours à patienter. D'ailleurs, dans cinquante et un jours, je vous serai peut-être devenue complètement indifférente et vous serez heureux de vous débarrasser de moi.

— Cinquante jours, répondit Rob ; pas cinquante et un. Et je crois pouvoir dire, madame mon épouse, que vous n'avez aucune chance de m'échapper à ce moment-là.

Jemima ne se trouvait pas à son avantage quand les premiers visiteurs arrivèrent à Delaval. Debout dans la cheminée de la bibliothèque, le nez en l'air, elle cherchait à voir ce qui empêchait la fumée de s'échapper. Des feux avaient été allumés la veille dans toutes les pièces, car la tradition voulait que toutes les cheminées fussent vérifiées pour la Saint-Michel, en prévision de l'hiver ; plusieurs nécessitaient de toute urgence la visite d'un ramoneur, mais c'était celle de la bibliothèque qui donnait le plus de soucis à Jemima. Il lui semblait déceler un bouchon, à mi-hauteur, qui n'était pas causé par l'accumulation de la suie.

— Seigneur Dieu ! Que faites-vous là-dedans, mon enfant ?

Jemima sursauta et se pencha pour voir. C'était bien la voix de lady Marguerite Exton qu'elle venait d'entendre. Celle-ci se tenait au milieu de la pièce, les bras croisés, l'air sévère.

Maudissant la vieille dame qui surgissait à l'improviste, Jemima sortit de l'âtre.

— Bonjour, madame. Je vous prie de m'excuser, mais je dois vérifier les cheminées avant l'arrivée du ramoneur.

— Extraordinaire ! marmonna lady Marguerite, très élégante et terriblement aristocratique dans sa robe de soie grise à rayures, avec chapeau et ombrelle assortis.

Elle était accompagnée de Letty, qui s'avança pour poser deux baisers sur les joues de Jemima, sans se soucier de la suie qui les maculait. Puis elle s'exclama en riant :

— Ma pauvre Jemima, Rob est un véritable négrier, pour vous faire travailler ainsi, après un mois de mariage tout juste ! Nous avons entendu de ces histoires… très choquantes.

D'un toussotement sévère, lady Marguerite l'interrompit, avant de se tourner vers Jemima pour reprendre :

— Donc, Rob et vous vivez ici depuis un mois. Nous vous avons donné assez de temps, je pense. En fait, je suis assez étonnée de découvrir que vous n'êtes pas encore lassés l'un de l'autre. Un mois de solitude à deux, c'est plus qu'il n'en faut pour qu'un mari et une femme se mettent à rechercher de la compagnie.

Elle regarda autour d'elle avant de demander :

— A propos, où se trouve mon petit-fils ?

Jemima tira le cordon et répondit :

— En fait, nous nous sommes assez peu vus, Robert et moi. Le domaine l'a occupé presque constamment, et j'ai dirigé les travaux que nécessite cette maison. Je pense qu'il s'occupe en ce moment de reconstruire un mur autour d'une prairie, non loin d'ici. Voulez-vous que j'envoie un serviteur le chercher ?

— C'est très bien, déclara la vieille dame. Enfin, « très bien », c'est pour dire qu'il est bon que vous ne passiez pas beaucoup de temps ensemble. Ce qui n'est pas bien, en revanche, c'est que Robert travaille dans les champs comme un paysan. Ce n'est pas à lui d'accomplir ce genre de travail. Si vous n'avez pas assez de serviteurs, je vous en enverrai.

Jemima accrocha le regard de Letty et essaya de ne pas rire. La mine de la jeune fille montrait à quel point le discours pompeux de lady Marguerite la consternait. Jemima y vit un encouragement à ne pas se montrer trop empressée.

— Je crois que Robert aime travailler, dit-elle d'un ton aimable. Il m'a dit plus d'une fois à quel point les efforts physiques le stimulaient.

Il l'avait dit, c'était vrai, mais il donnait à ces stimulations un sens que sa grand-mère n'était peut-être pas capable de comprendre.

— Il aime travailler ? s'exclama celle-ci, d'un air dégoûté. Décidément, je comprends de moins en moins la jeunesse.

Letty se fit un plaisir d'intervenir.

— Je crois qu'il a participé à la reconstruction de remparts, en Espagne. A l'évidence, c'est là-bas qu'il a pris ce goût des rudes travaux.

Lady Marguerite pinça le nez comme si elle venait de capter une odeur nauséabonde.

— J'ai toujours dit que l'armée avait une mauvaise influence sur les jeunes gens. C'est une école de turpitude.

Elle prit un gâteau sur le plateau que venait d'apporter un serviteur, le goûta et déclara d'un ton péremptoire :

— Très bon. Il faudra complimenter votre cuisinière.

— Je n'y manquerai pas, répondit Jemima, heureuse de

savoir que sa mère avait inventé une recette de cake capable de plaire à une vieille aristocrate.

Mais elle n'en dirait rien, ne réclamerait pas sa part d'éloges, sachant que lady Marguerite lui expliquerait pourquoi elle n'avait pas à s'adonner aux travaux de la cuisine.

Letty, une tasse de thé à la main, donna le motif de cette visite inopinée :

— Nous sommes venues nous assurer qu'il vous serait possible d'assister au bal donné en mon honneur, dans quinze jours. Avez-vous déjà reçu le carton d'invitation ? J'espère beaucoup que Robert et vous pourrez venir. En plus, ce serait pour vous un moyen agréable de faire connaissance avec le voisinage.

Jemima s'interrogea. Elle n'avait aucune envie de décevoir la jeune fille pour qui elle éprouvait une vive amitié, réciproque de surcroît, mais elle s'effrayait à l'idée de rencontrer des gens qui l'auraient reconnue, à cause de sa ressemblance avec Tilly ou parce qu'ils auraient assisté au mariage d'Anne Selborne. D'un autre côté, elle ne pouvait pas s'enfermer perpétuellement pour fuir les ombres de son passé. En vérité, elle devait s'ouvrir de tout cela à Rob. En attendant... il fallait s'en tenir à la prudence.

— Je suis désolée, déclara-t-elle, mais je crains de n'avoir pas de robe convenable et ce n'est pas le moment d'aller faire de dispendieux achats à Cheltenham. Pourtant, Dieu sait si j'aurais aimé assister à ce bal.

Elle se sentit misérable en voyant la mine défaite de Letty.

— Jemima, murmura celle-ci. J'étais si heureuse à l'idée de vous inviter ! Ce bal, sans vous, ne sera pas aussi amusant.

De façon fort inattendue, lady Marguerite lui apporta son concours.

— Letty a raison, mon enfant. Il faut que le nouveau comte

de Selborne assiste à notre bal avec son épouse, sinon les gens vont penser qu'il se passe quelque chose de pas normal à Delaval.

— Nous pourrions aller faire quelques emplettes à Burford après-demain, proposa Letty, les yeux de nouveau brillants. On y trouve une couturière très à la mode, Mme Belinda. Si vous avez besoin de quoi que ce soit pour le bal, elle saura vous le procurer.

— Burford ? dit Jemima qui se souvenait de cette ville proche de Merlinschase. Je ne pense pas que…

— Très bonne idée ! décréta lady Marguerite.

C'est le moment que choisit Rob pour entrer dans la pièce. Ravie, la vieille dame lui lança, en guise de salutation :

— Nous allons à Burford, jeudi prochain. Vous viendrez avec nous.

Rob lui donna un baiser sur la joue avant de répondre :

— Vous croyez, bonne-maman ?

Lady Marguerite plissa de nouveau son nez offensé par les effluves corsés que dégageait son petit-fils. Elle fit promptement retraite en disant :

— Certainement ! Cela vous fera le plus grand bien d'abandonner pour un temps les travaux de rustre auxquels vous vous adonnez.

Jemima ne put s'empêcher d'intervenir.

— Je venais de dire à votre grand-mère que vous aviez du cœur à l'ouvrage.

Rob traversa la pièce pour s'asseoir à côté d'elle, et il lui décocha un regard plein d'appréhension.

— Vous avez dit cela ? murmura-t-il.

— Certainement, répondit-elle avec un grand sourire. Et c'est la vérité. Vous m'avez dit qu'en rentrant des champs, vous vous sentiez…

— Jemima !

— Actif, énergique, entreprenant.

Il se pencha pour lui murmurer à l'oreille :

— Je me vengerai.

Letty reprit la parole.

— Le seul inconvénient de notre escapade à Burford, c'est que nous serons peut-être obligés d'emmener avec nous Augusta et Ferdie Selborne, et aussi Bertie Pershore puisqu'ils arrivent demain et séjournent chez nous jusqu'au grand jour. Ce n'est pas que les garçons me dérangent, mais pour Augusta, c'est une autre affaire. Elle n'a aucun sens de l'humour et…

— C'est le moindre de ses défauts, affirma Rob.

— Que vous n'êtes pas galant ! s'exclama la jeune fille.

Elle se tourna vers Jemima.

— Je ne voudrais pas vous imposer sa présence, mais puisqu'elle est la cousine de Rob, je crains que vous ne puissiez lui échapper.

Echapper : tel était précisément le rêve de Jemima. Elle ne désirait aucunement retrouver Miss Augusta Selborne en qui elle avait tout de suite reconnu une langue de vipère ; Ferdie non plus, qui avait assisté au mariage ; et Bertie Pershore encore moins puisqu'il était le neveu du duc de Merlin. Bref, la situation s'avérait de plus en plus compliquée.

— Cette fille est des plus déplaisantes, en effet, convint lady Marguerite. Il faudrait qu'un jeune homme acceptât de l'épouser pour sa dot, mais ces messieurs ont trop bien compris qu'en plus de l'argent, ils devraient garder Augusta. Cela décourage les vocations.

Letty pouffa de rire.

— Bonne-maman, vous êtes impitoyable ! L'ennui, c'est que vous avez raison. Elle va insister pour venir avec nous, et elle ne vous lâchera pas d'une semelle, chère Jemima, afin de pouvoir ensuite se vanter d'être l'amie de la comtesse de Selborne.

Elle plaqua sa main sur sa bouche et reprit :

— Qu'est-ce que je suis mauvaise langue, moi aussi. Mais tout cela est si vrai…

Jemima frémit à l'idée que la terrible Augusta pût reconnaître en elle la fille d'un ramoneur et la dénoncer, puis elle s'avisa que, si Letty avait raison, Augusta serait trop occupée à charmer la nouvelle comtesse pour se rappeler qu'elle l'avait déjà vue au mariage d'Anne Selborne. Elle retrouva donc son courage ainsi que son sens de l'humour.

— Je suis certaine qu'il sera très amusant d'inviter Miss Selborne, déclara-t-elle avec un grand sourire.

Letty, qui se mordillait la lèvre, demanda, d'un ton hésitant :

— Croyez-vous que votre frère, monsieur Jewell, aimerait assister à notre bal ? Ce serait vraiment merveilleux s'il pouvait venir.

L'atmosphère fraîchit nettement, et cela était dû au regard de lady Marguerite.

— Je suis désolée, se hâta de déclarer Jemima, mais je doute que mon frère nous rende visite dans les prochains jours.

Letty parut s'amenuiser dans son fauteuil et même une seconde tranche de cake ne parvint pas à lui rendre sa bonne humeur. Jemima, qui l'observait discrètement, s'étonnait qu'elle se fût entichée de son frère, quand elle devait avoir tant de soupirants. Par malheur, elle avait jeté son dévolu sur un homme qui n'était en aucun cas pour elle.

Après le départ de ces dames, qui devaient visiter d'autres amis dans le voisinage, Rob s'en alla reprendre son travail dans les champs et Jemima se remit à son inspection de la cheminée. Son impression première se confirma : une sorte de paquet obstruait le conduit, pas très haut. Elle se hissa sur la pointe des pieds pour l'atteindre, sans aucun succès. Elle devrait donc pratiquer un peu d'escalade.

Toutefois, elle hésita. L'affaire ne lui semblait pas très difficile, mais en tant que comtesse de Selborne, avait-elle encore le droit de grimper dans une cheminée ? Etait-ce convenable ?

Après un bref coup d'œil autour d'elle, Jemima ôta ses souliers. Elle pouvait garder ses bas, même s'il était plus facile de grimper pieds nus. Elle retourna dans l'âtre et se remit à réfléchir. A coup sûr, ses jupes l'embarrasseraient et elles risqueraient de souffrir dans l'opération. Certes il s'agissait d'une vieille robe, mais elle en possédait si peu qu'elle n'avait pas trop envie de sacrifier celle-là. C'est pourquoi elle se hâta de l'ôter et elle la déposa sur le sol, en tas. Pas le temps de ranger. Il s'agissait d'agir vite. Jemima n'avait pas envie de se faire surprendre par les serviteurs, dans la cheminée.

Elle monta sans aucune difficulté, retrouvant les vieux réflexes qu'elle n'avait pas vraiment perdus au cours de ses années d'école, parce qu'elle n'avait cessé de grimper dans les arbres, malgré les objurgations répétées de Mme Montagu. Celle-ci n'avait jamais réussi à la persuader que seuls les garnements et les filles de peu pratiquaient ce genre d'activité.

En plus, cette cheminée-là était facile d'accès avec son large conduit fait de grosses briques qui donnaient beaucoup de prises. Jemima plaçait un pied puis l'autre, tâtonnait avec une main pour trouver où s'accrocher, puis elle se hissait encore un peu, plaçait ses pieds déjà nus car ses bas n'avaient pas résisté à l'exercice. Ses jupons balayaient les parois et en décrochaient une fine poussière noire qui s'amoncelait dans l'âtre.

Elle retrouvait des sensations familières, l'obscurité, l'atmosphère oppressante, la forte odeur de suie. Elle montait dans le conduit de plus en plus étroit et ne tarda pas à se rendre compte qu'il faudrait s'élever beaucoup plus qu'elle n'en avait d'abord jugé.

Ignorant son appréhension, elle poursuivit son ascension et toucha enfin au but. Sa main caressa une surface métallique, en effleura les bords. L'objet qui obstruait la cheminée était une cassette, qu'elle s'appropria.

Jemima s'apprêtait à redescendre lorsqu'elle entendit s'ouvrir la porte de la bibliothèque. Des bruits de pas lui parvinrent. Elle s'immobilisa, la cassette sous le bras.

Elle reconnut tout d'abord la voix de Rob.

— Je pense qu'elle est sortie pour un moment. Il me faut donc la retrouver et lui annoncer votre visite, lady Vause.

Il s'ensuivit un murmure difficilement compréhensible, puis la porte s'ouvrit encore et se referma. Jemima soupira d'aise et se remit à descendre.

Soudain, l'âtre s'obscurcit. Dans son conduit, Jemima n'y voyait plus rien, et elle se demandait avec inquiétude qui avait pris place dans l'âtre, quand elle entendit de nouveau la voix de Rob, qui l'interpellait.

— Jemima, je vous ordonne de redescendre sans tarder.

Ce fut pour elle un tel choc qu'elle perdit ses moyens. Elle glissa. La cassette lui échappa et s'écrasa dans l'âtre avec un bruit assourdissant. Mais tel n'était pas son souci principal à ce moment puisqu'elle craignait de suivre le même chemin, à la même vitesse. En outre, elle risquait de tomber sur Rob dont elle distinguait la silhouette, quelques pas sous elle.

— Robert ! lui jeta-t-elle d'une voix pressante. Sortez de là immédiatement ! Vous me faites perdre mes moyens.

Comme il ne bougeait pas, elle lui jeta un regard courroucé et s'aperçut alors qu'il avait le nez en l'air, qu'il la regardait… ou plutôt, il regardait sous ses jupons et trouvait un vif plaisir à cette contemplation. Son large sourire en témoignait.

— Je me demande si je ne vais pas monter aussi, lui dit-il.

— Je vous prie de filer d'ici ! cria-t-elle, affolée, tant elle était certaine de ne plus pouvoir tenir très longtemps.

Elle perdait prise, en effet. Soudain elle glissa et se rattrapa de justesse des deux mains, tandis que ses jambes battaient pour trouver des prises pour ses pieds. Rob ne perdit pas une miette du spectacle, qu'il salua d'un sifflement appréciateur.

Une seconde plus tard, Jemima s'affalait et atterrissait entre les bras de Rob qui put la saisir par la taille afin d'amortir sa chute. Il l'emporta aussitôt et la déposa, saine et sauve, sur le plancher de la bibliothèque.

— Voilà, fit-il, guettant sans doute un remerciement.

— J'y serais arrivée toute seule, lui répondit-elle avec mauvaise humeur. Qu'avez-vous à m'importuner ainsi dans mon travail ? Je sais ce que je fais.

— Je vous demande pardon, dit Rob, avec un sourire démontrant qu'il n'était pas marri le moins du monde. Il m'avait semblé que vous ne tiendriez plus très longtemps accrochée là-haut et que mon aide vous serait utile.

D'une main nerveuse, Jemima repoussa en arrière ses cheveux emmêlés puis tapota ses jupons souillés de suie. Ses bras, son visage aussi étaient tout noirs, ce qui n'empêchait pas Rob de la regarder avec admiration. Ignorant les taches dont sa peau était couverte, il ne s'intéressait qu'aux courbes de son corps. Il s'attacha longtemps à ses seins, puis descendit et parut fasciné par ses jambes dont elle montrait de bonnes portions sous ses bas déchirés.

Très agacée par l'examen qu'elle devait ainsi subir, Jemima lança à l'impudent un regard aussi noir que la suie dont elle était couverte. Sans cesser de sourire, il lui dit, d'un ton parfaitement urbain :

— J'étais venu vous prévenir que lady Vause vous rendait visite.

Puis, la curiosité reprenant le dessus, il lui demanda :

— Pour l'amour du ciel, que faisiez-vous dans cette cheminée ?

Elle montra la cassette qui gisait dans l'âtre et expliqua :

— Je m'étais aperçue que le conduit était bouché. Je suis montée pour voir ce qu'il y avait. Quoi de plus normal, je vous le demande ? Vous verrez que la cheminée ne fumera plus, désormais.

— Dieu soit loué ! répondit Rob.

Il jeta un coup d'œil en direction de la cassette puis, toujours souriant, il reporta sur elle un regard qui la fit frissonner. Jamais, auparavant, elle n'avait eu vraiment conscience de ce que c'était que d'être vêtu ou pas. Parfois les ramoneurs montaient presque nus dans les cheminées si cela facilitait leur travail. Jemima ne se l'était jamais permis, non par pudeur, mais parce qu'elle ne voulait pas s'infliger trop d'écorchures. Elle ne connaissait pas la gêne.

Or, voilà qu'elle était gênée.

Rob lui prit le bras et se pencha pour déposer un baiser sur son épaule découverte. Elle en eut la chair de poule. Les pointes de ses seins durcirent. Elles durcirent davantage encore quand Rob, du bout des doigts, chassa un peu de la suie qui maculait sa poitrine. Son geste était délicat, mais son regard n'avait rien d'indifférent.

Quand il la prit dans ses bras et qu'une de ses mains s'empara d'un sein pour le presser, Jemima se mit à geindre. Elle n'avait plus de souffle. En elle montait la fièvre. La tête lui tournait.

— Vous avez besoin d'une toilette complète, murmura Rob, à son oreille.

Elle lui échappa et se pencha pour ramasser sa robe.

— Non, dit-elle d'une voix mourante. Il faut que je m'habille pour aller voir lady Vause.

La main de Rob se posa sur sa nuque.

— C'est inutile. Lady Vause n'a pas voulu attendre.

— Ma robe…

— Il ne faut pas la mettre. Vous allez la salir.

— Robert ! gémit Jemima. Je ne peux tout de même pas me promener aussi peu vêtue dans la bibliothèque.

— Et pourquoi pas ? Vous êtes délicieuse, ainsi attifée. Je n'avais jamais pensé que le ramonage pût être une activité aussi excitante.

Il l'emporta dans ses bras pour la déposer sur le sofa.

— Robert, les serviteurs…

— Ils sont occupés ailleurs. J'ai donné mes ordres.

L'index de Rob s'approcha du front de Jemima.

— Vous avez un peu de suie, là…

Sa langue lui caressa la commissure des lèvres.

— Oh, et puis là aussi…

Le souffle court, Jemima entrouvrit la bouche et Rob se pencha davantage sur elle. Elle n'arrivait pas à croire qu'elle se trouvait, aussi peu vêtue, à demi couchée, soumise à la pression de Rob qui lui donnait un baiser. Et c'était sur le sofa, là où lady Marguerite, si convenable, avait pris place si peu de temps auparavant. C'était… inconvenant ; oui, mais si excitant aussi !

— Je me fais du souci pour vous, Jemima, dit Rob, sans interrompre le baiser. Vous pourriez vous blesser, à grimper ainsi dans les cheminées. Il ne faut plus le faire, surtout dans cette tenue.

— Il arrive que les ramoneurs se mettent tout nus pour travailler, répondit-elle.

Elle reçut aussitôt le prix de sa provocation, sous forme d'un nouveau baiser plus rude, plus âpre aussi ; un baiser qui exigeait qu'elle se rendît. Pantelante, elle glissa sous Rob et s'allongea tout à fait sur les coussins du sofa.

La porte s'ouvrit et parut Giddings, le majordome.

— Milord, le ramoneur nous arrive de…

Il s'interrompit, écarquilla à peine les yeux, puis referma la porte, très doucement, comme s'il venait de s'apercevoir que la pièce était vide.

Assis sur le sofa, Rob et Jemima se regardèrent longtemps en silence. Puis, Rob déclara, d'une voix sourde :

— Il faudra que je témoigne ma gratitude à Giddings. Sans son intervention, je crois que j'aurais commis une erreur…

— Ne l'avons-nous pas choqué ? demanda Jemima.

Rob se mit à rire et il répondit :

— Sans doute, mais imaginez tout ce qu'il va pouvoir raconter ! A partir de ce jour, nos gens vont tenir un tout autre discours sur nous.

12.

Deux jours plus tard, une voiture filait à vive allure en direction de Burford.

— Chère lady Selborne, disait Augusta d'un ton doucereux, je suis si heureuse, si heureuse de faire votre connaissance. Vous n'avez pas idée à quel point je désirais voir Robert marié.

— C'est vrai qu'elle voulait le voir marié, mais avec elle, murmura Letty à l'oreille de Jemima. Ne vous laissez surtout pas prendre à ses belles paroles.

Jemima se pinça les lèvres pour ne pas sourire. Depuis le départ de Delaval, elle supportait, avec une impatience croissante, les minauderies d'Augusta. Celle-ci, à l'évidence, n'avait pas imaginé une seconde qu'elle se trouvait en présence de la fille du ramoneur tant dédaignée lors du mariage. Cette constatation redonnait confiance à Jemima, qui commençait à se dire qu'elle pourrait peut-être remplir avec assurance son rôle de comtesse.

— Moi aussi, je suis ravie de vous connaître, Miss Selborne, dit-elle avec une exquise politesse.

— Appelez-moi donc Gussie, répondit la donzelle. C'est un privilège que j'accorde à tous mes amis.

— Merci, reprit Jemima, sans retenir son sourire cette fois.

Augusta inclina gracieusement la tête. Les immenses

plumes d'autruche piquées dans son chapeau tremblèrent comme une débutante le jour de sa première sortie dans la société. Jemima trouvait cette tenue beaucoup trop grandiose pour une simple sortie dans la campagne, et la comparait défavorablement avec celle de Letty si simple dans sa robe de mousseline bleu pâle.

— J'ai donc appris que vous veniez de Londres, reprit Augusta. Ne trouvez-vous pas la campagne très ennuyeuse, en comparaison de la capitale ? Je suppose que vous allez persuader Robert de vous y remmener pour la Petite Saison ?

— Je doute que ce soit possible, répondit Jemima, cette fois assez sèchement. Rob a tant à faire à Delaval au cours des mois qui viennent. Nous n'avons ni le temps ni même l'envie de retourner à Londres.

Augusta esquissa une petite moue désapprobatrice.

— Cela peut se concevoir, fit-elle, mais Delaval est si étriqué... Quand je pense à la nombreuse société qu'on peut côtoyer dans les meilleures maisons de Londres.

Jemima se fit un plaisir de lui répondre :

— Nous aurons le bal donné pour l'anniversaire de Letty, la semaine prochaine. Ne sera-ce pas l'occasion de vous faire de nouveaux amis ?

— Je suppose que Merlin y assistera, soupira Augusta en haussant les épaules ; et aussi son fils, le marquis débauché. Voilà qui pourrait être intéressant, en effet.

Letty intervint dans la conversation, avec une ironie mordante.

— Je vous rappelle que le marquis est désormais marié, Augusta. Vous devriez tâcher de rencontrer sa femme, et pour cela, il suffirait de vous procurer une invitation pour la prochaine fête donnée à Merlinschase. Ne croyez-vous pas qu'une marquise serait, pour vous, une relation plus intéressante qu'une simple comtesse ?

Jemima rit et cacha son visage dans son mouchoir en faisant semblant de tousser. Elle venait de découvrir un nouvel aspect de la personnalité de la jeune Letty Exton. A l'évidence, celle-ci ne portait pas Augusta dans son cœur !

Plus tard, en fin d'après-midi, la jeune fille remontait la grand-rue de Burford, en compagnie de Jemima. La compagnie s'était scindée en petits groupes qui devaient se retrouver à l'auberge de l'Agneau, et par chance, Augusta avait choisi de cheminer avec M. Pershore. C'est alors que Letty avoua, sans véritable contrition d'ailleurs :

— Je sais que je ne devrais pas provoquer Augusta de la sorte, mais je ne peux pas m'en empêcher. Il faut dire que c'est une telle peste !

Après quelques pas, elle poursuivit, sur le même ton :

— Je la connais, Augusta, et je sais qu'elle peut faire beaucoup de dégâts. Elle était déjà comme cela au collège. Toujours elle cherchait des noises aux autres filles, surtout à celles qui étaient plus jolies ou plus populaires qu'elle. Elle n'agit pas différemment avec vous aujourd'hui. Si vous saviez comme je la hais quand je l'entends débiter ses compliments hypocrites !

Jemima lui tapota la main.

— Je vous en prie, ne vous énervez pas pour si peu, Letty. J'ai connu des jeunes filles comme Miss Selborne lorsque j'étais à l'école, et je sais exactement de quoi elles sont capables. Cela dit, il me faut reconnaître que, jusqu'à aujourd'hui, aucune n'a jamais prétendu vouloir devenir mon amie.

Elles éclatèrent de rire à l'unisson, puis Letty demanda :

— Quelle école avez-vous fréquentée ? J'en ai connu une, à Bath, et je dois dire que je ne me suis jamais autant ennuyée que là-bas.

Cet aveu étonna grandement Jemima. Comment pouvait-on s'ennuyer alors qu'on avait la chance d'apprendre ? se demanda-t-elle.

— C'était l'école de Mme Montagu, répondit-elle ; une période merveilleuse de ma vie.

Letty la regarda avec des yeux tout ronds avant de s'exclamer :

— Mme Montagu ! Mais alors, vous devez avoir une culture prodigieuse ! Si j'avais imaginé... Vous m'impressionnez, savez-vous ?

— Je ne crois pas avoir une culture si prodigieuse que cela, protesta modestement Jemima. En tout cas, ma culture réelle ou supposée ne m'aidera pas à choisir ma robe de bal et c'est le seul sujet qui me préoccupe pour le moment. Voilà des années que je n'ai pas fait ce genre d'emplette.

— Je veux bien vous aider, proposa Letty.

Elles poursuivirent leur chemin dans la grand-rue encombrée de voitures et de chevaux, puis s'engagèrent dans les artères plus étroites pour s'en aller admirer l'église, avant de prendre la direction de la boutique tenue par Mme Belinda, une couturière justement renommée pour l'art exquis avec lequel elle confectionnait des robes pour toutes les occasions. Jemima s'arrêta devant la porte et hésita. Elle n'osait pas entrer là pour dire ce dont elle avait besoin.

Une heure plus tard, elle réapparaissait avec sa robe de bal, mais aussi avec deux autres robes — une pour la journée et une pour le soir, — un grand châle de soie imprimée, deux chapeaux et un joli bandeau pour tenir ses cheveux. Elle avait vu et convoité d'autres articles, mais, en dépit des assurances que lui avait données Rob, elle éprouvait quelque remords à dépenser autant d'argent. Ne fallait-il pas d'abord penser à la restauration du domaine, consacrer à ce seul but le plus d'argent disponible ? En outre, Jemima ne voyait pas vraiment l'utilité d'avoir une garde-robe débordant de vêtements.

Elle commençait tout juste à trouver cette sortie amusante lorsque eut lieu la rencontre qui la bouleversa. Les deux amies avaient pris la direction de l'auberge de l'Agneau pour retrouver les messieurs et prendre un rafraîchissement avant de prendre le chemin du retour. Pour ce faire, elles avaient quitté le quartier des boutiques et marchaient entre deux rangées de jolies chaumières, et voici que l'une s'ouvrit pour donner le passage à deux petites filles qui se bousculèrent pour franchir le seuil, tandis que derrière elles retentissait la voix d'une mère qui les exhortait à un peu plus de retenue.

Les petites filles se disputaient aussi la possession d'une poupée que l'une tenait à bout de bras et que l'autre, plus petite, essayait de lui prendre en sautant autour d'elle. Et elle riait, riait ! Ce rire, familier aux oreilles de Jemima, lui tordit le cœur.

Une voiture arriva précisément à ce moment-là. De l'intérieur de la chaumière, la femme appela les petites filles, puis elle vint sur le seuil, un bébé dans les bras. Derrière elle se trouvait un homme, dissimulé dans l'ombre, si bien que Jemima n'en aperçut qu'une silhouette à quoi elle ne s'attacha pas puisqu'elle ne s'intéressait qu'à la petite fille. Celle-ci, avec ses boucles noires et ses grands yeux tout aussi noirs, était tout le portrait de son père.

Cette fois, Jemima savait. Elle n'avait plus besoin de se poser de questions.

L'aînée des petites filles se prit un pied dans les pavés et poussa un grand cri en tombant. Arrachée à sa contemplation, Jemima sursauta et se pencha pour la relever en la consolant. La femme s'approcha pour la remercier. Jemima sourit et prononça quelques mots. Deux secondes plus tard, elle eût été incapable de répéter ce qu'elle avait dit. Troublée, elle avait de nouveau le regard fixé sur la petite qui portait sur elle un regard plein de gravité.

L'enfant ressemblait étonnamment à Jack, donc à Jemima aussi. De sa mère, elle n'avait hérité peut-être que l'arrondi du visage et cette façon de relever un seul coin de sa bouche quand elle souriait. Pleine de confiance, elle plaça sa petite main dans celle de Jemima.

La stupeur peinte sur le visage de Letty ramena une nouvelle fois Jemima à la réalité, et la réalité se peignit sous des traits affreux car Augusta Selborne arrivait, au bras de Rob à qui elle faisait une conversation fort animée. Ces deux-là se trouvaient encore à quelque distance, mais Jemima sut qu'ils l'avaient déjà aperçue ; dans quelques secondes ils seraient là... Fort mal à l'aise, elle se pencha sur la petite fille pour lui dire :

— Tu devrais retourner avec ta maman et ta grande sœur. Je crois qu'elles t'attendent. Un jour peut-être, nous nous reverrons.

La femme renouvela ses remerciements et elle fit rentrer les enfants dans la chaumière. Sur le seuil, la petite se retourna et s'arrêta.

— Allons, viens, Tilly, lui dit la femme.

L'homme sortit alors de l'ombre du couloir et s'avança dans la rue pour déclarer :

— Bonjour, Votre Grâce. Merci de votre visite.

Puis il souleva son couvre-chef et rentra. La porte se referma. Jemima dut se faire violence pour faire quelques pas. Ses genoux tremblaient, ses jambes menaçaient de ne plus pouvoir la porter longtemps. Cette rencontre avec Tilly était pour elle un événement incroyable, très douloureux. En plus, il lui avait fallu faire la connaissance de celui qui gardait la petite fille, le redoutable duc de Merlin qui venait de descendre de sa voiture et la prenait par le coude pour la soutenir en lui disant :

— Vous sentez-vous tout à fait bien, madame ?

Dans un instant il allait la reconnaître et alors elle saurait vraiment ce qu'était une catastrophe.

Timidement, Jemima leva les yeux pour croiser le regard de cet homme. Elle vit des yeux noirs sous d'épais sourcils broussailleux, dans un visage aux traits acérés, qui lui donnèrent l'impression d'un oiseau de proie. Elle l'avait rencontré longtemps auparavant, mais elle n'avait rien oublié de lui et il semblait qu'il ne l'eût pas oubliée non plus. Comment l'aurait-il pu, avec Tilly qu'il voyait chaque jour ? Jemima comprit, à son regard, qu'il s'avisait de la ressemblance qu'elle avait avec la petite fille.

Elle vit son visage se durcir davantage. Lâchant son coude, il lui dit avec froideur :

— Quelle surprise de vous voir ici, miss Jewell.

Il était impossible de s'expliquer ici, sur les pavés de Burford. Le duc salua d'une infime inclination de la tête. Jemima pensa qu'il l'eût plantée là sans autre forme de procès si elle n'avait pas été en la compagnie de Letty Exton ; encore un autre désastre…

Le duc hésita. Il venait de reconnaître Letty. Il reporta aussitôt sur Jemima un regard chargé de désapprobation, voire de ressentiment. Elle sut ce qu'il pensait : qu'elle était venue ici pour apporter des ennuis, pour demander de l'argent par exemple, hypothèse la plus probable. Il s'avisait sans doute que, dans ce but, elle avait déjà conquis les bonnes grâces de Letty Exton.

Jemima chercha désespérément le moyen de s'expliquer, mais son esprit refusait de fonctionner ; aucune solution ne lui apparut, elle ne trouva pas le moindre mot à prononcer. Il lui semblait qu'elle était devenue sotte, complètement paralysée de surcroît.

— Oncle Merlin ! s'écria Letty. Quelle bonne surprise ! Comment allez-vous ?

— Et vous, ma chère enfant ? répondit-il.

Il fit l'effort de sourire, mais son sourire s'évanouit lorsque la jeune fille lui eut répondu :

— Il me semble que vous connaissez déjà mon amie, mais il ne faut plus l'appeler Miss Jewell, car elle s'appelle désormais lady Selborne.

Le duc exprima, d'un simple haussement de sourcils, toute la répugnance que lui inspirait cette nouvelle. Et c'est d'une voix glaciale qu'il répondit :

— Vraiment ? J'en suis fort aise. Toutes mes félicitations, lady Selborne.

Puis il y eut un curieux moment de silence. Jemima ne pensait même plus. Elle ne songeait même plus à expliquer les raisons de sa présence. La situation était si compliquée ! Il y aurait eu tant à dire : Tilly, son mariage avec Rob, filleul du duc…

Letty s'enquit soudain :

— Pardonnez-moi, sir… Souhaitez-vous avoir un entretien confidentiel avec lady Selborne ?

L'homme eut un sourire sardonique pour répondre :

— Il me semble qu'un entretien s'imposerait, en effet, mais ce ne sera pas pour aujourd'hui. La compagnie est trop nombreuse.

Ce n'était pas faux. Non seulement approchaient Rob, Augusta et Bertie Pershore, mais de nombreux badauds circulaient dans cette rue, certains commençaient à ralentir ou même à s'arrêter pour regarder le duc, Letty et Jemima. Celle-ci, malheureuse, eût volontiers disparu sous terre.

Augusta Selborne arriva la première, pour s'exclamer avec emphase :

— Votre Grâce ! Quelle plaisante surprise !

Puis elle planta son regard de vipère dans celui de Jemima pour lui asséner cette perfidie :

— Lady Selborne, petite cachottière ! Vous ne m'aviez pas dit que vous aviez de la famille à Burford !

Jemima sentit monter en elle la haine et le désarroi. Il fallait empêcher Augusta de débiter d'autres sottises de ce genre, mais une fois encore, les mots lui manquèrent. Elle ne sut que dire. Son esprit embrouillé ne put lui fournir une explication qui ne paraîtrait pas aussitôt pour ce qu'elle était, c'est-à-dire un gros mensonge.

Désespérée, elle chercha le regard de Rob qui se tenait un peu en retrait et n'avait pas encore eu l'occasion de saluer son parrain. Il serrait les mâchoires et une froide lueur, dans ses yeux, trahissait son mécontentement. Mais il ne disait rien. Elle voulut l'implorer.

— Robert…

— Robert ! s'exclama le duc, avec une ironique inclination de la tête. Comme il est agréable de vous revoir enfin ! Il faut que je vous le dise, nous devons nous rencontrer au plus vite afin de traiter certains sujets de la plus haute importance. Je regrette d'ailleurs d'être pris pour toute la soirée, car dans le cas contraire, nous aurions eu notre entretien dès maintenant. Demain vous convient-il ?

— Certainement, sir, fit Rob, d'une voix mate.

— Fort bien ! Je viendrai vous voir à Delaval demain matin de bonne heure. Je vous salue…

Il porta les yeux sur Jemima et son visage se ferma.

— Lady Selborne…, lui jeta-t-il d'un ton mauvais.

Le silence se fit lourd tandis que le duc s'éloignait. Puis Letty prit le bras d'Augusta afin de l'entraîner, en disant :

— Allons, venez ! Bonne-maman doit nous attendre déjà à l'intérieur de l'auberge.

Le regard moqueur d'Augusta croisa celui de Jemima, tandis qu'elle lui servait cette perfidie :

— Je crois que bonne-maman sera enchantée d'apprendre la nouvelle que je lui apporte.

Pendant quelques secondes, il parut que Rob envisageait de suivre sa cousine, mais, après avoir pris une longue inspiration — réfléchissait-il ? — il prit le bras de Jemima, qui se sentait si mal qu'elle avait presque envie de vomir. Quelle sotte avait-elle été ! Pourquoi n'avait-elle pas accordé sa confiance à cet homme ? Pourquoi ne lui avait-elle pas dit toute la vérité ? Il y avait longtemps qu'elle eût dû lui révéler l'existence de Tilly !

Craintive, elle reporta son regard sur Rob, dont les yeux paraissaient plus noirs et sans expression, tandis qu'il observait la chaumière où étaient entrées les deux petites filles. A quoi pensait-il ? Quelles hypothèses échafaudait-il ? Accablée, Jemima ouvrit la bouche pour parler, mais elle s'aperçut que Letty et Augusta la dévisageaient. Elle se tut.

Le petit groupe se remit en chemin, Rob et Jemima marchant à quelques pas derrière Letty, Bertie et Augusta. Celle-ci traînait les pieds pour essayer d'entendre ce qui se disait derrière elle, et Letty la tirait par le bras pour l'engager à augmenter l'allure. Rob comprit le manège et il ralentit, afin d'augmenter la distance qui le séparait de la vilaine curieuse.

— Quelle étrange ressemblance entre vous et cette petite fille ! murmura-t-il, d'un ton aussi badin que s'il eût parlé du temps. J'ai l'impression qu'elle est une pupille du duc de Merlin, mais je n'en avais jamais entendu parler avant ce jour. Vous, bien sûr, vous le saviez.

Jemima ressentit douloureusement le regard qu'il portait sur elle. Elle tressaillit et c'est d'une voix mal assurée qu'elle répondit :

— Je… oui… je savais, en effet… Le duc de Merlin…

Elle ne trouvait pas ses mots. Sa voix s'étrangla.

— Oui, reprit Rob, avec ironie. Si je comprends bien, vous connaissez aussi mon parrain.

— Nous nous sommes déjà rencontrés, balbutia-t-elle.

— Je vois.

— Une seule fois… Nous…

— Et l'enfant ? demanda Rob, abruptement.

Cela lui ressemblait si peu de couper ainsi la parole ! Le désarroi de Jemima s'accrut encore.

— Je suis désolée de n'avoir pas pu vous parler d'elle, dit-elle en bégayant.

— Pas aussi désolée que moi, fit Rob. Je suis vraiment très malheureux que vous n'ayez pas jugé bon de me faire part d'éléments aussi importants.

Jemima le sentait si tendu qu'il lui semblait sentir ses muscles vibrer comme des lames d'acier. Il la tenait toujours par le bras et la dirigeait, ce dont elle lui était reconnaissante car sa vision troublée ne lui permettait pas de voir distinctement les passants nombreux autour d'elle et que, sans lui, elle eût été bousculée sans arrêt.

— Cette enfant, reprit Rob, elle est de votre famille, n'est-ce pas ?

Le groupe des promeneurs arrivait presque à l'auberge. Letty poussait littéralement Augusta à l'intérieur, et cette dernière se tordait encore le cou pour regarder en arrière et essayer de saisir quelques bribes de la conversation entre Rob et Jemima.

Cette dernière s'arrêta. Rob la regardait de tout près. Soudain, elle appréhenda ce que lui disait ce regard et une bouffée d'émotions fortes la submergea : s'il affectait un comportement distant et froid, il bouillonnait intérieurement de colère. A cet instant, elle comprit ce que Rob avait en tête. Il pensait qu'elle était la mère de Tilly et que le duc de Merlin était son père !

Elle s'empourpra et faillit se trouver mal. En la voyant

rougir ainsi, Rob ne pouvait que se dire qu'elle était vraiment coupable !

— Oh ! fit-elle d'une voix mourante, en portant ses deux mains à sa bouche. Rob ! Vous pensez que Tilly est ma fille et que…

Un bruit de pas, derrière elle, l'obligea à s'interrompre. Le toujours jovial Ferdie sortait de l'auberge. Il s'exclama en levant les bras au ciel :

— Ah, vous voilà enfin, Robert ! Je me demandais où vous étiez passé ! Les autres envisagent de partir sans tarder. Le gars avec le piano affirme qu'il ne va pas tarder à pleuvoir et il ne veut envoyer son instrument à Delaval que lorsqu'il sera sûr que le temps restera sec. Il n'a pas de bâche.

Il se tourna vers Jemima.

— J'ai peut-être commis une gaffe… Rob vous a-t-il annoncé qu'il vous avait acheté un piano ? Un beau piano, son cadeau de mariage !

Puis il donna une grande claque sur l'épaule de son cousin.

— Faut être fou pour faire transporter un piano par les mauvais chemins que nous avons ici ! Mais enfin, quand on aime, n'est-ce pas ?

Jemima essayait d'interpréter les paroles qu'elle venait d'entendre. Elle n'était pas certaine d'avoir compris. Rob avait repris son air impassible. Elle eut envie de pleurer.

— Un cadeau de mariage ? murmura-t-elle. Comment… C'est très généreux de votre part… Je… Je vous remercie.

Elle ne put en dire davantage. Rob prononça d'une voix rauque :

— Je vous en prie, ma chère femme, c'est un plaisir pour moi.

Lady Marguerite et toute la compagnie sortaient de l'auberge pour s'engouffrer dans les voitures rassemblées dans la cour.

Ce petit monde s'agitait et ne semblait préoccupé que de soi, et pourtant, il semblait à Jemima qu'ils avaient tous l'œil fixé sur elle et sur Rob, qu'ils les épiaient en affectant leur indifférence. Lady Marguerite n'avait-elle pas un visage de marbre plus froid que d'habitude ? Letty ne semblait-elle pas affligée ? Augusta n'avait-elle pas un sourire railleur ? Bertie Pershore ne paraissait-il pas très embarrassé ? Augusta, cette petite peste, avait dû se faire un plaisir de raconter l'épisode de la rencontre avec le duc de Merlin, et même si lady Marguerite ne l'avait pas laissée mener son récit à terme, le mal était fait de toute façon.

Jemima ferma les yeux puis les rouvrit. Elle ne pouvait plus douter que lady Marguerite la méprisait, et que si elle ne faisait aucune remarque, c'était tout simplement qu'il était de très mauvais goût de faire une scène en public.

Accablée, Jemima eût voulu disparaître sous terre. Elle présumait que Rob la protégerait contre toute sa famille, mais elle éprouvait les plus vives angoisses à l'idée de se retrouver seule avec lui. Elle se rappelait trop bien l'expression de colère, et peut-être aussi de mépris, qu'elle avait lue dans ses yeux. Même si elle lui expliquait que Tilly n'était pas sa fille, garderait-il une dent contre elle, pour ne lui avoir pas révélé qu'elle connaissait le duc de Merlin ? Comme elle regrettait maintenant d'avoir voulu garder ce secret pour elle ! Elle se sentait très seule, démunie, plus malheureuse que jamais.

Il commençait à pleuvoir lorsqu'ils quittèrent Burford. De grosses gouttes de pluie s'écrasèrent autour d'eux, mais Rob ne sembla pas en prendre conscience. Les messieurs chevauchaient. Jemima avait sa voiture. Lady Marguerite, Letty et Augusta suivaient dans une autre.

Letty avait voulu voyager de concert avec Jemima, mais

Rob lui avait refusé cette faveur. Il pensait certainement que sa femme avait peut-être besoin d'un peu de temps pour retrouver ses esprits. A l'évidence, revoir cette enfant avait été un véritable choc pour elle. Ou alors, songeait-il en serrant les poings sur ses rênes, les retrouvailles avec le duc de Merlin l'avaient bouleversée.

Il essayait de réfléchir calmement, en ordonnant les faits qu'il connaissait. Jemima et le duc se connaissaient. Certes, mais de quelle façon se connaissaient-ils ? Il fallait penser que la situation était délicate, car, dans le cas contraire, le duc aurait-il hésité à en parler ? Rob essayait de ne pas filer directement aux conclusions les plus pessimistes, mais il pouvait raisonner autant qu'il pouvait, il en arrivait irrémédiablement au même résultat : Jemima avait été la maîtresse du duc de Merlin et Tilly était leur fille.

Rob essaya de penser à autre chose et s'appliqua à faire bonne figure parce que les autres le regardaient, plus ou moins franchement, plus ou moins sournoisement. Ils savaient tout, déjà ! Ils se posaient les mêmes questions que lui ! Ils tiraient les mêmes conclusions : sa femme avait eu un enfant illégitime avant leur mariage. La nouvelle ne tarderait pas à se répandre. Bientôt, il serait la risée de tout le pays !

Cette éventualité le blessait moins que l'idée selon laquelle Jemima n'avait pas eu assez confiance en lui pour lui avouer cette erreur de jeunesse. Voilà qui le jetait dans la plus grande confusion. Certes, ils ne se connaissaient pas depuis très longtemps, mais il pensait que leurs rapports étaient régis par une plus grande sincérité. Il s'était flatté de connaître la jeune fille. Il l'avait crue honnête. Il s'était trompé sur toute la ligne.

Sa déception était immense et son ressentiment profond. Jemima l'avait trompé, elle l'avait floué. Il s'était laissé prendre par ses manières affectées de jeune fille effarouchée. Lorsqu'il lui avait donné des baisers, elle avait montré une réserve qui lui avait semblé authentique. Il s'était proposé de la conquérir avec tact, de la révéler à elle-même. Il avait prétendu la conduire vers la sensualité. Hélas, elle avait déjà fait tout le chemin sans lui.

Presque plus fâché contre lui que contre elle — sa propre naïveté le désolait — il percevait néanmoins, en lui, une sorte de honte qui hésitait encore à s'exprimer pleinement. Il y réfléchit et mit le doigt sur ce qui le chagrinait. De quel droit se permettait-il de juger ainsi ? Que savait-il de la vie antérieure de Jemima, chez les Jewell ? Comment pouvait-il juger, sans les connaître, des raisons qui avaient poussé la jeune fille à se jeter dans les bras d'un riche protecteur ? Pourquoi la jugeait-il sans entendre sa défense ? Pourquoi ? parce qu'il était jaloux !

Oh ! Rob ! Vous pensez que Tilly est ma fille et que...

Il avait entendu. Il avait vu, surtout, s'empourprer le visage de Jemima, tandis qu'elle baissait les yeux. Il avait vu et avait oublié ce qu'il avait entendu, parce que, de l'attitude de Jemima, il avait tiré des conclusions qui lui avaient paru évidentes.

Mais s'il s'était trompé ?

Inutile de le nier : la petite fille ressemblait à Jemima : même forme de visage, mêmes cheveux noirs, même... Et pourtant, non, les yeux étaient différents. L'enfant avait les yeux noirs comme la suie et non bleu lavande. Ce détail, qui pouvait sembler insignifiant, donnait tout de même à réfléchir.

Rob s'avisa soudain qu'il tombait des cordes et que l'eau ruisselait sur son visage, lui brouillant la vue.

Ferdie s'approcha pour l'apostropher.

— Dis donc, vieux frère, cela t'ennuierait-il de nous offrir l'hospitalité jusqu'à la fin de ce déluge ?

Il n'en avait pas du tout envie, mais comment refuser ? En fait, il n'avait pas le choix. Il bougonna son acquiescement avant de s'absorber de nouveau dans ses réflexions.

Si la petite fille n'était pas celle de Jemima, de qui était-elle donc la progéniture ?

Il devait absolument avoir un entretien sérieux avec sa jeune épouse. Avec tous ces importuns qui s'imposaient chez lui, cela ne serait pas facile.

Il ne put trouver l'occasion d'un tête-à-tête avant le dîner, et comme la pluie n'avait pas cessé à la nuit tombante, il fut décidé que les hôtes passeraient la nuit à Delaval.

Rob enrageait. A mesure que les heures passaient, il semblait qu'un fossé s'élargissait entre Jemima et lui. L'impatience le rendait fou. Au cours du dîner, il dut plusieurs fois se cramponner des deux mains au rebord de la table pour ne pas se lever et emporter sa femme au nez et à la barbe des invités. Il avait envie de s'enfermer avec elle et de ne pas reparaître en société avant la disparition complète du malaise qui les affectait tous les deux. Pour cela, il fallait parler, à l'abri des regards indiscrets.

Hélas, ce n'était pas possible. Les règles du savoir-vivre constituaient une barrière infranchissable.

Au cours de ce dîner, Rob garda le regard fixé sur Jemima, tandis qu'il répondait mécaniquement aux questions posées par sa grand-mère à propos des travaux en cours à Delaval. Il gardait ses bonnes manières, mais à quel prix ! Autour de la table, ses hôtes se conduisaient comme si de rien n'était, alors qu'ils avaient tous conscience du drame qui se jouait entre lui et son épouse. Rob faisait bonne figure, mais il avait de plus en plus l'impression de jouer une mauvaise pièce de théâtre.

Jemima montrait un grand courage dans cette épreuve, mais par moment ses épaules s'affaissaient et son visage se défaisait. En la voyant alors si fragile, si désarmée contre l'adversité, Rob ne pouvait que la prendre en pitié.

Parfois elle levait les yeux et leurs regards se croisaient. Elle ne se dérobait pas. Elle aussi semblait désirer urgemment l'entretien qu'il appelait de ses vœux.

Cette idée, qui le réconfortait, attisait son impatience. Il jetait un regard excédé sur sa famille rassemblée autour de la table et se demandait jusqu'à quand il aurait à les supporter.

13.

Il était fort tard quand put avoir lieu — enfin ! — l'entretien espéré par Rob et Jemima. Ferdie et Bertie s'étaient éclipsés dès que les convenances le leur permettaient, pour aller vider quelques chopes à l'hôtellerie voisine, et les dames s'étaient retirées dans un salon pour commérer en buvant du thé.

Rob et Jemima pouvaient se dire qu'ils avaient joué leur rôle à la perfection, alors qu'ils se voyaient déchargés de leurs obligations et pouvaient regagner l'intimité de leurs chambres respectives.

Rob passa beaucoup de temps à sa toilette avant de frapper à la porte de Jemima. N'obtenant pas de réponse, il entra et trouva la pièce vide, mais il perçut un murmure de voix provenant du boudoir et il se dirigea de ce côté-là.

Jemima se tenait assise devant sa table de toilette et Ella, sa suivante, lui peignait les cheveux. Elle portait déjà sa chemise de nuit, vêtement tout fin que la lumière rendait immatériel.

La servante leva les yeux. Dans le miroir elle aperçut la silhouette de Rob. La main qui tenait la brosse s'immobilisa. Jemima lui dit quelques mots, puis son regard se posa aussi sur le miroir et elle écarquilla les yeux. Ella posa la brosse, salua Rob d'une révérence, elle s'en alla et ferma sans bruit la porte de la chambre.

Rob s'adossa au mur et cacha ses mains dans son dos.

Maintenant que le moment de vérité approchait, il ressentait une étrange appréhension. Peut-être y avait-il des secrets qu'il ne désirait pas connaître, après tout. Mais il était trop tard pour renoncer, pour reculer.

— Pouvons-nous parler ? demanda-t-il.

— Bien sûr.

La voix de Jemima lui parut très calme, trop calme peut-être, mais il vit l'anxiété dans son regard et constata qu'elle portait les deux mains à sa poitrine comme si elle éprouvait de grandes difficultés pour respirer. Puis elle se leva pour s'approcher de lui, quasi nue dans sa chemise de nuit que la chandelle anéantissait. Instinctivement, Rob prit une robe de chambre sur une chaise à sa portée, et la tendit à la jeune fille.

— Il vaudrait mieux porter ceci, dit-il d'une voix altérée.

Jemima passa la robe de chambre et noua le cordon autour de sa taille. Ses mains tremblaient légèrement. Cela fait, elle leva la tête pour croiser le regard de Rob. Il y eut un assez long moment de silence.

— Je ne sais pas par où commencer, fit-elle soudain, d'une voix rauque.

— A vous de voir, répondit-il, le cœur battant ; par le duc de Merlin ou par l'enfant qui vous ressemble tellement. C'est comme vous voulez.

— L'enfant, alors, puisque c'est par elle que tout commence.

Jemima eut un pâle sourire qui se figea, et il comprit que son visage aux traits crispés l'avait effrayée. Il tâcha de se radoucir un peu. Elle reprit :

— Vous croyez que j'ai été la maîtresse du duc de Merlin, mais je vous jure que ce n'est pas vrai.

— Jamais ? demanda Rob qui respirait déjà mieux.

— Jamais…

Après un infime moment d'hésitation, Jemima ajouta :

— Je n'ai été la maîtresse d'aucun homme.

— Mais alors, l'enfant ?

Le regard de Jemima se planta dans celui de Rob.

— C'est ma nièce. Tilly n'est pas ma fille, mais ma nièce.

— Votre nièce ?

En même temps qu'il sentait sa poitrine libérée d'un poids énorme, Rob s'étonna de n'avoir pas pensé tout seul à cette éventualité. Il se sentit stupide.

— Vous avez une nièce ?

— Oui, Tilly est la fille de Jack.

Rob se dirigea vers la fenêtre pour respirer à pleins poumons l'air humide et frais de la nuit. Il éprouvait un soulagement incommensurable. Il se sentait tout à coup léger, léger…

— Pourquoi ne pas tout me dire ? demanda-t-il en se retournant. Tout d'abord, quel âge a-t-elle ?

— Six ans. Jack avait dix-sept ans quand elle est née.

— Et sa mère ?

— Beth est morte. Elle était mon amie.

— Je vois…, murmura Rob.

La tête lui tournait.

— Elle vous ressemble vraiment d'une façon étonnante, reprit-il.

— Je sais, répondit Jemima en souriant. Cette rencontre a été un choc pour moi aussi.

Elle alla s'asseoir sur le lit. Rob éprouva le besoin de prendre place à côté d'elle.

— Si vous me disiez vraiment tout ? proposa-t-il.

Jemima parla. Elle raconta Beth, qui était sa meilleure amie avant de devenir l'amoureuse de Jack. Beth était morte et le duc de Merlin avait proposé sa tutelle sur Tilly. Jemima parla longtemps. Rob écoutait avec la plus grande attention. La chandelle se consumait et sa lumière projetait de grandes ombres sur le mur.

— Vous avez dû être très choquée lorsque j'ai évoqué le duc de Merlin, dans les termes que vous savez, fit Rob, piteusement. Oh, Jemima, pourquoi ne m'avez-vous rien dit ?

Il vit qu'elle entrelaçait ses doigts ; ses mains tremblaient encore. Il eut envie de la réconforter d'un geste plein de tendresse, mais il se l'interdit parce qu'une part de lui-même restait agacée contre la jeune fille qui ne s'était pas confiée à lui. Il resta donc en retrait.

— Je sais que j'aurais dû parler, murmura-t-elle. J'aurais dû vous donner toute ma confiance…

Elle leva les yeux sur lui. Son regard troublé trahissait l'ampleur de son désarroi.

— Lorsque j'ai accepté de vous épouser, Rob, j'ignorais tout des liens qui vous unissent au duc de Merlin. Je ne savais même pas que Merlinschase se trouve tout proche de Delaval. En outre, jusqu'à ce jour, je n'avais pas la moindre idée du lieu où se trouve Tilly. Donc, vous voyez…

Elle conclut, avec un petit haussement d'épaules :

— Je n'avais aucune raison de parler.

Rob objecta :

— Vous auriez dû pressentir le danger dès que vous avez eu connaissance de mes relations avec le duc.

Elle ne contesta pas.

— Je me suis dit tout de suite que le duc de Merlin risquait de me reconnaître, mais j'ai estimé que le danger n'était pas trop grand. Nous nc nous étions rencontrés que deux fois. En outre, j'ignorais à quel point Tilly me ressemble.

Enfin, Rob se décida à lui prendre la main. Il s'cnquit :

— Donc, vous n'avez pas cherché à la retrouver…

Jemima soupira. Rob la regarda avec tendresse. Elle semblait si jeune…

— Non, fit-elle. Je vous jure que c'est vrai. Mon cœur désirait la revoir. Je voulais savoir si elle était en bonne santé, si elle était heureuse… Ma raison me représentait que ce serait dangereux et qu'il valait mieux laisser courir. Laisser courir… C'est ce que dit toujours Jack. Le père éprouvait un plaisir cruel à donner quelques nouvelles de la petite. Par exemple, il disait à Jack : « On m'a rapporté qu'elle savait déjà mieux lire que toi » ou « Il est heureux pour cette petite que je l'aie éloignée de toi, car ainsi, elle aura une petite chance de réussir dans la vie. »

Rob pinça les lèvres. Il n'avait jamais porté une haute estime à Alfred Jewell, et ce qu'il venait d'entendre n'était pas de nature à modifier son jugement.

Jemima reprit :

— Je sais maintenant que Tilly est heureuse et en bonne santé, mais j'aurais préféré ne pas la retrouver. Le duc pense que je suis venue ici pour semer le trouble. Je l'ai vu dans ses yeux, il me déteste.

— Nous réglerons cette question dès demain matin, répondit aussitôt Rob, en lui caressant la main.

— Merci, Rob… Je suis si désolée…

— Pourquoi ?

— D'avoir été si sotte. De ne pas vous avoir fait confiance.

— Qu'est-ce qui vous a retenue ?

— Je ne le sais pas vraiment. Tout au fond de moi-même, je voulais vous dire tout cela, mais j'ai une longue habitude du secret, je ne me livre pas facilement. Je trouvais toutes sortes de bonnes raisons pour ne pas parler : que je ne vous connaissais pas assez, que vous n'aviez pas envie d'entendre ce genre d'histoire…

La voix de la jeune fille se cassa.

— Vous éprouvez du ressentiment contre moi et c'est ma faute. Votre grand-mère pense que je suis une fille de mauvaise vie et c'est aussi ma faute. Cette petite vipère d'Augusta va se faire un plaisir de répandre des rumeurs sur mon compte, et si elle se souvient de m'avoir déjà rencontrée auparavant, ce sera pire encore.

— Quel est, de tous ces points, celui qui vous afflige le plus ?

Jemima n'hésita pas une seconde.

— Votre ressentiment.

Emu, Rob lui entoura les épaules de son bras et l'attira contre lui. Il lui murmura à l'oreille :

— Je n'éprouve aucun ressentiment.

— Vous devriez ! répliqua-t-elle en se redressant brusquement. Vous êtes trop gentil, Robert Selborne ! C'est ce que j'ai pensé dès notre première rencontre. Je me rappelle que ce jour-là, j'ai pensé qu'une femme peu scrupuleuse n'aurait aucune difficulté à vous circonvenir.

— Il est heureux que je sois tombé entre vos mains, dit Rob en riant. Et je vais vous dire : circonvenez-moi si vous en avez envie. Cela me fera plaisir.

Jemima eut un sourire qui se fana aussitôt.

— C'est affreux, tout le monde a constaté à quel point je ressemblais à Tilly. Vous imaginez les conséquences... Je n'arrive pas à comprendre comment j'ai pu me montrer si stupide.

Rob tâcha de la réconforter.

— Je parlerai à bonne-maman aussitôt après que j'aurai vu le duc. Nous allons traiter cette affaire et vous verrez que tout ira pour le mieux. Me donnez-vous la permission de tout dire à bonne-maman ? C'est le seul moyen de rétablir la situation, je le crains.

Il vit Jemima qui hésitait, qui se mordait la lèvre. Finalement, elle acquiesça.

— Vous avez raison, soupira-t-elle. De toute façon, je ne crois pas que je puisse descendre davantage dans l'esprit de lady Marguerite. Peut-être pourrais-je me racheter à ses yeux si j'étais déjà enceinte, mais sur ce plan-là aussi je vais la décevoir.

— Pour le moment, mais plus tard, qui sait ?

Jemima rougit et baissa les yeux.

— Rob... seriez-vous très en colère contre moi si Tilly était ma fille ?

Le silence se fit car Rob devait réfléchir pour répondre à cette question cruciale. Il fallait donner une réponse honnête.

— J'aurais été choqué, expliqua-t-il ; choqué et déçu. Oui, j'ai été très choqué lorsque j'ai cru que Tilly était votre fille.

— C'est compréhensible. Les hommes veulent épouser des femmes... innocentes.

Jemima releva la tête. Son regard plein de pudeur accrocha celui de Rob. Elle ajouta :

— Vous n'avez aucun souci à vous faire. Il me semble que je vous l'ai déjà dit.

Rob l'attira plus près et l'enlaça de ses deux bras pour la serrer contre lui. D'une voix émue, il lui dit :

— Je n'irai pas prétendre que je ne suis pas heureux d'entendre cela, Jemima. Si Tilly avait été votre fille, je ne vous aurais pas rejetée pour autant. Vous êtes devenue très importante pour moi.

Il se pencha pour lui baiser les lèvres, avant de lui ordonner, avec une tendresse bourrue :

— Et maintenant, au lit !

Les yeux de Jemima s'agrandirent.

— Rob...

— Ne craignez rien. Je vais rester ici, auprès de vous, mais seulement parce que je ne veux pas que la méchante Augusta me voie sortir de votre chambre, comme un acteur dans une mauvaise pièce de théâtre. Elle est du genre à espionner les va-et-vient dans le corridor.

— Si elle se souvient de moi...

— Dans ce cas, nous proclamerons la vérité. Allons, vous me semblez épuisée. Je vous en prie, cessez de vous tourmenter. Demain nous réglerons tous ces problèmes et vous verrez que l'histoire n'est pas si terrible que vous le pensez.

Pas encore convaincue, pas vraiment rassurée, Jemima s'accrocha à la manche de Rob.

— Mais vos parents… Votre grand-mère me rejettera lorsqu'elle saura d'où je viens.

Gentiment, Rob la poussa vers le lit en disant :

— Elle ne vous rejettera pas… si elle accepte encore de me parler.

Il ouvrit le lit. Jemima s'assit puis glissa ses jambes sous les couvertures. Elle s'immobilisa et son visage se ferma.

— Qu'y a-t-il encore ? demanda-t-elle. Qu'avez-vous vu ?

— Vos pieds. Je les ai déjà vus, au cours de la nuit que nous avions passée à l'auberge. J'avais oublié…

Jemima se hâta de s'allonger et vite, elle remonta les couvertures jusqu'à son menton.

— Mes pieds ne me font pas mal, expliqua-t-elle d'un ton léger. Toutes ces brûlures sont guéries depuis belle lurette.

Rob s'assit pour questionner.

— Avez-vous des cicatrices ailleurs ?

— Ce sont les coudes et les talons qui ont le plus souffert. Forcément, quand on monte dans une cheminée, on s'en sert pour s'accrocher aux parois.

Elle sortit un bras de dessous les couvertures et retroussa la manche de sa chemise de nuit, pour montrer, et ajouta en souriant :

— Je crains de ne jamais pouvoir mettre une robe d'été.

Rob put s'en rendre compte. La peau, sur le coude de la jeune fille, était épaisse et rugueuse. Tout son bras était couturé de cicatrices, anciennes certes, mais qui restaient très marquées, toutes rouges.

— Est-ce là ce que vous avez de pire ? demanda-t-il, ému.

Les yeux de Jemima se remirent à pétiller lorsqu'elle lança, en réponse, cette autre question :

— Dans quelle sorte de concours pervers essayez-vous de m'entraîner, Rob Selborne ? Portez-vous des cicatrices guerrières qui pourraient entrer en compétition avec les miennes ?

Rob éclata de rire et porta les mains au cordon qui fermait sa robe de chambre.

— Voulez-vous que je vous montre ?

— Non, je vous remercie, s'empressa de répondre Jemima, alarmée.

— Pourquoi ?

— Il m'a semblé que vous étiez nu sous votre robe de chambre.

— C'est vrai. J'ai l'habitude de dormir nu.

Jemima rougit et elle eut soudain un peu plus de mal à respirer, tandis que la grosse veine de son cou se mettait à palpiter. Les yeux agrandis par l'étonnement dans lequel venait de la jeter cette réponse si audacieuse, agrandis, peut-être aussi, par l'appréhension, elle balbutia :

— Robert...

Il se pencha et lui ferma la bouche d'un baiser auquel elle répondit aussitôt, en entrouvrant le barrage de ses lèvres pour lui donner le passage. Avec bonheur il prit ce qu'elle lui offrait si volontiers, s'appesantissant sur elle pour l'écraser sur les oreillers, en inclinant la tête pour approfondir ce baiser, tandis qu'elle modifiait la position de son corps pour s'accommoder au sien, en même temps que, d'une main, elle lui caressait le visage avant de s'introduire dans l'échancrure de sa robe de chambre, pour mieux l'attirer contre elle.

Rob traça un entrelacs de baisers sur la peau si tendre de la gorge, s'arrêtant plus longuement sur le creux où battait un pouls affolé. La chandelle s'était presque entièrement consumée et la lumière baissait, devenait de plus en plus douce. Jemima fermait les yeux et sa tête reposait un peu de côté sur les oreillers. Ses lèvres étaient plus rouges à cause des nombreux baisers qu'elle avait reçus et donnés, son corps alangui semblait s'abandonner. Rob la regardait, sans céder au désir qui le poignait, sans oser prendre ce corps qui s'offrait à lui et qui, en vérité, lui appartenait déjà.

Quand les petites mains de Jemima s'insinuèrent plus profondément sous sa robe de chambre dont elles ouvrirent complètement les deux pans, il ne se retint plus. Soulevant les couvertures, il se redressa à demi, laissa tomber sur le plancher le vêtement gênant et il se glissa dans le lit.

Jemima se plaça sur le côté afin de lui faire face. Elle ne parla point. Longtemps ils se regardèrent, en silence. Puis elle avança une main timide pour caresser la joue de Rob. Il tourna la tête pour lui baiser la paume.

— C'est rêche, murmura-t-elle, tandis qu'elle continuait d'explorer sa joue.

Attentif à la réaction de son corps, Rob ne répondit pas. Il se sentait aussi tendu qu'un ressort, prêt à casser ou à voler en éclats. Il repoussa avec douceur les cheveux emmêlés qui lui cachaient le visage de Jemima, mais garda dans ses doigts une longue mèche bouclée.

Puis ses doigts s'enhardirent. Ils se promenèrent sur le visage de Jemima, puis sur sa gorge dont la peau était si douce. Il caressa les seins qui se soulevaient de façon irrégulière, de plus en plus vite.

— Rob, murmura Jemima.

— Mmm ? fit-il sans cesser de s'intéresser au sein qu'il avait pris dans sa main et pressait avec un incommensurable plaisir.

— Vous savez que vous n'avez pas le droit…

— C'est vous qui le dites.

— Je dis que vous ne respectez pas votre engagement ou, du moins, que vous êtes sur le point de le faire.

Rob éclata d'un rire nerveux. Ses doigts, un court moment immobilisés, reprirent leur délicieux travail.

— Voulez-vous, vraiment, que nous parlions de chasteté ce soir ? Est-ce le moment ?

Jemima soupira. Visiblement partagée, elle aussi, entre le désir et le sens des réalités, elle finit par répondre :

— Je pense que nous devrions, oui.

Rob se pencha sur elle pour lui donner un nouveau baiser, avant de prendre, entre ses dents, la lèvre inférieure qu'il s'amusa à mordiller. Sa main, un instant revenue à l'air libre, reprit sa place sous le fin tissu de la chemise de nuit, elle reprit possession du sein qu'elle venait de pétrir. Electrisé par la réaction de Jemima — ce râle disait assez qu'elle aimait le traitement qu'il lui faisait subir — il lui donna un nouveau baiser moins délicat, plus viril, presque brutal, sa langue s'insinuant le plus profondément possible. Il se sentait comme fou. Jamais il ne s'était connu une nature aussi sauvage. Il se sentait prêt à tous les excès.

— Dites-moi donc ce qu'est la chasteté, proposa-t-il, sans vraiment interrompre le baiser.

— La chasteté…, commença-t-elle.

Elle n'alla pas plus loin.

— Oui ?

— Je n'ai pas de dictionnaire sous la main.

Rob se pencha pour prendre, entre ses lèvres, un mamelon qu'il caressa de sa langue. Le corps de Jemima se souleva et se cambra.

— Je continue, reprit-il, jusqu'à ce que vous soyez capable de me donner une définition convenable.

Il flatta un sein, puis l'autre, puis reprit ses caresses, buccales pour l'un et manuelles pour l'autre.

— La chasteté, dit Jemima d'une voix mourante, c'est la privation des plaisirs amoureux et l'absence de toute pensée à ce sujet. Ce que nous faisons en ce moment, Robert, n'est pas chaste du tout.

Il y eut alors un petit moment de flottement. Jemima ouvrit les yeux et elle vit Rob au-dessus d'elle, comme suspendu, ses cheveux noirs lui tombant sur le front, son visage tendu de désir. Elle fit descendre son regard pour s'attacher à la main de Rob qui reposait sur son sein, main très brune sur sa peau toute blanche. Cette vision fit naître en elle une pulsion de désir qui la secoua et la laissa pantelante, toute tremblante.

— Je pense que vous devriez partir, souffla-t-elle avec difficulté.

Rob la poignarda de son regard pour demander :

— Voulez-vous vraiment que je m'en aille ?

— Non, ce n'est pas ce que je désire, mais je pense que vous devriez.

Il soupira. Il se redressa. Il s'assit au bord du lit. Il se pencha pour récupérer sa robe de chambre. Dans la faible lueur de la chandelle, il se vêtit rapidement. Jemima le regardait.

— Il ne faut pas, lui dit Rob. Je vous en prie, ne me regardez pas de cette façon ou c'en sera fini de ma promesse de chasteté.

Le visage de Jemima s'enflamma. Elle avait à peine vu ce corps viril et bien sculpté, mais cela avait suffi à augmenter son désir. C'était folie que de laisser partir Rob, lui soufflait une petite voix intime. Elle devait le garder, l'attirer sur elle, en elle…

— Je suis désolée, murmura-t-elle.

— Pas autant que moi, répondit Rob en se penchant sur elle

pour lui donner un baiser léger. Il me faut le reconnaître : vous êtes plus forte que je ne le suis, Jemima Selborne.

— En passant par mon boudoir, vous pourrez regagner votre chambre sans être obligé de circuler dans le corridor. Ce serait peut-être mieux…

— Merci du conseil, dit Rob en fourrageant nerveusement dans ses cheveux. Je détesterais beaucoup que cette chipie d'Augusta me vît dans un tel état de frustration.

— Combien de jours reste-t-il ?

— Quarante-sept. Je crains que nos tracas ne fassent que commencer.

Rob se pencha pour un ultime baiser et il ajouta :

— Nous venons d'enclencher un processus dont je ne suis pas certain que nous puissions l'arrêter.

14.

Robert et son parrain se rencontrèrent de très bonne heure, le lendemain matin.

Ferdie et Bertie, ayant passé une grande partie de la nuit à l'auberge, n'avaient pas encore montré le bout de leur nez. Robert espérait que ses autres invités auraient aussi beaucoup de mal à émerger, et qu'il pourrait rentrer, les surprendre au saut du lit et leur raconter l'histoire qu'il espérait pouvoir concocter avec le duc de Merlin.

Lui ayant offert une tasse de café, Rob l'invita à s'asseoir avec lui devant la cheminée.

— Je vous suis reconnaissant de ne pas m'accueillir avec un pistolet dans chaque main, lui dit le duc, d'un air narquois.

Il but une gorgée de son café, reposa la tasse sur la soucoupe puis le tout sur la table basse disposée devant lui et livra son appréciation :

— Très bon, votre café, en nette amélioration par rapport à la lavasse qu'on servait ici du temps de votre père.

Rob éclata de rire.

— Ce café est l'œuvre de Jemima. Elle accomplit des miracles dans cette maison.

Le duc hocha la tête et répondit :

— On dirait qu'elle a accompli un miracle avec vous aussi…

Il planta son regard dans celui de son filleul et demanda :

— Elle vous a tout dit ?

— Oui, la nuit dernière. J'avoue que j'aurais préféré être au courant un peu plus tôt, mais bon... Maintenant, je sais. C'est tout ce qui importe.

Il vit s'adoucir quelque peu le visage de son parrain, qui repartit :

— J'imagine que vous avez privilégié une hypothèse qui ne me ménageait pas un très beau rôle ?

Rob en convint, non sans vergogne.

— Pardonnez-moi, sir. Il est vrai que j'ai — fort mal — spéculé sur les relations qui vous unissaient à ma femme, mais que mes élucubrations n'ont pas résisté à l'épreuve de l'affection que j'éprouve pour vous et pour Jemima. Il est une conviction qui ne me quittera jamais : ni vous ni elle ne pouvez commettre de bassesse.

Le duc approuva, avec une lueur dans les yeux.

— Voilà qui est fort bien dit, Robert. Je suis flatté que vous m'estimiez au moins autant que vous admirez votre femme.

Il changea de ton pour demander :

— Vous savez, naturellement, qu'elle est fille de ramoneur ?

Rob se rembrunit, et c'est assez sèchement qu'il répondit :

— Je le sais.

— Pas la peine de vous énerver, mon garçon. C'était un fait que j'énonçais là, pas un jugement que je prononçais. J'ai la plus haute considération pour lady Selborne, figurez-vous. Savez-vous que nous avons eu une longue discussion philosophique, dès notre première rencontre ? Elle a de réels talents que Mme Montagu a su discerner et cultiver.

Retrouvant son sourire, le duc ajouta :

— Il faudra que je lui présente mes excuses pour mon comportement d'hier, un peu abrupt, j'en conviens. J'aurais dû comprendre qu'elle n'était pas venue à Burford pour chercher querelle. Sa présence là-bas était fortuite, n'est-ce pas ?

— Je ne doute pas que Mme Montagu soit une excellente pédagogue, mais ses élèves ne cultivent pas assez la géographie avec elle. Lorsque Jemima m'a épousé, elle ignorait complètement que Delaval se trouve si proche de Merlinschase.

— Savait-elle que vous êtes mon filleul ?

— Non plus, sir. Cela étant, je me demande si nous ne devrions pas élaborer une fable explicative pour les curieux. Je ne parle pas, bien entendu, de la famille proche à qui je compte révéler la vérité pleine et entière, mais de nos amis et connaissances, qui pourraient se poser, et nous poser, des questions fort embarrassantes.

Le duc approuva d'un hochement de tête.

— Avez-vous pensé à quelque chose ?

Rob hésita.

— Je me suis dit que la nièce de Jemima pourrait passer pour un membre de notre propre famille. Nous évoquerions la mésalliance d'un de nos ancêtres, dont cette petite fille serait le lointain rejeton ?

Le duc éclata de rire.

— Pourquoi pas ? Mon grand-père passait pour un coureur infatigable et impénitent. Sa réputation est faite, créditons-le, sans hésiter, d'une liaison supplémentaire ! J'ajoute que cette histoire permet d'expliquer pourquoi je me suis institué le tuteur de la petite Tilly. Ce sera parfait.

— Excellent, sir ! s'exclama Rob en souriant. Ne pourrions-nous pas aller à peine plus loin en suggérant que Jemima et moi nous sommes rencontrés à cause de l'enfant ? Elle est venue rendre visite à sa nièce, nous nous sommes rencontrés et aussitôt je suis tombé amoureux d'elle.

— Ce qui n'est pas tout à fait faux, soit dit entre parenthèses. Croyez-vous qu'il convient de dire la vérité à votre grand-mère ?

On frappa à la porte et lady Marguerite entra sans attendre d'y avoir été invitée. Elle lança :

— Bien sûr qu'il convient de me dire la vérité !

Elle s'approcha, donna sa main à baiser au duc de Merlin et ajouta :

— Je ne vous remercie pas, tous les deux, de m'avoir tenue en dehors de vos conciliabules. Comment voulez-vous que je vienne en aide à notre chère Jemima si je ne connais pas tous les petits secrets que vous prétendez me cacher ?

Elle s'assit, s'empara du pot de café et jeta un regard sévère à son petit-fils qui ne savait quelle contenance adopter.

— Eh bien ? fit-elle avec irritation. Vous pouvez parler, Robert. Je suis tout ouïe.

— Je suis si désolée à propos de ce qui s'est passé hier, soupira Letty.

Après le petit déjeuner, elle avait réussi à prendre Jemima en aparté pour l'inciter à faire, en sa compagnie, une petite promenade dans la campagne éclatante sous le soleil revenu après une nuit pluvieuse.

— Je veux dire, expliqua-t-elle, que je suis désolée pour Augusta, pour cette malencontreuse expédition à Burford. Franchement, je serais navrée s'il vous arrivait des ennuis à cause de moi, chère Jemima.

Jemima fut touchée. Letty avait toutes les raisons de se forger d'elle une mauvaise opinion, mais, contrairement à Augusta, elle pensait que l'existence de Tilly pouvait s'expliquer innocemment et non de façon scandaleuse. Et puisque Rob avait tout dit à lady Marguerite, Jemima se réjouissait de pouvoir se montrer tout aussi franche. Letty était sa seule amie, elle n'avait pas envie de la décevoir par de pauvres mensonges qui finiraient fatalement par s'éventer.

— Chère Letty, je vous en prie, arrêtez de vous affliger. Vous n'êtes en rien responsable de ce qui s'est passé hier. Tout est de ma faute, car j'aurais dû éviter Burford où je risquais de rencontrer Tilly ; plutôt, j'aurais dû parler d'elle à Rob et décider avec lui de ce qu'il convenait de faire.

— Tilly ? fit Letty en la regardant par-dessous son chapeau. Est-ce ainsi qu'elle se nomme ? C'est une jolie petite fille, Jemima, qui vous ressemble beaucoup.

Elle se plaqua les deux mains sur la bouche et s'exclama :

— Oh… Je ne voulais pas sous-entendre que…

— Tilly est ma nièce, Letty ; et la pupille du duc de Merlin. En venant à Delaval, je ne soupçonnais pas que je me rapprocherais d'elle, et j'imaginais encore moins que Rob fût apparenté au duc. Vous imaginez mon désarroi quand je vis cette enfant. Non seulement je m'aperçus qu'elle me ressemblait étonnamment, mais chacun autour de moi pouvait le constater.

— Il est vrai, dit Letty, que cette ressemblance entre vous rend inutile tout discours à propos de votre parenté. Ensuite, il y eut l'arrivée du duc…

— Oui, soupira tristement Jemima ; je sais très bien ce que tout le monde pensait à ce moment-là, tandis que le duc, de son côté, me soupçonnait d'être venue pour semer la zizanie. Je crois n'avoir jamais connu de situation aussi difficile.

Sous leurs ombrelles qui les protégeaient du chaud soleil d'octobre, elles marchaient lentement sur une allée gravillonnée qui conduisait vers ce qui avait été jadis un lac, désormais une pièce d'eau envahie par les nénuphars et les roseaux.

— Aviez-vous auparavant parlé de la petite fille à Rob ? demanda Letty.

— Hélas non. Je n'avais pas eu ce courage. Il a donc pensé, comme tout le monde — et comment lui en vouloir ? — que

Tilly était ma fille et celle du duc. C'est seulement la nuit dernière que j'ai pu lui dire toute la vérité.

— Oh, Jemima, fit Letty très émue. Et vous sembliez si calme, hier soir, au dîner, alors que vous deviez être bouleversée. Moi, je me serais sentie mal.

— Je peux avouer que c'était la pire soirée de ma vie.

— J'espère que vous avez dissipé le malentendu avec oncle Merlin. Je sais qu'il impressionne son monde, mais c'est un cœur d'or.

Jemima se remémora la scène qui s'était jouée le matin dans la bibliothèque. Si la soirée avait été tendue et difficile pour elle, la nouvelle journée qui commençait risquait de l'être tout autant, quoique d'une façon différente. Heureusement, Rob avait aplani les difficultés. Le duc s'était montré charmant avec elle. Quant à lady Marguerite, il s'avérait plus difficile de savoir comment elle prenait le fait d'avoir la fille d'un ramoneur dans sa famille.

— Tout est arrangé, expliqua-t-elle à Tilly. Il est admis qu'un lien quelque peu illicite unit nos deux familles ; illicite, ce qui expliquerait qu'il n'ait jamais été évoqué auparavant. Tilly est donc une lointaine cousine à moi, et c'est en venant la voir que j'ai rencontré Robert, filleul du duc de Merlin, lui-même tuteur de Tilly. Cette histoire ne vous semble pas trop tirée par les cheveux ?

— Je la trouve très crédible, répondit Letty en souriant. Je vous remercie de me la présenter pour ce qu'elle est, une fable.

Jemima désigna le pavillon d'été, délabré, qui se dressait sur la berge du lac. Elle proposa :

— Voulez-vous que nous allions nous y asseoir un moment pour parler encore ?

Letty ayant acquiescé, elle poursuivit :

— J'ai un sombre pressentiment…

— Lequel ?

— Je n'aurai plus jamais l'occasion de revoir votre grand-mère, maintenant qu'elle connaît toute la vérité.

— Cela vous chagrine-t-il tellement ? demanda Letty avec un sourire plein de malice. Je sais que vos rapports avec elle ne seront pas faciles, mais vous pouvez compter sur elle pour ne pas vous accabler.

— S'il n'y avait que cela ! déplora Jemima. Par malheur, Rob lui a aussi révélé que j'étais la fille d'un ramoneur et que je ne me suis mariée avec lui que pour satisfaire aux conditions d'un testament selon…

Elle s'interrompit, écarquilla les yeux, et souffla d'un air abattu :

— Voilà, je vous ai tout dit, maintenant.

De surprise, Letty lâcha son ombrelle qui tomba sur le sol avec un bruit sec. Elle se pencha pour la ramasser et, se tournant alors vers Jemima, elle dit :

— Fille de ramoneur, vous ? Je n'arrive pas à y croire.

— Je crains pourtant que ce ne soit la vérité, répondit Jemima en souriant.

— Mais alors… En fait, ce n'est pas grave du tout. Une femme ne prend-elle pas, dans la société, la place que lui donne son mari ? Beaucoup de messieurs épousent des jeunes filles qui… je veux dire… qui n'appartiennent pas à l'aristocratie, mais viennent de la bourgeoisie, parfois même de la toute petite bourgeoisie… En outre, il ne faut pas oublier que vous avez fréquenté l'école de Mme Montagu. Vous avez reçu une excellente éducation et personne ne devinerait que…

Arrivée à ce point, Letty s'empourpra. Rouge jusqu'à la racine des cheveux, elle porta ses mains à ses joues qui devaient lui brûler, puis elle déclara, accablée :

— Qu'est-ce que je viens de dire là ? Je me suis toujours promis de ne pas me montrer aussi snob qu'Augusta, et voilà que je viens de tenir un discours qui semble tout droit sorti de sa bouche !

— Vous n'êtes pas snob du tout, Letty ! répondit Jemima en riant ; étonnée, c'est tout. Je n'aurais pas dû vous choquer de la sorte.

— Votre extraction sociale ne me choque pas, protesta Letty. Je serais plus réservée, en revanche, sur votre mariage. Est-il vrai que Rob ne vous a épousée que pour satisfaire aux conditions du testament de son père ?

— C'est la vérité. Il devait épouser une personne ayant assisté au mariage d'Anne Selborne. C'est sur moi qu'il a jeté son dévolu.

Jemima s'étonna alors de voir s'éclairer le visage de Letty, qui lui dit :

— Voilà qui change tout ! Je croyais jusqu'à maintenant qu'il s'agissait d'un mariage arrangé. En fait, Rob vous a bel et bien élue.

— Il n'avait pas beaucoup de choix, fit observer Jemima.

— Certes, mais il vous a préférée à Augusta.

— Je ne sais pas si je peux considérer cette observation comme un compliment.

Elles éclatèrent de rire à l'unisson.

— De toute façon, reprit Letty, il est évident que Rob vous adore.

Elle soupira :

— N'est-il pas merveilleux ? Savez-vous que j'avais le béguin pour lui, quand j'étais plus jeune ? Je le suivais partout ! Je crois bien m'être rendue un peu ridicule. Jamais je n'ai rencontré un homme tel que lui, un homme que j'aurais envie d'épouser. D'ailleurs, aucun homme ne m'a jamais demandé ma main.

— Personne ? s'étonna Jemima. J'ai peine à le croire. Je pensais, au contraire, que les prétendants se présentaient à votre porte en rangs serrés. Avez-vous été présentée à la société ?

— Certainement, fit Letty, les yeux baissés, les deux mains serrées sur le manche de son ombrelle. Oncle Simon — le père de Rob — avait organisé cela pour moi, mais Augusta… Je sais que je ne devrais pas raconter ces histoires, mais…

— Augusta a-t-elle commis une vilenie ?

— Ce n'est pas précisément cela, encore que… Augusta a gâché ma fête, voyez-vous. A l'époque, je ne comprenais pas ce qu'elle faisait, mais depuis, j'ai tout compris.

— Que s'est-il passé ?

— Je n'avais que dix-sept ans et j'arrivais de ma campagne. Chaque fois que je semblais susciter l'intérêt d'un monsieur, Augusta arrivait pour détourner toute l'attention sur elle. Ayant toujours vécu dans la capitale, elle n'avait aucun mal à me faire passer pour une pécore.

Jemima commença à se demander s'il ne convenait pas de donner une petite leçon à Augusta.

— Elle était tout simplement jalouse, expliqua-t-elle. Vous êtes plus jolie qu'elle.

— Les blondes n'étaient pas à la mode à cette époque, soupira Letty. Je me disais que je n'avais pas beaucoup de chance.

— Si je comprends bien, votre entrée dans le monde s'est soldée par un échec.

— Non, et en plus, notre situation de fortune ne nous permettait pas de nous établir à Londres. Donc, j'ai continué à vivre à la campagne avec bonne-maman. Lorsque Augusta venait nous rendre visite, elle faisait semblant de s'affliger en disant que j'avais toutes les chances de finir vieille fille. J'avoue que cela m'a beaucoup démoralisée.

— Etiez-vous vraiment obligée de l'inviter à votre bal ? demanda Jemima qui haïssait de plus en plus la petite peste.

— Il le fallait, murmura Letty. Bertie Pershore est très gentil et Ferdie tout à fait charmant, mais Augusta est capable, à elle toute seule, de gâcher ma soirée.

Jemima lui tapota la main pour l'encourager.

— Rappelez-vous que vous êtes très jolie et que votre situation de fortune vous permet désormais d'espérer le plus beau mariage possible.

— Il est très agréable de se savoir un peu plus riche, fit Letty dont les yeux s'étaient remis à briller. Nous avons été si pauvres, pendant un temps ! Je sais que l'argent n'est pas tout, mais quand même…

— Votre fortune est-elle sous tutelle ?

— Oui, papa m'a légué un revenu confortable, qui ne peut passer en aucun cas pour une grande fortune. Les Exton n'ont jamais été vraiment riches, voyez-vous ? Mes parents sont morts alors que j'étais encore très jeune. Bonne-maman a veillé à mon éducation.

— Quelle enfance avez-vous eue ?

— Merveilleuse ! répondit Letty, sans hésiter. Bonne-maman peut paraître un peu rugueuse, mais elle a très bon fond.

— Vraiment ?

— Oui ! fit Letty en riant. Vous ne me croyez pas ? Vous découvrirez que c'est la meilleure des personnes, quand elle aura décidé de vous aimer.

— Je ne pense pas que ce soit pour demain, dit Jemima, avec tristesse. Mais je le comprends.

Letty secoua la tête avec énergie.

— Bonne-maman désire par-dessus tout que Rob soit heureux et installé à Delaval. C'est tout ce qui lui importe.

Jemima se demanda si Letty ne manifestait pas là un optimisme exagéré, et si la vieille dame ne se retirerait pas dans son donjon jusqu'au départ de celle qu'elle considérait comme une intruse.

La conversation s'était éteinte. Letty lissait inlassablement les plis de sa robe, ce qui donnait à penser qu'une autre question lui était venue à l'esprit et qu'elle hésitait à la poser. Après un long moment de silence, pourtant, elle se lança.

— Vous avez dit que Tilly était votre nièce, n'est-ce pas ?

— Oui.

— Dans ce cas, elle est la fille de votre frère, à moins que... Avez-vous d'autres frères et sœurs ?

Jemima reçut cette question comme un coup dans le cœur. Elle eut envie de pleurer en voyant les yeux de Letty brillants d'un espoir qu'elle allait décevoir.

— Tilly est la fille de Jack, dit-elle avec douceur. Je suis désolée, Letty.

La jeune fille se mordit la lèvre jusqu'au sang et répondit :

— Cela n'a pas d'importance. Je l'avais pensé, car elle a les mêmes yeux que lui.

Le silence, de nouveau, se fit. Jemima voyait que d'autres questions se pressaient sur les lèvres de Letty, mais que celle-ci était trop bien élevée pour insister. En outre, que dire d'autre ?

Mon frère est ramoneur. Il sait à peine lire et écrire. Qu'y a-t-il de commun entre lui et la fille d'un gentilhomme ? rien, sans doute...

Letty avait dit elle-même, quelques instants plus tôt, que l'épouse adoptait le statut de son mari. La réciproque n'était pas vraie. Jemima soupira. Elle pourrait ajouter que Jack était loyal, brave, gentil et qu'il avait un code d'honneur qui valait celui de l'aristocratie, mais cela ne changerait rien à l'affaire. Jamais il ne pourrait prétendre à la main de Letty. Celle-ci l'avait compris, puisqu'elle murmura :

— Je suppose que je finirai par épouser Ferdie Selborne ou Bertie Pershore.

— A votre place, lui dit Jemima en souriant, je ne me

hâterais pas, à moins que vous n'ayez un penchant pour l'un ou l'autre de ces messieurs.

— Je les aime bien, avoua Letty en riant, mais est-ce de l'amour ? Je ne le crois pas. Ferdie ressemble à un héron et je sais qu'il pratique un libertinage effréné. Bonne-maman nous ferait une attaque d'apoplexie si elle apprenait que je veux l'épouser.

— Et Bertie Pershore ? Il se conduit mieux, ce me semble.

Le rire de Letty s'accentua.

— Bertie ? Vous avez raison, mais vous avez sans doute observé, chère Jemima, que s'il est le plus gentil des hommes, ce n'est pas un esprit raffiné.

— Letty ! protesta Jemima, en riant comme elle. Voilà une remarque qui n'est pas très gentille.

— En plus, il boit ! Vous l'avez vu, au cours du dîner d'hier soir ?

— Je croyais qu'il buvait de l'eau.

— Oui ! Et il a encore bu tant d'eau, à l'auberge, cette nuit, qu'il a fallu le ramener à dos d'homme. Il était ivre mort ! Il ne s'est levé pour le petit déjeuner que parce qu'il avait peur de subir les foudres de bonne-maman... Tenez, le voici qui passe sur le chemin.

Elle éleva la voix pour appeler :

— Voulez-vous venir vous asseoir un instant avec nous, M. Pershore ? Vous avez l'air fatigué.

Bertie Pershore n'avait pas l'air fatigué, mais malade. Pâle, les yeux enfoncés dans les orbites, il approcha d'un pas traînant et il se laissa tomber sur le banc au lieu de s'y asseoir dignement et c'est après, seulement, qu'il prononça les rituelles formules de politesse.

— Lady Selborne, je suis votre serviteur ; le vôtre aussi,

miss Exton. Excusez ma mauvaise mine, mais je n'ai jamais supporté la soupe de tortue.

— Je comprends, fit Jemima d'un ton apitoyé. Avez-vous néanmoins passé une bonne soirée ?

— Je ne me rappelle rien de ce qu'il s'est passé hier soir, avoua benoîtement le jeune homme. Il est vrai que la soupe de tortue a les effets les plus nocifs sur la mémoire de ceux qui ne la supportent pas.

Letty partit d'un petit rire taquin et rabroua le menteur.

— Allons, Bertie, nous savons que vous avez passé la plus grande partie de la nuit à l'auberge. A propos, où est Ferdie ?

— Il inspecte les écuries avec Rob, grommela Bertie.

— Vous n'avez pas eu envie de vous joindre à eux ? demanda Jemima.

— Merci bien ! L'odeur des écuries, vous savez… cela lève le cœur.

— Vous devriez aller vous recoucher en attendant que se dissipent les effets de cette méchante soupe de tortue, recommanda Letty qui riait de plus belle. Dépêchez-vous de partir, voici bonne-maman qui arrive.

Les deux jeunes filles soulevèrent Bertie par les bras pour l'aider à se remettre sur pieds, puis elles le poussèrent pour le mettre en mouvement. Lady Marguerite, qui l'avait vu de loin, le héla.

— M. Pershore !

Il s'immobilisa. Elle approcha. Elle le regarda avec attention et lui dit :

— Ne restez pas debout, au soleil, si vous vous sentez mal. J'ai un élixir aux effets souverains sur un organisme mal en point comme le vôtre. Allez à la maison et demandez à mon valet. Il vous administrera le produit.

— Je vous remercie, madame, mais je doute que votre élixir agisse sur les effets délétères de la soupe de tortue.

— La soupe de tortue ? Balivernes ! Vous êtes ivre, mon pauvre ami. Ne me racontez pas d'histoires.

— Je ne sais pas ce que l'aubergiste met dans sa bière, marmonna Bertie devenu rouge comme une pivoine. Je vous jure, madame, que je supporte l'alcool mieux que ça.

Lady Marguerite haussa les épaules et recommanda :

— Allez donc, mon garçon. Je vous promets que si vous vous tenez mieux à partir d'aujourd'hui, le duc n'entendra point parler de vos exploits nocturnes.

Letty murmura à l'oreille de Jemima :

— Vous savez probablement que le duc est l'oncle de Bertie. Il le terrifie.

Jemima n'écoutait pas vraiment. Elle attendait avec appréhension le moment où la vieille dame s'attaquerait à elle et la mettrait en pièces.

Celle-ci se retourna et lança :

— Et maintenant, jeunes filles, à qui allons-nous rendre visite ce matin.

Elle indiqua, pour Jemima :

— Nous avons, dans le voisinage, plusieurs dames qui sont impatientes de faire votre connaissance, ma chère enfant. En outre, je voudrais vous présenter, dès maintenant, à quelques-unes des personnes qui assisteront au bal donné en l'honneur de Letty. Ainsi vous sentirez-vous moins seule, le grand soir venu.

— C'est très aimable à vous, dit Jemima qui n'était pas certaine d'avoir entendu « ma chère enfant » et qui tâchait de ne pas manifester l'état d'ébahissement où elle se trouvait. Se pouvait-il que Rob n'eût pas parlé à la terrible bonne-maman ?

— C'est ce que Robert aurait dû faire depuis longtemps, reprit celle-ci ; mais les hommes ne comprennent rien à ces affaires. En outre, on me dit qu'il vous accapare, qu'il vous garde pour lui ?

Voyant que Jemima rougissait, elle ajouta en souriant :

— Ne soyez pas embarrassée, mon enfant. C'est bien ainsi. Je suis heureuse de le voir enfin jouir de l'existence… Augusta arrive. Filons avant qu'elle ne nous ait aperçues.

Tandis qu'elles s'éloignaient à grands pas, Letty murmura à l'oreille de Jemima :

— Vous voyez, elle a décidé de vous aimer. Je vous l'avais dit !

Lady Marguerite, qui marchait devant, lança sans se retourner :

— Pas d'entretien en aparté ! C'est très inconvenant.

Elle allait à un train d'enfer. En la voyant si loin devant, Jemima se crut autorisée de dire à Letty :

— Votre grand-mère me rappelle Mme Montagu, qui était capable de dire qui chuchotait en classe, même quand elle avait le dos tourné.

— Mme Montagu, une femme admirable, s'exclama lady Marguerite, toujours sans se retourner et sans cesser de marcher. J'ai été ravie d'apprendre que vous aviez été l'une de ses élèves, chère Jemima.

Letty et Jemima échangèrent un regard interloqué, elles pouffèrent de rire, puis Jemima demanda :

— Pourquoi votre grand-mère a-t-elle décidé de m'accepter ?

— Parce que Rob vous aime, répondit Letty, sans hésiter. Cela n'a échappé à personne. Il se montre vraiment très tendre à votre égard.

Elles augmentèrent leur allure pour rattraper lady Marguerite. Les derniers mots de Letty trottaient dans l'esprit de Jemima.

Rob vous aime. Cela n'a échappé à personne. Il se montre vraiment très tendre à votre égard.

Se pouvait-il qu'elle eût raison ? Oui, Rob manifestait de la tendresse, de la gentillesse. Oui, il était bienveillant et prévenant. Cela signifiait-il qu'il l'aimait ? Jemima regretta de ne pas avoir assez d'expérience pour en juger. Il avait parlé de désir, de passion ; pas d'amour.

Jour après jour, la voiture filait à travers la campagne. Ces dames multipliaient les visites. Tout le monde, dans le voisinage, voulait connaître la nouvelle lady Selborne.

— Je suis heureuse que sir Henry et lady Vause puissent venir au bal, dit Letty alors qu'elles franchissaient le portail du dernier château au programme ce matin-là. J'aime beaucoup Chlorinda et j'ai toujours pensé qu'elle serait l'épouse idéale de Bertie Pershore.

— C'est une sotte, indiqua sobrement lady Marguerite. Il suffit d'une dans la famille. Bertie doit épouser une femme sensée.

Letty reprit, en frissonnant :

— Quelle histoire effrayante nous a racontée lady Vause ! Un homme assassiné à l'auberge, la nuit dernière, alors que Bertie et Ferdie s'y trouvaient.

— Ce sont les inconvénients que l'on récolte à fréquenter les auberges populaires, répliqua la vieille dame. Ferdie a le chic pour se fourrer dans les pires traquenards.

La voiture traversait la sombre forêt de Wychwood, un lieu sinistre que Jemima n'abordait jamais sans crainte. Ici les arbres étaient trop serrés les uns contre les autres, comme des soldats en ordre de bataille.

Letty, qui regardait par la portière, leva le doigt pour indiquer :

— C'est ici que Tom, Dick et Harry, des bandits de grands

chemins, ont été pendus. On dit que leurs fantômes hantent encore ces lieux.

Lady Marguerite la rabroua.

— Vous avez trop d'imagination, jeune fille.

— Il n'y a plus de bandits de grands chemins de nos jours, dit Jemima. La mode en est passée.

— Certainement, approuva lady Marguerite. C'est de très mauvais goût.

Elle avait à peine prononcé ces mots qu'un coup de feu retentit. On entendit ensuite des cris, des explosions. La voiture s'arrêta en brinquebalant. Le silence se fit et une voix terrible se fit entendre, qui disait :

— La bourse ou la vie !

— Enfer et damnation ! maugréa lady Marguerite.

— Je croyais qu'il n'y avait plus de bandits, murmura Letty, d'une voix blanche.

La portière s'ouvrit.

15.

L'homme qui se découpa dans l'ouverture était l'archétype du bandit de grands chemins, avec ses hautes bottes en cuir, son pantalon en cuir, son tricorne noir abaissé sur ses yeux et son foulard qui lui masquait le bas du visage. Ses yeux étaient noirs, comme ses cheveux dont une grande mèche s'échappait du chapeau. Il portait un manteau, noir aussi, ou plutôt — Jemima s'en rendit compte très vite — un grand sac de charbonnier fendu en deux et jeté sur ses épaules.

Reportant son regard sur le visage de l'homme, elle tressaillit et ouvrit la bouche pour parler, mais un pistolet vint s'agiter sous son nez.

— Tout le monde dehors !

Jemima referma la bouche et se leva.

— Il est hors de question que je sorte de ma voiture parce qu'un malandrin m'en donne l'ordre, proclama lady Marguerite, les bras croisés sur la poitrine. Hors de ma vue !

— Bonne-maman, supplia Letty à voix basse. Il faut en passer par là.

— Certainement pas !

Pour manifester sa ferme résolution, la vieille dame se rencogna, et elle dit encore :

— Je trouve cet incident très déplaisant.

Le bandit semblait s'amuser, de petites rides s'étaient formées autour de ses yeux. Il déclara avec urbanité :

— C'est comme vous voulez, madame.

Il poussa la politesse jusqu'à s'incliner, puis, agitant de nouveau son pistolet, il ajouta :

— Quant à vous, jeunes dames, je vous en prie…

Jemima sauta la première sur le sol, puis Letty, qui connaissait mieux les usages, donna sa main à l'homme pour qu'il l'aidât à descendre.

— Voulez-vous mes bijoux ? lui demanda-t-elle. Je porte une très jolie paire de boucles d'oreilles, avec un collier assorti.

— Letty ! protesta Jemima. Vous n'êtes pas censée offrir vos biens.

Déjà la jeune fille avait ôté ses boucles d'oreilles et les présentait sur la paume de sa main. Elle s'affaira ensuite sur le fermoir de son collier, en grommelant :

— C'est agaçant, je n'y arrive pas.

Fort galant, le bandit proposa :

— Miss, si vous voulez bien me permettre…

Sous le regard ébahi de Jemima, il glissa son pistolet dans sa ceinture et souleva la chevelure de Letty pour atteindre, par-derrière, au fermoir. Ainsi enlacée, la jeune fille rougit. L'homme se rendit compte de sa gêne, puisqu'il déclara :

— Je vous prie de m'excuser, miss. Loin de moi l'intention de vous importuner plus qu'il n'est nécessaire.

— C'est parfait, souffla Letty.

Exaspérée par cette mauvaise comédie, Jemima leva les yeux au ciel.

Ayant pris ce qu'il voulait, le bandit offrit son bras à Letty afin de la reconduire à la voiture, puis il revint à Jemima pour lui dire :

— Voulez-vous m'accorder un instant d'entretien en privé, madame ?

Ils s'éloignèrent de la voiture et pénétrèrent dans la haute futaie. Là, l'homme retira son foulard et Jemima exhala un long sifflement irrité.

— Jack ! murmura-t-elle. Qu'est-ce que cela signifie ?

Il lui prit le poignet pour l'entraîner encore plus loin, en lui disant :

— Garde ton calme et dépêchons-nous. Je n'ai pas beaucoup de temps.

Elle se dégagea d'un coup sec et demanda, les poings sur les hanches.

— A quoi joues-tu, Jack ? Qu'est-ce qui t'a pris de vouloir arrêter notre voiture ? Ne sais-tu pas que ce genre de crime est passible de la pendaison ?

— C'est le seul moyen que j'aie trouvé pour te voir, Jem. J'ai des ennuis, et j'ai besoin de ton aide.

Jemima croisa les bras et considéra son frère sans aménité. Puis elle soupira et ordonna :

— Dis-moi ce qui t'arrive.

Elle s'employa à détacher son collier, qu'elle garda ensuite dans sa main, son regard fixé sur le visage de son frère qui s'était adossé à un arbre. A voix très basse, il murmura :

— Il s'est passé quelque chose de grave dans une auberge non loin d'ici.

— Tu as commis ce crime ?

— Non, mais on essaie de me faire porter le chapeau.

— Tu me jures que tu n'y es pour rien ?

— Je te le jure, Jem.

— Que faisais-tu dans cette auberge ?

Machinalement, Jack mit dans sa poche le collier que lui tendait sa sœur, et il répondit :

— Trop long à t'expliquer. D'ailleurs, je n'ai rien vu. La police m'a chopé pour m'emmener. Je me suis réveillé en taule.

— Et tu as réussi à t'échapper ? demanda Jemima incrédule.

— Oui, en grimpant. Je sais faire.

— Ce calibre, où l'as-tu eu ?

— Je l'ai acheté ce matin à un homme — un vrai bandit, celui-là ! — qui se trouvait dans ma cellule.

— Et le canasson ?

— Acquis de façon honnête lui aussi. Je l'ai acheté à Aylesbury. Par chance, il se trouvait toujours à l'auberge quand j'y suis retourné aujourd'hui.

— Tu es retourné là-bas ?

— Il fallait bien, puisque je cherchais un moyen d'entrer en contact avec toi.

— Jack, soupira Jemima, ton histoire ne me fait pas rire du tout.

— Tu crois qu'elle me fait rire ? Tu n'aurais pas encore quelques bijoux à me donner ? Avec ce que je viens de récupérer, je ne vais pas pouvoir faire grand-chose.

— Si j'avais su que tu venais, j'aurais pris toute ma cassette avec moi.

— Bon, je me débrouillerai avec ça.

— Il faut que j'y aille, maintenant, dit Jemima. Il y a un endroit, dans le domaine, où tu pourrais te cacher, si tu veux. C'est une porcherie désaffectée, juste ce qu'il te faut... Jack, tu n'es qu'un bon à rien ! Allez, fiche-moi le camp !

Penaud, Jack obtempéra. Elle le rappela pour lui donner sa bourse.

— Merci, lui dit-il avec émotion.

Jemima retourna vers la voiture dont la portière était restée ouverte. Elle monta, referma. Aussitôt le cocher donna du fouet, et, alors que le véhicule s'ébranlait, il tira plusieurs coups de pistolet vers les arbres, ce qui suscita l'ire de lady Marguerite.

— Pas la peine de jouer les héros, maintenant qu'il est trop tard ! cria-t-elle à travers la paroi de l'habitacle. Et je vous demande, à quoi cela sert-il de tirer sur cet incompétent ?

— Pourquoi incompétent ? demanda Letty. Il m'a paru très capable, au contraire.

— Dans l'art de la séduction peut-être, mais pour le reste...

— Quel dommage qu'il n'ait pas essayé de me prendre un baiser, soupira la jeune fille.

— Certainement, approuva Jemima, car pour cela, il aurait été obligé d'ôter son masque, ce qui vous aurait permis de le décrire à la police.

— Et ainsi de l'envoyer au gibet, renchérit lady Marguerite.

Letty soupira de nouveau.

— C'est étrange, mais il m'a semblé...

— Letty !

— Je voulais seulement dire qu'il ne m'a pas semblé très prospère, bonne-maman. Vous avez vu ? Il est obligé de porter un sac en guise de manteau ! Ce ne doit pas être amusant tous les jours, la vie de bandit.

Jemima ne suivait plus la conversation. Trop de questions tourbillonnaient dans son esprit. Qu'était venu faire son frère à Delaval, et surtout, par quel hasard extraordinaire se trouvait-il à l'auberge la nuit où un crime y était commis ?

Elle soupira. Elle se sentait soudain très lasse. Plus de secrets entre nous, avait-elle dit à Rob. Comment pourrait-elle lui confier celui-là ?

Le policier, quand il arriva, se montra d'une ineptie fort rassurante, et les témoignages discordants qu'il recueillit ne l'aideraient certainement pas à mener une enquête rapide et fructueuse.

— Un homme très grand et gros, affirma lady Marguerite. Il avait un accent du nord.

— Grand, mais mince et bien bâti, corrigea Letty d'une voix oppressée. Très brun. Très beau, j'en suis certaine. Non, je n'ai pas vu son visage ni ses cheveux. Comment je sais qu'il était très brun ? Je ne sais comment vous dire, mais c'est une conviction que j'ai.

Questionnée sur la taille de l'individu, Jemima le donna pour beaucoup plus petit que ne l'était Jack, et elle ajouta :

— Je dirais qu'il était blond. Oui, j'ai vu une mèche de ses cheveux, qui dépassait de son chapeau. Je peux vous dire aussi qu'il avait un cheval bai.

— Couleur pie, plutôt, corrigea Letty.

— Alezan ! décréta lady Marguerite.

L'entretien avait lieu dans le petit salon de Delaval, en compagnie de Rob et de Ferdie. Le policier, qui s'appelait M. Scholes, semblait dépassé par les événements. Il bégayait et transpirait abondamment. Il suçait longuement son crayon avant de noter le moindre renseignement dans son carnet.

— Lady Marguerite, après un long moment de réflexion, le crayon dans la bouche, vous avez déclaré que ce gaillard vous avait permis de rester dans la voiture et qu'il ne vous avait rien pris, ni bijoux ni argent ?

— J'aurais aimé qu'il essayât ! Il n'était pas question pour moi de lui abandonner la moindre parcelle de mes biens.

— En revanche, il s'est emparé de vos boucles d'oreilles et de votre collier, miss Exton ?

— Oui, mais c'est moi qui les lui ai donnés. On ne peut donc pas considérer cela comme du vol.

Sourcils froncés, le policier se tourna vers Jemima.

— Lady Selborne ?

— Il a pris mon collier de perles et ma bourse. Je ne portais pas d'autres bijoux.

Jemima savait que Rob ne la quittait pas du regard. Il n'avait rien dit de tout l'entretien, et curieusement, son silence était difficile à supporter. Elle eût préféré l'entendre poser de nombreuses questions. Lors de l'arrivée, une Letty très agitée avait donné une narration circonstanciée de l'événement, ce qui avait évité à Jemima la peine de prendre la parole. Un peu plus tard, elle avait rassuré son mari sur son intégrité physique, sans lui dire plus que cela. Elle n'avait pas osé lui révéler tout ce qu'elle savait et, à chaque seconde qui passait, ce manque de confiance lui pesait davantage.

Pourquoi Rob la regardait-il ainsi ? Etait-ce une illusion qu'elle avait parce qu'elle se sentait coupable, ou la soupçonnait-il de ne pas lui avoir tout dit ?

— Donc..., reprit le policier qui relisait ses notes ; cet homme était grand, moyen, petit, gros, mince, brun, blond. Il avait l'accent du nord — un point sur lequel les témoignages concordent — mais il avait un cheval bai et pie.

— Alezan ! lança lady Marguerite. Faites-moi la grâce de croire que je m'y connais en chevaux. Mon père avait une écurie magnifique.

Le policier soupira et glissa son carnet dans sa poche. Ferdie prit la parole.

— Moi, je dirais que cet homme est aux abois. Pensez-vous, Scholes, qu'il s'agit de l'homme évadé de votre prison ce matin même ?

— C'est très probable, sir.

— Un meurtrier ! soupira Letty qui avait pâli. Oh, non...

— Inutile de vous affoler, miss, lui dit le policier. A mon avis, ce bandit est déjà loin et vous n'avez aucune chance de le retrouver sur votre chemin.

Il se tourna vers Ferdie.

— Vous étiez vous-même à l'auberge cette nuit, sir, n'est-ce pas ?

— En effet, Bertie Pershore et moi y sommes allés pour boire quelques pintes. Nous n'avons rien su de ce meurtre. Je crois savoir que la victime a été poignardée.

— Pas du tout, elle a reçu un coup sur la tête.

Le policier s'adressa alors à Rob.

— Vous devez connaître cet homme, sir : Harry Naylor. Il servait dans cette maison, au temps de votre grand-père. Il s'était engagé dans l'armée et il venait tout juste de rentrer au pays. Quelle fin misérable pour un soldat !

Ce nom — Naylor — éveilla l'attention de Jemima. Ne l'avait-elle pas déjà entendu quelque part ? Elle vit Ferdie et Rob échanger un regard, et sa perplexité augmenta. Pourquoi, se demanda-t-elle, Ferdie avait-il beaucoup perdu de sa superbe tout à coup ?

— Je ne crois pas que notre bandit puisse être un homme du nord, déclara soudain Letty.

Elle rougit parce que tous les regards se portaient sur elle, hésita, et reprit, les yeux baissés :

— Il parlait l'anglais de Londres, l'argot des rues londoniennes.

Elle releva la tête pour tourner son regard vers Jemima.

— Quand il vous a parlé avant de vous entraîner à l'écart…

Jemima craignit de se trouver mal.

— Je ne vois pas ce que vous voulez dire…

Heureusement, lady Marguerite vint à son secours, en s'exclamant :

— L'argot de Londres ? N'importe quoi ! Ma pauvre Letty, vous connaissez sans doute l'argot de Londres aussi bien que je connais le chinois !

Letty rougit davantage mais demeura ferme sur ses positions.

— J'en suis sûre. J'ai bien entendu…

Elle quêta le soutien de Jemima, qui lui répondit d'un imperceptible mais très significatif cillement. Letty écarquilla les yeux et ouvrit la bouche. La lumière venait de se faire dans son esprit !

Rob n'avait rien perdu de ce manège, qu'il suivait avec un intérêt non dissimulé.

Le policier se leva enfin. Ferdie le raccompagna à la porte, tandis que Rob se dirigeait vers la crédence pour servir un cordial à sa grand-mère.

Jemima se leva pour marcher vers les fenêtres. Elle s'appliqua à regarder dehors, en restant très consciente que Rob l'observait. Elle le sentit plutôt qu'elle ne l'entendit approcher. Quelques secondes plus tard, il lui murmurait à l'oreille :

— L'argot de Londres, comme c'est intéressant.

Jemima se retourna pour croiser son regard ironique et soupçonneux. Elle sentit son cœur se serrer.

— Vous savez, n'est-ce pas ? chuchota-t-elle.

— Que j'ai un bandit de grands chemins pour beau-frère ?

Que répondre à cela ? Rob reprit :

— Jemima, à quoi jouez-vous ?

— Je ne sais pas encore.

Elle jeta un coup d'œil sur le salon pour s'assurer que personne ne pouvait entendre, puis elle attira Rob à elle en le prenant par les revers de sa redingote. Il s'approcha volontiers, mais son visage était fermé, dur.

— Jack a des ennuis, lui dit-elle. Accusé du meurtre commis la nuit dernière à l'auberge, il est obligé de se cacher. Je lui ai promis d'aller le voir cette nuit.

— Il n'en est pas question ! Je ne veux pas que ma femme coure la campagne la nuit. Ce ne serait pas raisonnable.

— Je vous en prie… Je ne risque rien, et il faut que je sache ce qui s'est vraiment passé.

— Pourquoi ne m'avez-vous rien dit plus tôt ? questionna Rob, qui serrait les dents. Pourquoi ne m'avez-vous rien dit dès votre retour ?

Jemima se sentait coupable. Elle se sentait malade.

— Je ne pouvais pas, lâcha-t-elle dans un soupir. Nous avions des visiteurs. Et ensuite, ce policier est arrivé. C'est l'occasion qui a manqué.

Ces explications ne radoucirent nullement Rob, qui reprit, toujours accusateur :

— Vous auriez trouvé le temps de me parler, si vous aviez voulu.

De l'autre bout du salon, lady Marguerite les interpella.

— Que complotez-vous, tous les deux ? Ne savez-vous pas qu'un mari et sa femme ne doivent pas se confier leurs petits secrets lorsqu'ils sont en société ?

Jemima saisit la manche de Rob qui s'éloignait déjà.

— Robert…

— Non, lui fit-il, durement. Nous parlerons de tout cela plus tard, Jemima.

Elle le regarda s'en aller pour se mêler aux autres. Il avait raison. N'avait-elle pas hésité avant de décider qu'il valait mieux renoncer à parler ? Elle avait une trop longue habitude des secrets, qu'elle savait trop bien garder. D'abord Tilly, et maintenant Jack… Rob lui avait pardonné pour Tilly, mais elle lui avait alors promis qu'elle ne serait plus cachottière avec lui. Elle n'avait pas tenu parole. Lui pardonnerait-il ?

Et Jack, pouvait-elle l'abandonner, dans la situation difficile où il se trouvait ? En avait-elle le droit ? La question ne se posait même pas. Cette nuit, elle irait retrouver son frère, avec ou sans l'accord de Rob.

La porcherie abandonnée constituait un abri parfait pour cette nuit d'automne déjà très fraîche.

A une poutre, Jack attacha les rênes de son cheval épuisé, puis il retourna dans la forêt pour ramasser le bois sec dont il aurait besoin pour se chauffer. Il n'ignorait pas le danger qu'il courait en allumant un feu, mais il estima le risque minime. Il espérait que Jemima ne tarderait pas trop. Il mourait de faim.

A la lumière des flammes, il se sentit mieux. Il s'assit sur le sac qui lui servait de manteau, s'adossa au mur et ferma les yeux pour réfléchir. Comment avait-il fait pour se jeter dans de tels ennuis ? Comment réussirait-il à s'en sortir ? Il le savait moins encore. Il se demanda également si Jemima dirait à son mari ce qui se passait. Robert Selborne… Il ne savait qu'en penser. L'homme avait l'air franc du collier et il semblait sincèrement épris. Cela suffisait-il pour avoir confiance en lui ?

Le cheval renâcla bruyamment, sans doute pour signifier son dégoût de ne rien avoir à brouter. Jack se sentait dans la même situation que l'animal. Il se leva pour aller lui caresser l'encolure car il commençait à éprouver une véritable complicité pour ce compagnon d'infortune.

Il n'avait plus connu la prison depuis l'incident qui l'y avait conduit, après la mort de Beth, mais il ne doutait pas que si la police le retrouvait, il y retournerait, pour longtemps cette fois. En fait, non. S'il était pris, il ne tarderait pas à retrouver son créateur. Le meurtre dont on l'accusait injustement lui vaudrait la pendaison.

Entendant une branche craquer, à l'extérieur, il tourna la tête et prêta l'oreille. Etait-ce un bruit de pas qu'il percevait ? Sans doute Jemima arrivait-elle, avec un plein panier de provisions.

Il saliva à la perspective du repas qu'il ferait dans quelques instants, mais il fallait tout de même rester prudent. Il s'empara de son pistolet et se leva pour entrouvrir la porte.

Quelqu'un se trouvait effectivement dehors, mais sans doute pas Jemima qui n'eût pas été aussi craintive. C'était une silhouette féminine, pourtant, qui approchait. Jack glissa le canon de son pistolet dans l'entrebâillement, prêt à faire feu en cas de besoin. Il n'avait jamais tiré sur personne, mais il était décidé à vendre chèrement sa peau.

— Vous ? s'exclama-t-il. Ce n'est pas vous que j'attendais.

Il ouvrit complètement la porte pour livrer passage à Letty Exton et referma derrière elle.

— Voudriez-vous remettre votre pistolet à la ceinture ? lui demanda-t-elle. Vous me rendez nerveuse.

Il obtempéra et observa la jeune fille qui se rapprochait du feu pour se réchauffer. Elle portait un magnifique manteau en velours, muni d'un capuchon, qui donnait l'impression qu'elle se rendait à un bal. Elle repoussa le capuchon, révélant ainsi ses cheveux qui prirent une belle couleur de cuivre rouge.

— Votre cheval est bien pie, dit-elle sans se retourner. C'est moi qui avais raison.

— Je vous en prie, nous ne sommes pas ici pour nous amuser.

— Je sais.

Elle se pencha pour poser son panier sur le sol.

— Voici ce que vous attendiez.

— Je vous remercie.

Letty laissa échapper un petit soupir exaspéré, puis elle se laissa tomber à genoux sur le sol pour déballer la marchandise et la disposer sur le sol, comme si elle préparait un pique-nique. Elle annonçait, d'un ton léger :

— Fromage, pâté, tarte aux pommes — sans crème, j'en ai

peur, — jambon, deux poires. Oh, j'oubliais, deux pintes de bière. J'espère que cela sera suffisant ?

— Parfait, dit Jack.

Il s'assit et commença à dévorer son repas. Letty s'appropria une poire dont le jus coulait sur son menton. Elle essaya de rattraper le liquide avec sa langue, puis s'essuya avec le revers de la main. Voyant que Jack l'observait, elle s'occupa à remettre dans le panier les torchons qui avaient servi à emballer la nourriture, en silence.

Après un long moment de silence, Jack dit :

— Cela ne marchera jamais, vous savez.

Letty leva les yeux sur lui.

— Nous verrons, répondit-elle tranquillement.

Elle se leva.

— Il faut que je m'en aille, maintenant.

— Je crois que ça vaut mieux, dit Jack.

16.

— Pâté de porc, pommes, fromage, rôti de bœuf froid, et une pinte de bière, dit Jemima. Ne regarde pas tout ça comme si c'était empoisonné ! Moi qui pensais que tu mourais de faim !

Elle regarda avec agacement son frère qui prenait une pomme et hésitait encore à y planter ses dents. Il ne semblait vraiment pas avoir faim, ce qui pouvait se comprendre quand on se rappelait l'angoisse qui devait être la sienne. Pour s'occuper les mains, elle s'appropria un morceau de fromage, qu'elle trouva délicieux.

— Tu peux parler, dit-elle, la bouche pleine. Je n'ai pas trop de temps. Rob ne sait pas que je suis ici. Pour expliquer mon absence, il faudra qu'il dise à nos hôtes que je suis malade. Ils seront convaincus que je suis enceinte.

— Tu l'es ?

— Non.

— Si je comprends bien, tu n'as pas dit à ton cher mari que c'était moi le bandit ?

— Il le sait. Ce n'est pas moi qui le lui ai dit — pas eu le temps de lui parler — mais il sait.

— Et alors ? Tout va toujours bien entre vous ?

— Tout va bien, répondit Jemima après avoir bu une gorgée de bière. Pour toi, c'est différent. Il faudra que tu déguerpisses à l'aube, au cas où une battue serait organisée pour te retrouver. Il y a une vieille hutte de charbonnier, à l'autre extrémité du domaine. Tu n'y resteras pas trop longtemps, juste ce qu'il faudra pendant que nous nous occuperons à aplanir les difficultés.

— Ne change pas de sujet. Je parlais de toi et de ton milord.

— Je n'ai rien à dire. Tout va bien.

— Tu l'aimes ?

— Oui, soupira Jemima ; oui, je l'aime bien.

Jack se rapprocha pour la regarder en face.

— Tu n'as pas répondu. Je t'ai demandé si tu l'aimais.

Elle évita son regard.

— Je ne sais pas.

— Tu sais, il n'y aurait pas de honte à ça. L'ennui, pour toi, c'est que tu n'as pas confiance en lui, n'est-ce pas ?

— Je ne sais pas.

— Mais si, tu sais ! La preuve, c'est que si tu avais confiance en lui, tu lui aurais déjà tout dit.

— Ne t'occupe pas de ça.

Jack jeta le trognon de pomme dans un coin. Jemima se découpa une tranche de pâté et demanda :

— Dis-moi ce qui se passe, Jack.

— Si je savais ce qui se passe, je ne serais pas ici.

— Vraiment ? Tu peux tout de même me donner quelques éléments, non ? Pour commencer, dis-moi ce que tu étais venu manigancer à Delaval.

Jack toussota pour dire :

— Je voulais te voir et te prévenir.

— Me prévenir de quoi ?

— Il y a des gens qui posent beaucoup de questions à ton sujet, Jem. Tu sais, le genre qui n'a l'air de rien et qui fourre son nez partout. J'ai pensé que ta belle-famille cherchait à te discréditer d'une manière ou d'une autre. Donc, je suis venu pour te dire de faire gaffe.

Il soupira et reprit :

— Si tu veux tout savoir, la vie n'est plus drôle du tout à la maison, depuis que tu es partie. Le père s'est calmé à ton sujet, c'est toujours bon à prendre. Maman est très fière de ton mariage. Tu penses ! Sa fille est une vraie comtesse ! Oui, mais moi, je ne rigole plus comme avant.

— Le père, il sait ? questionna Jemima angoissée.

— Non ! C'est notre petit secret, à maman et à moi. Elle est tellement contente pour toi. Le père, s'il pouvait rester coincé dans une cheminée, ça serait parfait.

— Jack !

Il haussa les épaules et demanda :

— A ton avis, qui sont ces gens qui enquêtent sur toi ?

— Comment veux-tu que je le sache ? Rob a une cousine qui est une véritable petite peste. On pourrait penser que cela vient d'elle, mais rien ne le prouve. Elle assistait au mariage d'Anne Selborne. Il est donc possible qu'elle m'ait reconnue et qu'elle attende le bon moment pour me dénoncer, en fouinant dans mon passé pour y trouver des éléments croustillants.

Jemima frissonna avant de conclure :

— Elle s'est conduite de façon ignoble avec Letty.

Jack sursauta.

— Letty ?

— Letty Exton, la jeune fille qui se trouvait dans la voiture avec moi, cet après-midi. Tu dois te souvenir d'elle : la jolie fille aux boucles blondes… Elle est adorable.

— Je me souviens parfaitement. Qu'est-ce qu'elle lui a fait, l'autre ?

— Elle lui a gâché ses débuts dans le monde.

— Je vois, marmonna Jack : une tête à claques. Elle pourrait essayer de s'en prendre à toi aussi. En tout cas, te voilà prévenue.

— Je te remercie, mais tu ne m'as toujours pas dit comment tu t'étais fourré dans ce pétrin.

Jack s'adossa au mur et ferma les yeux.

— En venant ici, j'ai rencontré un type qui s'appelait Harry Naylor. On a fait un bout de chemin ensemble. Il revenait à Delaval après avoir fait la guerre. Il m'a dit qu'il avait été blessé à Corunna.

— Naylor ! Bien sûr ! Il servait chez le grand-père de Rob, à ce qu'on m'a dit.

— Assez insignifiant, le gars. Je n'aurais pas prêté attention à lui autrement, mais comme il connaissait le chemin pour Delaval, ça m'intéressait. On a passé la soirée à l'auberge et on a eu une prise de bec pour savoir qui paierait une tournée. On a même failli en venir aux mains. Mais il a aperçu un autre type qu'il connaissait, alors il est allé lui parler et moi je me suis installé dans un coin, avec mon pichet.

— Quelqu'un vous a-t-il vus vous quereller ?

— Malheureusement, oui.

— Mon Dieu !

Jemima montra les victuailles et demanda :

— Tu es sûr que tu n'as plus faim ?

— Non, je te remercie. Mais je boirais bien un coup, si ça ne te dérange pas.

Jemima lui passa la bouteille de bière. Il prit une gorgée et reprit :

— Plus tard dans la soirée, des gars de la haute sont venus à l'auberge. Il y en avait un que j'avais vu à ton mariage.

— Ferdie Selborne.

— Exact ! Avec un autre abruti du beau monde. Ils se sont installés à une table pour boire et jouer aux cartes. Au bout d'un moment, j'ai vu que Harry Naylor les abordait.

— Harry Naylor a parlé à Ferdie Selborne ?

— Je peux te le jurer puisque je l'ai vu de mes propres yeux. Et ils n'avaient pas l'air d'accord.

— De quoi parlaient-ils ?

— Aucune idée, Jem. Si je le savais, je comprendrais le fin mot de toute l'histoire, n'est-ce pas ?

— Qu'as-tu vu encore ?

— Pas grand-chose. Je suis sorti pour aller…

— S'il te plaît, passe-moi les détails.

— C'est important ! Les cabinets sont dehors, vois-tu ? Après, je ne suis pas rentré dans la salle d'auberge, je suis monté directement dans ma chambre. J'avais peut-être un peu trop bu, je me suis écroulé sur mon lit et j'ai dormi comme une masse. Quand je me suis réveillé, le gargotier frappait à ma porte et me disait que Harry Naylor avait été tué et que la police voulait me dire deux mots. On m'a emmené à la prison de Burford avant que j'aie eu le temps de dire ouf.

— Et là, tu n'as rien trouvé de mieux à faire que de t'évader, donnant ainsi la preuve que tu étais le meurtrier.

— Doucement, doucement ! protesta Jack. Tu ne voudrais tout de même pas que je me laisse pendouiller sans réagir ? Mon cas aurait été vite réglé, va ! On ne m'aurait même pas interrogé avant de me conduire au gibet. J'aurais fait le coupable idéal. Tu penses, un…

— Bandit de grands chemins.

Jack soupira.

— Oui, je sais, c'était stupide de ma part. Mais comme je te l'ai déjà dit, je ne savais pas comment arriver jusqu'à toi… C'est promis, je rendrai les bijoux.

— Ton cheval, il ne m'a pas l'air d'être le compagnon idéal pour une vie consacrée au crime et à la rapine.

— Vrai, et je te signale que je ne consacre pas ma vie au

crime et à la rapine. Voilà pourquoi j'ai besoin de toi, et de ton milord, pour me sortir de ce mauvais pas.

Jemima se leva et secoua sa robe pour en faire tomber les miettes de pain.

— Je veux bien parler à Rob. Ce qui m'ennuie, c'est le rôle joué par Ferdie Selborne, cousin de Rob, l'un de ses meilleurs amis de surcroît.

Fataliste, Jack haussa les épaules.

— Fais pour le mieux.

— Je te laisse les provisions. Et n'oublie pas de gagner la hutte de charbonnier aux premières heures du jour. Je tâcherai de venir t'y retrouver dans la soirée.

— Tu es bonne, Jem. Merci !

— Toi, tu es un idiot.

Jemima s'en alla, franchit le seuil, se retourna.

— Jack ?

— Oui.

— Il y a encore quelque chose que je devrais te dire. J'ai vu Tilly, voici quelques jours.

Le visage de Jack se ferma. Il ne répondit pas.

— Je suis désolée. C'est toi qui avais raison, et moi tort. J'aurais dû rester loin d'elle.

— Tu n'as pas pu t'empêcher...

— Je ne lui ai pas parlé, si c'est cela que tu veux dire. Elle va bien, tu sais. Je crois qu'elle est heureuse. Voilà, tu sais tout.

Jack rattrapa Jemima et l'arrêta.

— Tu as eu des ennuis avec ton milord à cause de Tilly ?

— Rob. Je te rappelle qu'il s'appelle Rob. Oui, j'ai passé un moment difficile, mais c'est arrangé.

Jack éclata de rire.

— L'imbécile ! Je parie qu'il a cru que tu étais la mère.

— Quelque chose de ce genre. Je lui ai dit la vérité. J'espère que cela ne te dérange pas.

Jack secoua la tête.

— On dirait que tu fais confiance à ton milord, finalement.

— Il s'appelle Rob. Et maintenant, je m'en vais le retrouver. Je te souhaite une bonne nuit, Jack.

— Je savais que vous iriez, dit Rob.

Il se trouvait dans la chambre de Jemima et il l'attendait.

Elle jeta son manteau sur le dossier d'une chaise et s'approcha de lui.

— Pourquoi ne m'avez-vous pas empêchée d'y aller, Rob ?

— Parce que je voulais voir ce qui arriverait, répondit-il d'un air malin. Je voulais savoir si vous respecteriez vos engagements envers moi.

Jemima tressaillit douloureusement. Elle se sentait coupable et tâcha de présenter sa défense.

— Je ne pouvais pas laisser mon frère tout seul, sans rien…

— Pourquoi ne vous êtes-vous pas confiée à moi ? J'aurais été heureux de vous aider à tirer cette affaire au clair.

— Vous ne m'avez rien dit de semblable ! Si j'avais su…

— Je vous avais dit que nous en reparlerions. Bien sûr, vous n'avez pas voulu attendre !

Ils se défièrent du regard, aucun ne voulant baisser les yeux le premier. Puis Jemima sentit ses forces la quitter.

— Je suis désolée, Rob. Après Tilly, j'avais pensé…

— Pensé quoi ?

— Je ne voulais pas garder pour moi ce nouveau secret. Si je l'ai fait…

— Je peux comprendre. Jack est votre frère, après tout. C'est d'abord à lui que va votre loyauté.

— Non !

Rien n'était plus faux. Il suffisait de le dire…

— Ma première loyauté, c'est à vous qu'elle va.

Une lueur ironique passa dans les yeux de Rob. Calmement, il énonça :

— Je ne le pense pas, Jemima. Si vous le croyez, vous vous illusionnez.

Jemima frémit. De Rob elle ne connaissait pas encore cette attitude inflexible, cette voix métallique. Elle ne savait pas ? N'aurait-elle pas pu s'en douter, lorsqu'elle l'avait vu en colère contre Alfred Jewell ? N'était-elle pas le témoin de l'obstination forcenée avec laquelle il restaurait Delaval ? Allons ! Elle avait toujours su que le tendre, l'aimable Robert Selborne était un homme déterminé quand il le fallait.

— Jack est mon soutien depuis toujours, dit-elle d'une voix cassée par l'émotion. Je ne vous connais que depuis peu de temps.

— Je sais, répéta Rob, qui semblait soudain résigné, fatigué.

Jemima eut l'impression désespérante qu'elle était sur le point de perdre un trésor avant d'avoir seulement mis la main sur lui. Rob lui avait fait la cour, avec une délicatesse infinie, pour l'habituer à lui. En aucun cas il ne l'avait brusquée. Il avait fait preuve de générosité et elle… Sa gorge se serra. Elle avait répondu du mieux qu'elle avait pu, mais ce *mieux* ne suffisait pas.

— Que voulez-vous ? demanda-t-elle. Rob, je ne comprends pas…

— C'est simple. Je veux votre confiance.

— Vous l'avez.

— Non, puisque vous gardez toujours quelque chose par-devers vous.

— Je…

Le premier mouvement de Jemima avait été pour nier, mais elle voyait bien que Rob avait raison.

Mais voilà qu'il lui tendait la main.

— Je ne veux pas de demi-mesures, Jemima. C'est tout ou rien.

— Vous avez tout, affirma Jemima en soutenant son regard inquisiteur.

— Votre confiance. Votre loyauté. Votre amour. Pensez-y, Jemima. Pensez-y. Tout ou rien.

Il relâcha sa main.

— Rien ? balbutia-t-elle.

— Il n'est pas encore trop tard pour faire annuler le mariage, et en ce cas, vous auriez votre maison à Twickenham, si c'est ce que vous préférez.

— Non ! cria Jemima au bord du désespoir. Ce serait absurde.

— Pourquoi pas ? fit Rob, ironique. N'est-ce pas ce dont nous étions convenus ?

Jemima dut faire un effort de réflexion pour se rappeler que tels, en effet, étaient les termes du contrat initial. Ils avaient fait tant de chemin depuis !

— Non, répéta-t-elle, la voix vibrante.

Portant sur Rob un regard désespéré au travers de ses larmes, elle lui demanda :

— Est-ce à cause de ce qui s'est passé ce soir ?

— Non, soupira-t-il. C'est parce que je ne supporte pas d'être le second.

Il s'en alla jusqu'à la cheminée et là, les deux mains sur le manteau de marbre, la tête basse, il poursuivit :

— J'ai promis que je vous donnerais autant de temps que je le pourrais, n'est-ce pas ? J'ai promis que nous irions aussi lentement que vous le désireriez.

Il frappa du poing et les bibelots sursautèrent.

— J'ai menti ou plutôt, j'ai présumé de mes forces. Je ne peux plus continuer ainsi. J'ai essayé d'être patient. Par deux fois vous m'avez menti, vous avez refusé de vous confier à moi. Je ne puis plus le supporter. Je ne veux plus de compromission. Alors, l'alternative est simple : ou vous me faites confiance ou vous ne me faites pas confiance. Dans ce dernier cas, vous êtes libre de partir.

Jemima se mordit la lèvre jusqu'au sang, pour ne pas éclater en sanglots. C'était du chantage que Rob lui faisait, mais elle ne pouvait s'empêcher de penser qu'il avait raison, qu'il parlait vrai.

Il jeta un coup d'œil au cartel et reprit :

— Il est tard, très tard. Il faut que je vous laisse. Demain matin, si vous le désirez, vous pourrez me parler de Jack et je verrai ce qu'il est possible de faire pour l'aider.

Il prit la direction de la porte.

— Attendez ! dit Jemima.

— Oui ? fit-il en se retournant.

— Je suis désolée, tellement désolée. Je ne sais pas ce que je pourrais dire d'autre. Vous avez toutes les raisons d'être en colère contre moi. Je ne peux qu'en convenir. Mais je ne veux pas quitter Delaval. Je me plais ici. Oh, Rob…

Aucunement adouci par ce plaidoyer, il répondit :

— Nous parlerons de tout cela demain matin.

— Comme vous voulez… Il y a, toutefois, quelque chose que je veux vous dire dès maintenant. Je sais que j'ai commis des erreurs, mais je ne commettrai pas celle de vous quitter, d'accepter l'annulation que vous me proposiez, il y a un instant. En plus, ces annulations de mariage sont difficiles à obtenir, vous savez.

Elle vit, avec bonheur, une lueur amusée passer dans le regard de Rob et elle pensa que tout n'était peut-être pas perdu. Encouragée par ce premier succès, elle s'enhardit.

— Surtout si le couple a cohabité, ce qui est notre cas. Il ne vous serait pas facile de prétendre, par exemple, que vous êtes impuissant.

Rob éclata de rire.

— J'avoue que j'y regarderais à deux fois avant d'avancer cet argument.

— C'est très compréhensible. En outre, le tribunal ne vous croirait pas, car je lui raconterais, moi, vos prouesses en ce domaine. Vous passeriez pour un fieffé menteur et cela ne serait pas bon pour votre réputation.

Pinçant les lèvres pour ne plus sourire, Rob repartit :

— Il me faudrait imaginer autre chose, alors.

Certaine, désormais, de remporter la victoire, Jemima se rapprocha de Rob pour lui demander :

— Je pourrais essayer de vous amener à changer d'avis.

— Oh, vous n'auriez pas à essayer fort…

Il lui prit la bouche pour lui donner un baiser passionné, auquel elle répondit avec autant de passion. La tête commença à lui tourner tandis que Rob approfondissait le baiser. A l'évidence il la désirait toujours.

Lentement, ils se désunirent. Rob avait la respiration oppressée et ses yeux brillaient d'une passion qui enrageait de ne pouvoir s'exprimer pleinement. Quant à elle, qui tremblait de tout son corps, elle dut prendre appui sur un dossier de chaise avant de demander :

— Cela signifie-t-il que vous me pardonnez ?

Rob lui donna un nouveau baiser, plus bref, et répondit :

— Je suppose qu'on peut dire cela.

Elle posa la tête sur son épaule et murmura :

— Cela ne se reproduira plus. Je vous le promets.

— Il faudra me le prouver. Maintenant, il faut vraiment que je m'en aille.

— Il faudra que vous m'aidiez à me déshabiller, reprit-elle, les yeux baissés. Tout le monde pense que je suis malade et alité. Je ne puis donc appeler ma servante, au risque de faire jaser.

Rob grommela ce qui pouvait passer pour un assentiment contraint. Elle s'empressa d'ajouter :

— Vous n'aurez qu'à me déboutonner dans le dos. Ensuite, je me débrouillerai.

— Tournez-vous, alors.

Avant d'obtempérer, elle dit encore :

— Je n'essaie pas de vous séduire, vous savez. Je n'oublie pas le testament de votre grand-mère.

Rob grogna et se passa la main dans les cheveux.

— Moi, je m'assiérais volontiers sur le testament de ma grand-mère. Tournez-vous.

Il s'affaira sur les boutons. Le cœur battant, Jemima suivit le cheminement des doigts dans son dos. Elle sentit le corsage s'ouvrir. Bientôt la robe tomba à ses pieds.

— Ne bougez pas, murmura Rob. C'est merveilleux…

Il se pencha pour lui donner un baiser sur la nuque, puis plus bas, sur toute la partie de son dos que ne couvrait pas la chemise. Electrisée, elle se retourna et, les bras croisés sur la poitrine, elle dit :

— Je vous remercie.

Sans répondre, Rob se pencha pour souffler la chandelle. Puis il enleva Jemima et l'emporta pour la déposer sur le lit. Elle ne le voyait pas mais tous ses sens le rendaient présent à elle. Sa voix parut naître de l'obscurité compacte :

— Avez-vous confiance en moi, Jemima ?

— Oui.

— Vraiment confiance ?

Elle toussota.

— Totalement, Robert.

— Pourtant, vous avez douté.

Elle prit une longue inspiration.

— Je sais que jamais vous ne me ferez de mal.

— Pensez-vous toujours que l'amour est un piège ?

Elle ferma les yeux pour répondre.

— Pas précisément… Je pense que l'amour physique… est… peut-être… plaisant.

Elle l'entendit rire.

— Vous ne pouvez pas vous empêcher de garder quelque chose par-devers vous, n'est-ce pas ?

Il s'allongea près d'elle et la prit dans ses bras.

— Voulez-vous vous abandonner à moi ce soir ?

Le cœur battant fort, la respiration difficile, elle objecta :

— Robert, les termes du testament…

— Je sais, mais il y a d'autres moyens.

Elle sentit qu'il lui retirait sa chemise. Elle ne portait plus à présent que ses bas. La main de Rob glissa sur ses jambes pour atteindre la peau au-dessus de la jarretière, et s'y attarda, caressante, persuasive, provocante au-delà du supportable. Il lui prit les lèvres, dans un baiser impatient.

Sous les caresses des mains et des lèvres de Rob qui l'exploraient avec une consciencieuse persévérance, le corps de Jemima se consumait lentement, tour à tour attentif, électrisé, supplicié. Elle se rendait compte avec déplaisir qu'il restait maître de lui et qu'il avait gardé ses vêtements, alors qu'elle était presque entièrement nue. D'une certaine façon, c'était plus excitant, mais elle était frustrée de sentir le tissu sous sa main, quand elle aurait voulu que rien ne les séparât. Elle lui manifesta sa déception en tentant de le déshabiller, mais il lui immobilisa les mains en les plaçant entre leurs deux corps, puis, lui prenant les lèvres avec fougue, il lui ôta ce qui lui restait de souffle.

Quand Jemima eut réussi à se libérer, elle tenta une nouvelle fois de lui retirer ses vêtements. Rob se contenta de rire, et sa bouche glissa vers la poitrine de la jeune fille, la baisant et la caressant jusqu'à ce que celle-ci s'immobilisât enfin, épuisée de désir.

— Me croyez-vous toujours ? demanda-t-il.

Jemima tourna la tête sur l'oreiller.

— Oh, oui… Je constate qu'il est fort… plaisant de vous croire.

De nouveau, Rob lui baisa les lèvres, longuement, lentement, tandis que sa main remontait le long des jambes. Il les écarta pour lui donner une caresse si précise qu'elle sentit son corps onduler malgré elle. D'un baiser, il étouffa ses gémissements.

— Puisque je ne peux pas faire l'amour complètement avec vous cette nuit, souffla-t-il, j'aimerais bien faire d'autres choses à la place. Acceptez-vous ?

Il y eut un long silence. Tout le corps de Jemima était à ce point tendu qu'il semblait devoir exploser. Déjà les doigts de Rob s'étaient remis à la tourmenter, et elle se sentit bouger au rythme de leurs sollicitations. Hébétée, elle n'était même pas sûre de toujours savoir ce qu'ils voulaient, mais elle s'abandonnait et ne tardait pas à comprendre.

Puis Rob se laissa glisser le long de son corps. Elle sentit au passage ses cheveux lui caresser le ventre. A l'idée des plaisirs insoupçonnés qu'il s'apprêtait à lui dispenser, elle se contracta. Mais ce qu'elle éprouva quand la langue de Rob remplaça ses doigts, cette jouissance multipliée à l'infini comme la lumière dans les innombrables fragments d'un miroir brisé, elle n'aurait jamais pu l'imaginer.

Emportée dans cette extase, elle mordit son oreiller pour s'interdire de crier et ne pas réveiller toute la maison. Et quand elle découvrit que Rob n'avait pas l'intention de se contenter de ces préliminaires, elle s'abandonna au plaisir pour le reste de la nuit.

17.

— Jemima ? Réveillez-vous, mon amour.

Le soleil matinal dessinait des carrés sur la courtepointe et le plancher. Jemima ouvrit les yeux, les referma. Elle s'étira. Elle se sentait merveilleusement bien dans ce lit… dans les bras de Rob… Et il était nu.

Il s'éloigna un peu. Aussitôt elle se sentit abandonnée. Il murmura à son oreille :

— Il faut que je m'en aille avant que les serviteurs n'arrivent. Comment vous sentez-vous ?

— Heureuse.

Elle rouvrit les yeux et se retourna à l'intérieur de la prison qu'il constituait avec ses bras.

A un certain moment de la nuit, elle s'était dit qu'elle n'oserait plus jamais le regarder en face. N'avait-il pas joué de son corps, d'une manière délicieuse, ce qui était normal, mais n'avait-elle pas exprimé un désir, des exigences peu compatibles avec la réserve qui convient aux femmes ? Ne s'en était-il pas offusqué ? Non ! Il lui souriait avec une telle tendresse qu'elle sentit disparaître toutes ses craintes.

Une pensée lui vint. Elle fronça les sourcils.

— Rob… c'était merveilleux pour moi, mais vous…

— Jamais je n'ai autant aimé une nuit autant que celle-là.

— Oui, mais…, fit-elle en rougissant.

— Ne vous souciez de rien, mon amour. J'ai la conviction que nous ne tarderons pas à rétablir l'équilibre.

— Nous devions parler…

— Pas maintenant, mon amour.

Il sortit du lit et s'habilla hâtivement, en poursuivant :

— Savez-vous que je dois sortir avec Bertie et Ferdie, ce matin, pour tirer quelques coups de fusil ? Je rentrerai aussi tôt que possible et nous pourrons alors parler. Et cet après-midi, je rendrai visite à votre frère, si vous le voulez bien.

— Merci, murmura Jemima.

Ses craintes se dissipaient pour elle-même, mais le danger rôdait toujours. Jack pensait que Ferdie était impliqué dans l'assassinat de Naylor, et cela, Rob n'en avait pas la moindre idée. Si elle le lui disait maintenant… Elle chassa cette pensée, ne voulant pas gâcher cette belle matinée ensoleillée.

Elle attrapa la manche de Rob alors qu'il se penchait pour le baiser d'adieu.

— Rob… j'ai dit vrai… Cette nuit fut merveilleuse pour moi, mais… mais elle est incomplète. C'est difficile à admettre.

— C'est difficile à admettre pour moi aussi… Il n'empêche que j'ai adoré cette nuit, moi aussi.

La main de Jemima se crispa sur la manche de Rob, quand elle demanda :

— Rob… m'avez-vous pardonné ?

— Oui, car vous m'avez donné votre confiance. Allez, à plus tard, ma chérie.

Sur un dernier petit baiser, il se leva et s'éloigna.

— Soyez prudent, recommanda-t-elle.

Elle ne sortit pas immédiatement de ce lit où elle se trouvait si bien. Les plaisirs de la nuit la hantaient encore. Elle avait envie de les revivre, de les méditer. Allongée, toute droite, comptant les taches de soleil au plafond, elle se demanda si c'était cela, l'amour. Cette heureuse langueur, était-ce de l'amour ? Ou bien, était-elle tombée dans ce piège où elle avait vu se débattre tant de femmes ? N'était-elle pas en train de confondre l'attirance physique avec l'amour ?

Ayant donné un coup à la porte, Ella entra avec le chocolat chaud du matin. Son regard se posa sur les habits répandus au sol, puis sur les épaules nues de sa maîtresse qui s'asseyait dans le lit. Elle pouffa de rire.

— Je vois que vous vous sentez mieux, milady.

— Cela va beaucoup mieux, en effet, répondit Jemima, en souriant.

La servante s'employa à mettre un peu d'ordre dans la chambre.

Quelqu'un frappant de nouveau, Jemima se hâta de se lever et de passer sa robe de chambre pour couvrir sa nudité.

— Entrez !

Letty passait la tête dans l'entrebâillement de la porte. Elle portait une cassette qu'elle posa sur la table.

— Pardonnez mon intrusion matinale, Jemima, mais bonne-maman parle de rentrer chez nous cet après-midi. Je voulais donc m'assurer que vous alliez mieux après les événements d'hier et votre malaise d'hier soir.

Jemima lui fit signe d'approcher du lit et s'adressa à la servante.

— Ella, voudriez-vous être assez aimable pour revenir un peu plus tard ? Je vais prendre mon chocolat en compagnie de Miss Exton.

— Merci de l'avoir renvoyée, murmura Letty lorsque la porte se fut refermée. Je voudrais vous parler à l'abri des oreilles indiscrètes.

— Certainement. De quoi s'agit-il ?

— Eh bien…

Letty rougit.

— C'est à propos de ce que j'ai dit au policier, hier. Voyez-vous, je n'avais pas pensé… Et alors, vous m'avez décoché un tel regard… J'ai compris que vous ne vouliez pas entendre un mot de plus sur ce sujet, et je me suis demandé…

Elle se tordit les mains pour jeter :

— Que se passe-t-il, Jemima ? Je sais que notre bandit, c'était votre frère et que…

— Vous savez ?

— Oui. Non ! Je veux dire… Je suis sûre que M. Jewell n'est pas un bandit de grands chemins, mais je me demande pourquoi il s'est déguisé de la sorte.

Jemima prit rapidement sa décision.

— Letty, vous ne répéterez pas un mot de ce que je vais vous dire. Jurez-le-moi.

— Je le jure, dit la jeune fille, avec le plus grand sérieux, en écarquillant ses merveilleux yeux bleus.

— Vous ne devez prendre aucune initiative non plus.

— Non, fit-elle, avec un tout petit peu moins de conviction.

— Jack a des ennuis, mais je suis certaine qu'il ne tardera pas à se sortir d'affaire. J'en ai parlé à Rob et il s'en occupe.

— Vous avez parlé à Rob ? questionna Letty soudain fort nerveuse. Etait-ce bien indiqué ? Je veux dire… Je me mêle peut-être de ce qui ne me regarde pas, mais il m'a semblé que Rob n'aime pas Jack… je veux dire : M. Jewell.

— A quelle occasion avez-vous observé cela ?

— Quand nous nous sommes rencontrés, dans le bureau de M. Churchward. Rob avait un ton cassant, Jack serrait les poings. Il m'a paru évident qu'ils se détestaient.

Jemima fit une moue, en se demandant ce que Letty avait encore observé. Elle répondit :

— Il ne faut pas vous éprendre de Jack, Letty. Je sais qu'il est le plus beau des hommes, mais vous êtes une demoiselle du grand monde, auquel il n'appartient pas. Il se situe si bas au-dessous de vous, dans la société. Vous êtes trop bien élevée pour lui. Nous sommes une famille de ramoneurs, je vous le rappelle.

— Rob vous a épousée, vous !

— Je sais, convint Jemima. Mais n'est-ce pas différent ? Si une épouse prend la place de son mari dans la société, l'inverse n'est pas vrai. J'ajoute que notre mariage n'était, au début, que de convenance.

Letty pouffa de rire.

— De convenance ! A d'autres ! Il est aussi fou de vous que vous l'êtes de lui. Vous devriez voir votre visage dans une glace, en ce moment, pour vous en rendre compte. Après la nuit que vous venez de passer...

Les yeux brillant de malice, elle ajouta :

— Vous voyez, je ne suis pas si bien élevée que ça, après tout.

Jemima jeta un coup d'œil autour d'elle. La moitié de ses vêtements étaient encore éparpillés sur le plancher, Ella n'ayant pas eu le temps de mener à bien sa tâche de rangement. Le lit montrait un grand désordre et la tête de Rob avait creusé un trou dans l'autre oreiller. Il fallait aussi prendre en compte les cheveux de Jemima, fort emmêlés, et son visage, oui, son visage de femme qui avait connu de grands plaisirs au cours de la nuit.

Lui voyant la mine soudain défaite, Letty lui tapota la main.

— Vous aimez Rob et il ne faut pas vous en cacher. Je sais qu'Augusta et des pisse vinaigre dans son genre disent que c'est très mal élevé de manifester ses inclinations en société, mais ceux qui disent cela ne savent pas ce qu'est l'amour ! Bonne-maman est aux anges de voir Rob amoureux, et lorsque vous aurez mis au monde le prochain héritier de Delaval... Je m'arrête car je crains d'aller trop loin, une fois de plus.

— Je ne suis pas enceinte. Lady Marguerite veut le croire, mais c'est un peu prématuré.

— Espérons que c'est pour bientôt !

Letty porta sa main à sa bouche.

— Manque de tact, une fois de plus ! Je dis tout ce qui me passe par la tête. Bonne-maman dit que je suis une dévergondée.

— J'avoue que vous me surprenez souvent, répondit Jemima en tâchant de ne pas rire, mais vous n'êtes pas une dévergondée.

Letty montra alors la cassette qu'elle avait posée sur la table.

— J'ai trouvé ceci dans la bibliothèque, hier, et avec tous ces événements, j'avais oublié de vous en parler. Je dois vous l'avouer, j'ai regardé ce qu'il y avait dedans... La curiosité n'est pas le moindre de mes défauts. Il m'a semblé que c'était un journal intime, mais je peux vous jurer que je n'en ai pas lu une seule ligne.

Elle se leva.

— Je dois m'en aller, maintenant. A bientôt, Jemima ?

— Au revoir, Letty, à bientôt.

Jemima ouvrit la cassette qu'elle avait complètement oubliée alors qu'elle l'avait dénichée dans la cheminée, quelques jours plus tôt. Elle trouva à l'intérieur des feuilles de papier, couvertes d'une écriture fine et serrée. Elle alla se remettre au lit et, calée contre ses oreillers, elle commença sa lecture.

— Il faut que cela cesse.

Jack Jewell s'adossa au mur de la hutte et, les yeux fermés, il offrit son visage au soleil.

— Cela cessera, répondit Letty.

Elle relevait le bord de son chapeau de paille pour être plus proche de Jack. Il avait les yeux fermés mais savait qu'elle était proche de lui, très proche. Il sentait son parfum délicat, un mélange de rose et de chèvrefeuille qui avait sa part dans le trouble qu'il ressentait.

— Nous rentrons à la maison cet après-midi, annonça Letty. Dans deux jours, nous donnons mon bal d'anniversaire.

— Suis-je invité ? demanda Jack en ouvrant les yeux.

— S'il vous plaît de venir, monsieur Jewell, vous serez le bienvenu.

Elle parlait comme une duchesse. Jack eut envie de se jeter sur elle pour l'embrasser. Il tourna la tête vers elle et vit qu'elle jetait sur lui le magnifique regard de ses yeux bleus.

— J'ai vu votre fille, reprit-elle. Il me semble que je doive vous le dire.

Le silence se fit. Jack soutint le regard de la jeune fille. Son cœur battait trop fort, trop vite. Il toussota.

— Cela fait-il une différence ? demanda-t-il.

Letty ne répondit pas immédiatement. Son visage était devenu grave.

— Non, cela ne fait pas de différence. Je regrette que cette petite fille ne soit pas la mienne, c'est tout.

Jack referma les yeux. Depuis six ans, il ne s'était jamais senti si près de faire une déclaration d'amour. Son cœur se contractait douloureusement.

Il rouvrit les yeux. Elle le regardait toujours, Letty, la princesse qui croyait que leurs destins étaient indissolublement liés. Emouvant… Pourquoi n'avait-il pas la même foi, la même force de caractère ?

— Si, cela fait une différence, reprit-il d'une voix volontairement aigre. Je ne suis pas un homme pour une jeune fille comme vous.

Il chercha une raison suffisante pour prouver ce qu'il avançait et crut avoir trouvé. Il annonça triomphalement :

— D’abord, je ne sais ni lire ni écrire.

— Vous aimeriez savoir ?

Jack faillit éclater de rire. Puis il réfléchit et répondit avec honnêteté.

— Des fois, oui, j’aimerais bien. Je me moquais de tout cela lorsque j’étais enfant. Maintenant, je me dis que ça pourrait m’être utile.

Letty se serra contre lui. Il serra les poings et admira le courage secret qu’il manifestait en ces circonstances.

— J’aurais un arrangement à vous proposer, monsieur Jewell. Je vous apprendrais à lire…

— Oui, et ?

— En échange, vous m’apprendriez l’argot de Londres.

Letty tendit la main.

— Marché conclu ?

Jack sourit et prit la petite main offerte.

— Marché conclu.

— J’admets que l’affaire est délicate.

Les invités étant partis, Rob se retrouvait seul, avec Jemima, dans la bibliothèque, lui assis au bureau, elle installée en face de lui, dans un fauteuil. Les deux mains sur les feuillets qu’il venait de lire, il leva les yeux et fit une petite grimace.

— C’est l’écriture de Ferdie. Il reconnaît être responsable de la mort de mon grand-père. Il avoue avoir tiré le coup de feu fatal.

— Votre grand-père ne s’est donc pas tué tout seul par accident, comme vous le croyiez jusqu’à maintenant.

Rob tapota les feuillets.

— On peut prendre ce document pour une confession. Ferdie semble avoir été très éprouvé par cet accident.

— Comment ne pas le comprendre ?

Quand elle avait lu, le matin, elle avait été émue par le désespoir exprimé dans ce récit circonstancié et elle ne doutait pas une seconde qu'il ne s'agissait que de cela : un accident terrible.

— Pourquoi pensez-vous qu'il a écrit tout cela ? demanda-t-elle.

— Sait-on jamais ce qui peut se passer dans la tête de quelqu'un dans ces moments-là ? Peut-être que cet exercice l'a aidé à supporter l'horreur.

— Pourquoi cacher le document dans la cheminée ? Cela n'a aucun sens !

— Seul Ferdie pourrait répondre à cette question. Faut-il la lui poser ? Je n'en suis pas certain.

Jemima exprima alors l'idée qui lui trottait dans la tête depuis le matin.

— Et si c'était là qu'il fallait chercher l'explication du meurtre commis à l'auberge ?

— Naylor ?

— Oui. Il se trouvait avec votre grand-père quand celui-ci a été tué. Il doit connaître le secret. Après, il s'en est allé. Plusieurs années passent et il revient. Jack le voit dans une discussion orageuse avec Ferdie. Et maintenant, il est mort.

— Je ne peux le croire, dit Rob, tout pâle, le regard perdu. Ferdie ne peut pas avoir commis un crime aussi affreux. Il n'a pas beaucoup de morale, c'est un libertin, mais…

Il leva les yeux vers Jemima.

— Je suis désolé. Je ne pense pas que Ferdie mente, mais je veux croire qu'il y a une autre explication et que nous la trouverons.

— Quelle autre explication ? questionna Jemima, d'une voix pleine d'angoisse. Dieu sait que j'aime bien Ferdie, mais je crains qu'il n'ait commis un acte très grave.

Rob se leva et, les mains dans les poches, commença à marcher dans la bibliothèque.

— Bertie se trouvait avec Ferdie à l'auberge, dit-il. Si un accident s'était produit, il en aurait été le témoin, n'est-ce pas ? Ferdie ne pouvait pas tout simplement sortir, tuer Harry Naylor et rentrer pour jouer aux cartes comme si de rien n'était !

— J'admets que cette trame des événements semble peu convaincante, mais il y a la confession…

— Cette confession ne signifie aucunement que Ferdie ait assassiné Naylor. Jemima, je te rappelle que tu parles de mon cousin !

Jemima soupira. Elle comprenait le sentiment de loyauté qui animait Rob, mais elle aussi devait se montrer loyale envers Jack et elle ne croyait pas du tout qu'il fût le coupable. Or, c'était lui qui était obligé de se cacher.

— Ferdie est votre cousin, mais ce n'est pas une preuve suffisante pour le disculper, dit-elle.

Rob, qui se trouvait à l'autre bout de la pièce, revint très vite pour se planter devant Jemima.

— Je connais Ferdie ! Il n'est pas homme à commettre une action aussi horrible.

Il avait raison. Jemima pouvait en convenir. Ferdie semblait *gentil.*

— Lui parlerez-vous ? demanda-t-elle.

— Je lui parlerai, mais pas avant le bal de Letty.

Jemima sursauta.

— Faut-il donc attendre ?

— Oui, car la fête de Letty serait gâchée si on lui annonçait, la veille, que Ferdie est accusé de meurtre.

Jemima soupira. Là encore, Rob avait raison. En outre, une part d'elle-même se refusait, comme pour lui, à accuser Ferdie. Elle aussi avait du mal à le croire coupable.

Rob retourna au bureau, prit les feuilles de papier.

— Merci de m'avoir confié ces documents au lieu de les porter directement à la police.

Il se retourna pour demander :

— N'est-ce pas la tentation que vous avez éprouvée ? Vous pouviez ainsi sauver Jack.

Avec un petit sourire triste, Jemima répondit :

— J'avoue que je serais contente si les ennuis de mon frère pouvaient se terminer très vite. Le pauvre ne peut pas continuer à se cacher ainsi encore très longtemps. Je crains même qu'il ne décide de régler cette affaire lui-même, si nous tardons trop à lui venir en aide.

Rob tendit la main. Il aida Jemima à se lever et l'attira contre lui.

— Je suis désolé.

— Désolé ?

— A propos de ce que j'ai dit la nuit dernière. J'étais jaloux ; jaloux comme un tigre, pour tout vous dire.

Jemima se redressa pour regarder Rob dans les yeux.

— Jaloux de Jack ?

— Je l'enviais d'être si proche de vous. J'ai toujours été un peu jaloux de lui sur ce plan-là. Dès le départ, je l'ai détesté, quand je l'ai vu vous conduire à l'autel. Et comme je savais qu'il ne m'aimait pas non plus, je ne me suis pas gêné pour cultiver ce sentiment.

Il déposa un baiser sur le front de Jemima et poursuivit :

— Je n'ai pas été jaloux que de Jack, d'ailleurs. Quand je voyais Ferdie faire son charmeur avec vous, j'avais envie de lui casser la figure.

— Rob !

— Je ne me savais pas aussi possessif. Ce n'est pas un aspect très plaisant de ma personnalité que j'ai découvert là, mais qu'y puis-je ?

— Je ne vous ferai aucun reproche, dit Jemima en lui donnant un baiser sur la joue. Je crois avoir le même défaut.

— C'est vrai ?

— Vrai de vrai. Rappelez-vous les scènes que je vous ai faites parce que vous passiez trop de temps dans votre domaine.

Ils se donnèrent un baiser sur les lèvres, puis se regardèrent en silence, en souriant.

— Nous avons toute la maison pour nous tout seuls, dit Jemima, rêveuse. Perspective agréable, n'est-ce pas ? Vous pourriez lire votre journal et moi, assise en face de vous, je me livrerais à quelques travaux de couture. Nous serions comme un vieux couple. A moins que vous n'ayez d'autres idées, Robert…

Il fit la mine de celui qui n'avait aucune imagination. Elle reprit en souriant :

— La nuit dernière, vous avez dit que nous devrions rétablir un certain équilibre entre nous…

— Oui, et ?

— Alors, je me suis dit que, peut-être, vous accepteriez de me montrer comment rétablir cet équilibre… Si cela ne vous ennuie pas…

18.

Jack s'arrêta dans l'escalier menant à la terrasse, la main posée sur la rampe de pierre. Les fenêtres de la salle de bal étaient ouvertes et le vent d'automne gonflait les grands rideaux.

Dissimulé dans l'ombre, Jack observait Miss Lettice Exton qui célébrait son anniversaire, dans le monde brillamment éclairé auquel il n'appartenait pas.

Il n'avait pas voulu venir. Il n'aurait pas dû. Il savait que c'était ridicule d'imposer sa présence. On ne l'attendait pas. On n'avait pas besoin de lui. La raison lui ordonnait de repartir et de ne plus jamais revoir la demoiselle. Il n'y avait pas d'avenir commun pour eux.

Il s'éloigna de quelques pas. Il se retourna, pour un dernier coup d'œil.

Les rideaux se soulevèrent et une silhouette parut. Jack retint sa respiration. Letty s'avançait jusqu'à la balustrade. Elle posa les deux mains sur la pierre et mit son menton dans ses mains. Elle avait l'air triste, le jour de son anniversaire.

Dans la salle de bal, la fête battait son plein. Les couples virevoltaient devant les fenêtres ouvertes. Les applaudissements fusaient à la fin de chaque danse. On entendait un brouhaha de conversation, des rires. Jemima, splendide dans une robe de velours vert, dansait avec son milord…

Jack sourit. Sa petite sœur était bel et bien comtesse de

Selborne. Certains contes de fées s'accomplissaient, d'autres non.

Sur la terrasse, Letty semblait abandonnée.

Quand l'orchestre attaqua une polonaise, Jack n'y tint plus. Il sortit de l'ombre.

— M'accorderez-vous cette danse, Miss Exton ?

Letty mit sa petite main dans celle qu'il lui tendait.

— Vous êtes donc venu à ma fête, lui dit-elle, émerveillée, et ses grands yeux bleus brillaient plus que les étoiles.

Il s'inclina.

— C'est que vous m'avez invité.

Il lui offrit son bras pour marcher vers la salle de bal. Lorsqu'ils entrèrent dans la lumière, elle s'exclama :

— Jack, quelle tenue !

— Vous aimez ?

— Oui ! Vous êtes magnifique. Vous ne les avez pas volés, au moins ?

— Sur mon honneur, non !

— La police vous recherche-t-elle toujours ?

— Non. Les nouvelles ne vous sont-elles point parvenues ? Et moi qui pensais que tout le pays était au courant ! M. Beaumaris, le pasteur, a fait une déposition selon laquelle il avait vu Naylor, le soir de l'accident. Ivre mort, le malheureux s'était violemment cogné la tête en franchissant une porte basse, mais il n'avait voulu recevoir aucun secours et s'en était allé, tout sanguinolent.

— Pourquoi ne l'a-t-il pas dit plus tôt ? demanda Letty indignée.

— Beaumaris s'était absenté pour quelques jours. Il est rentré aujourd'hui seulement.

Letty soupira et s'apaisa.

— Dans ce cas, je lui pardonnerai. Jemima sait-elle ?

— Pas encore. J'arrive juste de Burford.

Jack voulut entraîner Letty vers la salle de bal, mais elle le retint pour lui demander :

— Et la scène que vous nous avez jouée dans la forêt ? Ne vous cherche-t-on pas d'ennuis pour cela ?

Jack eut un large sourire pour répondre :

— La police n'a pas de description valable du bandit. Seules Jemima et votre grand-mère pouvaient me donner. Or elles ne l'ont pas fait. Grâces leur soient rendues.

— Jamais Jemima ou moi n'aurions parlé contre vous, affirma Letty avec une ferveur qui alla droit au cœur de Jack. Je ne serais pas aussi sûre de bonne-maman.

— Elle ne m'aime pas et je sais pourquoi.

— Non, répondit Letty en secouant la tête, bonne-maman n'est pas comme cela. Elle est très protectrice pour moi, mais ne croyez pas qu'elle soit snob. Voyez comme elle a adopté Jemima ! Elle aime Jemima parce Rob l'aime aussi. Quant à vous…

— Moi, ce n'est pas pareil.

L'orchestre donnait une nouvelle polonaise, danse que Jack ne connaissait absolument pas. Il fallut donc que Letty l'instruisît, en essayant de ne pas rire. Heureusement, ils étaient seuls sur la terrasse.

— Non, tournez vers la gauche… et maintenant vers la droite… Donnez-moi votre main droite…

Puis elle renonça et s'affala sur la poitrine de Jack, donnant enfin libre cours à son hilarité.

— C'est sans espoir, dit-elle.

— Je sais.

Ils se regardèrent.

— Je suis venu vous faire mes adieux, dit Jack.

Letty se mordit la lèvre. Ses yeux bleus s'étaient agrandis de nouveau, mais ils s'étaient assombris aussi.

— Alors, nous ne nous reverrons pas demain ?

— Je ne le pense pas, non.

— Ce ne sera pas facile pour moi, avec votre sœur mariée à mon cousin.

— Non.

Letty réfléchit en plissant le nez et proposa :

— Si j'annonçais que nous sommes fiancés ?

Le cœur de Jack se serra. Il la savait capable de commettre cet acte insensé. Ni les conventions sociales ni le simple bon sens ne pouvaient la retenir.

— Je vous supplie de n'en rien faire.

Elle s'étonna et montra un déplaisir certain.

— Cela ne vous plairait-il pas ? Vous n'aimeriez pas m'épouser ?

— Letty…

— Monsieur Jewell, je vous prie de répondre à ma question. Ce n'est pas tous les jours que je fais une telle proposition à un monsieur, et j'aimerais avoir une réponse claire.

Jack contempla le visage levé vers lui. Il secoua la tête.

— Je vous aime mais je ne peux pas vous épouser.

Il trouva qu'il avait prononcé des paroles justes et bonnes. Il vit les yeux de Letty se remplirent de larmes, mais en même temps, elle souriait. Il voulut ajouter quelques mots, mais elle lui ferma la bouche de son doigt ganté.

— Chut ! Ce n'est pas tous les jours que je donne un baiser à un monsieur.

Elle se hissa sur la pointe des pieds et leurs lèvres se rencontrèrent.

Jemima avait dansé avec le duc de Merlin, une expérience agréable en un sens car le duc était un excellent danseur, mais éprouvante par ailleurs puisqu'elle persistait à craindre cet homme.

Ils avaient parlé de musique. Jemima avait dévoilé ses projets : une salle de musique à Delaval et des cours donnés à l'école du village. Le duc avait paru intéressé. Il avait posé plusieurs questions pertinentes. A la fin de la danse, il avait confié Jemima à Bertie Pershore, mais il lui avait déclaré, en s'inclinant :

— Vous dansez divinement bien, milady. M'accorderez-vous le cotillon d'avant le souper ?

Ayant ainsi assuré le lancement de Jemima dans la bonne société locale, il s'en était allé à l'autre bout de la salle de bal, pour converser avec lady Marguerite.

— Vous ne pouvez pas savoir ce qu'ils me font peur, ces deux croquemitaines-là, dit Bertie Pershore en les désignant. Permettez-moi de vous féliciter, milady, car vous avez conquis le bonhomme. Il faudra m'expliquer comment vous avez fait. Moi, il me considère toujours comme un collégien. Peut-être ai-je réellement l'âme d'un collégien ?

— Ne craignez rien, répondit Jemima. Le duc vous estime à votre réelle valeur, qui est plus grande que vous ne le croyez.

— Si vous me permettez de le dire, Jemima, vous êtes une femme exceptionnelle. J'aimerais en épouser une comme vous. Auriez-vous des sœurs, par hasard ?

— Je crains que non. N'avez-vous pas envie de jeter votre dévolu sur Miss Vause ?

— Surtout pas ! Elle n'a pas assez de nerf ! Ce qu'il me faut, c'est une femme à poigne.

— Miss Augusta Selborne, alors ?

Bertie frissonna.

— Non, merci ! Il ne faut pas exagérer. Miss Selborne n'est pas aimable du tout.

Jetant un coup d'œil en direction d'Augusta, Jemima admit la justesse de ce jugement. La jeune fille se trouvait au milieu d'un groupe qui comportait plusieurs jeunes hommes à marier, mais elle n'avait d'yeux que pour Chlorinda Vause qui, un peu plus loin, conversait avec Rob ; parce qu'elle restait déçue de n'avoir pas épousé Rob ou parce qu'elle jalousait une jeune personne plus jolie qu'elle ?

La soirée avait été un franc succès. Cela ne faisait plus aucun doute, après le souper. Tous les invités convenaient qu'ils s'étaient prodigieusement amusés.

Jemima avait déjà dansé quatre fois avec Rob, au grand déplaisir de lady Marguerite qui jugeait ce comportement peu convenable. Elle l'avait dit, mais avec un éclair de malice dans le regard.

C'était la première fois ce soir — Jemima s'en avisa soudain — qu'elle voyait Rob en grande tenue. Toujours aussi beau, il avait, en plus, l'air si distingué ! Comment ne pas l'aimer ?

Je ne veux pas de demi-mesures, Jemima. C'est tout ou rien... votre confiance. Votre loyauté. Votre amour.

Elle lui avait donné sa confiance et sa loyauté, et autant de passion que le permettait le testament de la grand-mère. A ce propos, leur interprétation de la chasteté devenait de plus en plus lâche à mesure que les jours — ou les nuits — passaient. Mais la passion ne suffisait pas. Jemima s'en rendait compte. Rob avait dit : tout ! tout ce qu'elle pouvait lui donner.

Vous gardez toujours quelque chose par-devers vous.

Cela aussi, Rob l'avait dit. Cela pouvait passer pour un reproche. C'en était un.

Jemima ressentit soudain une pulsion amoureuse qui la fit trembler comme une feuille. Elle avait abandonné, par degrés, toutes ses craintes : la méfiance, pour ne pas dire le cynisme qui lui interdisait de croire à l'amour. Elle découvrait maintenant qu'elle avait été sotte de ne pas vouloir se rendre compte, jusqu'à ce moment, qu'elle aimait Rob, qu'elle l'aimait d'amour vrai. Oui, elle l'aimait de tout son cœur, de tout son corps.

Letty survint, qui lui murmura à l'oreille :

— Vous l'aimez, n'est-ce pas ?

— Oui. J'ai été longue à l'admettre, mais je viens de comprendre. Il était temps !

— Regardez Augusta, là-bas. Elle complote quelque chose. Elle a cet air que je n'aime pas.

Jemima suivit le regard de la jeune fille. Non loin de là, Augusta, toujours entourée de son petit cercle d'admirateurs, prit conscience d'être observée. Elle eut un sourire mauvais et elle lança, d'une voix stridente :

— Comment allez-vous, comtesse de Selborne ? Ou devrais-je vous appeler : princesse des cheminées ?

Jemima retint sa respiration.

— Oh, non ! murmura Letty. La sale bête !

Elle prit le bras de Jemima pour la réconforter et poursuivit :

— Elle essaie de vous discréditer, mais elle ne se doute pas que bonne-maman vous a prise sous son aile et que le duc de Merlin vous apprécie grandement. Elle se prépare à connaître une terrible humiliation.

Jemima, qui s'efforçait de ne pas manifester son trouble, espéra que Letty ne se trompait pas. Elle forma des vœux en ce sens.

La musique s'était tue. Le silence régnait. L'assistance semblait choquée ; à cause de Jemima ou à cause de la façon indigne dont Augusta avait propagé la nouvelle ? On n'allait pas tarder à le savoir. Jemima vit que Ferdie prenait Rob par la manche pour lui chuchoter quelques mots à l'oreille. Elle vit Rob traverser la salle pour venir vers elle.

De nouveau s'éleva la voix d'Augusta.

— Elle a rencontré Rob au cours d'un mariage. Elle avait été engagée pour danser. Et vous savez comment sont les hommes, n'est-ce pas ? Moi, j'ai toujours su qu'il y avait quelque chose de pas net chez cette fille. Pas vous ?

Rob prit la main de Jemima et la tint fermement dans la sienne. Puis il se tourna vers Augusta pour l'apostropher.

— Vous ne faites du tort qu'à vous-même en tenant de tels propos. Je vous assure que personne n'est digne, plus que Jemima, de tenir le rôle de comtesse. Je suis fier qu'elle soit ma femme.

Les larmes piquèrent les yeux de Jemima. Elle vacilla. Elle s'accrocha à lui et réussit à lui adresser un sourire plein de gratitude pour cette véritable déclaration d'amour, faite en public.

Et voilà que lady Marguerite s'apprêtait à prendre la parole. Jetant sur Augusta un regard chargé de mépris, elle lui dit :

— Aux paroles émouvantes et très justes prononcées par mon petit-fils, il me faut ajouter celles-ci : Jemima est tout à fait digne d'occuper la position de comtesse. Son ascendance n'a pas plus d'importance pour moi que la vôtre, puisque vous êtes — dois-je vous le rappeler ? — la petite-fille d'un fabricant de savon.

Un rire fusa dans la salle. Augusta rougit tellement qu'elle parut s'enflammer. Elle réussit à répondre par cette protestation :

— Ce n'est pas du tout pareil ! Mon grand-père possédait cinq usines.

— Ma pauvre enfant ! laissa tomber lady Marguerite, d'un air apitoyé. Vous vous arrêtez à ce genre de détail ? Tout ce qui m'importe, moi, c'est que mes petits-enfants soient heureux. Leur bonheur fait le mien.

Bertie Pershore essayait d'entraîner Augusta pour la soustraire à une humiliation totale, mais elle refusait de le suivre.

Pointant un index tremblant en direction de Jemima, elle voulut encore ajouter :

— Peut-être seriez-vous moins heureuse, madame, si vous saviez que vous avez déjà une arrière-petite-fille, qui n'est toutefois pas la fille de lord Selborne ! Cette enfant, qui vit non loin d'ici, est tout le portrait de lady Selborne. Je pense que vous voilà édifiée, maintenant !

Dans la salle de bal, le silence avait désormais une qualité différente. Il exprimait l'horreur qui avait saisi l'assemblée. Le temps n'était plus aux rires et aux commentaires amusés.

Il fallut que Rob reprît la parole.

— Tenez donc votre langue, Augusta. Vous ne savez rien du tout ! Tilly n'est pas la fille de Jemima, et vos commérages indignes ne déshonorent personne d'autre que vous-même.

— Il a raison.

Tous les regards se tournèrent vers Jack qui venait de la terrasse et qui s'avança jusqu'au milieu de la salle avant de poursuivre :

— Jack Selborne a dit la vérité. Vous avez faux sur toute la ligne, ma pauvre fille. Tilly est mon enfant, non celle de Jemima.

Il fit ensuite quelques pas en direction de Rob afin de lui offrir sa main.

— On dirait que c'est le soir des grandes déclarations, n'est-ce pas ? Peut-être pourrais-je faire la mienne. Je suis très content de vous avoir pour beau-frère, Selborne.

Emue, Jemima vit Rob prendre la main tendue et la serrer chaleureusement en disant :

— Heureux de vous revoir, Jewell ; très heureux. Vous êtes venu danser ?

Jack s'inclina fort élégamment devant Letty.

— Votre serviteur, miss Exton. Pardonnez-moi d'arriver si

tard à votre fête. Puis-je vous offrir toutes mes félicitations pour votre anniversaire ?

Letty répondit par une révérence et un brillant sourire.

— Je ne m'attendais pas à vous revoir, M. Jewell, mais vous êtes le bienvenu.

Elle donna sa main à Jack qui la prit avec un bonheur évident, sous les regards émus de l'assistance. Rob conduisit les deux jeunes gens vers lady Marguerite. Jemima retint sa respiration.

— Bonne-maman, dit Rob, vous vous rappelez sans doute M. Jewell.

Jack s'inclina profondément.

— Lady Marguerite…

— Monsieur Jewell…

La vieille dame ne parlait-elle pas avec un peu plus de cordialité qu'à son ordinaire ? C'était difficile à dire, mais il sembla à Jemima qu'une lueur malicieuse adoucissait le regard bleu toujours si froid.

Letty entraîna Jack vers le duc de Merlin.

— Puis-je, Votre Grâce, vous présenter M. Jack Jewell ?

Il se pencha pour déposer un baiser sur sa joue et répondit :

— Vous pouvez faire tout ce que vous voulez puisque c'est votre anniversaire.

Il tendit la main à Jack.

— Monsieur Jewell, je suis ravi de vous retrouver ce soir. En tant que tuteur de Tilly…

Il décocha un regard terrible à Augusta.

— Donc, je disais : en tant que tuteur de Tilly, votre fille, c'est toujours un plaisir que de vous voir.

Les murmures commençaient à reprendre, mais Letty attira l'attention en se tournant vers Augusta. De nouveau le silence se fit.

— Voici donc Miss Augusta Selborne, déclara Letty, à haute et intelligible voix. Je crains que personne ne l'aime beaucoup…

D'un signe, elle appela un valet qui passait, et prit un verre de vin rouge sur le plateau qu'il lui présentait. Puis elle reprit son discours.

— Voici quatre ans, Augusta a gâché ma première sortie dans le monde. Ce soir, elle a tenté de ruiner mon bal d'anniversaire. Je suis heureuse de dire qu'elle n'y a pas réussi.

Elle se tourna vers Augusta pour conclure :

— Vous devriez rentrer chez vous, maintenant, car le vin rouge tache horriblement.

Et elle versa son verre de vin sur la tête d'Augusta, non sans remarquer ensuite :

— Bonne-maman a raison : je ne connais pas les bonnes manières.

Le jour s'était levé depuis longtemps quand les derniers invités quittèrent la maison.

Rob se mit à la recherche de sa femme. Il eût aimé l'avoir constamment près de lui au cours de cette soirée, mais elle avait eu tant de succès qu'il avait été obligé de la confier aux trop nombreux messieurs qui voulaient avoir l'honneur de danser avec elle. La dernière fois qu'il l'avait vue, elle prenait le petit déjeuner en compagnie de son frère, du duc et de la duchesse de Merlin. Pour lors, elle semblait avoir disparu.

Ayant exploré toutes les pièces du haut, il trouva sa femme dans leur chambre, au sommet d'une tourelle, ou plutôt…

Il avait trouvé la chambre vide, et la porte-fenêtre ouverte. Il s'était avancé sur une sorte de promontoire dépourvu de garde-fou, juste pour vérifier s'il avait toujours le vertige. Il l'avait. C'est alors qu'il s'entendit héler :

— Rob ! Je suis ici.

Il vit alors un escalier étroit qui, le long du mur, menait au toit. Et sur ce toit se tenait Jemima, assise, les jambes pendant au-dessus du vide.

— Jemima ? fit-il d'une voix tremblante. Que faites-vous là-haut ?

N'aurait-il pas dû s'en douter ? Jemima grimpait dans les cheminées et sur les toits. L'exercice lui manquait sans doute… Il l'aimait et se sentait prêt à lui pardonner tous ses caprices, mais elle avait tout de même des passe-temps qui l'inquiétaient.

— Jemima ! implora-t-il ; voulez-vous descendre, je vous prie ?

— Pourquoi ne montez-vous pas ?

— Je ne peux pas. J'ai le vertige.

— On a une si belle vue, d'ici !

— Jemima, vous me rendez malade. J'ai le vertige, vous dis-je.

D'ailleurs, la tête commençait à lui tourner. Il ferma les yeux pendant un moment. Quand il les rouvrit, il jeta un coup d'œil vers les hauteurs. Il vit les pieds de Jemima qui se balançaient toujours. Il vit les jupons blancs et les bas sous la robe de bal. Ce spectacle l'électrisa. Pendant un moment, il oublia sa peur du vide. Prenant une longue inspiration, il annonça :

— Attendez-moi. Je viens !

— Non, Rob, attendez !

— Vous m'avez dit…

— Si vous avez le vertige, il ne faut pas essayer de grimper. Vous pourriez tomber et vous tuer.

— Merci de votre sollicitude, mais j'essaie quand même.

Il posa le pied sur la première marche de pierre, qui lui parut encore plus étroite. Les deux mains contre le mur, évitant de regarder vers le bas, il monta lentement les dix ou douze marches, qui comptèrent pour lui comme cent. La sueur au front, il allait reconnaître son incapacité à ce genre d'exercice et piteusement redescendre, quand il sentit une main l'attraper et le tirer vers le haut. En un instant, il se trouva assis au bord du toit, heureux d'avoir réussi cet exploit, mais en s'effrayant déjà de la descente.

— Vous êtes un peu pâle, lui dit Jemima en souriant. Si vraiment il vous en coûtait de monter jusqu'ici, il fallait me le dire. Je serais redescendue.

Elle passa une main sous son bras. Ainsi retenu, il se sentit mieux et se vit en état de faire le brave.

— Il ne faut pas que nos frayeurs nous empêchent d'agir, déclara-t-il noblement.

Il risqua un coup d'œil dans le vide, frissonna et reporta son regard sur Jemima.

— Parlez-moi, lui demanda-t-il.

— Quel beau bal, n'est-ce pas ? Et plein d'événements imprévus ! Quand Letty a déversé son verre de vin sur la tête d'Augusta, j'ai eu envie d'applaudir. Pas vous ?

— Elle n'a eu que ce qu'elle méritait. Elle empoisonnait la vie de Letty depuis leur petite enfance.

— Votre grand-mère a été merveilleuse, reprit Jemima, avec enthousiasme. Quelle classe dans sa façon de river son clou à la méchante. Et vous avez vu la façon dont le duc l'a toisée, exprimant son mépris d'un seul regard ? Ce sont des moments qu'on n'oublie pas.

— Oui… Je pense que nous ne reverrons pas Augusta de sitôt.

— N'est-ce pas un peu dommage, tout de même ? Après tout, elle est votre cousine.

— Il me reste bonne-maman et Letty, et je me demande si nous n'aurons pas bientôt Jack dans la famille.

— Quelle entrée magnifique il a faite, dit Jemima soudain rêveuse.

— Votre frère a du style, c'est indéniable.

Jemima posa sa tête sur l'épaule de Rob pour murmurer :

— Il faut que je vous remercie pour l'avoir accueilli avec amitié et l'avoir présenté à votre grand-mère, devant tout le monde.

— C'était bien le moins que je pusse faire, non ? Il avait fait preuve de tant de panache…

— Quand il a parlé de Tilly, j'ai compris que Letty était déjà au courant de tout. C'est étonnant, non ? Ils ne se sont pas rencontrés plus d'une demi-douzaine de fois et pourtant, on dirait qu'ils se connaissent intimement.

— Si Letty tient à l'épouser, répondit Rob en riant, il faudra qu'elle s'apprête à batailler contre toutes les autres femmes. Celles qui étaient là cette nuit semblaient prêtes à en venir aux mains pour danser avec lui. Comment cela se peut-il ?

— Jack est un fripon, répondit Jemima. Les femmes sentent qu'elles courent un danger avec lui et elles aiment ça.

— Et pourtant, j'ai l'impression que Letty sera en sécurité avec lui.

— Je pense que vous avez raison, mais…

— Mais quoi ?

— Je crois que Jack aime sincèrement Letty et je suis certaine qu'elle l'aime en retour, mais peuvent-ils vraiment se marier ? Jack n'est pas riche, et son rang dans la société est celui d'un inférieur. Je ne vois pas votre grand-mère donner son agrément à ce mariage.

— Nous verrons bien… Bonne-maman s'est montrée très cordiale avec lui. C'est bon signe. Et puis, elle ne l'avait pas dénoncé.

Jemima sursauta.

— Elle savait que c'était lui le bandit de grands chemins ? C'est impossible !

— Et pourtant, elle savait. Elle me l'a dit elle-même, voici plusieurs jours. Elle m'a aussi avoué qu'elle avait initié une enquête à votre sujet. Quand je lui ai raconté la façon dont nous nous étions rencontrés, elle savait déjà. Elle savait tout, absolument tout sur vous.

— C'était donc lady Marguerite, murmura Jemima. Je m'étais posé la question.

— Quelle question ?

— Jack était venu à Delaval pour me prévenir que l'on posait beaucoup de questions sur moi, dans notre quartier. Je m'étais demandé qui pouvait s'intéresser à moi de cette façon… Donc, votre grand-mère savait tout et elle n'a rien dit.

— Ce qu'elle a dit cette nuit était vrai. Quand elle m'avait demandé si je vous aimais et que j'avais répondu oui, elle avait dit que c'était tout ce qui comptait pour elle.

Rob se pencha pour déposer un baiser sur la joue de Jemima. Il se sentait heureux d'être avec elle, loin du monde. Il éprouvait une joie juvénile dont il ne se croyait plus capable.

— Vous avez su que Harry Naylor n'avait pas été assassiné, finalement ? demanda Jemima. Encore une nouvelle que Jack a divulguée cette nuit.

— Je sais, et j'en suis très heureux, pour bien des raisons.

— Avez-vous pris une décision à propos de Ferdie ?

— Pas encore. Il faut que j'y réfléchisse encore, mais ce n'est pas le moment, vous en conviendrez. Les petits matins frais sont destinés aux grandes résolutions, pas aux contingences.

— Voilà qui me rappelle, murmura Jemima en se serrant contre lui, que j'ai encore un petit secret à vous confier.

Il tressaillit. Elle poursuivit :

— Quand vous avez pris ma défense, de façon si éloquente, j'ai eu envie de pleurer. Je venais de comprendre que je vous aimais et comme pour me le prouver, vous avez fait cette magnifique déclaration qui me montrait que j'étais payée de retour.

Rob sentit une vague de plaisir qui l'envahissait et le bouleversait. Il en eut la respiration coupée.

— Vous m'aimez ? demanda-t-il d'une voix rauque. Si vous saviez, Jemima, combien me fait plaisir cette déclaration que j'attendais depuis si longtemps !

Jemima lui sourit.

— Pardonnez-moi d'avoir tant attendu. Vous êtes très patient avec moi.

Rob ne se sentait pas patient. Il n'avait plus de patience ! Et s'il devait attendre encore trop longtemps… Non ! Il n'attendrait plus.

— Puis-je vous demander un grand service ? demanda-t-il.

— Certainement. De quoi s'agit-il ?

— Il faudrait m'aider à redescendre ce fichu escalier.

19.

Quand il retrouva enfin leur chambre, Rob n'était plus qu'un pauvre hère tout tremblant, et Jemima avait eu si grand peur pour lui qu'elle était pâle comme un linge. Ils s'effondrèrent côte à côte sur le lit.

— Vous n'auriez jamais dû monter sur ce toit ! dit-elle d'un ton de reproche, en lui tenant la main. Si j'avais su que vous aviez le vertige, je ne vous aurais d'ailleurs pas incité à venir me rejoindre. Il fallait me le dire, voyons !

Allongé, les yeux fermés, Rob attendait que la chambre cessât de tourner autour de lui. La respiration encore oppressée, il répondit :

— J'irai mieux dans un moment. Ne vous inquiétez pas pour moi.

Il rouvrit les yeux et réussit à sourire. Assise près de lui, Jemima le couvait d'un regard inquiet. Elle lui tenait une main et avec son autre main, elle lui caressait la joue. Ce n'était pas désagréable du tout. Il poussa un soupir de contentement.

— Jemima, ma très chère…

— Oui, mon amour ?

— Je respirerais sans doute mieux si vous m'aidiez à retirer ma jaquette.

Il s'assit et Jemima le débarrassa diligemment de sa jaquette. Il put alors se laisser retomber sur le lit, non sans soupirer encore. Il reçut un baiser sur le front. Il rouvrit les yeux et découvrit un charmant spectacle, celui de deux seins emprisonnés dans un corsage qui les mettait parfaitement en valeur. Un nouveau soupir monta du plus profond de son être. Tout à coup il se sentit vraiment mieux, et même un peu chaud. Tous ses vêtements lui parurent soudain trop étroits.

— Que pourrais-je encore faire ? lui demanda Jemima.

Plusieurs idées lui vinrent à l'esprit. Il eut un petit sourire.

— J'avoue que ma cravate me serre un peu... Le gilet aussi, peut-être...

Le gilet s'en alla très vite, mais la cravate donna beaucoup de soucis à Jemima. Elle n'arrivait pas à dénouer ce nœud extrêmement compliqué. Elle tirait par-ci, tirait par-là et finalement avoua qu'elle n'arrivait à rien.

— Si nous appelions Tilbury ? proposa-t-elle, en désespoir de cause.

— Certainement pas ! répondit Rob en saisissant la main qui s'apprêtait à tirer le cordon. Le pauvre doit être en train de dormir. Venez donc plutôt ici, à côté de moi.

Il tapota le lit. Jemima fixait sur lui le regard de ses yeux bleu lavande. Il comprit qu'elle savait ce qu'il avait en tête et tâcha de garder un air innocent.

— J'ai une meilleure idée ! s'exclama soudain Jemima.

Elle sauta sur le lit et enjamba le corps de Rob, s'agenouillant au-dessus de lui et le tenant ainsi prisonnier.

— Hé ! protesta-t-il.

Il tenta de se relever. D'une main ferme appliquée sur sa poitrine, Jemima l'en empêcha.

— Très cher Robert, lui dit-elle, vous devez vous reposer, ne pas faire d'efforts inconsidérés. Vous avez subi un choc terrible, vous savez.

— Oui, mais...

Rob reprit ses efforts pour se dégager, mais les jambes de Jemima le tenaient comme dans un étau. Une courte lutte s'engagea, qui eut sur lui des effets dévastateurs.

— Jemima ! implora-t-il. A quoi jouez-vous ?

— Il me semble, lui expliqua-t-elle en souriant de façon assez perverse, que je réussirais mieux à traiter ce nœud de cravate si j'avais une position dominante. C'est pourquoi je vous demande de rester tranquille, sinon je n'y arriverai jamais.

— Je ne soupçonnais pas que vous aviez les jambes si fortes, murmura-t-il.

— Voilà ce qu'on gagne à grimper dans les cheminées pendant des années. Ne bougez pas, vous dis-je. J'ai presque terminé.

Penchée, Jemima œuvrait, offrant le spectacle troublant de sa gorge, en fait une véritable torture visuelle. Bientôt Rob n'y tint plus. Il arracha la cravate et la jeta sur le plancher. Puis il saisit sa femme par la taille, la plaqua sur le lit et s'abattit sur elle.

— Vous l'avez fait exprès, n'est-ce pas ? cria-t-il en riant.

— Excusez-moi, répondit-elle, non moins rieuse, mais il me semblait que vous aviez besoin d'un traitement spécial. Vous sembliez si souffrant… En fait, vous n'avez rien du tout !

— Si, je souffre ! Et je le prouve !

Il attira Jemima à lui pour un long baiser passionné, au terme duquel il s'entendit recommander :

— N'oubliez pas le testament, Robert.

Il secoua la tête.

— Je n'oublie pas le testament, mais je m'en fiche. Ce morceau de papier n'a plus aucune importance pour moi.

Les yeux de Jemima s'agrandirent sous l'effet de la surprise. Quand il prétendit à un deuxième baiser, elle se refusa à lui en disant :

— Il ne reste plus que six semaines, Robert ! Nous n'avons pas attendu si longtemps pour tout gâcher, sur un coup de tête…

— Ce n'est pas un coup de tête. Simplement, il se trouve que je ne peux plus attendre davantage.

Comme enragé, il entreprit de retirer les peignes et les épingles qui tenaient les cheveux de sa femme. Elle insista.

— Il ne faut pas ! Vous allez perdre tant d'argent !

— Erreur ! fit-il en lui couvrant la gorge de baisers.

Elle était sienne et c'était tout ce qui comptait pour lui. Ses lèvres s'attardèrent délicieusement sur la cavité à la base du cou. Ses dents allèrent taquiner le lobe d'une oreille, puis celui de l'autre. Il s'émerveillait des gémissements qu'il entendait.

— Robert…

S'attaquant aux petits boutons qui fermaient le corsage, il proclama :

— Quelle sorte d'homme serais-je si je disais que j'aime ma femme, si j'avais envie de faire l'amour avec elle et si, malgré tout, je préférais l'argent ?

— Vous seriez un homme pratique, répondit Jemima en essayant d'attraper les mains qui s'affolaient sur elle. Vous avez déjà tant fait pour Delaval qu'il serait dommage de tout perdre maintenant.

Rob lui donna un baiser torride avant de répondre :

— Jemima, mon amour, je veux bien pardonner le manque d'enthousiasme que vous montrez en ce moment, si vous vous rattrapez plus tard par une conduite exemplaire.

Il ouvrit le corsage, révélant la chemise, désormais seule protection des seins qu'il avait hâte de s'approprier.

— En ce qui concerne Delaval, reprit-il, j'étais sur le point de me laisser obnubiler par mon domaine. Heureusement, vous m'avez fort opportunément montré que je me trompais. J'ai compris mon erreur, je ne la commettrai plus. Désormais vous passez en premier, comme il se doit.

Il ouvrit la chemise et promena sa langue dans l'étroit sillon qui séparait les seins de Jemima. Puis il s'intéressa aux mamelons déjà durcis.

— Je vous en prie, gémit Jemima. Réfléchissez.

— J'ai réfléchi et ma décision est prise. Dites-moi plutôt comment je vais vous débarrasser de cette robe.

La robe verte résistait. Rob insista. Ils s'en amusèrent tous les deux, jusqu'au moment où le vêtement tomba au sol. Alors la passion parla plus fort. Quand son corset tomba à son tour, Jemima prit une inspiration profonde, comme libérée, et ouvrit largement les bras. Rob en profita pour faire glisser la chemise de la jeune fille jusqu'à sa taille, puis, baissant la tête, saisit des lèvres la pointe durcie d'un sein. Le corps de Jemima, soudain fou de désir, s'arqua, penché en avant, comme pour se concentrer sur cette jouissance exigeante et douce à la fois. Afin que sa bouche prît son plaisir et en donnât tout autant, Rob avait posé les mains sur la taille nue de Jemima et la tenait fermement.

La caresse de ses lèvres, le contact de ses mains dont les pouces lui caressaient le ventre augmentaient un plaisir intense et délicieux qui mettait Jemima au supplice. Il fallait qu'elle le touchât à son tour. Il fallait qu'elle sentît contre sa peau la peau douce et les muscles durs de Rob. La modestie, les convenances, rien ne pouvait plus l'arrêter à présent. D'un mouvement sec, elle tira sur la chemise de Rob et l'envoya voler à travers la pièce. Puis elle avança les bras pour l'attirer à elle, emplie d'un désir que l'abstinence avait trop longtemps muselé.

Lorsqu'ils se touchèrent, leurs deux corps furent parcourus d'un frisson. L'excitation des sens faisait pétiller le sang de Jemima. Elle leva le visage vers celui de Rob et lui donna un baiser où leurs langues eurent belle part.

Rob envoya ses bottes rejoindre les vêtements qui jonchaient le sol, avant de faire glisser plus bas la chemise de Jemima pour l'en débarrasser. Puis, s'occupant de lui, il déboutonna son pantalon, et Jemima se sentit fondre d'amour et de désir.

Leurs regards se croisèrent. Elle découvrit dans les yeux brûlants de Rob la soif ardente qu'il avait d'elle, et elle en eut le souffle coupé. Elle s'allongea et lui tendit les bras.

— Il est encore temps que vous me quittiez et que vous preniez les quarante mille livres à la place.

Rob n'hésita pas. Il se coucha sur elle et la prit dans ses bras. Ses mains lui caressèrent fébrilement le ventre et les hanches jusqu'à ce qu'elle s'ouvrît à lui avec la même ardeur. Penché sur elle, il écarta les mèches de cheveux répandus sur son cou, découvrit le creux moite de la clavicule et, des lèvres, y chercha le pouls. Le corps de Jemima se contracta.

— Pas pour un million de livres, murmura-t-il.

Alors elle l'étreignit plus étroitement. Il la prit. Eblouie, Jemima s'abandonna de corps et d'âme.

— J'ai réfléchi, à propos des quarante mille livres.

— Ah ! dit Rob, simplement.

Jemima jouait nerveusement avec son châle. Après un long moment d'hésitation, elle reprit :

— Ce serait une mauvaise idée, vraiment une très mauvaise idée que de les perdre. Tu vois, je crois que nous devrions éviter de nous voir dans l'intimité, au cours des prochaines semaines. Et quand la question du testament aura été réglée, nous pourrons...

— Il n'en est pas question ! Sauf si tu as un mauvais souvenir des événements de ce matin. Le mien est excellent, permets-moi de te le dire.

— Ce que je veux dire, fit Jemima en rougissant, c'est que, si nous voulons suivre à la lettre les termes du testament, nous devrions désormais éviter le plus petit geste déplacé.

Jack partit d'un rire strident.

— Petit geste déplacé, hein ? Jemima ! Nous avons fait l'amour trois fois et tu appelles cela des gestes déplacés ?

— Chut ! murmura Jemima en regardant autour d'elle. Montons plutôt dans notre chambre.

— En outre, reprit Rob après que la porte se fut refermée sur eux, de qui faut-il attendre le pardon ? De Churchward ? Le pauvre homme avalerait ses lunettes si je lui racontais par le menu tout ce que nous avons fait ce matin.

— J'ai pensé que, peut-être, puisque cette matière est laissée à ta discrétion…

Jemima s'interrompit pour poser son châle sur une chaise. Puis elle s'assit devant sa table de toilette et entreprit d'ôter ses peignes et ses épingles. Cela lui permettait de réfléchir. Derrière elle, Rob attendait patiemment. Ayant rassemblé ses idées, elle poursuivit :

— Donc, j'ai pensé que nous sommes seuls à savoir et que Churchward entérinera le compte rendu que tu lui feras.

Rob s'était allongé sur le lit. Les mains croisées sous la nuque, il demanda :

— Que ferais-tu à ma place, Jemima ?

Elle réfléchit encore un moment, puis :

— Je crois que je dirais la vérité.

Rob s'insurgea.

— Mais tu me recommandes de mentir ?

Jemima se retourna.

— Non ! Si je sais quelle importance Delaval a pour toi, je sais aussi que cet argent t'est nécessaire pour mener à bien tes travaux de restauration… En fait, non, ma suggestion était mauvaise. Tu n'auras qu'à aller trouver Churchward pour lui dire que tu n'as pas satisfait aux conditions du testament.

Rob tendit la main. Jemima se leva pour s'approcher de lui et s'asseoir sur le lit. Leurs doigts s'enlacèrent.

— Ta suggestion est mauvaise pour une autre raison, dit Rob.

Jemima le questionna du regard.

— J'ai beaucoup aimé ce qui s'est passé entre nous ce matin, et maintenant que j'ai foulé aux pieds ces fichues recommandations testamentaires, je ne vais pas me gêner pour recommencer aussi souvent que possible.

— Robert ! s'écria Jemima en tâchant de paraître très choquée.

Mais elle souriait de plaisir.

Rob se redressa et l'enlaça avec tendresse. Puis il proposa :

— Si tu allais fermer la porte à clé ?

— Robert !

Cette fois, Jemima était choquée— un peu — mais elle obtempéra, surtout par curiosité. Elle se demandait ce que Rob avait en tête. Quand elle retourna vers le lit, elle lui vit ce regard si particulier qu'elle commençait à connaître, et elle murmura :

— Nous sommes seulement au début de la soirée.

— Et alors ?

— C'est un peu tôt, non ?

— Oui, surtout que la nuit sera longue. J'ai l'intention de ne pas te laisser fermer l'œil.

— Toute la nuit ? souffla-t-elle, incrédule, alors qu'une délicieuse langueur l'envahissait à cette perspective.

— Toute la nuit, confirma Rob. J'ai beaucoup d'idées.

20.

— Je suis tout à fait désolée de ne pas vous avoir tout dit.

Jemima et Letty se promenaient dans le jardin, quelques jours plus tard. Les feuilles mortes crissaient sous leurs pieds.

— Je savais que vous aimiez Jack, répondit Jemima en souriant, ou plutôt, je pensais que vous l'aimiez bien. Je n'avais pas idée que c'était aussi sérieux. J'ai cru — pardonnez-moi — que vous vous étiez laissé prendre à son charme et que cette attirance serait passagère.

— Oui, je me suis laissé prendre à son charme, répondit Letty, avec ferveur. Mais ce n'est pas que cela.

— Et Jack vous aime en retour. Il dit qu'il vous a aimée dès le début. Un véritable coup de foudre, n'est-ce pas ? Ce n'est pas si fréquent.

— N'est-ce pas ce que vous avez connu avec Rob ? Quelles ont été vos réactions, la première fois que vous l'avez vu ?

Jemima s'accorda quelques secondes de réflexion avant de répondre :

— J'ai ressenti une sorte de vertige... Je n'avais plus d'idées...

— Vous voyez ! Pareil que moi. Et maintenant ?

— Toujours pareil, dit Jemima en souriant. Une sorte de vertige permanent, plus d'idées... J'ai mis longtemps à comprendre que j'aimais Rob, mais maintenant, j'en suis persuadée.

Letty partit d'un rire frais. Jemima lui demanda :

— Pensez-vous que votre grand-mère acceptera votre mariage ?

— Je le pense. Elle s'est montrée très aimable avec Jack, le soir du bal et elle permet qu'il me rende visite. Et puis, elle m'a dit qu'elle admirait un homme capable de faire une telle entrée.

Jemima ne put retenir un sourire de plaisir. Jack avait, en effet, fait une entrée remarquable et il était bon que la vieille dame l'eût remarqué.

— En plus, fit-elle observer, elle ne l'a pas dénoncé comme étant le bandit qui nous avait détroussées.

— Ne nous a-t-elle pas déclaré, voici quelques jours, qu'il ferait un excellent gentleman-farmer ? Oui, vraiment, je pense que tout ira bien.

Jemima approuva avec une joie indicible. Elle restait certes consciente des difficultés qui resteraient à surmonter. Jack, illettré, aurait beaucoup de mal à conquérir son statut de gentleman-farmer. Mais il avait de la détermination et s'il faiblissait, Letty en aurait pour deux. Il était en de bonnes mains !

Letty reprit :

— Ferdie se rend en ville aujourd'hui. Maintenant que Augusta n'est plus là et que Bertie est reparti pour Merlinschase, il s'ennuie ferme, le pauvre.

Jemima songea à la confession de Ferdie. Elle en avait longuement discuté avec Rob et ils étaient tombés d'accord pour penser qu'il était inutile d'ennuyer Ferdie avec ces méchants souvenirs puisque l'affaire Naylor avait été résolue. En effet, au nom de quelle nécessité réveillerait-on des fantômes tout juste bons à tourmenter un jeune homme qui avait déjà suffisamment souffert ?

*
* *

Jemima repensa à tout cela lorsque Ferdie se fit annoncer, le soir même.

— Je tenais à vous faire mes adieux, dit-il.

Il s'assit en face de Rob et de Jemima et déclara :

— Vous aviez l'air très joyeux ce matin. C'est plutôt réconfortant de voir que la vie à la campagne réussit très bien à certaines personnes. Moi, je n'en puis plus et je m'en retourne à Londres.

— Tu resteras avec nous pour dîner ? demanda Rob. Il nous plairait de pouvoir te retenir.

Ferdie hocha la tête.

— Pour dire la vérité, mon vieux, je suis venu te faire certaines confidences et je préférerais m'acquitter de cette tâche maintenant. J'y pense depuis quelques jours déjà et je crois que je suis prêt. Donc, allons-y.

Jemima voulut se lever. Il la retint.

— Non, je vous en prie, lady Selborne, restez. Il me faudrait un témoin et je souhaiterais que ce fût vous, si cela ne vous ennuie pas.

Jemima accepta d'un signe de tête et Rob reprit :

— Nous t'écoutons.

Ferdie changea de position. Il toussota. Son visage contracté annonçait la gravité des propos qu'il voulait tenir et ses mains jointes se crispaient sur ses genoux.

— En fait, commença-t-il sur un ton qu'il essayait de faire paraître léger, ce que j'ai à dire concerne Naylor, le précédent lord Selborne et moi-même. Je suis responsable de l'accident, puisque c'est moi qui ai tiré le coup fatal. Naylor en avait été le témoin.

Il tira nerveusement sur sa moustache avant de poursuivre :

— Il va sans dire que c'était un accident, mais il n'en est pas moins vrai que je suis coupable. Nous avons déclaré que le grand-père avait trébuché et qu'il s'était fusillé à bout portant, alors que c'est moi qui me suis pris les pieds dans une branche. J'ai tué mon propre grand-père ! Encore aujourd'hui, je n'arrive pas à y croire.

— Quand tu dis « Nous avons déclaré », qui est ce *nous* ?

— Harry Naylor et moi. C'est là que réside le problème. Naylor était mon rabatteur ce jour-là, et il fut le seul témoin de l'accident. J'étais effondré, comme vous pouvez l'imaginer. Je ne voulais pas me rendre compte que j'avais tué. J'ai secoué mon grand-père, j'ai essayé de le remettre sur pieds. Hélas, avec la moitié de la tête emportée par la déflagration, il n'y avait plus aucun espoir. Je crois que j'ai perdu la tête, et quand j'ai repris contact avec la réalité, nos compagnons de chasse arrivaient. Naylor leur expliquait que lord Selborne s'était fusillé. Je n'ai pas dit un mot. Tous ont pensé que j'étais trop choqué pour parler, ce qui n'était pas faux. Quoi qu'il en soit, Naylor a maintenu son témoignage, et j'ai gardé le silence. Le temps passant, ma douleur s'est atténuée et je me suis pris à croire que l'accident s'était passé comme on le racontait.

Ferdie s'interrompit pour apostropher Rob.

— Tu n'as pas l'air horrifié ; même pas étonné. Pourquoi ?

— Parce que tes confidences ne me surprennent pas vraiment. J'ai toujours eu des doutes et je ne suis pas le seul. Je me rappelle avoir entendu mon père déclarer que l'angle de tir lui paraissait bizarre. Il y a eu des rumeurs sur une tierce personne, rumeurs vite étouffées mais que je n'ai jamais oubliées. Et puis, Jemima a trouvé ta confession.

Jemima se leva. Elle ouvrit un tiroir du bureau, en sortit la cassette métallique dont elle souleva le couvercle.

En revoyant ces feuillets jaunis couverts de son écriture, Ferdie sursauta et se mit à trembler. Il s'exclama :

— Mon journal ! Je pensais que Naylor se l'était approprié ! Il m'avait dit qu'il l'avait caché.

— C'est ce qu'il a fait. Il l'a effectivement caché dans la cheminée de cette bibliothèque.

Ferdie tournait lentement les pages de sa longue confession. Une larme tomba sur le papier, puis une autre. Puis, levant les yeux, il avoua :

— Je peux dire que ça me fait un choc ! Pardonnez mon émotion, lady Selborne. Je n'ai pas l'habitude de céder aux crises de larmes, mais ce moment est très difficile pour moi.

Jemima se leva pour lui prendre la main.

— Mon cher Ferdie, vos larmes ne me choquent pas du tout, bien au contraire. Mon frère dit toujours qu'un homme ne doit pas avoir honte de pleurer.

Cette affirmation étonna si fort Ferdie qu'il cessa de trembler et qu'il s'exclama :

— Il arrive à Jack Jewell de pleurer ? Je voudrais voir ça ! Cet homme est bâti à chaux et à sable !

— Vous seriez surpris, mon cher.

— Pourquoi n'as-tu pas parlé plus tôt ? demanda Rob. Pourquoi porter ce fardeau pendant de si nombreuses années ?

— Je pensais que je finirais par oublier complètement, soupira Ferdie, d'un air malheureux. Et puis, vous connaissez le proverbe, n'est-ce pas ? *Moins on en dit, mieux on se porte.* J'ai été lâche. Naylor étant parti à la guerre, j'ai pensé que tout s'arrangeait au mieux pour moi. Je n'ai rien oublié, contrairement à ce que j'espérais.

— Et puis, reprit Rob, Naylor est rentré de la guerre. Je suppose qu'il a essayé de te faire chanter. Il avait peut-être commencé avant ?

Jemima se rappela le récit de Jack : Ferdie choqué de découvrir Naylor dans la salle d'auberge, puis la violente querelle entre les deux hommes.

— Naylor ne devait jamais rentrer, expliqua Ferdie. Je l'avais payé à cette condition. Dire que ce gaillard-là n'a pas eu la décence de se faire tuer à la guerre ! On ne peut plus compter sur les gens, de nos jours… Ensuite, non seulement il a l'audace de rentrer, mais c'est pour aussitôt me réclamer de l'argent. J'ai eu des envies de meurtre.

— Tu ne l'as pas tué. Beaumaris a affirmé qu'il était mort par accident.

— Je ne l'ai pas tué, en effet, mais j'ai éprouvé une vive reconnaissance pour celui qui avait accompli le travail à ma place. Ensuite, j'apprends que c'est un banal accident. Oserai-je dire que j'ai regretté ?

Tête basse, les mains jointes entre les genoux, Ferdie parut se tasser sur son fauteuil. Puis il se redressa pour ajouter :

— Je ne pouvais plus garder ce secret, devenu trop lourd pour moi. Il me fallait parler… Je sais que j'aurais dû m'acquitter de cette confession beaucoup plus tôt, mais il n'est jamais trop tard pour bien faire, n'est-ce pas ? Enfin, me voici soulagé… un peu.

Il sourit à Jemima qui lui tenait toujours la main, avant de tourner son regard vers Rob.

— Je suppose que tu vas… Il va falloir que tu fasses quelque chose de mes aveux… La police pourrait être intéressée…

Rob échangea un regard avec Jemima avant de répondre :

— A quoi cela servirait-il d'aller parler à la police ? Nos grands-parents sont morts et ce n'est pas une nouvelle enquête qui les ramènera à la vie. En outre, j'estime que tu as assez souffert pour qu'il ne soit pas nécessaire de t'infliger une nouvelle épreuve.

Ferdie se leva. Il vacilla. Bouleversé, il tendit la main à son cousin et déclara :

— Du fond du cœur, merci, Robert. Je pense que je vais m'éloigner quelque temps, si vous n'y voyez pas d'inconvénient.

Jemima, je suis votre serviteur. J'espère vous revoir très vite en ville. Rob, mon vieux, quand tu veux.

— J'espère qu'il ne conduit pas lui-même sa voiture, dit Jemima après le départ de Ferdie. Il a l'air si perturbé qu'il pourrait finir dans un fossé avant même d'avoir parcouru le premier mile.

— Ne crains rien, répondit Rob en riant. Il va à cheval et son cheval connaît le chemin… Tu crois que j'ai agi convenablement ?

Jemima plaça ses deux mains dans celles de son mari pour répondre :

— Je ne sais pas si c'est bien, mais c'est ce que j'aurais fait à ta place.

Elle s'en alla ramasser, sur le sofa, les feuillets éparpillés et abandonnés par Ferdie. Les ayant rassemblés, elle les tendit en demandant :

— Que veux-tu en faire ?

Rob ne répondit pas. Son regard se tourna vers la cheminée.

— Belle flambée, n'est-ce pas ?

— C'est moi qui ai allumé ce feu.

— Et la cheminée tire bien.

— C'est moi qui m'en suis occupée.

Rob prit les feuillets, les jeta dans le feu. Puis il attira Jemima dans ses bras et conclut :

— Tout est bien qui finit bien.

Le 5 novembre en fin de journée, M. Churchward arriva à Delaval au terme d'un long et pénible voyage qui l'amenait de Londres. Tremblant de froid, il pensait que les routes d'Angleterre étaient de plus en plus mauvaises et que, s'il ne tenait qu'à lui, il ne quitterait jamais la capitale. Il avait faim aussi. Et puis, il appréhendait l'entretien qu'il devait avoir avec le comte de Selborne. La tentation était forte de rebrousser chemin pour se contenter de quelques questions posées par écrit. Prenant son courage à deux mains, il poussa jusqu'à la propriété et entra dans l'écurie pour confier son équipage à un palefrenier.

Dans le grenier qui se trouvait au bout de l'écurie, lord et lady Selborne contrôlaient personnellement les stocks de foin amassés pour l'hiver. Du moins, telle avait été leur intention première. Pour commencer, Rob avait fièrement montré les tas prodigieux d'herbes récoltées et séchées sur ses domaines, grâce au travail inlassable qu'il avait fourni pendant plusieurs mois. Il avait fait sentir à Jemima la bonne odeur que tout cela dégageait. Puis, pour lui en faire apprécier le moelleux, il l'avait poussée sur cette couche improvisée et il s'était abattu sur elle. La suite était prévisible, elle s'était produite.

Le bruit des roues sur le gravier de l'allée avait attiré l'attention de Jemima. Repoussant Rob qui ne voulait pas la lâcher, elle avait roulé sur le foin pour jeter un coup d'œil par une ouverture.

— C'est Churchward ! souffla-t-elle. Qu'est-ce qu'il nous veut ? En plus, on n'a pas idée d'arriver chez les gens à une heure pareille !

— Il veut nous prendre en flagrant délit, répondit Rob en riant.

En hâte, ils mirent de l'ordre dans leur tenue, en éliminant les innombrables brins d'herbe piqués partout dans leurs cheveux et dans leurs vêtements. Puis, comme si de rien n'était, ils sortirent de la grange.

— Monsieur Churchward ! s'exclama Rob, avec un sourire avenant, en levant les bras. Quelle bonne surprise !

Le digne avocat ne répondit pas avec autant d'entrain. Il s'inclina plutôt sèchement en prononçant les paroles rituelles.

— Milord... Milady...

C'est en regardant sa serviette qu'il parut se rappeler le motif de sa visite.

— Pardonnez mon arrivée peut-être inopportune, mais j'ai à vous communiquer de graves nouvelles en relation avec le testament de votre grand-mère.

Rob fronça les sourcils et ne répondit pas. Jemima lui jeta un regard dont il ne comprit pas le sens. Alors elle prit le bras de l'avocat en lui disant :

— Vous allez nous expliquer tout cela à l'intérieur, devant une collation que je vais vous faire préparer. Vous devez être épuisé après ce long voyage.

Churchward répondit qu'il ne prendrait pas la moindre nourriture avant d'avoir énoncé l'objet de sa visite. On le conduisit donc à la bibliothèque. Il refusa le siège que Rob lui offrait. Planté au milieu de la vaste pièce, il semblait avoir perdu le fil de ses idées. Rob et Jemima attendaient sans rien montrer de la curiosité qui les dévorait.

Enfin, le digne avocat parut sortir de son hébétude. Tirant un document de sa serviette, il l'agita.

— Je suis accouru aussi vite que possible pour vous apporter ceci. Je... Pardonnez-moi, milord, mais j'ai failli le détruire et prétendre, si besoin en était, qu'il n'avait jamais été rédigé. Au moment de l'approcher de la flamme, ma main a tremblé et j'ai renoncé. Me voici donc devant vous, prêt à recevoir vos justes remontrances.

Rob prit le document qui lui était offert. Il le déplia et s'exclama :

— C'est le testament de ma grand-mère ! Il me semble que nous en connaissons les termes.

— Le deuxième feuillet, milord, fit l'avocat tout penaud. Lisez le deuxième feuillet.

Sourcils froncés, Rob jeta un regard dubitatif à Jemima, qui, d'un autre regard, l'encouragea à donner lecturc de ce fameux deuxième feuillet.

— *Il va sans dire que si mon petit-fils prenait une épouse légitime, les obligations du mariage prendraient le pas sur l'obligation de chasteté que je lui impose. Loin de moi l'idée que mes exigences jettent le trouble entre lui et celle qu'il aurait choisi de conduire à l'autel. Les jeunes gens d'aujourd'hui ont trop tendance à repousser indéfiniment le moment de s'engager matrimonialement, ce que je regrette…*

Rob s'interrompit. Il regarda Jemima, puis M. Churchward, avec moins d'aménité. Celui-ci était dans ses petits souliers. Polissant inlassablement le verre de ses bésicles sur le drap de sa manche, il marmonna :

— Je suis désolé, milord, vraiment très désolé. Ce feuillet était tombé au fond de l'armoire où je range mes dossiers, et il a fallu l'occasion d'un grand rangement pour que je le trouve, ce matin même. Vous noterez, milord, que la lecture du testament n'était en rien altérée par l'absence du deuxième feuillet. On pouvait passer du premier au troisième sans remarquer le manque.

Il toussota, remit ses bésicles, soupira, et reprit d'une voix larmoyante :

— Tout est ma faute. J'aurais dû voir que le testament était incomplet. Comment ai-je pu faire preuve d'une telle légèreté ? J'ai rédigé moi-même ce texte et ne me suis pas avisé, ensuite, qu'il en manquait une partie. Je…

Il arrêta là le cours de ses jérémiades, car il venait de s'apercevoir que le comte et la comtesse de Selborne ne l'écoutaient plus. Ils n'avaient d'yeux que pour eux, et dans leur regard passait tant d'amour que l'avocat se sentit soudain de trop.

— Cent jours, dit Rob.

— Hélas, dit M. Churchward.

— Tu veux dire : soixante-quinze jours, dit Jemima.

— Quatre-vingts.

— Je t'ai déjà dit, Robert, que tout dépend du sens qu'on veut donner à ce mot : chasteté.

— Ah…, fit M. Churchward, d'une voix mourante, pour attirer l'attention sur lui. Je crois que tout est dit. Je vais faire procéder à la mainlevée sur le capital qui vous revient de droit, puisque plus aucune clause restrictive ne vient contrarier votre prise de possession.

— Je vous remercie, Churchward, dit Rob sans le regarder.

Il prit Jemima dans ses bras.

— C'est très bien, reprit l'avocat, de plus en plus rouge.

Il fourra le feuillet dans sa serviette qu'il ferma, difficilement car ses doigts tremblaient. Puis il recula lentement en direction de la porte. Sur le seuil, il murmura :

— Milord, je vous remercie… Milady…

Jemima se libéra, non sans difficulté, des bras qui l'enlaçaient, et elle dit à l'avocat :

— Je vais demander à nos gens de vous conduire à votre chambre.

M. Churchward sortit et referma la porte derrière lui, en jetant un dernier coup d'œil furtif à milord et milady qui, trop occupés d'eux-mêmes, ne lui prêtaient déjà plus attention. Il s'avança dans le corridor désert, hésita et, voyant de la lumière dans le salon, il s'avança de ce côté-là. Parvenu au seuil, il recula précipitamment en apercevant Letty et Jack Jewell dans les bras l'un de l'autre.

Peut-être serait-il indiqué, songea-t-il, de passer la nuit à l'auberge voisine, l'atmosphère de Delaval lui paraissant bien trop frivole.

Prenant la direction de la sortie, il passa devant le salon de musique où il entrevit un spectacle plus étonnant encore : lady Marguerite dansait sous les ordres d'un maître de danse. Tenant ses jupes à deux mains, elle exécutait une gigue endiablée.

— Seigneur Dieu ! fit M. Churchward en s'épongeant le front. Que se passe-t-il dans cette maison ? C'est étonnant… et plutôt amusant, après tout.

Rebroussant chemin, il décida que, tout compte fait, il passerait la nuit à Delaval.

Dans la bibliothèque, Jemima disait à Rob :

— Si je comprends bien, c'en est fini de la chasteté ?

Il lui prit le menton et se pencha sur elle. Avant de lui donner le baiser qu'elle appelait de ses vœux, il répondit :

— J'ai toute licence pour t'aimer et t'adorer, et crois-moi, je vais en user ; aujourd'hui, demain, toujours.

Collection *Les Historiques*

HARLEQUIN

PROCHAINS RENDEZ-VOUS LE

1er février 2007

LA COUR D'AMOUR, ***d'Anne Herries • n°357***

SAGA A LA COUR D'ALIÉNOR, 1ÈRE PARTIE.

Poitiers, an de grâce 1167. En froid avec son épouse, la reine Aliénor d'Aquitaine dont il vit séparé, le roi Henry II charge l'un de ses fidèles chevaliers, Ralph de Banewulf, de lui porter une lettre à Poitiers où elle s'est établie, et de demeurer sur place jusqu'à ce qu'elle daigne y répondre. Ralph obéit donc et s'installe à la Cour d'Aliénor où il fait la connaissance de lady Alayne, une jeune veuve dont l'immense fortune – alliée à une grande beauté – suscite bien des convoitises…

LES MARIÉS DES HIGHLANDS, ***d'Elizabeth Mayne • n°358***

Ecosse, 1598. Pour pacifier le pays, le roi d'Ecosse a l'idée d'organiser un grand mariage qui scellerait l'alliance des deux principaux clans ennemis. L'idéal serait d'unir Robert Gordon et Cassandra Graham, dont les familles se déchirent depuis des générations…

AU CŒUR DU SCANDALE, ***d'Ann Elizabeth Cree • n°359***

Venise, 1815. Depuis son veuvage, Cecily Renato mène une existence paisible avec sa jeune belle-fille, Mariana _ jusqu'à ce que celle-ci s'éprenne du neveu d'un richissime aristocrate, le duc de Séverin. Surprise par l'ampleur du scandale que suscite leur romance, Cecily en comprend la raison quand elle apprend qu'un mystérieux drame passé a tissé une haine ineffable entre la famille de son défunt époux et celle du duc…

LA PRÉCEPTRICE, ***de Sylvia Andrew • n°360***

Angleterre, 1820. La vie insouciante de lord Barraclough prend fin quand, à la mort de son frère aîné et de sa belle-soeur, il se retrouve en charge de l'éducation de ses deux jeunes nièces. Dès lors, une priorité s'impose à lui : trouver une gouvernante à la hauteur. Et miraculeusement, la perle rare se présente en la personne de miss Octavia Petrie. Charmante et enjouée, elle plaît aussitôt aux deux fillettes. Pourtant, lord Barraclough hésite. Bien sûr, au premier abord, miss Petrie semble parfaite. Mais justement, n'est-elle pas trop parfaite pour être honnête ?

LE MARQUIS LIBERTIN, ***de Sarah Elliott • n°361***

Angleterre, 1816. Jamais, se jure Béatrice Sinclair, elle ne se mariera par raison. Non, ce dont elle rêve, c'est d'une folle passion, fût-elle clandestine. Son vœu est exaucé quand, lors d'un bal, elle tombe sous le charme du très séduisant – et très sulfureux – marquis de Pelham. Le coup de foudre est réciproque, mais les choses se gâtent quand, surpris en situation compromettante, tous deux se retrouvent contraints de convoler. Persuadé d'avoir été piégé, le marquis disparaît au lendemain des noces, laissant Béatrice seule – et enceinte…

Le 1er janvier,
découvrez dans la collection

Grands Romans Historiques

LA PRINCESSE CELTE,
d'Helen Kirkman • n°31

Angleterre ancienne, Royaume de Northumbrie.
An de grâce 716.

Le seigneur saxon Athelbrand s'avança, superbe dans sa cape noire à parements d'or. Son regard capta celui de la femme qui lui faisait face, et sa main se crispa sur la garde de son glaive. Alina était aussi belle que dans son souvenir… Dès leur première rencontre, la princesse celte l'avait fasciné. Jamais créature aussi captivante n'avait pénétré dans la salle d'apparat du palais des rois de Northumbrie. Son visage semblait celui d'un ange, mais sa chevelure et ses yeux noirs évoquaient le mystère de la nuit, la violence de la passion. La révolte, aussi. Comment aurait-il pu en être autrement quand, pour assurer le salut du peuple celte, son propre père l'avait fiancée de force à Hungaric, le cruel cousin du roi saxon? Alors, lui, Athelbrand, avait voulu la sauver. Pour la libérer des chaînes de la fatalité, il avait sacrifié sa fortune afin de racheter sa dot _ en vain, car, sitôt libre, Alina l'avait trahi, le condamnant au déshonneur et à l'exil. Mais à présent, rétabli dans ses droits, il était venu chercher son dû. L'heure de la vengeance avait sonné…

Dans l'ombre du tueur, de Stella Cameron • N°277
Lorsqu'elle découvre au bord d'une route le cadavre de Denise Steen, une amie journaliste, Emma Lachance accuse le choc : comme elle, la victime faisait partie d'un club d'émancipation féminine mal accepté par la société conservatrice de Pointe Judah, en Louisiane. Et lorsqu'une autre femme du club est retrouvée assassinée, la peur grandit en elle…

La promesse d'un été, de Susan Wiggs • N°278
Venue passer l'été dans le cottage que possède sa famille au bord d'un lac idyllique, dans l'Etat de Washington, Kate entend bien se consacrer pleinement à son jeune fils, tout en réfléchissant à sa vocation de journaliste. Mais sa rencontre avec une adolescente en fuite et un nouveau voisin au passé tourmenté vont bouleverser sa vie à jamais…

La princesse celte, d'Helen Kirkman • N°279
Angleterre, an de grâce 716.
Athelbrand le Saxon s'avança, superbe dans sa cape noire. Son regard capta celui de la femme qui lui faisait face. Alina était aussi belle que dans son souvenir… Dès leur première rencontre, la princesse celte l'avait fasciné. Son visage semblait celui d'un ange, mais sa chevelure et ses yeux noirs évoquaient le mystère de la nuit, la violence de la passion. Pour elle, il avait tout sacrifié – en vain, car Alina l'avait trahi, le condamnant au déshonneur et à l'exil. Mais à présent, rétabli dans ses droits, il était venu chercher son dû. L'heure de la vengeance avait sonné…

L'engrenage, de Francis Roe • N°21 *(réédition)*
Greg Hopkins et Willie Stringer. Deux médecins brillants, considérés comme des sommités dans leur domaine et liés par une passion commune pour leur travail. Jusqu'à ce que leur amitié soit brisée par leur rivalité – et par une femme, Liz Phelan. Aussi, quand la mort d'un enfant les remet en présence vingt ans plus tard, les vieilles rancœurs du passé ressurgissent avec une violence dévastatrice…

Composé et édité par les
éditions Harlequin
Achevé d'imprimer en novembre 2006

BUSSIÈRE
GROUPE CPI

à Saint-Amand-Montrond (Cher)
Dépôt légal : décembre 2006
N° d'imprimeur : 61933 — N° d'éditeur : 12370

Imprimé en France